BABA YAGA
A PONDU UN ŒUF

De la même autrice
chez Christian Bourgois éditeur,
dans la collection « Titres » :

LE MINISTÈRE DE LA DOULEUR

LE MUSÉE DES REDDITIONS SANS CONDITION

DUBRAVKA UGREŠIĆ

BABA YAGA A PONDU UN ŒUF

LE MYTHE DE BABA YAGA

Traduit du croate
par Chloé Billon

CHRISTIAN BOURGOIS ÉDITEUR ◊

Titre original :
Baba Jaga je snijela jaje

This book was published with the financial support of the Ministry of Culture and Media of the Republic of Croatia.

ISBN : 978-2-267-04377-8

Sommaire

Au premier abord, elles passent inaperçues…

Au premier abord, elles passent inaperçues. Puis, soudain, telle une souris égarée, un détail anodin se fraie un chemin dans votre champ de vision : un sac à main désuet, un bas qui a glissé le long de la jambe pour s'arrêter sur une cheville enflée, des gants en crochet aux mains, un bibi démodé sur la tête, de rares cheveux gris aux reflets violets. La propriétaire du chatoiement violet hoche la tête comme un chien mécanique et sourit d'un sourire blême…

Oui, au premier abord, elles sont invisibles. Elles passent à côté de vous comme des ombres, picorent l'air devant elles, tâtonnent, traînent leurs pieds sur l'asphalte, marchent à petits pas de souris, traînent un Caddie, s'appuient sur des cannes métalliques, ceintes d'une multitude d'improbables sacs et cabas, tel un déserteur encore en attirail militaire complet. Il y en a aussi qui sont encore « en forme » : en robe d'été décolletée, une coquette bordure de plumes autour du col, en vieux manteau de fourrure d'astrakan à moitié mangé aux mites, des coulées de maquillage sur le visage. (Qui, d'ailleurs, est capable de se maquiller convenablement avec des lunettes sur le nez ?!)

Elles roulent à côté de vous comme un tas de pommes fripées. Elles marmonnent dans leur barbe, discutant avec leurs interlocuteurs invisibles comme des Indiens. Elles prennent le bus, le tram et le métro comme des bagages oubliés : elles dorment la tête posée sur la poitrine ou restent aux aguets, se demandant à quelle station il faut descendre et s'il faut descendre tout court. Parfois, vous vous arrêtez un instant (juste un instant !) devant les maisons de retraite et vous les observez à travers la baie vitrée : assises à table, elles passent les doigts sur des restes de miettes de pain comme sur du braille et envoient à quelqu'un leurs messages incompréhensibles.

Ces mignonnes petites vieilles dames. Au premier abord, elles passent inaperçues. Et ensuite, les voilà, dans le tram, à la poste, à la supérette, dans les cabinets médicaux, dans la rue, en voici une, puis une deuxième, en face une troisième, une quatrième, une cinquième, mais, mais, il y en a plein tout d'un coup ! Votre regard s'attarde sur les détails : les pieds gonflés comme des beignets dans leurs chaussures serrées ; la peau pendante à l'intérieur du bras, les ongles calcifiés, la peau striée de capillaires. Vous observez attentivement leur teint : soigné – négligé. Vous apercevez une jupe grise et un chemisier blanc au col brodé (d'une propreté douteuse !). Le tissu est devenu fin et grisâtre à force d'être lavé. Elle a boutonné lundi avec mardi, elle essaie de se déboutonner, en vain, elle a de l'arthrose, ses os vieillissent, deviennent creux et légers comme ceux des oiseaux. Les deux autres l'aident, et, en unissant leurs forces, elles reboutonnent le col. Ainsi boutonnée jusqu'au cou, elle a l'air d'une petite fille. Les deux autres lissent du bout des doigts la fine broderie sur le col, petits cris d'admiration, qu'elle est ancienne, cette broderie, ça me vient de ma maman, oh, comme tout était beau et bien convenable, à l'époque. L'une d'entre elles est trapue, avec une protubérance dure sur la nuque, elle ressemble à un vieux bouledogue. L'autre est plus élégante, mais la peau de son cou est fripée comme celle d'un dindon. Elles progressent en formation serrée, trois poules…

Au premier abord, elles sont invisibles. Et puis, un beau jour, vous commencez à les remarquer. Elles se traînent dans le monde comme une armée d'anges vieillis. L'une d'entre elles vous accoste, son visage tout près du vôtre. Elle vous observe de ses yeux grands ouverts, de son regard bleu délavé, et énonce sa requête d'un ton à la fois orgueilleux et condescendant. Elle vous demande votre aide, elle doit traverser la rue, et elle ne peut pas le faire toute seule, ou monter dans le tram, et ses genoux ont lâché, elle doit trouver une rue et un numéro, et elle a oublié ses lunettes… Vous ressentez une soudaine compassion envers la vieille créature, vous accomplissez, ému, votre bonne action, empli de la satisfaction du protecteur… C'est là, à cet instant précis, qu'il faut s'arrêter, résister au chant des sirènes, user de toute la force de votre volonté pour faire baisser la température de votre cœur. Souvenez-vous, leurs larmes n'ont pas la même signification que les vôtres. Car si vous faiblissez, si vous baissez la garde, si vous échangez un mot de plus, vous serez en leur pouvoir. Vous glisserez dans un monde où vous n'auriez pas dû entrer, car le moment n'est pas venu pour vous, car, grâce à Dieu, votre heure n'a pas encore sonné.

Première partie

Pars là-bas – je ne sais pas où
Rapporte ça – je ne sais pas quoi

Les oiseaux dans la frondaison des arbres qui poussent sous les fenêtres de maman

L'été, dans le quartier de Novi Zagreb où vit maman, l'air pue la fiente d'oiseau. Dans les feuilles des arbres devant l'immeuble de maman bruissent des milliers et des milliers d'oiseaux. Les gens disent que ce sont des étourneaux. Les oiseaux sont particulièrement bruyants lors des après-midi orageux, avant la pluie. Parfois, un habitant excédé prend sa carabine à air comprimé et les chasse d'une rafale de tirs. Les oiseaux s'envolent, s'élancent vers le ciel en nuées denses, tracent des lignes de gauche à droite et de haut en bas, comme s'ils peignaient le ciel, puis, dans un pépiement hystérique, comme une grêle estivale, ils s'abattent sur les grandes feuilles. C'est bruyant comme dans la jungle. Toute la journée, un rideau sonore est déployé, donnant l'impression que dehors la pluie tambourine sans discontinuer. Portées par les courants d'air, des plumes légères entrent dans l'appartement par les fenêtres ouvertes. Maman prend sa balayette, rassemble les plumes en râlant et les jette à la poubelle.

« Mes tourterelles ont disparu, soupire-t-elle. Tu te souviens de mes tourterelles ?

— Oui, je me souviens », je dis.

Je me rappelle vaguement qu'elle s'était attachée à deux tourterelles, qui venaient sur sa fenêtre. Elle détestait les pigeons. Leurs roucoulements rauques du matin la rendaient folle.

« Saleté de volatiles répugnants ! s'écrie-t-elle. Tu as remarqué qu'eux aussi ils avaient disparu ?

— Qui ?

— Ben, les pigeons ! »

Je n'y avais pas prêté attention, mais, de fait, on dirait bien que même les pigeons ont plié bagage.

Les étourneaux l'énervaient, particulièrement cette puanteur l'été, mais elle semblait en avoir pris son parti. Car, à la différence des autres, son balcon, au moins, était propre. Elle me montre la petite surface souillée juste au bord de la balustrade.

« Chez moi, ils ne salissent que cet endroit. Tu devrais voir le balcon de Ljubićka !

— Pourquoi ?

— Il est tout merdeux ! » dit-elle en riant comme une petite fille.

Coprolalie enfantine, manifestement, le mot *merdeux* l'amuse. Tout comme il amuse son petit-fils de dix ans.

« Comme dans la jungle, je dis.

— Tout à fait, comme dans la jungle, acquiesce-t-elle.

— Même si aujourd'hui c'est la jungle partout», j'ajoute.

Et, de fait, les oiseaux semblent avoir échappé à tout contrôle, ils ont occupé les villes, investi les parcs, les rues, les buissons, les bancs, les terrasses des restaurants, les stations de métro, les gares. Et nul ne semble remarquer cette invasion. Les villes européennes sont envahies de pies – russes, dit-on – dans les parcs, les branches des arbres ploient sous leur poids. Les pigeons, les mouettes, les pies survolent les cieux, et les lourdes corneilles noires aux becs ouverts comme des pinces se dandinent sur les pelouses. Dans les parcs d'Amsterdam, des perruches vertes échappées de leurs cages se sont multipliées: leurs nuées bariolent le ciel comme des dragons de papier. Les canaux d'Amsterdam ont été investis par de grandes oies blanches, qui se sont arrêtées là un instant pour se reposer à leur retour d'Égypte, et y sont restées. Les agressifs moineaux des villes se sont enhardis au point de vous arracher le sandwich des mains et de se pavaner avec insolence sur les tables des terrasses des cafés. Les fenêtres de mon appartement provisoire à Dahlem, l'un des plus beaux et plus verdoyants quartiers de Berlin, faisaient pour les oiseaux locaux office de piste d'atterrissage favorite pour leurs fientes. Et il n'y avait rien à faire, à part baisser les stores, tirer les rideaux, ou se lancer chaque jour dans le nettoyage laborieux des vitres souillées.

Elle hoche la tête, mais on dirait qu'elle ne m'écoute pas.

L'invasion des étourneaux dans son quartier a commencé, semble-t-il, il y a trois ans, quand elle est « tombée malade ». Les mots du diagnostic médical étaient longs, menaçants et « vilains » (*C'est un vilain diagnostic*), ce pour quoi elle avait opté pour l'expression « tomber malade » (*Tout a changé quand je suis tombée malade !*). Parfois, elle s'enhardissait et, touchant son front du doigt, disait :

« Tout ça, c'est la faute de ma... toile d'araignée... »

La « toile d'araignée », c'étaient des métastases au cerveau, qui avaient fait leur apparition dix-sept ans après son cancer du sein, détecté à temps et soigné avec succès. Elle avait passé quelque temps à l'hôpital, subi une dizaine de séances de rayons, et s'était rétablie. Elle passait régulièrement des examens, tout le reste était plus ou moins en ordre, et rien de particulièrement dramatique ne s'était produit. La « toile d'araignée » était restée dans un recoin sombre, difficilement accessible de son cerveau, et elle ne bougeait pas. Avec le temps, elle en avait pris son parti, s'était familiarisée avec elle, et l'avait adoptée comme un sous-locataire indésirable.

Ces trois dernières années, sa biographie s'était réduite à une liasse de certificats de sortie d'hôpital, d'analyses médicales, de lectures de radios, et son album photo à des IRM et des scanners de son cerveau. Sur les clichés, on voyait son beau crâne ovale planté au bout de sa colonne vertébrale, légèrement penché en avant, les contours nets du visage, les paupières baissées comme si elle dormait, les méninges semblables à un étrange bonnet, et au coin des lèvres, un léger sourire, à peine perceptible.

« Sur la photo, on dirait que j'ai de la neige dans la tête… », dit-elle en désignant le scanner.

***

Les arbres à la dense frondaison qui poussent sous les fenêtres sont hauts, ils arrivent jusqu'à l'appartement de maman, au sixième étage. Dans les frondaisons bruissent des milliers et des milliers de petits oiseaux. Lovés dans le torride air estival, nous vaporisons nos expirations, nous, les habitants, et les oiseaux. Dans le noir, des centaines de milliers de cœurs, humains et aviaires, battent à des rythmes différents. Les courants d'air apportent des plumes blanchâtres par les fenêtres ouvertes. Les plumes atterrissent comme des parachutistes.

Tous mes mots sont sens dessus dessous

« Apporte-moi ce truc…

— Quel truc ?

— Le truc qui s'étale sur du pain.

— La margarine ?

— Non…

— Le beurre ?

— Tu sais bien que ça fait des années que je ne mange plus de beurre !

— Quoi alors ? »

Son front se contracte, elle sent monter en elle la rage de sa propre impuissance. Ce pourquoi, rusée, elle passe immédiatement à l'attaque.

« Quelle fille tu fais, si tu n'es pas fichue de te rappeler comment s'appelle ce truc qui s'étale sur du pain !?

— Du fromage ? Du fromage à tartiner ?

— Oui, le truc blanc à base de fromage… », dit-elle, vexée, comme si elle avait décidé de ne plus jamais prononcer les mots « fromage à tartiner ».

Tous ses mots sont sens dessus dessous. Elle est en colère, si elle pouvait elle taperait du pied, donnerait un coup de poing sur la table et hausserait la voix. À défaut, elle restait entravée, sa rage bouillant en elle avec une fraîcheur singulièrement juvénile. Elle se figeait devant un petit tas de mots comme devant un puzzle qu'elle n'était pas en mesure d'assembler.

***

« Apporte-moi ces gâteaux pour les organes génitaux… »

Elle savait exactement de quels gâteaux elle parlait. Il s'agissait de biscuits aux vertus digestives, son cerveau fonctionnait encore : les mots inconnus *genuine organic* avaient fusionné avec les mots connus *organes génitaux*, faisant sortir de sa bouche une combinaison saugrenue. Du moins, c'est ce que je m'imagine, la liaison entre la langue et le cerveau avait peut-être pris un autre chemin.

« Donne-moi le thermomètre pour que j'appelle Javorka.

— Tu veux dire, sans doute, le téléphone portable ?

— Oui…

— Tu ne veux pas appeler Javorka, n'est-ce pas ?

— Non, pourquoi est-ce que je l'appellerais ? »

Javorka était une lointaine connaissance, qui sait pourquoi son nom avait surgi dans le cerveau de maman.

« Tu pensais, en fait, à Kaja ?

— Ben, je t'ai bien dit que je voulais appeler Kaja, non ? » a-t-elle soufflé rageusement.

Je comprenais sa langue. La plupart du temps, je savais ce que *ce truc* désignait. Souvent, incapable de se souvenir du mot, elle décrivait : *Apporte-moi mon truc pour boire de l'eau...* La mission était simple : c'était la bouteille d'eau en plastique qu'elle avait toujours à côté d'elle.

Et ensuite, semble-t-il, elle a fini par trouver une manière de s'aider. Elle s'est mise à utiliser des diminutifs qu'elle n'avait jamais employés auparavant. À présent, elle agrémentait même certains prénoms, y compris le mien, de diminutifs maladroits. Les diminutifs lui servaient de petits aimants, et, miracle, les mots dispersés se remettaient en ordre. Elle ressentait une satisfaction particulière à mettre au diminutif les choses qu'elle jugeait les plus intimes (*mon pyjamounet, ma serviettounette, mon oreillounet, ma bouteillette, mes pantouflettes...*). Peut-être que grâce aux diminutifs, comme avec de la salive, elle ramollissait dans sa bouche les bonbons durs des mots, ou peut-être qu'ils lui servaient tout simplement à gagner du temps avant le nouveau mot, la phrase suivante.

***

Peut-être qu'ainsi elle se sentait moins seule. Elle bredouillait au monde qui l'entourait, et le monde lui semblait inoffensif et plus petit. Outre les diminutifs, il arrivait que surgisse dans son discours un augmentatif : la vipère grossissait en vipérasse, le pigeon en pigeonard. Les gens lui semblaient souvent physiquement plus impressionnants que ce qu'ils étaient

(*C'était un homme énooooorme!*). Elle rapetissait, voilà la vérité, et le monde lui paraissait plus grand.

Elle parlait lentement et avec un nouveau timbre, plus mat, dans la voix. Elle semblait y prendre plaisir. Sa voix était légèrement cassée, son ton légèrement compassé, du type qui exige de la part de l'auditeur un respect absolu de l'orateur. Dans la fréquente pénurie de mots dans laquelle elle se trouvait, il ne lui restait plus que sa voix.

Il y avait autre chose de nouveau. Elle avait commencé à s'appuyer sur certains sons comme sur une canne sonore. Je l'entendais farfouiller dans l'appartement, ouvrir le frigidaire, ou aller à la salle de bains, et prononcer en rythme *hm*, *hm*, *hm*. Ou bien : *ouh-hou-hou*, *ouh-hou-hou*.

« À qui tu parles ? demandais-je.

— À personne, c'est juste comme ça… Je me parle toute seule… », répondait-elle.

Qui sait, peut-être qu'à un moment le silence avait soudain commencé à l'effrayer et, pour chasser la peur, elle lançait ses *hm-hm*, *ouh-hou*.

Elle avait peur de la mort, ce pour quoi elle comptait si minutieusement les décès. Elle, qui oubliait tant de choses, ne manquait jamais de mentionner la mort de ses connaissances proches et éloignées, des connaissances de ses connaissances, des gens qu'elle ne connaissait pas, la mort des personnalités publiques qu'elle avait apprise en regardant la télévision.

« Il s'est passé quelque chose…
— Quoi ?
— J'ai peur que ça te fasse du mal, si je te le dis…
— Dis-moi.
— Mme Vesna est morte…
— Quelle Vesna ?
— Comment ça, tu ne connais pas Mme Vesna ?! Du deuxième étage ?
— Non. Je n'ai jamais fait sa connaissance.
— Celle qui a perdu son fils ?!
— Non, je ne la connais pas.
— Celle qui était toujours si souriante dans l'ascenseur ?!
— Non, vraiment, je ne la connais pas.
— Elle est partie en seulement quelques mois… », disait-elle en refermant le petit dossier imaginaire de Mme Vesna.

Ses voisines, ses connaissances lointaines et éloignées s'éteignaient une à une, le cercle se restreignait. C'était un cercle principalement féminin, les maris étaient morts longtemps auparavant, certaines d'entre elles avaient enterré deux maris, certaines même leurs propres enfants. Elle parlait sans malaise du décès des gens auxquels elle ne tenait pas beaucoup. Ces petites histoires commémoratives avaient une fonction thérapeutique, en les racontant elle chassait la peur de sa propre mort. Elle évitait, en revanche, de parler de la mort de ses proches. Lors du décès récent d'une de ses amies chères, elle avait gardé le silence.

« Elle était déjà très vieille... », avait-elle dit brièvement un peu plus tard, comme si elle crachait une bouchée amère. Son amie avait à peine un an de plus qu'elle.

Elle avait jeté les vêtements noirs de son armoire. Avant, elle n'osait pas porter des couleurs vives, et à présent elle ne quittait jamais son T-shirt rouge et des deux T-shirts couleur gazon frais. Quand nous avions besoin d'un taxi, elle refusait d'entrer dans une voiture si elle était noire (*Appelle un autre taxi. Je n'entrerai pas là-dedans !*). Elle avait remisé les photographies de ses parents, de sa sœur, de mon père, qu'elle tenait auparavant encadrées sur une étagère, et avait gardé celles de ses petits-enfants, de mon frère et de sa femme, de moi, et les magnifiques photos de sa jeunesse.

« Je n'aime pas les morts, avait-elle dit. J'aime être entourée de vivants. »

***

Son rapport aux morts avait lui aussi changé. Auparavant, ils avaient tous leur place dans ses souvenirs, tout était bien rangé, comme dans un album de photos de famille. À présent, l'album tombait en morceaux, et les photos s'étaient dispersées. Elle ne mentionnait plus sa défunte sœur. En revanche, elle s'était soudain mise à évoquer de plus en plus souvent son père – qui *lisait sans cesse, ramenait tout le temps des bouquins* et était *l'homme le plus honnête du monde.*

À présent, cependant, elle l'avait fait tomber du piédestal sur lequel elle l'avait mis, et ses souvenirs de lui étaient restés durablement salis par *la plus grande déception qu'elle ait vécue*, un événement qu'elle *n'oublierait jamais* et qu'elle ne pouvait tout simplement *pas lui pardonner*.

La cause était tout à fait disproportionnée à l'amertume avec laquelle elle en parlait, du moins selon moi. Grand-père et grand-mère avaient un couple d'amis. Quand grand-mère était morte, ces amis avaient soutenu grand-père, et la femme, l'amie de grand-mère, avait tout particulièrement pris soin de grand-père. Une fois, maman avait surpris une scène de tendresse entre cette femme et grand-père. Grand-père lui faisait un baise-main.

« C'était répugnant. Et grand-mère qui répétait tout le temps : prenez soin de mon mari, prenez soin de mon mari ! »

Il était bien peu probable que grand-mère ait dit quoi que ce soit du genre, car elle était morte d'une crise cardiaque. Cette réplique pathétique (*Prenez soin de mon mari, prenez soin de mon mari !*), c'était maman qui l'avait mise après coup dans la bouche de grand-mère mourante.

Il y avait une autre image qui se fondait avec la « honteuse » vision du baise-main, et c'était cette image, en réalité, que maman ne pouvait effacer de ses souvenirs. La dernière fois qu'elle était allée à Varna, grand-père lui avait demandé de l'emmener, mais maman – épuisée par la longue et difficile agonie, et enfin par la mort de mon père – avait eu peur du poids de ces obligations et avait refusé. Grand-père avait vécu ses dernières années abandonné dans une maison de retraite à proximité de Varna.

« Il a roulé sous son bras la petite serviette que je lui avais offerte et est rentré dans la maison », disait-elle pour décrire leur dernière rencontre.

Il semblait bien que la serviette de cette ultime scène soit entrée en contrebande. Chaque été, nous apportions une tonne de cadeaux pour la famille bulgare de maman. Non seulement elle aimait offrir, mais ça lui donnait une bonne image d'elle-même : elle revenait comme une bonne fée dans la ville qu'elle avait quittée longtemps auparavant, avec des présents pour tout le monde. Je me demandais pourquoi elle avait ajouté une petite serviette à cette ultime scène d'adieux avec son propre père. Comme si elle se flagellait elle-même avec cette serviette, comme si une serviette roulée sous le bras était l'image la plus atroce possible de la déchéance humaine. La chute s'était déroulée sous ses yeux, et elle n'avait rien fait pour l'empêcher, ou du moins la rendre plus douce. Au lieu de faire un vrai et grand geste, qui, certes, aurait nécessité d'en passer par une longue et pénible procédure bureaucratique à l'issue incertaine, elle avait fourré sous le bras de grand-père… une serviette !

Ce besoin de souiller les morts d'une tache ou deux était nouveau. Ses calomnies, d'ailleurs, n'avaient rien de scandaleux, il s'agissait de détails, dont j'entendais parler pour la première fois, et il était tout à fait possible qu'elle les ait inventés sur le moment, pour conserver mon attention en me révélant *un secret qu'elle n'avait jamais confié à personne*. Peut-être que le fait que l'image des morts soit à présent en son pouvoir lui procurait une petite satisfaction. En se rappelant ses défuntes connaissances, il lui arrivait, comme si elle avait soudain décidé de faire baisser leur moyenne dans leur bulletin scolaire, d'ajouter d'un air important : *Lui, je ne l'aimais pas ; Elle non plus ; Je ne les ai jamais trouvés sympathiques ; Elle a toujours été radine ; Non, ce n'étaient pas des gens bien*...

Une ou deux fois, elle avait essayé de « salir » l'image de mon père, qui était, selon ses propres mots, *l'homme le plus honnête* qu'elle ait jamais connu, mais pour une raison ou une autre, elle avait fini par renoncer et l'avait laissé sur le piédestal où elle l'avait elle-même mis après sa mort.

« Tu n'étais pas précisément folle amoureuse de lui, n'est-ce pas ? avais-je demandé prudemment.

— Non, mais je l'aimais...

— Pourquoi ?

— Parce qu'il était taiseux... », avait-elle dit simplement.

De fait, mon père était vraiment avare de ses mots. Grand-père aussi, dans mon souvenir, était un homme réservé. Pour la première fois, j'ai pris conscience qu'ils étaient tous les deux non seulement *taiseux*, mais aussi *les hommes les plus honnêtes* que maman ait jamais connus.

Peut-être qu'en « salissant » de temps à autre les morts, elle se lavait de son propre sentiment de culpabilité pour les efforts qu'elle aurait pu faire et qu'elle n'avait pas faits. Sa culpabilité de les avoir négligés, de n'avoir pas fait plus pour ses proches, elle la camouflait sous des jugements sévères. On aurait dit que prendre un peu plus soin des autres, tout simplement, l'effrayait. Car à un moment, elle avait eu tout aussi peur de la vie qu'elle avait peur de la mort. Ce pour quoi elle s'était si fermement tenue à sa place, à ses petits axes têtus, fermant les yeux devant les scènes et les situations qui l'ébranlaient trop.

Il faut toujours bien faire revenir l'oignon. Le principal, c'est la santé. Les menteurs sont les pires des personnes. La vieillesse est un grand malheur. Les cocos sont meilleurs en salade. La propreté est la clé de la santé. Quand tu fais du chou frisé, mets toujours l'eau en premier.

Peut-être qu'elle disait déjà ce genre de choses auparavant, et que c'était juste moi qui ne les remarquais pas. Mais à présent, tout rétrécissait. Le cœur rétrécissait. Les veines rétrécissaient. Les pas rétrécissaient. Le vocabulaire rétrécissait. La vie rétrécissait. Elle prononçait ses stéréotypes d'un ton particulièrement important. Les stéréotypes, je suppose, lui donnaient le sentiment que tout était en ordre, que le monde était à sa place, qu'elle avait la situation sous contrôle, qu'elle avait un pouvoir de décision. Elle les maniait comme un tampon invisible, les assenant de tous côtés pour laisser sa trace. Son cerveau lui obéit encore, ses jambes lui obéissent encore, elle marche, avec une canne, certes, mais elle marche, elle est un être humain qui sait encore que *les cocos sont meilleurs en salade* et que *la vieillesse est un grand malheur*.

Encore en vie ?

« On appelle la vieille sorcière ? » dit-elle. Je décèle dans ses yeux un éclat inattendu.

Docile, je prends le petit répertoire de maman avec une quinzaine de numéros de téléphone importants, que j'ai recopiés pour qu'elle les ait toujours sous la main, je compose le numéro et je lui tends le combiné. Bientôt, je l'entends bavarder joyeusement.

« Qu'est-ce que tu deviens, ma vieille, encore en vie ?! »

Elle appelait souvent la « vieille sorcière », surtout maintenant qu'elle n'était plus en mesure de lui rendre visite. Pupa, non seulement par son âge, mais également par le temps depuis lequel elles se connaissaient, était la plus vieille amie de maman.

« S'il n'y avait pas eu Pupa, tu ne serais pas là non plus », dit maman avant de répéter la légende familiale sur la manière dont Pupa, jeune médecin fraîchement diplômée, avait aidé l'obstétricien lors de l'accouchement. (*« Mon Dieu, qu'il est laid, cet enfant ! » a dit*

Pupa quand ils t'ont sortie. J'étais morte de peur. Mais tu n'étais pas du tout laide, la vieille sorcière avait juste dit ça pour blaguer!)

« Ah, Pupa! Elle non plus, elle n'a pas eu la vie facile... », dit maman, pensive.

Pupa avait combattu chez les Partisans, où elle avait attrapé la tuberculose. Elle avait connu toutes sortes d'épreuves, avait déjà été à l'article de la mort à plusieurs reprises, et elle s'énervait contre sa fille, médecin, affirmant que tout était sa faute. Sans elle, tonnait souvent la vieille sorcière, elle serait déjà morte de sa belle mort depuis longtemps.

Elle pesait à peine quarante kilos, marchait avec une canne et était à moitié aveugle, elle ne voyait du monde que des contours flous. Elle vivait seule, refusant obstinément de partir en maison de retraite ou de s'installer chez sa fille et sa famille. Vivre avec une aide à domicile était également hors de question. De fait, tout était hors de question. Sa fille était donc contrainte de lui rendre des visites quotidiennes, et les femmes de ménage, dont elle changeait souvent, venaient également tous les jours. Elle restait assise dans son appartement, les jambes enfoncées dans une énorme botte de fourrure – un chauffage électrique pour pieds. Parfois, elle allumait la télévision et fixait les taches sur l'écran. Puis elle éteignait la télévision et reniflait l'air autour d'elle. Les voisins, ah, ces maudits voisins, ils avaient encore diffusé dans son appartement, par l'intermédiaire de l'installation de chauffage central, du « gaz pourri ». C'est comme ça qu'elle l'appelait, le « gaz pourri », car il répandait dans tout son logis une odeur de putréfaction. Elle forçait la femme de ménage à inspecter le moindre recoin de l'appartement, pour voir s'il n'y avait pas un truc en train de moisir, une souris morte, ou de la nourriture, mais la femme de ménage jurait qu'il n'y avait rien. À part le « gaz pourri », qui infectait de temps à autre les canalisations du chauffage central, rien ne venait lui empoisonner la vie. Le problème, c'était la mort : elle refusait obstinément d'arriver. Si au moins c'était elle qui s'était faufilée par les tuyaux, elle s'y serait abandonnée avec délices. La mort n'a pas d'odeur. C'est la vie qui pue. La vie est une ordure !

Assise dans son fauteuil, les jambes enfoncées dans son énorme botte, elle reniflait l'air autour d'elle. Avec le temps, la botte avait fusionné avec elle, devenant une prolongation naturelle de son corps. Les cheveux gris coupés court, le nez semblable à un bec, elle courbait élégamment son long cou et tournait son regard gris dans la direction du visiteur.

« Je lui ai déjà dit cent fois de me laisser mourir… », disait-elle, rejetant la faute sur sa fille. C'est ainsi qu'indirectement elle s'excusait de son état.

***

« Tu sais pas ce qu'elle a encore inventé ? dit maman d'un ton enjoué en reposant le combiné.

— Quoi donc ?

— Chaque jour, elle commande par téléphone des gâteaux à la pâtisserie. Elle mange cinq millefeuilles d'un coup.

— C'est quoi cette histoire ?

— Elle pense sans doute qu'elle va faire monter son taux de sucre et mourir…

— Quand même pas. Je suis sûre qu'elle a encore gardé quelques notions de médecine…

— Je te jure, elle engloutit plusieurs millefeuilles par jour.

— Et où en est sa glycémie ?

— Elle ne bouge pas. Entre cinq et six…

— Ça, c'est pas de chance.

— Et elle a viré sa femme de ménage.

— Pourquoi ?

— J'imagine qu'elle ne faisait pas assez bien le ménage.

— Et comment elle saurait, elle est à moitié aveugle ?!

— C'est vrai… Tu vois, je n'y avais pas pensé… »

Puis elle ajoute, d'un ton satisfait :

« Pour ce qui est de la propreté, Pupa a toujours été bien pire que moi. Je ne me rappelle pas avoir jamais vu quelqu'un entrer chez elle en chaussures. À l'entrée, on devait tous mettre ces patinfles…

— Des pantoufles en patin ?

— Oui, on n'en voit plus, de ces patinfles… »

La propreté est la clé de la santé

Nos invités, à la différence de ceux de Pupa, sortaient de chez nous avec les chaussures nettoyées! Maman se saisissait en cachette des souliers que les invités avaient ôtés à la porte et les emmenait à la salle de bains, où elle lavait la poussière ou la boue des semelles.

Elle était obsédée par la propreté. Un appartement rutilant, des rideaux lavés de frais, un parquet brillant, des tapis fraîchement nettoyés, des vêtements bien pliés dans les placards, du linge impeccablement repassé, de la vaisselle propre, une salle de bains étincelante, des vitres sans la moindre tache, chaque chose à sa place – c'était ce qui lui procurait la plus grande satisfaction. Pendant mon enfance, elle nous terrorisait – mon père, mon frère et moi – par la propreté. Elle accompagnait le ménage quotidien de la formule *On va quand même pas se négliger comme…* qu'elle complétait du nom de gens qui, soi-disant, s'étaient terriblement *négligés*. Le manque de propreté allait toujours de pair avec le mot *honte* (*C'est une honte ! C'est une honte, toute cette saleté !*). Quand j'étais petite, elle me mettait dans un coin, fermait le coin avec un coffre, et disposait mes jouets sur le coffre. Je restais prisonnière du coin le temps que le ménage quotidien soit accompli.

La dernière fois que je l'avais entendue prononcer ce mot (*C'est une honte !*) avec cette intonation, c'était il y a trois ans, lors de notre dernière visite sur la tombe de mon père. En général, nous allions au cimetière ensemble, et si elle ne pouvait pas elle envoyait soit moi, soit mon frère.

« C'est une honte, la manière dont les gens se comportent envers les tombes, avait-elle dit en désignant les tombeaux alentour, avant d'ajouter : Donne, qu'on le rince encore une fois… »

Rincer signifiait arroser d'eau la pierre tombale. Tout ce travail de nettoyage de la tombe n'était pas facile. Il fallait aller remplir le seau au robinet, qui n'était pas tout près, et rapporter de l'eau plusieurs fois. En général, nous frottions la pierre à la brosse et au détergent, avant de la rincer à l'eau plusieurs fois, mais ce jour-là maman n'était pas satisfaite.

« Comme ça, encore un peu », avait-elle ordonné.

Le chemin de la tombe de mon père à la station de taxis était long et elle l'avait, en s'appuyant sur moi, parcouru pour la dernière fois, ce que nous ne savions pas à l'époque.

« Celle-ci, elle est toujours propre, commentait-elle au sujet d'une tombe que nous longions. Alors que celle-là a été complètement négligée par sa famille ! C'est une honte ! »

À l'hôpital, elle m'avait confié qu'elle avait fait un saut à la maison pendant la nuit.

« C'est impossible. Comment ?!

— Je suis sortie en cachette et j'ai pris un taxi…

— Et qu'est-ce que tu as fait à la maison ?

— J'ai tout rangé en vitesse, et je suis revenue.

— J'étais à la maison, si tu étais venue, je m'en serais rendu compte. Tu as rêvé.

— Je n'ai pas rêvé… », avait-elle rétorqué, mal assurée.

Je venais la voir à l'hôpital tous les jours. La première chose qu'elle me demandait quand j'apparaissais à la porte, c'était :

« Tu as fait le ménage ? »

Ces trois dernières années, nous appelions souvent les Urgences. C'était la manière la plus simple et la plus rapide d'épargner à maman la pénible procédure bureaucratique et de la faire admettre immédiatement à l'hôpital. Un jour où elle s'était vraiment sentie mal, nous avions appelé le Samu. Et tandis que les infirmiers, la tenant sous les bras, la portaient vers l'ascenseur, elle s'était habilement penchée et avait attrapé le sac-poubelle à côté de la porte qui attendait d'être descendu à la benne.

« Mais enfin, madame ! » s'était théâtralement écriée la médecin, saisissant le détail du coin de l'œil.

Quand je lui demandais de me raconter quelque chose sur son enfance, à présent elle répondait brièvement et la décrivait comme *heureuse*.

« Pourquoi elle était heureuse ? demandais-je.

— Tout était propre et maman nous habillait bien. »

À l'hôpital, une sonde dans la bouche et une seringue à perfusion dans la veine, elle ne lâchait jamais son mouchoir. Elle ressentait constamment le besoin de s'essuyer les lèvres. Quand elle avait repris un peu de forces, elle m'avait immédiatement demandé de lui rapporter un pyjama propre…

« Et fais bien attention à m'en apporter un repassé… »

Il y a trois ans – quand elle avait brusquement sombré dans la léthargie – je l'avais d'abord emmenée chez le psychiatre, sans doute une manière inconsciente de repousser son départ pour l'hôpital, qui interviendrait immédiatement après.

Le psychiatre avait posé les questions d'usage :

« Vos nom et prénom, madame ?

— Aspirateur… avait-elle soufflé la tête baissée.

— Comment vous appelez-vous, madame ? avait répété le psychiatre d'un ton plus sévère.

— Ben… aspirateur… », avait-elle répété.

J'avais été submergée d'une vague de honte absurde : je ne sais pas pourquoi, en cet instant précis, il m'avait semblé qu'il aurait été plus rassurant qu'elle réponde « Madonna » ou « Marie-Thérèse d'Autriche ».

Tandis qu'elle était alitée à l'hôpital – où, au lieu du verdict sévère du psychiatre (*Alzheimer!*), il s'était avéré qu'il s'agissait tout de même d'un diagnostic « plus favorable » –, j'avais de mon côté, en parallèle, mené une bataille pour son rétablissement. J'avais engagé un maçon qui avait accepté de travailler toute la journée. Il s'était démené pour arracher la tapisserie qui, avec le temps, avait quasiment fusionné avec les parois de béton. Nous avions peint les murs en teintes pastel fraîches. Nous avions rénové la salle de bains, posé un nouveau carrelage et installé un nouveau miroir. J'avais acheté une nouvelle machine à laver, un nouvel aspirateur, jeté le vieux lit de l'une des chambres, acheté un canapé moderne rouge pétant, un nouveau tapis de couleurs vives, un nouveau placard jaune pâle. Sur le balcon, dans des pots flambant neufs, j'avais planté des fleurs (qui, cette année-là, avaient fleuri en buissons luxuriants jusqu'à tard dans l'automne!). J'avais nettoyé le moindre recoin de l'appartement et jeté les vieilles bricoles inutiles. Les fenêtres étincelaient, les rideaux étaient lavés de frais, les vêtements soigneusement pliés dans le placard, chaque chose était à sa place. Pour la première fois, il me semblait que je savais ce que j'avais le droit de jeter ou non, ce pourquoi, résistant à la tentation de la bazarder, j'avais épargné une vieille plante laide au feuillage rabougri.

J'avais laissé intacts les objets qu'elle gardait dans le tiroir supérieur de la commode : une vieille montre, qui avait soi-disant appartenu à grand-père, les médailles de mon père (la Médaille de la fraternité et de l'unité avec une couronne en argent, la Médaille du courage), une élégante boîte contenant une riche collection de compas, une règle Graphoplex (qui avait été à mon père), la clé de la boîte aux lettres de notre ancien appartement, un vieux réveil en plastique aux piles usées, une boîte de petits clous Gura (à en juger par le design, probablement de production est-allemande), une tabatière imitation argent, un éventail japonais, mon vieux passeport, une paire de jumelles d'opéra (de son voyage avec mon père à Moscou et Leningrad), une calculatrice électronique sans piles et une petite liasse d'avis de décès de mon père attachés avec un élastique. J'avais minutieusement nettoyé la bonbonnière en forme de panier où elle rangeait ses bijoux : une bague en or, une épingle ornée d'une pierre semi-précieuse (cadeau de mon père) et des colliers bon marché, qu'elle appelait ses *perles*. L'ikebana de maman, ses *perles* qui se déversaient de la bonbonnière telle une pelote de petits serpents, était resté pendant des années à la place d'honneur sur l'étagère. J'avais soigneusement lavé toute sa vaisselle, y compris le service à café en porcelaine japonaise qu'elle n'utilisait jamais, et qu'elle me destinait (*À ma mort, je te laisserai le service. Il m'a coûté un mois de salaire !*). Tout était prêt pour l'arrivée de maman, chaque chose était à sa place, la maison « rutilait » exactement comme elle l'aimait.

Maman était sortie de l'hôpital et avait fait son entrée dans son petit appartement de Novi Zagreb d'un air important.

« Ouhou-hou-houhou-hou ! C'est la plus grosse petite surprise que tu pouvais me faire ! »

Viens, allonge-toi là...

« Viens, allonge-toi là, dit-elle.

— Où ? je demande, debout à côté de son lit d'hôpital.

— Sur le lit, là...

— Mais il y a déjà une malade sur ce lit.

— Et là-bas ?

— Tous les lits sont occupés.

— Alors allonge-toi ici, à côté de moi. »

Bien qu'énoncée dans un moment de délire, cette invitation à m'allonger auprès d'elle a touché un point sensible. L'absence de tendresse physique entre nous, et son avarice dans l'expression de ses sentiments, étaient une sorte de règle tacite dans notre vie de famille. Elle-même ne savait pas exprimer ses sentiments, elle ne nous l'avait pas appris, et ensuite il nous avait semblé, à elle comme à nous, qu'il était trop tard pour réparer cet état de fait. Les manifestations de tendresse suscitaient davantage la gêne que le plaisir, nous ne savions tout simplement pas comment y réagir. Les sentiments s'exprimaient de manière détournée.

Lors de son séjour de l'année dernière à l'hôpital, juste après son quatre-vingtième anniversaire, le dentier et la perruque de maman avaient été ornés par l'hôpital d'une petite étiquette avec le nom de leur propriétaire. Elle m'avait demandé de rapporter la perruque à la maison (*Mieux vaut qu'elle soit à la maison, que personne ne la vole…*). Quand ils lui avaient enlevé la sonde, j'avais sorti le dentier du petit sac plastique sur lequel étaient inscrits ses nom et prénom et l'avais soigneusement nettoyé. À compter de ce moment, j'avais lavé son dentier chaque jour, jusqu'à ce qu'elle soit en état de le faire elle-même.

« Je t'ai lavé ta perruque à la maison.

— Elle n'a pas rétréci ?

— Non, ne t'inquiète pas.

— Tu l'as mise sur le… pour qu'elle ne se déforme pas ?

— Oui, sur le mannequin. »

Le fait que je m'occupe d'elle, de ses affaires « intimes », signifiait pour elle, je suppose, bien plus qu'un contact physique. J'avais appelé la coiffeuse de l'hôpital qui lui avait coupé les cheveux très court, et ça lui avait plu. La pédicure de l'hôpital avait soigné ses ongles des pieds, et je m'étais occupée de ses mains. Je lui avais apporté ses crèmes. Son rouge à lèvres était le signal irremplaçable qu'elle appartenait encore au monde des vivants. Pour la même raison, elle refusait obstinément d'enfiler une chemise de nuit d'hôpital et m'avait demandé de lui apporter ses pyjamas.

Pour son quatre-vingtième anniversaire, nous étions allées ensemble dans un café des environs. Elle avait procédé à son rituel habituel : elle s'était apprêtée avec soin, avait enfilé ses chaussures à talons, mis sa perruque, maquillé ses lèvres…

« Elle me va bien ?

— C'est parfait.

— Est-ce que je la tire un peu plus sur le front ?

— Non, c'est bien comme ça.

— On ne dirait pas que c'est une perruque.

— Non.

— Alors, comment tu me trouves ?

— Magnifique. »

Nous étions restées en terrasse jusqu'à ce qu'une averse automnale ne nous chasse à l'intérieur du café.

« Il fallait qu'il pleuve justement aujourd'hui ! Pour mon quatre-vingtième anniversaire ! avait-elle bougonné.

— Ça ne va pas durer longtemps, avais-je dit.

— Manquerait plus que je prenne la pluie pour mon quatre-vingtième anniversaire ! » avait-elle gémi.

Nous étions restées au café assez longtemps, mais l'averse ne cessait pas.

« On va prendre un taxi ! Je ne peux pas me permettre de prendre la pluie ! » avait-elle grommelé, même si la probabilité qu'un taxi accepte de nous conduire sur deux cents mètres était faible.

Elle s'inquiétait, en réalité, pour sa perruque. Je m'étais efforcée de la persuader que la perruque ne risquait rien.

« Et si j'attrape une pneumonie ? »

Nous avions appelé un taxi. Et sa panique interne s'était éteinte comme les bougies d'anniversaire qu'elle allait, entourée de ses amies, souffler quelques heures plus tard.

Ces trente dernières années, depuis que mon père était mort, elle s'était retirée dans son intérieur. Sa disparition l'avait prise par surprise, et elle était restée interdite, sans savoir où aller. Le temps passait, et elle restait sur place, comme un aiguilleur oublié, elle menait de petites conversations avec ses voisins, avec nous, ses enfants, plus tard avec ses petits-enfants, et se plaignait de la monotonie de sa vie. Elle désespérait, il lui semblait souvent que sa vie était un véritable *enfer*, mais elle ne savait pas comment s'en sortir. Elle avait longtemps fait peser la faute sur nous, ses enfants : nous avions pris notre indépendance, nous avions quitté la maison, nous ne faisions plus attention à elle comme autrefois, nous étions *devenus des étrangers* (cette dernière expression était la sienne). Mais la liste de ses refus, elle aussi, s'allongeait de jour en jour : elle avait refusé de vivre avec mon frère et sa famille (*Pourquoi ? Pour leur faire la cuisine et le ménage tous les jours !*), ou de déménager dans leur quartier (*Je devrais leur garder les enfants tous les jours !*), elle avait refusé de partir en voyage avec moi, tant qu'elle le pouvait encore (*De toute façon, j'ai déjà vu tout ça à la télévision!*), elle avait refusé de voyager seule (*Je ne vais quand même pas me balader toute seule, je serais la risée de tout le monde!*), elle refusait souvent de se joindre à nous lors de petites fêtes ou excursions en famille (*Allez-y, vous, c'est trop fatigant pour moi!*), elle refusait de se consacrer davantage à ses petits-enfants (*Je suis vieille et malade, je donnerais tout pour eux, mais ils me fatiguent tellement!*), elle refusait de s'intégrer à un groupe de personnes de son âge (*Qu'est-ce que j'irais faire là-bas avec des vieux!*), elle refusait de parler à un psychologue (*Je ne suis quand même pas folle, je n'ai pas besoin d'un psychologue!*), elle refusait de se trouver un hobby (*À quoi est-ce que ça m'avancerait? C'est un réconfort pour imbéciles!*), elle refusait de renouer des liens avec de vieilles connaissances (*Qu'est-ce que j'irais faire avec eux, sans papa?*) – puis elle avait tout de même fini par se résigner. Avec le temps, elle s'était fondue dans la maison et limitait ses sorties à des promenades dans le quartier, pour aller au marché, à la supérette, chez le médecin, prendre le café chez une amie. À la fin, elle ne faisait plus que sa petite balade quotidienne, jusqu'au café du marché. Ses positions arrêtées (*C'est trop sucré! C'est mon avis! Peut-être parce qu'on m'a appris à manger relevé!*), son caractère buté (*Même morte, je ne mettrais pas de couche. Je ne suis quand même pas une pauvre vieille invalide!*), ses exigences (*On doit laver les rideaux aujourd'hui!*), ses déclarations à l'emporte-pièce (*À l'hôpital, ils étaient tous vieux et moches!*), son absence de tact (*Chère voisine, votre café pue!*)... tout ça, c'étaient les signaux d'un malaise fondamental qui couvait en elle depuis des années, le sentiment omniprésent que nul ne la remarquait, qu'elle était invisible. Elle menait sa lutte contre cette terrifiante invisibilité du mieux qu'elle pouvait, avec les moyens qu'elle avait à sa disposition.

Une fois, pendant un dimanche après-midi en famille, j'avais pris quelques clichés des personnes présentes dans des poses naturelles. Je les avais pris en photo, elle, mon frère, la femme de mon frère, les enfants, tous ensemble… Et ensuite, j'avais voulu tirer un portrait de la famille de mon frère, juste eux quatre. Ils s'étaient tous alignés, mais au dernier moment, avec une vélocité surprenante, maman avait bondi devant l'objectif.

« Vous n'allez quand même pas la prendre sans moi ?! »

Chaque fois que je tombais sur cette photographie, j'avais le souffle coupé. Son visage qui s'introduisait dans le cadre, et son sourire qui exprimait simultanément la victoire et la contrition, faisaient fondre les lourdes portes de ma zone « interdite » intérieure, et je m'effondrais, si tant est que le verbe *s'effondrer* puisse décrire ce qui m'arrivait en ces instants-là. Et quand toutes mes forces, les forces du moindre de mes nerfs, s'étaient épuisées en sanglots, je m'étranglais et je crachais dans ma paume un petit grumeau vivant, pas plus grand qu'une dizaine de centimètres, avec un petit crâne ovale planté au sommet de la colonne vertébrale, légèrement penché en avant, aux paupières closes et avec un sourire à peine perceptible. J'observais ce grumeau sur ma paume trempée de larmes et de salive depuis une terrible distance, sans peur, comme mon propre petit enfant.

Le meuble de chevet

La première chose que j'avais remarquée, c'était le meuble de chevet. Je l'avais acheté par hasard, lors de ma dernière visite, à la brocante du dimanche. Vieux, rustique, ordinaire, avec une paroi découpée de travers. La vieille couche de peinture avait été décapée, et c'était là – dans le vieux bois poncé – toute sa valeur. À présent, le meuble de chevet, grossièrement enduit d'une peinture à l'huile couleur crème sale, se tenait dans ma chambre comme une punition.

« C'est la petite surprise dont je t'avais parlé… »

Lors de nos conversations téléphoniques, elle m'avait mentionné à plusieurs reprises qu'une « petite surprise » m'attendait à la maison, mais je n'y avais pas prêté attention. C'était sa ruse typique, elle utilisait souvent des « petits secrets » et des « petites surprises » comme appât, si bien que j'étais déjà habituée à ce que, en général, il n'y ait derrière ses promesses rien de bien transcendant.

« Qui l'a peint ?

— Ala.

— Quelle Ala ?
— Cette petite Bulgare que tu m'as envoyée.
— Il me semblait qu'elle s'appelait Aba…
— Ben, je t'ai bien dit Ala, non…
— Ce n'est pas Ala, c'est Aba !
— C'est bon, pas la peine de t'énerver…
— Je ne m'énerve pas. »
J'avais baissé le ton.

En réalité, je me sentais flouée. Pas tant à cause du meuble de chevet qu'à cause de toute l'opération stratégique qu'elle avait mise en œuvre juste parce que ce petit meuble ne lui plaisait pas. Elle n'avait pas pu se résigner au fait que cette *horreur même pas peinte* soit dans son appartement, c'était plus fort qu'elle, et elle n'avait pas osé me le dire. Auparavant, ce genre de choses ne passait même pas le seuil de la maison, mais à présent, étant donné la nouvelle situation, elle était plus conciliante. Et quand la petite Bulgare était entrée en scène, elle avait immédiatement conçu une idée salvatrice. Elle avait raconté, je suppose, que j'avais moi-même eu l'intention de peindre le meuble de chevet, mais que je n'en avais pas eu le temps ; qu'elle l'aurait elle-même peint depuis longtemps, mais que malheureusement elle n'en était plus capable à cause de sa maladie. Elle avait ajouté, je suppose, que j'aurais une bonne surprise en voyant le meuble peint précisément comme je l'avais désiré. C'est ainsi, j'imagine, qu'elle avait réussi à convaincre son invitée stupéfaite de lui peindre le meuble. Il s'avérerait que ce n'était pas tout à fait exact, elles avaient toutes les deux, elle et Aba, décidé de me faire une « petite surprise »…

« Je ne comprends pas pourquoi elle ne donne pas de nouvelles… dit-elle, inquiète.

— Pourquoi elle devrait en donner ?

— Elle m'en a donné plusieurs fois depuis son départ. J'ai reçu plusieurs cartes postales…

— Ah oui ?

— Elle m'a même appelée au téléphone… »

Aba était une Bulgare qui m'avait contactée par mail plusieurs mois auparavant. Étudiante en slavistique, apparemment ma grande admiratrice, elle lisait tout ce que j'écrivais, elle maîtrisait bien la langue croate, ou serbo-croate, ou croato-bosno-serbe. À propos, ça l'intéresserait vraiment de savoir ce que je pensais de tout ça, la langue étant, n'est-ce pas, l'unique ustensile de l'écrivain (ustensile ?! quel mot étrange dans ce contexte !), n'est-ce pas, et elle aimerait beaucoup discuter avec moi de cet embrouillamini linguistique, ainsi que de beaucoup, beaucoup d'autres choses, bien entendu, si je me trouvais par hasard à Zagreb cet été. En gros, elle espérait que j'aurais un peu de temps à lui consacrer. De son côté, elle avait du temps à revendre. Elle avait reçu une bourse d'études de deux mois à Zagreb, et une invitation à participer au séminaire estival de slavistique à Dubrovnik. Elle aimerait beaucoup faire ma connaissance, elle en rêvait depuis qu'elle avait lu mon premier livre. Non, elle ne connaissait absolument personne à Zagreb, c'était son premier séjour en Croatie.

J'avais immédiatement pensé que la jeune Bulgare pourrait tenir compagnie à ma mère. Cela faisait déjà trop longtemps que maman fréquentait un cercle restreint, une inconnue lui apporterait un peu de fraîcheur. Maman serait contente d'avoir l'occasion de parler un peu en bulgare, lui avais-je écrit dans un mail. D'ailleurs, avais-je ajouté, si elle avait des problèmes de logement, elle pouvait tout à fait utiliser « ma » chambre dans l'appartement de maman. Je lui avais envoyé son adresse et son numéro de téléphone. Quant à moi, malheureusement, je ne serais pas à Zagreb au moment de son séjour. Bien entendu, ma proposition ne l'obligeait à rien, et je comprenais même que, étant donné que ma mère était une vieille femme, elle puisse lui sembler légèrement insultante, ce qui, dans tous les cas, n'était absolument pas mon intention.

Cependant, c'était tout le contraire qui s'était produit. Maman s'était vantée qu'Aba lui rendait souvent visite et qu'elles étaient devenues amies.

« Ala est adorable, dommage que tu n'aies pas pu faire sa connaissance, je n'ai jamais rencontré un tel trésor… »

À sa voix, je savais qu'elle disait la vérité.

« Elle est très, très bien élevée », avait-elle dit, attendrie.

L'habitude de répéter deux fois le mot qu'elle voulait souligner était nouvelle, tout comme cette habitude de séparer les gens entre les *bien élevés* et les *mal élevés*. Les bien élevés étaient bien élevés avec elle, cela va de soi.

« Regarde ce qu'elle m'a offert.

— Qui ?

— Ben, Ala. »

Elle m'avait montré deux peignes en bois ornés de motifs folkloriques et une bouteille de liqueur à la rose Roza. Une petite carte était pendue au col de la bouteille par un ruban doré, avec un texte…

« *Au joli mois de mai, le printemps éclôt, les arbres s'ornent de tendres petites feuilles fermes, les champs se couvrent de fleurs, les rossignols entonnent leur chant délicieux… et au sein de cette luxuriance, telle Vénus parmi ses nymphes, les jardins rougissent de roses…*, avais-je lu à voix haute.

— Qu'est-ce qui te fait sourire ?! avait-elle demandé.

— Je ne souris pas.

— C'était vraiment comme ça, avait-elle asséné, sur la défensive. Les roses fleurissaient dans tous les coins. Chaque année, grand-mère faisait de la confiture de pétales de roses… »

Elle conservait dans son placard quelques nappes brodées à la main. C'étaient des cadeaux de ses cousines et amies bulgares, et elle connaissait précisément le nom de chaque brodeuse : Dina, Rajna, Žana… Le tissu avait jauni et était usé aux plis, mais ces nappes, d'après maman, avaient une valeur inestimable.

« Tu sais combien il y a de points là-dessus ? » me demandait-elle, avant d'énoncer d'un air important un nombre à six chiffres choisi au hasard.

Pendant des années, elle avait gardé au mur une hideuse reproduction, sur laquelle un vieil homme en costume folklorique bulgare fumait la chibouque.

« Jette-moi ça, c'est moche, disais-je.

— Je n'abandonnerai jamais ce tableau ! C'est un souvenir de papa ! » rétorquait-elle, pensant à son propre père.

Grand-père ne ressemblait en rien à l'homme sur la peinture. Plus tard, pour garder le tableau, elle m'avait affirmé que papa (il s'agissait à présent de mon père) le lui avait acheté lors d'un de nos voyages à Varna pour les vacances d'été. La toile tombait déjà en morceaux. J'avais tiré profit de l'un de ses séjours à l'hôpital pour la jeter enfin à la poubelle. Elle n'avait même pas remarqué qu'elle avait disparu, ou alors elle avait fait semblant de ne pas le remarquer.

Elle tenait posée sur la télévision une poupée en costume traditionnel bulgare. La poupée tombait souvent de son piédestal, mais elle insistait obstinément pour la ranger précisément à cet endroit.

« C'est pour me rappeler la Bulgarie… », disait-elle.

Tout compte fait, la petite Bulgare avait joué un rôle bien plus important que la conversation en bulgare : elle avait peint le meuble de chevet. Les souvenirs, censés *rappeler* la Bulgarie à maman, ne pouvaient se mesurer à sa satisfaction au sujet du meuble.

La maison avait toujours été son royaume. En quittant Zagreb, j'avais rendu mon appartement. Quand je revenais, je logeais chez elle. Elle aimait plus que tout recevoir des visites, mais une fois les invités partis elle râlait parce qu'ils avaient laissé derrière eux des tasses de café sales. Elle adorait ses petits-enfants, elle versait une larme à la simple mention de leur prénom, mais après leur départ elle ronchonnait qu'il allait lui falloir plusieurs jours pour remettre de l'ordre dans l'appartement. Quand j'avais quitté le pays, j'avais laissé chez elle des affaires, principalement des vêtements, c'était la seule chose qu'elle avait accepté de garder. Avec le temps, j'avais remarqué que mes vêtements disparaissaient. Il s'était avéré qu'elle avait offert mon manteau à une voisine, ma veste à une autre, mes chaussures à une troisième…

« De toute façon, tu n'en as pas besoin, et ici les gens ne peuvent pas se payer de si jolies choses », s'était-elle justifiée.

Ce n'était pas tant mes affaires qui m'importaient, ce qui me rendait folle c'était son obsession du ménage, sa manie de ne rien laisser entrer sur son territoire qui ne soit son choix ou sa décision, ce qui, d'ailleurs, était la véritable raison de sa générosité.

Les journaux que j'achetais le matin se volatilisaient avant midi.

« Je les ai donnés à ma voisine Marta pour qu'elle les lise. Elle n'a pas d'argent pour les journaux. Elle les rapportera… Et de toute façon, tu les as déjà lus. »

La nourriture que j'achetais finissait chez les voisins.

« Ce fromage que tu as acheté, là, je ne l'aime pas, disait-elle. Je l'ai donné à la sœur de Marta.

— Et les gâteaux ?

— Je les ai jetés. Ils étaient moches et je n'aimais pas leur goût. »

***

Elle montait sur ses grands chevaux si j'avais le malheur de ranger un de mes vêtements dans son armoire. Mes souliers s'étaient vu attribuer l'étagère inférieure du meuble à chaussures. Dans la salle de bains, mes affaires étaient cantonnées à un modeste coin, et elle s'insurgeait immédiatement si je les mélangeais par hasard avec les siennes.

« Je n'ai rien touché depuis que tu es partie ! Tout est à sa place ! » étaient ses premiers mots quand j'arrivais de voyage.

Ce qui signifiait juste qu'elle avait résisté à la tentation de tout bien « ranger » et « nettoyer ».

Je venais souvent. Elle ne pouvait pas passer l'été seule, ni les vacances de Noël, ni son anniversaire, cela s'entend.

« Tu vas quand même venir pour mon anniversaire ?! »

Depuis qu'elle était tombée malade, je venais de plus en plus souvent et restais de plus en plus longtemps. À chacune de mes arrivées, je pouvais lire sur son visage une sincère excitation. Quand je repartais, elle écrasait systématiquement une larme, comme si nous nous voyions pour la dernière fois. Pourtant, je savais que dès que je refermais la porte derrière moi, elle ouvrait le placard du couloir, prenait l'aspirateur, aspirait tout d'abord « ma » chambre, remettait soigneusement tout en place, passait à la salle de bains, en sortait toutes « mes » petites affaires, brosse à dents, dentifrice, crème, shampoing, et rangeait bien proprement le tout dans « mon meuble de chevet ». Je suis certaine que, ce faisant, elle reniflait, essuyait ses larmes et maudissait le destin cruel qui la condamnait à vivre ses dernières années seule.

Elle n'arrivait plus à cuisiner, elle n'en avait plus ni le désir ni la force, et c'était moi qui m'en chargeais. Elle n'arrivait pas à s'en empêcher. Elle faisait irruption dans la cuisine, se serrait avec moi dans cet espace restreint, lavait vaguement quelque chose, faisait des commentaires, marmonnait qu'il fallait faire comme ci, et pas comme ça, ronchonnait que je n'apprendrais jamais rien dans la vie. La cuisine était son territoire d'autorité absolue, et elle le défendait de ses ultimes forces.

Quand elle m'entendait parler avec quelqu'un au téléphone, elle venait immédiatement dans « ma » chambre, me posait une question ou me disait quelque chose, haussant le ton telle une perruche dans sa cage, si bien que j'étais en général contrainte d'interrompre ma conversation. Elle le faisait par réflexe, comme si elle n'était pas consciente de ses actes.

« On devrait appeler la vieille sorcière, dit-elle en me voyant le combiné à la main.

— D'accord, laisse-moi juste finir ma conversation.

— Je l'ai appelée plusieurs fois, personne ne répond.

— On va l'appeler.

— Demande à Zorana, elle saura. »

Zorana était la fille de Pupa.

« Je lui demanderai. Laisse-moi juste finir ma conversation.

— N'oublie pas. »

Debout, appuyée au meuble de chevet, elle m'observe.

« Ada non plus ne donne pas de nouvelles…

— Aba.

— Elle non plus, elle ne donne pas de nouvelles.

— Elle va finir par en donner, ne t'inquiète pas.

— On devrait aussi appeler la famille. »

La « famille », c'était mon frère, sa femme et ses enfants.

« Mais on les a appelés ce matin !

— Ouvre la porte du téléphone, on étouffe dans cette chambre, lance-t-elle en trépignant vers la porte.

— La porte du balcon, je rectifie.

— Voilà, je l'ai ouverte. »

Elle rangeait et nettoyait tout avec soin, y compris cette *horreur de meuble de chevet* que j'avais introduit dans l'appartement, tout comme elle avait rangé et nettoyé sa propre vie. Une fois seulement, alors que nous parlions de notre première maison, avec un grand jardin, elle avait tout de même reconnu :

« Je faisais plus attention à ce que les plates-bandes soient bien droites qu'à ce que j'allais planter et comment ça allait donner. »

***

Les échéances de la concession funéraire, qu'elle avait versées pendant des années, étaient payées : sa sépulture, avec toutes les formalités afférentes, était garantie. Son territoire mental et sentimental s'était rétréci, et il était rangé « comme une boîte ». Là, dans cette « boîte », se bousculaient ses deux petits-enfants, mon frère et sa femme, et deux ou trois vieilles amies (dans cet ordre précis – conformément à l'importance qu'ils avaient dans son cœur).

Bien entendu, j'étais là aussi. Parfois, il me semblait qu'elle préférait nos conversations téléphoniques à nos conversations en face à face. Comme si elle se sentait « plus libre » au téléphone.

« Je suis assise sur ta chaise, disait-elle en pensant à mon fauteuil de bureau, je regarde les fleurs sur le balcon et je pense à toi. Si seulement tu pouvais voir comme elles ont bien fleuri ! Comme si elles pleuraient après toi… »

Et ensuite, encouragée par cette liberté émotionnelle soudain conquise, elle ajoutait, une légèreté déplacée dans la voix :

« Mon Dieu, ce que ma vie est vide ! »

Elle avait néanmoins clos la plupart de ses « dossiers sensibles ». Il y en avait un qu'elle tenait encore à moitié ouvert : c'était Varna, la ville de son enfance et de sa jeunesse. C'était pour cette raison, semblait-il, qu'elle avait si chaleureusement accueilli sur son territoire une petite Bulgare inconnue.

Le badal *de maman*

1.

Tout s'était enchevêtré. Mes contacts avec l'organisation de la manifestation littéraire « Plumes d'or des Balkans », à Sofia, avaient été peu concluants. Ils m'avaient laissée me charger de réserver et d'acheter le billet d'avion. Il m'était plus facile d'échanger des mails avec Aba qu'avec eux. De toute façon, le véritable but de mon voyage était Varna, les « Plumes d'or des Balkans » n'étaient qu'un prétexte. Aba avait prestement répondu qu'elle se joindrait à moi, si je n'avais rien contre ; elle avait à Varna une cousine qu'elle n'avait pas vue depuis longtemps, et de nombreux amis. Je n'avais rien contre.

Maman m'avait orientée en direction de Varna, elle me téléguidait comme un jouet, elle m'envoyait là où elle ne pouvait pas aller elle-même. C'est ainsi que, dans les temps anciens, les fortunés envoyaient au *hajj*, ou au service militaire, leur *badal*, leur pèlerin ou troufion par procuration. J'étais le *badal* de maman. Elle m'avait chargée de retrouver à tout prix Petja, son amie d'enfance et de jeunesse. À ce qu'elle savait, Petja aurait contracté la maladie d'Alzheimer et, histoire d'empirer la situation, c'était son fils, alcoolique, qui s'occupait d'elle. L'adresse de Petja, cependant, avait mystérieusement disparu du répertoire de maman.

« Demande à la police, maman s'entêtait.

— C'est quoi, le nom de famille de Petja ?

— Son mari s'appelait Gošo.

— Son nom de famille ? »

Son visage s'était teinté d'une ombre de désespoir.

« D'accord, je demanderai à la police, ils sauront bien me renseigner », m'étais-je hâtée d'ajouter.

Elle ne m'avait pas demandé de chercher la tombe de grand-mère. Grand-mère et la sœur de maman étaient toutes les deux enterrées au cimetière de Varna. À un moment donné, maman avait mis la tombe à disposition des amis de grand-mère. Les concessions étaient, sans doute, chères, et les morts se succédaient.

« Je suis vraiment trop bête. J'ai mis la tombe à leur disposition et ils ne m'ont même pas remerciée », ronchonnait-elle.

Elle ne m'avait pas non plus mentionné la tombe de grand-père, elle ne le pouvait pas, elle ne savait même pas où il était enterré au juste. Elle avait reçu l'avis de décès trop tard. Les temps étaient rudes, c'étaient deux États distincts, peu de choses étaient gérées de manière humaine. À l'exception de son amie Petja atteinte de démence sénile, elle n'avait plus personne à Varna. Ma principale mission en tant que *badal* était de photographier Varna et de montrer à maman les photos sur mon nouvel ordinateur. Les photos, c'était mon idée, et j'avais acheté à cet effet un petit appareil numérique.

J'avais demandé à Aba de réserver les billets d'avion. Au guichet de la Bulgarian Airlines à Amsterdam, on m'avait dit que le billet pour Varna serait moins cher si je l'achetais à Sofia. Aba m'avait dit que l'avion était très cher et m'avait suggéré de prendre le train. J'avais refusé, j'avais entendu toutes sortes d'histoires sur les vieux trains bulgares mal entretenus où sévissaient des bandes de détrousseurs. J'avais insisté sur l'avion, qui irait, grands dieux, faire sept ou huit heures de car de Sofia à Varna ! Elle m'avait poliment répondu que l'avion était trop cher pour elle et qu'elle prendrait donc le bus, mais qu'elle allait me réserver un billet d'avion. J'avais eu honte. J'avais accepté, bien entendu, nous pouvions prendre le car, au contraire. Un interminable voyage cahotant dans la campagne bulgare à la fin de l'automne pouvait avoir son charme. Nous avions également eu quelques tensions au sujet de l'hôtel. Aba avait proposé des options bon marché. J'avais immédiatement imaginé des hôtels communistes délabrés et à l'abandon, avec le chauffage en panne, et j'avais répondu que je voulais un hôtel correct dans le centre-ville, peu importait le prix.

« J'ai tellement hâte de vous rencontrer, vous n'avez pas idée de ce que vos livres signifient pour moi », ajoutait-elle à chaque mail. Elle avait insisté pour m'attendre à l'aéroport. « Inutile, je prendrai le taxi pour aller chez la cousine de maman », avais-je répondu. « Non, non, je viendrai vous chercher, vous avez écrit quelque part qu'un pays étranger, c'est un pays où personne ne vous accueille à votre arrivée. » J'avais été incapable de me rappeler où j'avais écrit ça, si je l'avais écrit, et même si c'était le cas, à présent, ça me semblait bien loin.

Pourtant, elle n'était pas à l'aéroport. J'avais arpenté la salle d'attente, attendu un peu, puis attendu dans la file pour changer mes euros en leva, je m'étais à nouveau baladée dans la salle d'attente, et mon regard avait fini par s'arrêter sur une jeune fille menue, serrée debout dans un coin, un petit bouquet de fleurs à la main, et qui suivait d'un regard préoccupé l'arrivée des voyageurs. Puis elle m'avait enfin elle aussi remarquée. Elle s'était ruée vers moi et m'avait chaleureusement embrassée sur la joue. Ah, comme elle était bête, maintenant, j'allais certainement la prendre pour une empotée, mais, voilà, il lui avait semblé qu'elle devait m'attendre précisément à cet endroit, car si elle se déplaçait, je sortirais et elle me manquerait, même si c'était là, de cet endroit précisément, qu'on avait la meilleure vue d'ensemble, elle avait tout bien étudié, et pourtant elle ne comprenait pas comment elle avait pu me manquer…

Elle était petite, maigre, et même un peu voûtée de maigreur. La première chose qui vous sautait aux yeux, c'étaient ses lunettes trop grandes, à la monture trop lourde pour son minois frêle et délicat (un vrai petit rat de bibliothèque !). Ses yeux sombres et vifs, son nez légèrement aquilin et cette malheureuse monture lui donnaient des airs d'oiseau. Elle avait la peau légèrement tavelée et recouverte d'une épaisse couche de fond de teint, les cheveux mi-longs, tirant sur le rouge, brillance L'Oréal. Elle était embellie par un sourire singulièrement avenant. Somme toute, une petite fille, une « petite Bulgare ». Je comprenais un peu mieux à présent pourquoi elle avait tellement plu à maman.

Elle m'avait immédiatement demandé des nouvelles de maman, comment allait-elle, que faisait-elle, les pélargoniums du balcon étaient-ils encore en fleurs (tiens donc, apparemment, elles avaient planté ensemble les fleurs sur le balcon !), puis elle avait ajouté que nous devions absolument téléphoner à maman et lui envoyer des cartes postales. Nous ? J'étais restée légèrement interdite par cet emploi du pluriel. Elle avait ajouté que ma mère était une personne adorable, qu'elle était le seul contact chaleureux et « humain » qu'elle avait réussi à nouer à Zagreb, et elle y avait passé deux mois entiers ! La « petite Bulgare » était très jeune, ou du moins elle faisait jeune, dans tous les cas, elle aurait pu être ma fille. Ses questions sur maman semblaient sincères, et donc d'autant plus suspectes. Que pouvait-elle bien avoir en commun avec ma vieille mère à moitié sénile, c'était un mystère.

Nous avions pris un taxi. Elle avait insisté pour m'accompagner chez la cousine de maman. Elle avait insisté pour payer le taxi.

« Et vous ? Où allez-vous ? lui avais-je demandé.

— Je ne sais pas, avait-elle dit. Je vais rentrer à la maison. »

On aurait dit qu'elle n'avait pas envie de rentrer chez elle, et qu'elle ne savait pas où aller… Elle avait l'air si perdue que j'avais failli lui proposer de venir avec moi, mais je m'étais ravisée au dernier moment.

« Je vous appellerai demain matin. Que nous nous mettions d'accord pour la suite », avais-je dit, j'avais claqué la porte du taxi, et au même moment j'avais ressenti une vague pointe de culpabilité. Le taxi était parti. Elle m'avait fait au revoir de la main. Elle tenait encore le petit bouquet de fleurs, qu'elle avait manifestement préparé à mon intention, mais qu'elle avait oublié de me donner.

2.

« L'hôtel est dans le centre, avait-elle dit d'un ton assuré.

— L'hôtel est à côté de la gare, avait rétorqué le taxi.

— Oui, et la gare est dans le centre », avait-elle ajouté.

L'hôtel s'appelait Akva et, à en juger par la petite carte imprimée sur la carte de visite de l'établissement, il était tout proche de la gare ferroviaire. Aba, qui n'avait manifestement pas informé sa cousine de sa venue, pas plus que ses amies, avait attendu dans une attitude contrite que je prenne la chambre à la réception, comme si ça allait de soi. J'étais un peu contrariée, mais je n'avais nulle part où aller. Elle m'avait mise devant le fait accompli, elle n'avait même pas essayé de s'excuser. Mais enfin, elle a un portable, râlais-je intérieurement, pourquoi est-ce qu'elle n'appelle pas sa cousine ?

Nous avions déposé nos affaires, décollé les deux lits, j'avais ouvert les rideaux. Les ombres noires des grues se détachaient sur le ciel sombre. On doit être près du port, m'étais-je dit, mais où était le port, et où la gare, je n'arrivais pas à me le figurer. J'avais proposé à Aba d'aller nous promener et manger un morceau. Le réceptionniste nous avait averties qu'il était tard et que nous allions avoir du mal à trouver quelque chose d'ouvert à cette heure-ci. J'avais regardé ma montre. Il n'était que dix heures.

Nous avions erré dans les rues désertées. Elle non plus n'avait pas la moindre idée d'où nous nous trouvions. Je sentais la rage m'envahir : tout allait de travers, nous avions voyagé huit heures au lieu de six, avec une seule et unique pause en cours de route. L'autocar, cela dit, était confortable, avec des écrans, ils nous avaient passé des films, qui n'étaient même pas si mauvais que ça, pendant tout le trajet. En gros, j'avais passé le voyage à fixer l'écran. Aba laissait errer son regard sur les paysages jaunis de la fin d'automne qui sombraient peu à peu dans le crépuscule, et elle avait fini par s'endormir. Elle s'était réveillée à peu près au moment de l'entrée dans Varna.

Dehors, le vent soufflait et dispersait les déchets dans les rues vides. La ville avait l'air angoissante. Que je ne sois pas en mesure de reconnaître le moindre détail me tourmentait. Ensuite, nous avions aperçu un petit restaurant éclairé et nous étions entrées. J'étais fatiguée, je n'avais qu'une envie, manger quelque chose le plus vite possible et rentrer à l'hôtel. J'étais fermement décidée à changer d'hôtel le lendemain ; quant à elle, elle se mettrait sans doute à la recherche de sa cousine et ses amis.

« D'où vient votre nom, Aba ? »

Elle s'était animée. Sa mère était fan du groupe de pop suédoise Abba, ce qui, dans la Bulgarie communiste, n'était pas chose facile ; de nombreuses marchandises étaient « déficitaires », y compris les vinyles. La petite fille était née au moment où Bjorn, Benny, Agnetha et Frida avaient joué ensemble pour la dernière fois, peut-être précisément au moment où ils avaient chanté sur une scène japonaise leur célèbre *Knowing Me, Knowing You*. Elle était née en mars 1980, et sa mère avait décidé de l'appeler Aba. Elle avait été inscrite au registre d'état civil avec un seul « b », ce qui aurait été le cas de toute façon, avec ou sans intervention maternelle. Sinon, son père était d'origine hongroise, mais ses parents étaient séparés depuis déjà longtemps…

« Si ma maman avait lu Nabokov, au lieu d'être folle d'Abba, je m'appellerais Ada, et pas Aba.

— Les deux sont jolis », avais-je dit.

Cette remarque sur Nabokov m'avait touchée, elle était pleine d'une prétention juvénile. J'avais souri. Elle aussi. Quand elle ne souriait pas, elle avait l'air plus âgée, plus sombre, son sourire était manifestement son atout. Oui, elle aurait pu être ma fille. Moi non plus, ces années-là, je n'avais pas su résister à Abba.

« Que faites-vous dans la vie ? Vous avez un travail ?

— On pourrait se tutoyer, non ? avait-elle dit d'un ton impatient. Ou au moins vous pouvez me dire « tu ».

— Tu fais des études de slavistique ?

— Oh, non. J'ai fini ! avait-elle dit fièrement.

— Et qu'est-ce que tu fais ?

— Tu ne devineras jamais ! »

J'ai remarqué qu'elle était passée un peu trop facilement au tutoiement.

« En ce moment, je suis inscrite en folkloristique.

— Et le doctorat, tout ça… Tu as déjà tout fini ?

— *Piece of cake !* » avait-elle sobrement conclu.

***

S'il y avait une chose que je ne supportais pas, c'était bien le folklore et les folkloristes. Les folkloristes étaient des sortes d'adulescents, les infantiles du monde académique. Discrètement, sans déranger personne, ils chuchotaient dans leurs recoins universitaires. À mon époque, toutes ces régions riches en folklore – la Yougoslavie, la Bulgarie, la Roumanie – étaient arpentées principalement par des folkloristes. Et ils ne s'intéressaient qu'à deux choses : le folklore, et le communisme au niveau du folklore (blagues politiques, *tchastouchki*, chants populaires, légendes communistes). Je ne pourrais pas jurer aujourd'hui qu'il n'y avait pas aussi autre chose, mais à l'époque cet intérêt me semblait intellectuellement inférieur. Les folkloristes locaux étaient dans la plupart des cas des nationalistes en embuscade, ce qui s'était confirmé par la suite, quand avait éclaté la haine, suivie par la guerre. Les étrangers, ouest-européens et américains, pouvaient pratiquer leur colonialisme universitaire sans danger : aucun risque que les « indigènes » aillent les cuisiner et les dévorer pour le dîner. Pourquoi, eu égard à la littérature de la Renaissance, au baroque, au modernisme, aux fascinantes avant-gardes, et même au postmodernisme, tous ces étrangers s'étaient-ils arrêtés précisément au folklore ? me demandais-je. Quand la Yougoslavie avait éclaté, nombre d'entre eux avaient été déçus, prenant le démantèlement comme une conspiration dirigée contre eux, personnellement. Ça avait été la disparition soudaine de toutes ces bruyantes manifestations internationales, avec ces flots de *šljivovica* et ces agneaux qui tournaient joyeusement sur leur broche ; fini les serviettes brodées, les peintres naïfs, les pittoresques rondes populaires, les souvenirs ethniques et les bavards intellectuels locaux qui avaient toujours du temps pour tout et n'importe qui. Et quand la guerre avait commencé, de nouveaux « folkloristes » s'étaient abattus sur la région, la haine était devenue un champ de recherches attractif pour les anthropologues, ethnologues et autres folkloristes. De l'épopée du prince Marko, ils étaient passés aux nouvelles légendes sur les assassins, les criminels et les mafieux, sur le « héros » serbe Arkan et sa belle dame Ceca, et sur le « héros et play-boy » croate Ante Gotovina. Les victimes, elles, n'intéressaient pas grand monde.

« La folkloristique aussi est une science, non ? » ai-je dit d'un ton conciliant.

J'avais visé juste, c'était un rat de bibliothèque, elle avait fini la fac et son doctorat en avance. Elle deviendrait peut-être un jour la ministre bulgare de la Culture, quand le besoin s'en fait sentir les folkloristes jouissent dans ce genre de pays d'une position prioritaire… grommelais-je en moi-même.

« Et où est-ce que vous travaillez ?

— Où est-ce que TU travailles, m'a-t-elle corrigée. Je suis actuellement dans une situation transitionnelle », a-t-elle répondu en soulignant ostensiblement sa prononciation.

C'était un petit signal à mon intention, comme si elle avait voulu m'amadouer par cette citation. J'avais mentionné dans un texte ces nouveaux euphémismes de notre époque. Être en transition signifiait être sans emploi. J'ai fait mine de ne pas avoir relevé le signal. Ses citations occasionnelles m'énervaient, elle tombait à côté.

« Et en ce moment, tu cherches du travail ?
— Ben oui…
— À Sofia ? »

C'était une question absurde, j'étirais la conversation comme un chewing-gum. Heureusement, les plats sont arrivés. J'ai remarqué qu'Aba avait commandé la même chose que moi.

En sortant du restaurant, j'ai tout de même reconnu un détail de la ville. Devant nous s'étendait une place vide avec une fontaine au milieu, je ne l'avais pas immédiatement remarquée, sans doute à cause de la fatigue. Sur la place se trouvaient un théâtre et un bâtiment laid d'architecture communiste, la mairie, probablement. Mon œil a saisi au passage l'enseigne en néons du City Hotel, et je me suis hâtée dans cette direction. L'entrée se trouvait dans une ruelle secondaire.

« Vous avez des chambres ? ai-je demandé à la jeune réceptionniste.

— Oui.

— Ai-je besoin de faire tout de suite une réservation pour demain ?

— Non, c'est inutile.

— Je reviendrai demain matin », ai-je conclu.

La réceptionniste a poliment hoché la tête, de droite à gauche, à la bulgare.

***

Aba et moi sommes rentrées à notre hôtel Akva. Des chiens errants rôdaient dans les rues faiblement éclairées. Aba s'arrêtait de temps à autre pour les caresser. Les chiens lui léchaient docilement la main. Je défaillais, tant de peur que de fatigue.

3.

Le lendemain, nous avons déménagé à l'hôtel sur la place de l'Indépendance. Je n'arrivais pas à me souvenir si c'était le nouveau nom de la place ou si elle s'appelait déjà comme ça auparavant. J'ai à nouveau pris une chambre double. Debout à l'écart, comme si elle jouait le rôle de la policière qui m'avait amenée à l'hôtel, Aba m'avait laissée en silence régler les formalités à la réception. Une fois de plus, rien dans son attitude ne trahissait son intention d'appeler sa cousine ou ses amies. Je bouillais de rage, mais je n'étais pas en état de prononcer la phrase : « Et il ne serait pas temps d'appeler ta cousine ? » Ou : « Tes amis sont certainement inquiets de ne pas avoir de tes nouvelles, alors qu'ils savent que tu es à Varna. » Ce qui me dérangeait, ce n'était pas tant qu'elle allait à nouveau partager ma chambre, et encore moins qu'elle n'ait pas proposé de participer aux frais. Elle n'avait peut-être pas d'amis, peut-être que cette cousine n'existait même pas, peut-être qu'elle n'avait elle-même jamais mis les pieds à Varna, elle n'avait peut-être pas d'argent, elle avait peut-être tout inventé juste pour pouvoir voyager avec moi, tout ça, je pouvais le comprendre. Ce qui m'agaçait, c'était davantage sa présence constante, le fait qu'elle ne donnait aucun signe clair de vouloir à un moment donné se décoller de moi. Qu'est-ce que je fichais à traîner partout cette gamine avec moi ? Où est donc ta fameuse cousine, bon sang, où sont tes amis ?! Je suis ici en « mission spéciale » – tempêtais-je intérieurement – et sous ta surveillance, je n'arrive pas à me rappeler le moindre détail d'une ville où je suis allée tant de fois ! Certes, c'était pendant mon adolescence, mais cette putain de Nezavisimost Square juste sous mon nez, je l'avais traversée d'un pas confiant des dizaines de fois ! Et cette fontaine, cette espèce de cuvette qui donnait l'impression d'avoir été oubliée il y a longtemps par un passant négligent au beau milieu de la place, produisait alors des jets tout aussi faibles et imprévisibles qu'aujourd'hui !

« Allons déposer les affaires dans la chambre, et ensuite, on pourrait aller boire un café quelque part. Il faudrait aussi qu'on achète une carte de la ville », avait-elle dit.

Je fulminais. L'emploi du pluriel me rendait folle. Et ce *il faudrait qu'on achète une carte* de la ville m'avait heurté les oreilles. Elle était ici « chez elle », « locale », que pouvait-elle bien faire d'une carte ?

4.

Nous nous étions installées dans un restaurant, juste à côté de l'hôtel, et avions pris un café.

L'établissement faisait partie d'une nouvelle chaîne, qui proposait un service rapide et des plats savoureux, en gros une variante bulgare et incomparablement meilleure de McDonald's. Nous avions reçu avec le café une version bulgare des *fortune cookies* chinois. C'étaient des messages sans petit biscuit, qui faisaient au passage la publicité de Lavazza. Cette nouvelle trouvaille publicitaire portait le nom de « bonne aventure ».

Ada est tombée sur une citation de Winston Churchill, qui ressemblait à un vers d'une chanson de turbofolk : *Never, never, never, never give in.*

« Et toi ?

— *Sache qu'une tempête dans un verre d'eau ne fait sombrer que les bateaux en allumettes.*

— Qui est l'auteur ?

— Kukishu.

— C'est qui ?

— Pas la moindre idée. Sans doute un Japonais... »

Je l'observais. Elle fumait avec la gestuelle d'une femme adulte, confiante en elle. Nous parlions en bulgare. À dire vrai, mon bulgare était infantile, tel que je l'avais appris de manière approximative à l'adolescence. Son bulgare, à tort ou à raison, me semblait légèrement compassé. De sa langue, comme d'une pince à linge, elle maintenait fermement un contenu qui, quelque part, gesticulait avec vivacité, mais je n'arrivais pas à discerner les contours de ce contenu.

« Alors, qu'est-ce qu'on mange de beau dans la cuisine de l'écrivaine ? » m'avait-elle demandé inopinément.

À côté, elle était à nouveau tombée à côté.

« De la soupe avec des petits doigts d'enfants bien gras ! » ai-je dit d'une voix soi-disant sévère, avant d'appeler le serveur pour régler.

Elle a ri. Elle ne s'est pas vexée que j'aie esquivé sa question.

Je suppose que dans la rue notre duo faisait un effet pour le moins inhabituel. Dans une ville désertée par les touristes, l'appareil photo à la main, nous nous étions toutes les deux mises en chasse de cadres intéressants. Moi des miens, plus exactement de ceux dont je pensais qu'ils plairaient à maman, et elle… des miens. J'avais photographié l'annonce sur la devanture d'un restaurant, qui précisait qu'il y avait au menu le mardi deux cochons de lait à la broche, et le jeudi deux agneaux à la broche. Ça ferait rire maman, m'étais-je dit. Aba avait photographié la même chose. J'avais photographié la vitrine d'une boulangerie, où s'entassaient des *bureks*[1] frais, des *đevreks*[2] cuits à l'eau ou au four, avec ou sans sésame, des croissants au fromage, des beignets *mekika* et des pitas *banica*. Aba

1. *Burek* (*börek* en turc) : pâtisserie salée à base de pâte phyllo, fourrée le plus souvent à la viande ou au fromage, mais aussi aux pommes de terre, blettes, épinards, courge…

2. *Đevrek* : pain en forme de couronne, le plus souvent aux graines de sésame, également appelé *simit* en turc et en arménien, et *koulouri* en grec.

aussi. J'avais pris une photo de pauvres petits vieux qui – pour gagner une pièce ou deux – vendaient ce qu'ils avaient sur l'asphalte de la rue : des chaussons tricotés, du miel artisanal, un panier de petites pommes, quelques concombres, une tête de chou, un bouquet de persil… Aba avait elle aussi pris cette scène. J'avais photographié un restaurant à *ćevaps*[1], avec de longs *ćevaps* bulgares. Aba s'était acheté un *ćevap*. J'avais pris une photo d'Aba un *ćevap* à la main. J'avais photographié des façades dont la peinture pastel s'effritait. Aba aussi avait trouvé les façades écaillées visuellement intéressantes. « Pot de colle », « glu », bougonnais-je, cette fille souffrait d'« écholalie mentale », et j'étais sa victime du moment.

Nous nous étions peu à peu dirigées vers la mer par la rue du Prince-Boris. Elle était encombrée de stands en bois qui vendaient tout et n'importe quoi. Nous avions tourné sur le boulevard Slivnitsa, qui débouchait sur le parc du Front de mer et la plage municipale. Le hideux bâtiment de béton de l'hôtel Cherno More – autrefois un hôtel de luxe d'architecture communiste – était à présent recouvert de panneaux publicitaires. L'hôtel, manifestement, était occupé par ceux que l'esthétique du communisme ne gênait pas : profiteurs de la transition, criminels, mafieux, contrebandiers et prostituées. Les gardes du corps des mafieux,

1. *Ćevaps* : petites saucisses aillées, à base de viande de bœuf et de mouton. En Bulgarie et en Roumanie, ces saucisses sont un peu plus longues que dans les pays d'ex-Yougoslavie.

tout comme les policiers, portaient un « uniforme ». Ils se baladaient autour des voitures de luxe garées devant l'hôtel en costume noir, T-shirt noir, lunettes noires, chaîne en or autour du cou et armés de portables, dont les minces fils des écouteurs leur coulaient des oreilles. Jusqu'à notre entrée dans le parc, une publicité têtue pour l'agence immobilière Bulgarian Property Dream nous a suivies sur toutes les façades.

En chemin, nous avons fait une pause dans une cafétéria.

« C'est vraiment horrible. Ils n'ont peut-être pas d'argent pour la rénovation et ils recouvrent les bâtiments de publicités ? ai-je commenté, le regard rivé à une façade aussi bariolée de pubs qu'un site porno.

— New York aussi est une ville-pub ! » a répliqué Aba en suivant mon regard.

J'étais certaine qu'elle n'était jamais allée à New York.

« Oui, mais là-bas, ça s'est intégré de manière naturelle, ai-je objecté.

— Ici aussi, avec le temps, ça va s'intégrer.

— Cette ville était belle autrefois. Et maintenant, elle a été métamorphosée en colonie de chercheurs d'or de la transition. Tout se délabre, tout est à l'abandon, et tout fait vulgaire.

— La transition en elle-même est vulgaire », a-t-elle affirmé d'un ton convaincu.

Son assurance m'a agacée. D'autant plus que je me sentais patraque.

En apportant les cafés et le gâteau d'Aba, la serveuse a fait montre de cette nouvelle amabilité du type *have a nice day*.

« *Kak ekler no vkusnee!*[1] » a lancé Aba en russe en plantant sa fourchette dans la longue pâtisserie fourrée à la crème et nappée de chocolat. C'était, manifestement, sa manière de m'amadouer. Elle m'avait à nouveau citée. J'avais employé cette réplique dans un de mes textes. Je n'ai pas relevé. J'ai déroulé ma « bonne aventure ».

« Alors ? a-t-elle demandé ?

— *Ex nihilo nihil.* Lucrèce. Et toi ?

— Le monde est étroit, et l'esprit vaste. Les pensées habitent facilement l'une près de l'autre, mais les choses se heurtent dans l'espace.

— Qui est l'auteur ?

— Friedrich Schiller. »

J'ai tressailli. Aba, c'était clair à présent, me tapait tout simplement sur les nerfs. Ce mélange de modestie affectée et de prétention intellectuelle m'exaspérait. Première de la classe !

« Et si on allait à la plage ? J'ai hâte de voir la mer, ai-je soufflé entre mes dents.

— *Varietas delectat!* » a-t-elle dit joyeusement, en se levant sur-le-champ.

Je n'ai même pas reconnu l'entrée de la plage municipale. Le bâtiment autrefois imposant par lequel on débouchait sur la plage avait fondu comme neige au

1. « Qu'est-ce que c'est bon, les éclairs ! » (*N.d.T.*)

soleil. La promenade en pierre d'où descendaient les marches vers la plage portait l'inscription « 1926 ».

« C'est l'année de naissance de ma mère.

— Je sais », a-t-elle dit.

« Tiens donc, même ça, tu le sais », ai-je ronchonné intérieurement, envahie d'un mélange d'aigreur et de désespoir. Après avoir longé une série de cabines, nous avons débouché sur la plage elle-même. L'étendue de sable, qui me semblait auparavant infinie, était à présent encombrée de stands montés à la va-vite, recouverts d'auvents en plastique. Toutes les baraques étaient les unes sur les autres, sens dessus dessous, comme si c'étaient les vagues qui avaient rejeté sur le rivage ce monceau d'ordures. La plage ressemblait à une maquette de favela brésilienne. À l'exception d'un vieux pêcheur et de nous deux, il n'y avait personne. La mer et le ciel se fondaient en une tache bleu sombre. À l'horizon, petits comme des jouets d'enfants, deux navires de fret se tenaient immobiles. Des goélands nerveux fendaient les cieux de leur vol tranchant.

Le paysage tout entier frissonnait d'une nervosité contenue. Tandis que je cherchais du regard un détail consolateur, Aba, qui avait conservé le *ćevap* acheté à des fins photographiques, nourrissait un chien errant.

***

Soudain, un vent violent s'est mis à souffler, et le ciel s'est encore davantage assombri. Nous nous sommes hâtées d'attraper un taxi. Dès que nous sommes entrées, de grosses gouttes se sont mises à tambouriner sur les fenêtres du véhicule. À travers la vitre embuée, tel un obstiné signal mystique, la gigantesque publicité « BULGARIAN PROPERTY DREAM » ne cessait de bondir dans mon champ de vision. Cette ville n'était pas ma propriété, mais celle de maman, ai-je pensé. Tout comme la tombe de grand-mère, elle avait abandonné sa propriété à d'autres. Plus rien ici n'était à elle, à part le rêve, et il avait pâli avec les années. Pourquoi, alors, sentais-je monter en moi un désespoir qui me remplissait comme de la mousse de bière dans une chope ? me demandais-je. Pourquoi avais-je pris sur moi d'être le *badal* de maman ?

5.

Un orage violent a éclaté. J'observais par la fenêtre le vent briser les branches des arbres. Tels de petits fantômes, des sacs plastique blancs volaient dans les airs. La pluie battait sur les vitres avec une telle force qu'elles semblaient sur le point de céder. La chambre d'hôtel était glaciale. Je me suis mise à trembler de fièvre. J'ai enfilé un pull. Je me suis enroulée dans la couverture, avant, peu après, de me glisser dans le lit en claquant des dents.

« S'il te plaît, descends à la réception et demande-leur de nous donner des couvertures supplémentaires. Et qu'ils allument le chauffage ! »

Aba a entrepris d'allumer le chauffage elle-même. Elle a longtemps traficoté le radiateur au mur, sans succès. Puis elle a inspecté le moindre recoin de la chambre à la recherche de couvertures supplémentaires. Elle a fini par me recouvrir de la sienne. En vain, je continuais à grelotter. J'étais certaine que l'origine de ses atermoiements résidait dans la confrontation à venir avec le personnel de l'hôtel, un réflexe resté du communisme, de peur de se faire rudement rembarrer, de peur d'une potentielle humiliation. Ce pourquoi, d'ailleurs, elle arborait à son retour une expression de jubilation. Nul ne l'avait insultée, mieux, elle revenait triomphante : elle portait deux couvertures en laine et était suivie d'un jeune homme qui a réussi à allumer le chauffage.

« C'est mieux, comme ça ? » a-t-elle demandé d'un air important.

Bientôt, un air chaud s'est échappé du radiateur et j'ai – tout en grommelant que j'allais dès le lendemain, par le premier moyen de transport disponible, fuir ce lieu orageux et inhospitalier – sombré dans le sommeil.

À mon réveil, j'ai aperçu Aba assise devant le miroir, qui s'enduisait les cheveux de crème. Dehors, la tempête faisait encore rage, mais la pluie avait cessé.

« Aba ?

— Oui ?

— Est-ce que Lili Ivanova est encore en vie ?

— Oh, oui. Pourquoi ?

— Comme ça… ai-je marmonné.

— Qu'est-ce qui t'a fait penser à elle ?

— Quand j'étais adolescente, c'était la plus grande pop star bulgare. »

Je me suis redressée. Il faisait chaud comme dans une salle de bains embuée. La table devant Aba était couverte d'un tas de petits flacons, tubes et pots de crème.

« Qu'est-ce que tu fais ?

— Ces derniers temps, j'ai les cheveux qui tombent.

— Comment ça ?

— Ils tombent, vraiment.

— Il me semble que tu en as une quantité tout à fait suffisante.

— Non, j'en avais beaucoup plus avant.

— Tu es allée chez le médecin ?

— Pour quoi faire !? Ils tombent, c'est tout. Je me masse le cuir chevelu avec des crèmes, et je prends de la vitamine B et E.

— Parfois, ce genre de chose arrive à cause du stress. Mais ça va s'arranger, j'en suis sûre. Il n'y a que les vieilles femmes qui deviennent chauves.

— Et je suis une vieille femme.

— Tu es encore un bébé.

— Les bébés sont des vieilles femmes.

— OK, tu es un bébé chauve. Y a-t-il rien de plus mignon ?

— Oui.

— Quoi ?

— Un bébé avec de longues tresses. »

Manifestement, elle n'était pas dénuée de sens de l'humour, quand elle en avait envie. J'ai regardé ma montre. Il était vingt heures trente. Comment tuer le temps toute la soirée? Je me suis levée du lit pour regarder par la fenêtre. Il était inenvisageable d'aller dehors. Sauf si nous faisions un effort pour nous faufiler jusqu'au restaurant, juste à l'angle.

« On repart vraiment demain ? » a-t-elle demandé tandis que nous parcourions le menu du regard. Une fois de plus, elle insistait avec son pluriel.

« Ça n'a aucun sens que je reste, ai-je répondu avec un singulier appuyé. Et avec ce temps, en plus...

— Peut-être que demain le soleil va pointer son nez ?

— Il me semble peu probable que le soleil pointe son nez demain. »

Aba portait un bonnet en laine noire pour dissimuler ses cheveux enduits de crème. Quand elle a enlevé ses lunettes l'espace d'un instant, j'ai remarqué que ses sourcils se rejoignaient légèrement. Elle avait un pendentif autour du cou, un ruban de cuir auquel était accrochée une petite pierre grise.

« Qu'est-ce que c'est ? ai-je demandé.

— Rien. J'ai trouvé ce caillou avec un trou quelque part, et je me suis fait un collier. »

Nous avons commandé de petites pitas chaudes fourrées au fromage et au miel, du bouillon d'agneau servi dans de petites soupières en céramique, et de la feta rôtie dans de la pâte phyllo. Dehors, la tempête faisait rage, il faisait bien chaud dans le restaurant, et ma ferme décision – surtout à la pensée de devoir le lendemain faire huit heures de car – s'infléchissait.

« Aba, tu as un copain ? »

Une fois de plus, j'étirais la conversation. C'était le genre de questions que les adultes stupides posaient aux enfants. J'avais employé le mot *gadjé*, un vieil argot en vogue pendant mon adolescence.

Aba a souri.

« Quoi, on ne dit plus le mot *gadjé* ?!

— Non, non, ça se dit encore.

— Et alors, tu en as un, de *gadjé* ?

— Je peux te raconter une histoire ?

— Tu veux dire une vraie histoire ?

— Aha.

— D'accord.

— Dans un conte russe. La Damoiselle-tsar et Ivan, un fils de marchand, tombent amoureux l'un de l'autre.

— La Damoiselle-tsar ?

— Oui, c'est comme ça qu'elle s'appelle dans le conte, *Tsar-dévitsa*, la « Damoiselle-tsar ». Quoi qu'il en soit, à chaque fois qu'ils sont censés se retrouver, Ivan manque le rendez-vous, car il s'endort comme une bûche. La belle-mère d'Ivan est méchante et jalouse. Elle lui a jeté un sort, et à chaque fois qu'elle pique une aiguille dans un vêtement d'Ivan, il s'endort. La Damoiselle-tsar se fâche, et rentre dans son royaume. Et son royaume se trouve derrière sept collines, sept montagnes et…

— Et sept mers !

— Ivan part à sa recherche, il fait tout ce voyage, il arrive à retrouver la Damoiselle, mais pas à toucher son cœur. Et pour atteindre son cœur, Ivan doit traverser la mer. Sur l'autre rive pousse un chêne, en haut du chêne se trouve un coffret, dans le coffret un lapin, dans le lapin un canard, dans le canard un œuf. Et c'est dans cet œuf qu'est caché l'amour de la Damoiselle-tsar.

— Et ensuite ?

— Ça non plus, ça ne suffit pas. La Damoiselle doit d'abord manger l'œuf. Une fois qu'elle l'aura mangé seulement, son amour pour Ivan reviendra dans son cœur…

— Et elle mange l'œuf, ou pas ?

— Oui. Grâce à une ruse, cela dit.

— Grands dieux ! Qui irait faire tout ce voyage, et en plus traverser la mer, et grimper sur un chêne… Et cet œuf par-dessus le marché ! Certainement un œuf dur ? Beurk !

— Tout à fait. C'est toute la question, a dit Aba d'un ton railleur.

— Maintenant, je vois ce que tu apprends avec ton folklore !

— Quoi ?

— Les critères exigeants ! »

Nous avons éclaté de rire. Sa manière d'emballer sa réponse m'avait plu. Pour la première fois, nous avions une conversation détendue, et toute la situation prenait à présent la couleur rosée d'une sortie scolaire entre filles. C'était peut-être le cadre météorologique, l'orage, qui y avait contribué, c'était peut-être moi, et non elle, qui étais tendue depuis le début, suivant les règles d'un « genre » que je m'étais fixé moi-même à l'avance, la contraignant à s'adapter. Bon Dieu, elle était si jeune ! J'ai essayé de me mettre à sa place : oui, tout ce temps, la « petite fille » s'était adaptée à moi, et il fallait bien admettre qu'elle avait supporté la situation avec plus d'élégance que moi. Une sortie scolaire entre filles, pourquoi pas : quand, d'ailleurs, avais-je eu pour la dernière fois une telle occasion ?! Ça valait peut-être la peine de prolonger notre séjour et de partir le surlendemain ? De toute façon, il me restait encore plusieurs jours avant le début des « Plumes d'or des Balkans » à Sofia.

« Et voilà. C'est donc demain que s'achève notre roman », a-t-elle dit d'un ton légèrement ironique.

La phrase a résonné comme un verre cassé. Elle avait employé l'expression bulgare *nachiat s tébé roman*, qui existe aussi en russe. Le mot *roman* signifiait deux choses : la forme littéraire, le roman, et une relation amoureuse, ou une aventure amoureuse. L'expression *avoir un roman avec quelqu'un* signifiait avoir une liaison, être amoureux. C'était une maladresse de sa part, elle s'était essayée à un jeu de mots, elle avait voulu employer ironiquement les deux significations, et peut-être, qui sait, qu'elle avait voulu dire quelque chose de drôle. Tout ça, je pouvais le comprendre, et les implications en termes de sens ne me gênaient pas. C'était quelque chose d'autre qui avait heurté mon oreille. Le ton. Ding-ding-ding – dong ! Ce ton…

C'était le son de la soif. Je reconnaissais cette sorte de soif. C'était une soif d'amabilité qui, tel un aimant, se collait à une autre et même soif d'amabilité et s'en nourrissait ; une soif d'attention qui attirait une autre et même soif d'attention ; une soif aveugle qui demandait à un aveugle de la guider, une soif estropiée qui cherchait un allié chez un autre estropié, la soif d'un sourd-muet qui bredouille à un autre sourd-muet.

Aba, tout à fait par hasard, avait visé juste : oui, elle était une petite fille vieille. Elle était née avec la marque invisible de l'enfant mal aimé sur le front. Et peu importe qu'elle ait été aimée ou pas, qu'elle soit aimée ou pas ; la soif était née avec elle, et elle ne disparaîtrait qu'avec elle. Bien peu de choses étaient capables d'étancher cette soif, et beaucoup s'étaient épuisés à essayer de l'étancher. C'était peut-être de cette insatiabilité, et pas d'une insatiabilité réelle, qu'avait été puni le personnage mythique Érysichthon, condamné à ronger ses propres os ?

Aba avait immédiatement trouvé avec ma mère une langue commune, secrète. Elles étaient peut-être faites du même bois, elles s'étaient reconnues sans en être conscientes. Elles étaient liées par la même peur de disparaître, le même désir de laisser leur marque, de s'inscrire sur la carte. Ce faisant, elles ne choisissaient ni les moyens ni la carte, ça pouvait être la peau de leurs propres enfants, la main d'un inconnu… Et ce n'était ni leur faute ni leur erreur. Comme si, à leur naissance, une mauvaise fée leur avait enfoncé sur la tête un bonnet qui les rendrait invisibles, une coiffe d'invisibilité. Leur sentiment d'être transparentes agissait comme un assèchement du palais et ne faisait qu'attiser leur soif. Rien ne pouvait étancher cette soif, ni un microscope braqué sur elles, ni les feux des projecteurs, ni une attention soutenue. La soif gémissait dans leur gorge comme un chiot abandonné. C'était une soif fourbe, insatiable, à qui il arrivait de refuser fièrement la boisson, une rouée qui s'ingéniait à ne pas être découverte, une peureuse qui n'osait pas se désigner, une menteuse et une métamorphe, qui savait changer les gémissements grondant dans sa bouche en chant de sirène. Et qui laissait partout des traînées de bave.

Je l'ai observée. Un petit visage aimable assombri de mélancolie, qui éveillait instantanément chez l'observateur un sentiment de culpabilité. Elle faisait tout ce qu'elle pouvait pour être aimée. Elle aimait ses parents, si elle en avait, et ses amis, qu'elle avait certainement. Car c'était celle qui n'oubliait jamais les anniversaires des autres, celle qui envoyait de gentilles lettres, mails et cartes postales, celle qui était la première à soulever le combiné et composer un numéro. Elle n'avait jamais fait de mal à personne ; elle n'avait jamais donné de coup de pied dans le tibia de personne ; à l'école, elle n'avait jamais copié ; elle avait toujours été bonne élève et bonne étudiante ; elle aidait les autres ; elle ne mentait jamais, ou presque jamais ; elle était toujours polie avec tout le monde ; et toujours, dans ce marchandage aux sentiments, elle se sentait perdante. Elle m'observait. Elle voulait savoir comment fonctionnait mon horlogerie interne et, pour le savoir, elle était prête à broyer la montre. Car comment se faisait-il que tous les autres en ce bas monde fassent si régulièrement et efficacement tic-tac, et qu'elle soit la seule à tomber toujours sur le mauvais temps, à côté ?

J'avais étanché pendant trop longtemps la soif de maman, je reconnaissais le gémissement. D'ailleurs, ne faisais-je pas en cet instant même office pour l'une de *badal*, et pour l'autre de gorgée potentielle ? Oui, l'amour se trouvait sur l'autre rive d'une vaste mer. Là-bas se tenait un grand chêne, au sommet du chêne un coffre, dans le coffre un lapin, dans le lapin un canard, dans le canard un œuf… Et l'œuf, pour démarrer l'horlogerie des sentiments, il fallait le manger.

6.

Au matin, un jour paisible et gris s'est levé. La réceptionniste nous a appris que la tempête de la nuit avait fait de gros dégâts, des fils électriques avaient cédé, de nombreuses maisons avaient perdu leur toit, certaines routes départementales étaient coupées.

J'étais restée sur ma décision de repartir. L'autocar de l'après-midi partait à seize heures trente.

« Tu peux rester si tu veux, ai-je dit. Et passer la journée avec ta cousine, ai-je ajouté prudemment.

— Non, de toute façon, ça fait des années que nous ne nous sommes pas vues. »

Elle l'a dit sans affectation. Elle n'avait plus besoin de faire semblant d'être venue ici à cause de sa cousine.

« Moi, j'y vais. Je vais chercher la rue où vivaient mes grands-parents.

— Je viens avec toi, a-t-elle rebondi. Sa voix résonnait d'un caprice enfantin.

— Non », ai-je dit.

Elle a pincé les lèvres comme si elle était un peu vexée. D'autant plus qu'il était clair que nous allions cette fois-ci faire l'impasse sur *notre* café matinal. Nous nous sommes séparées devant l'hôtel, convenant de nous retrouver à trois heures. Je ne lui ai pas demandé ce qu'elle allait faire.

« *Priatno snimané !* » a-t-elle lancé avec une voix d'un enfant abandonné. Cette expression était peut-être commune en bulgare, mais elle m'a heurté l'oreille. *Have a nice snapshotting ?!* Bonne séance photo ?!

J'ai ressenti un soulagement soudain. Il m'a semblé que ce n'était que maintenant – après m'être libérée de la présence d'Aba – que j'arrivais enfin à Varna. J'ai pris le boulevard Vladislav-Varnentchik (cette rue s'appelait-elle ainsi auparavant ?), m'efforçant de faire remonter quelques images de ma mémoire. C'était le chemin que je prenais pour aller à la plage municipale, et je rentrais bronzée et fatiguée, traînant des pieds sur l'asphalte bouillant. Je n'ai reconnu, cependant, que la poste centrale, tout le reste me semblait sens dessus dessous. Mes grands-parents vivaient dans la rue Dospat, l'une des ruelles qui partait sur la gauche. Auparavant, ils avaient eu une maison avec un jardin, à côté d'un lac. C'était là que maman avait passé son enfance et sa prime jeunesse. Au bord du lac se trouvait une petite gare de quartier, une *spirka*, où travaillait mon grand-père. Maman se souvenait de cette *spirka* avec une tendresse toute particulière. Les soirs d'été, les enfants du voisinage se retrouvaient à la gare. *Nous nous retrouvions à la spirkata*[1] *le soir, quand tous les trains étaient passés*... J'avais retenu cette phrase – *le soir, quand tous les trains étaient passés* – sans doute parce qu'elle la répétait souvent. En la faisant mienne, j'avais teinté l'image que cette expression recouvrait de mes propres couleurs. Le crépuscule, les lucioles, la gare endormie, les rails qui brillaient dans le noir, le coassement des grenouilles, la lune dans le ciel – et le jeune cœur vigoureux de ma mère qui battait d'excitation.

À présent, je me demandais pourquoi – alors que nous avions rendu visite à grand-père et grand-mère de nombreuses fois – nous n'étions jamais allés voir cette vieille gare et leur ancienne maison? Quand grand-père était parti à la retraite, ils avaient déménagé à l'école, où ils travaillaient comme concierges. Ils vivaient dans une petite maison dans la cour. La maison n'avait que deux pièces, mais la cour était immense, et en partie couverte, si bien que l'été nous

1. En bulgare, l'article défini (*ta* étant l'article féminin) est postposé. *Spirka* signifie donc « une gare », « une station », et *spirkata* « la gare », « la station ».

étions dehors même quand il pleuvait. L'école était vide en été, il y avait de l'espace à en revendre.

J'ai retrouvé l'école. La porte était fermée. Je ne me rappelais pas qu'elle était entourée d'un mur, ils l'avaient sans doute construit entre-temps. Je me souvenais d'une grille en fer forgé. La porte était peinte d'une vilaine couleur verte, sur laquelle il était inscrit en lettres noires « *Kotelno* », chaufferie. J'ai appuyé sur la poignée. C'était fermé. J'étais inquiète. Je sentais monter en moi une panique bien connue, le sentiment qui m'envahissait parfois quand je ne pouvais pas sortir de quelque part. Je restais devant la porte comme hypnotisée. Comme tout était petit ! Le toit de la petite maison collée contre le mur d'enceinte était en mauvais état, le mur côté extérieur avait de grosses fissures, et une tache humide s'étalait à son pied. Et la cour – cette vaste cour ensoleillée avec un grand morceau de ciel bleu –, comme elle avait rétréci ! Comment avions-nous pu tous tenir là à l'époque ? Papa, maman, mon frère et moi ? Les grands-parents dormaient-ils, pendant nos visites estivales, chez leurs amis dans la petite maison d'en face ? Ou dans l'une des salles de classe, sur des couchages improvisés ?

Je ne reconnaissais pas la ruelle, autrefois si pittoresque avec ses maisonnettes et ses jardins. La rue s'était transformée en chantier, de nouveaux immeubles poussaient comme des champignons. J'ai contourné l'école, trouvé l'entrée principale, et dans le couloir, je suis tombée sur un homme et deux femmes. Je leur ai expliqué que j'aimerais bien voir la cour, où j'avais essayé d'entrer par l'extérieur, mais la porte était fermée.

« Pourquoi est-ce que la cour vous intéresse ? m'a demandé l'homme.

— Mes grands-parents y vivaient autrefois.

— C'est interdit d'y aller. C'est la chaufferie.

— Je voudrais juste jeter un coup d'œil rapide à la cour.

— Madame, il n'y a pas de cour ! Il n'y a rien là-bas ! C'est la chaufferie. Et à ce que j'en sais, ça a toujours été le cas. »

Les femmes hochaient la tête pour confirmer ses propos, de droite à gauche, à la bulgare.

Je suis sortie de l'école et suis retournée devant la porte verte. Elle se tenait devant moi, obtuse, comme un mot de passe oublié. Si seulement je pouvais ouvrir cette porte, me disais-je, je me souviendrais de tout. Quelques images émergeaient : la silhouette dynamique de grand-mère, qui était constamment affairée à quelque chose – la cuisine, le ménage, la lessive, le repassage –, et la silhouette statique de grand-père, qui fumait assis à la table dans la cour. Tout le reste s'agitait confusément dans la chaufferie derrière la porte verte.

J'ai jeté un œil à la maisonnette de l'autre côté de la rue qui, par miracle, n'avait pas été rasée. C'était dans cette petite maison, en visite chez des amis qui n'étaient eux-mêmes plus de ce monde, que grand-mère était morte. Ils regardaient la télévision ensemble, grand-mère avait soudain demandé d'une voix inquiète : *Pourquoi est-ce que tout est si noir tout d'un coup ?* – et s'était effondrée. Telle était, en tout cas, la dernière version maternelle en date des ultimes mots de grand-mère.

***

Luttant pour reprendre mon souffle, je suis retournée sur l'artère principale, où j'ai hélé un taxi salvateur. La conduite a eu un effet sédatif instantané, mais j'ai tout de même décidé d'effectuer jusqu'au bout le parcours de ce pèlerinage douloureux et insensé.

« À l'ancienne gare ferroviaire, ai-je indiqué.

— Pourquoi ? s'est étonné le taxi. Il n'y a rien là-bas ?! »

Devant moi, derrière l'entrelacs de rails rouillés, se tenait le lac. Oui, il se tenait là, c'est tout. Le ciel était sillonné de fils électriques, l'herbe recouvrait les rails. L'herbe était vert foncé, le ciel et le lac bleu-gris. L'endroit était laid, mais pas totalement dénué de charme. Le charme résidait dans le sentiment d'abandon absolu qui transpirait de partout. Je me suis retournée. En face, de l'autre côté de la route, là où aurait dû se trouver la maison avec un jardin, celle que nous n'avions jamais vue, s'élevait une butte surmontée de quelques masures. Le talus était dangereusement raviné et les bicoques semblaient sur le point de glisser au bas de la pente à tout instant. Au pied de l'élévation, au bord de la route, se succédaient quelques autres taudis du même acabit, avec les inscriptions « Mécanicien », « Vidange », et ainsi de suite.

« Ma chère, je vous avais bien dit qu'il n'y avait rien ici ! Sauf si vous avez besoin d'une pièce de rechange pour votre voiture… Et encore, pour une très vieille voiture ! » a dit le taxi avec bienveillance.

Quand nous avons tourné pour retourner dans le centre, j'ai jeté un dernier coup d'œil au lac. Il m'a semblé voir dans les airs un frémissement bleuâtre à peine perceptible. Dans l'atmosphère au-dessus du lac palpitaient des feux follets.

7.

En retournant vers l'hôtel, j'ai aperçu Aba qui nourrissait les mouettes, debout devant la fontaine. Derrière elle, l'eau jaillissait en jets qui semblaient plus vigoureux que le matin. Baignés du soleil qui perçait entre les nuages, les jets d'eau scintillaient aux couleurs de l'arc-en-ciel. Et les mouettes, les mouettes semblaient prises d'un coup de folie : elles faisaient des loopings dans les airs, battaient des ailes, puis, au ralenti, tels des parachutes, se posaient sur les paumes d'Aba – qu'elle avait jointes pour former un perchoir naturel – et picoraient du bec les petits morceaux de pain.

Les passants s'arrêtaient pour contempler la scène : il y avait dans la représentation d'Aba quelque chose d'incroyablement acrobatique tout en restant naturel. Elle s'intégrait parfaitement dans l'espace. Cette fois-ci, elle n'était pas tombée « à côté ». Et si elle envoyait un message, ce message ne nous était certainement pas destiné, à nous les spectateurs sur la place.

Je ne me suis pas approchée, j'ai horreur des créatures à plumes, j'ai observé la scène à distance. Elle m'a aperçue, a jeté les morceaux de pain en l'air tel un paquet de cartes, s'est frotté les paumes l'une contre l'autre pour nettoyer les miettes, et s'est dirigée vers moi.

Nous avons récupéré les affaires que nous avions laissées le matin à la réception. Tandis que nous attendions le taxi devant l'hôtel, je lui ai demandé comment elle avait occupé sa journée.

« Rien de spécial. Je me suis baladée en ville. »

Puis elle m'a regardée attentivement et a dit :

« Ah, oui, je suis aussi passée dans la rue de ta grand-mère. La rue Dospat, c'est bien ça ? »

Elle avait planté sa petite griffe acérée dans ma chair intentionnellement, aucun doute là-dessus. Instantanément, j'ai senti la fureur bouillir en moi. Mais j'ai calmement aspiré le sang de mon éraflure invisible et dit :

« Pourquoi, il n'y a rien là-bas ?! »

Sur ces entrefaites, le taxi est arrivé.

Ils sont repartis comme ils étaient venus

« J'ai tellement hâte que tu viennes me voir et que tu me racontes comment c'était à Varna ! J'ai tellement, tellement hâte... », répétait-elle, tout excitée, à chaque coup de téléphone. Je reconnaissais dans sa voix l'excitation routinière qu'elle appliquait toujours à cette même réplique : *J'ai tellement hâte que tu viennes...*

Je tournais dans ma tête différentes versions de mon rapport. Le mieux serait peut-être que je lui dise que j'étais restée à Varna deux jours, qu'il avait fait mauvais temps, ce qui était la vérité, et que je n'avais presque rien réussi à faire. Ou que je lui raconte qu'avec l'aide d'un aimable policier de Varna, j'avais tout de même réussi à retrouver sa Petja, qu'elle allait bien, elle l'avait bonne mine, elle lui passait le bonjour, mais malheureusement elle ne pouvait pas lui écrire, car elle n'y arrivait plus. Son fils Kostja, qui, soit dit en passant, avait arrêté de boire, était aux petits soins avec elle. Et Varna, Varna était magnifique, mais je n'avais pas pu lui rapporter de photos, j'avais appuyé sur le mauvais bouton sur cet appareil photo numérique…

« Je ne reconnais rien du tout, commenta-t-elle en regardant les clichés sur l'écran d'ordinateur. C'est vraiment Varna ? »

Elle était étonnamment froide et concentrée. Au sujet du mur qui séparait la cour d'école de la rue, elle dit :

« Non, ce mur d'enceinte n'était pas là. C'est quelque chose de nouveau. »

À ma grande surprise, les paysages gris de la plage municipale ne la déçurent pas autant que moi.

« La plage municipale n'a jamais été belle. Tu te rappelles, nous préférions toujours aller à Asparuhovo et Galata. L'eau y était bien plus propre. »

Peu après, lors de ma visite suivante, je réussis à la persuader de regarder à nouveau les photos. Elle semblait avoir complètement oublié les avoir déjà vues un jour. Ses commentaires étaient identiques et son indifférence m'avait emplie de gêne. Je n'avais pas reçu les « honoraires » attendus en échange de mon rôle de *badal*, un retour émotionnel de sa part. Et peut-être ne les avais-je pas mérités. Car j'avais, manifestement, mal rempli ma mission, je n'avais rien rapporté de mon pèlerinage. Et je n'avais rien reçu en échange. J'ignore si elle avait effacé le fichier « Varna » de sa mémoire ou si elle le conservait tout de même quelque part, mais j'étais sûre d'une chose : ni elle ni moi n'allions le rouvrir de sitôt.

Cette fois-ci, j'ai remarqué qu'elle avait changé de démarche. Elle s'efforçait de marcher un peu plus droit en poussant son déambulateur, et de lever légèrement la jambe à chaque pas.

« C'est Jasminka qui m'a dit ça, de lever un peu les jambes. »

Jasminka, c'était sa physiothérapeute.

Nous sommes allées prendre un café, comme d'habitude, dans son café préféré sur le marché. Elle est entrée avec son déambulateur, refusant obstinément de le laisser dehors (*Je ne veux pas que quelqu'un le vole !*). Les gens ont dû se lever et pousser leurs chaises pour la laisser passer. Je pense qu'elle n'était pas complètement inconsciente que son entrée dans le café avec son déambulateur était une source d'embarras.

« Quand tu n'es pas avec moi, les serveurs m'aident. Ils sont tous très, très bien élevés. En général, les gens sont très bien élevés, surtout quand ils me voient avec ce déambulateur », a-t-elle commenté.

Elle commandait toujours la même chose, un cappuccino, et moi ou Kaja rapportions de la boulangerie à deux pas du café un « triangle », un petit pain au fromage en forme de triangle. Une journée sans le triangle et le cappuccino rituels était inenvisageable. Si elle ne pouvait pas sortir elle-même à cause du mauvais temps, quelqu'un lui apportait le triangle, et elle se faisait son cappuccino à la maison.

Après être restée quelque temps assise, elle devait en général aller aux toilettes. Elle en revenait en pestant:

«Que ça m'arrive! À moi! La plus belle petite vieille du quartier!» grommelait-elle.

Elle refusait de porter des serviettes pour l'incontinence avec la même obstination avec laquelle elle refusait de porter des chaussures orthopédiques plates pour personnes âgées. (*Hors de question! J'ai toujours porté des chaussures à talons!*). Quelqu'un lui avait dit qu'elle était la plus belle petite vieille du quartier. Quelques années auparavant encore, une telle remarque l'aurait mise en colère, mais à présent elle la répétait volontiers: *Tout le monde dit que je suis la plus belle petite vieille du quartier!* Certes, elle le disait avec une ironie à peine perceptible dans la voix. Elle utilisait cette phrase comme excuse pour sa maladresse et comme exigence de respect pour son âge «exceptionnel». L'incontinence était l'insulte la plus violente que son propre corps ait pu lui faire. Sa perte de mémoire l'énervait aussi (*Non, c'est faux, je n'ai pas oublié!*), mais elle avait tout de même lâché du lest (*Est-il possible que j'aie oublié ça?*), pour finir par s'en accommoder (*Rien d'étonnant à ce que j'oublie quelque chose de temps en temps. J'ai quand même déjà quatre-vingts ans!*).

«Si ça doit se reproduire, je ferais mieux de me tuer tout de suite, disait-elle, me demandant indirectement de la réconforter.

— À ton âge, c'est tout à fait normal! Vois les choses du bon côté. Tu as fêté tes quatre-vingts ans, tu marches, tu n'as mal nulle part, tu vis chez toi, tu sors tous les jours et tu vois des gens. Ta meilleure amie, avec laquelle tu prends un café tous les jours, a dix ans de moins que toi. Jasminka te rend visite trois fois par semaine. Kaja t'apporte chaque jour le petit-déjeuner, le déjeuner et le dîner, et en plus elle cuisine très bien, en tenant compte de tes examens médicaux. Ton médecin est à cinq minutes à pied de chez toi, tes petits-enfants t'aiment et te rendent régulièrement visite, je viens te voir souvent... répétais-je comme un mantra.

— Ah, si au moins je pouvais lire ! soupirait-elle, même si, à part pour feuilleter les journaux, elle n'avait plus assez de patience pour la lecture.

— Mais tu lis, un peu difficilement, certes.

— ... Si je pouvais relire ma *Tess* une dernière fois... »

Elle pensait à *Tess d'Uberville*, de Thomas Hardy.

« Il suffit que tu le décides, et on peut te faire opérer. L'opération de la cataracte est tout à fait bénigne.

— À mon âge, rien n'est anodin.

— J'ai dit bénigne, pas anodine. Tu veux que je t'achète une loupe ?

— Qui irait lire avec une loupe !?

— Tu veux que je te lise *Tess* ? Un chapitre par jour.

— Ce n'est pas la même chose quand on te fait la lecture et quand tu lis tout seul... »

Toutes mes tentatives de lui remonter le moral se heurtaient à des bougonnements d'enfant têtu. Elle ne cédait qu'un instant (*Tu as peut-être raison...*) pour se raccrocher la seconde d'après à un nouveau détail (*Ah, tout serait différent si je pouvais marcher plus vite!*).

« J'ai énormément changé. Je n'arrive même plus à me reconnaître.

— Qu'est-ce que tu racontes? Tu n'as pas une seule ride sur le front.

— Peut-être, mais j'ai la peau du cou qui pend.

— Tes rides du visage sont si fines qu'on les voit à peine.

— Peut-être, mais je me suis terriblement voûtée.

— Tu as gardé la ligne.

— J'ai le ventre qui sort, se plaignait-elle.

— Un petit peu, mais ça ne se voit pas, la consolais-je.

— J'ai changé. Je suis méconnaissable...

— Tu connais quelqu'un qui n'ait pas changé à ton âge?

— Non... concédait-elle.

— Et qu'est-ce que tu voudrais, alors?

— Je ne sais pas...

— Ton Ava Gardner, par exemple...

— Ava était la plus belle femme du monde! disait-elle fermement, mais avec une ombre de mélancolie dans la voix, comme si ce qu'elle venait de dire se rapportait à elle.

— Ava est morte à soixante-huit ans.

— Non, vraiment?!

— Si, elle a fait un infarctus. La moitié de son visage est restée paralysée. À la fin de sa vie, manifestement, elle n'avait pas d'argent, et Frank Sinatra lui en a envoyé pour sa convalescence.

— Elle ?! Sans argent ?! Je n'arrive pas à y croire.

— Si, elle avait quitté l'Amérique et déménagé à Londres. Là-bas, elle s'est isolée, elle n'arrivait sans doute plus à gagner sa vie. Les derniers mots qu'elle a dits à sa bonne Carmen avant de mourir étaient : « Je suis fatiguée »… *I am tired!* ai-je dit, répétant les derniers mots d'Ava en anglais, sans doute pour être plus convaincante, avant de continuer sur ma lancée.

— On raconte qu'en apprenant la mort d'Ava, Frank Sinatra s'est enfermé dans sa chambre et qu'il n'en est pas sorti pendant deux jours. Apparemment, il sanglotait sans interruption.

— Encore heureux ! a-t-elle lancé. Cet avorton, il ne ressemblait à rien. C'était un crapaud à côté d'elle !

— Et Mickey Rooney ?

— De quoi, Mickey Rooney ?

— C'était son premier mari.

— Ce Mickey Rooney aussi était un avorton ! Une si belle femme, et entourée de nains.

— Ava n'avait que quatre ans de plus que toi.

— Ava était la plus belle femme du monde ! a-t-elle rétorqué, faisant la sourde oreille à la donnée sur la différence d'âge.

— Et regarde Audrey Hepburn…

— La petite ? Toute maigrichonne ?

— Oui. Elle est morte à soixante-quatre ans.

— Je ne savais pas…

— Et Ingrid Bergman ?

— Quoi, Ingrid Bergman ?

— Elle est morte à soixante-sept ans.

— Elle était un peu pataude, mais quand même magnifique.

— Et Marilyn Monroe ? Marilyn était un bébé de deux mois quand tu es née ! Et elle est morte à trente-six ans !

— Quoi, la Merline était de mon genre ?

— Tu veux dire de ta génération ? Vous êtes toutes les deux nées en mille neuf cent vingt-six. »

Cette information sur l'année de naissance qu'elle partageait avec Marilyn Monroe semblait la laisser de marbre.

« Et Elizabeth Taylor ? a-t-elle demandé.

— Elle vient de fêter ses soixante-quinze ans. Les journaux en parlaient il y a quelques jours.

— Je n'arrive pas à croire que Liz est plus jeune que moi.

— De six ans !

— Elle aussi, c'était une vraie beauté, a-t-elle soupiré. On n'en fait plus des comme ça.

— Et si tu la voyais aujourd'hui !

— Pourquoi ?

— Ils l'ont prise en photo pour son anniversaire, elle est en fauteuil roulant.

— J'ai combien d'années de plus qu'elle ?

— Six ans.

— Cinq ans et demi, m'a-t-elle reprise.

— Rappelle-toi combien d'opérations elle a subies, ai-je renchéri.

— Elle avait des problèmes de colonne vertébrale.

— Et l'alcool, et les mariages malheureux…
— Elle s'est mariée combien de fois ?
— Neuf. Et dans l'article sur son anniversaire, ils disaient qu'elle allait peut-être se marier une dixième fois. »
Maman a souri.
« Eh ben, félicitations ! »

Nous avions enfin une vraie conversation. Nous discutions de Liz Taylor comme deux bonnes amies parlent d'une troisième. Maman, je suppose, comparait les faits avec satisfaction. Liz avait soixante-quinze ans, et elle avait été photographiée en fauteuil roulant. Elle allait fêter ses quatre-vingt-un ans dans quelques mois, elle marchait, elle n'était pas clouée à un fauteuil. Et elle n'était même pas grosse.

« Comme quoi, la beauté et la gloire ne veulent rien dire », a-t-elle dit d'un ton apaisé.
À l'expression de son visage, elle avait l'air d'être enfin satisfaite du bilan de sa vie.
« Tu sais ce que Bette Davis a dit ?
— Quoi ?
— *Old age is no place for sissies.*
— Qu'est-ce que ça veut dire ?
— La vieillesse, c'est pas pour les dégonflés.
— C'est vrai », a-t-elle dit, soudain réconfortée.

Elle se croyait souvent plus jeune qu'elle ne l'était. Lors de ces glissements dans un autre âge, plus juvénile, une fois elle m'avait appelée « petite vieille ».

« Ben alors, tu dors, petite vieille ? » avait-elle dit d'un ton enfantin, railleur.

Elle glissait dans le temps. Elle ne savait plus précisément quand quelque chose s'était passé au juste. Elle s'en tenait le plus volontiers à l'enfance, non parce qu'elle considérait son enfance comme la période la plus heureuse de sa biographie, mais parce que ses souvenirs de cette période étaient « sûrs », formulés depuis longtemps, scellés, racontés à de nombreuses reprises, sélectionnés pour constituer un répertoire qu'elle pourrait toujours offrir à son auditoire. Elle reracontait les menus détails et événements de son enfance de la même manière, avec le même vocabulaire, finissant par les mêmes chutes ou, le plus souvent, par la même absence de chute. C'était un répertoire clos que plus rien, du moins c'est ce qu'il semblait, ne pouvait venir corriger ou modifier, ce qui en faisait son unique point de repère temporel stable. Parfois seulement, de petites vignettes mesquines que j'entendais pour la première fois remontaient à la surface.

« J'ai toujours eu peur des serpents.

— Pourquoi ?

— Une fois, nous faisions une promenade en forêt, et nous sommes tombés sur un serpent horrible, énorme... Papa l'a tué...

— Ce n'était certainement pas une vipère ?

— C'était un colon...

— Tu veux dire une couleuvre ?

— Oui, c'était un serpent horrible et énorme, et papa l'a tué... »

Auparavant, *papa* faisait référence à mon père et son mari, tandis qu'elle appelait en général son propre père *grand-père*. À présent, ce *papa* se rapportait à son père.

Trois ans exactement s'étaient écoulés depuis son « vilain diagnostic ». Il s'en écoulerait encore... Combien ? Un ? Deux ? Cinq ? Elle était douée pour marchander avec la mort (*J'aimerais juste assister à la naissance de mon petit-fils !... Si seulement je pouvais voir mon petit-fils entrer en CP !... Si je pouvais voir ma petite-fille aussi faire sa première rentrée !*). Une chose, cependant, était sûre : elle faisait tout comme il faut, elle mettait tout en ordre, tout était bien « nettoyé », tout était bien rangé. Elle était installée dans sa vie comme dans une salle d'attente de médecin propre et à moitié vide : rien ne lui faisait mal, rien ne la motivait plus outre mesure, elle attendait qu'on l'appelle et elle semblait ne plus s'inquiéter de quand ça allait arriver. Le plus important, c'était son rythme quotidien : l'arrivée de Kaja à sept heures trente, le petit-déjeuner devant l'émission de télévision matinale *Bonjour, Croatie*, puis la toilette et la sortie au café du coin pour un cappuccino et un triangle au fromage, le lent retour à la maison avec, en chemin, de petites discussions avec les gens du quartier, puis l'attente de Kaja qui venait apporter le déjeuner vers treize heures trente, la sieste, ensuite l'arrivée de Kaja avec le dîner aux alentours de dix-huit heures trente, le dîner en regardant son émission de télévision préférée, *Salle d'audience*, le journal télévisé, et enfin le coucher. Kaja venait la voir trois fois par jour et se promenait avec elle jusqu'au café, où elles prenaient un cappuccino ensemble. Jasminka venait trois fois par semaine, lui faisait faire de petits exercices et l'aidait à se baigner, des voisines venaient la voir tous les jours, elle voyait ses petits-enfants une fois par semaine, en général le dimanche. Je l'appelais au moins trois fois par semaine, et je faisais souvent un saut à Zagreb, où je restais quelques jours ou plus.

Elle dormait de plus en plus. Son sommeil était si profond que parfois, même les longues sonneries du téléphone ou mes coups à la porte ne pouvaient la réveiller. Couchée, elle prenait la même pose que sur ses scanners, la tête légèrement en avant. Elle reposait paisiblement, détendue, un petit sourire à peine visible au coin des lèvres. Assise sur son fauteuil, elle sombrait souvent dans un sommeil bref et profond, comme dans une baignoire pleine d'eau chaude. Il m'arrivait de la surprendre assise devant la télévision allumée, tête nue, le balai à la main, endormie. Puis elle ouvrait les paupières et, de la brosse au bout d'un long bâton, qu'elle avait enveloppée d'un chiffon, dépoussiérait l'écran du téléviseur. Ensuite, ayant aperçu une tache sur le sol, elle se levait et, traînant lentement les pieds, allait à la salle de bains, humidifiait le chiffon, l'enroulait autour de la brosse, revenait, se rasseyait dans son fauteuil et essuyait la tache dans cette position…

« Achète-moi ces sphincters, c'est les meilleurs, disait-elle.

— Tu veux sans doute dire des Swiffer.
— Oui, on n'en a plus. »

Je rapportais ces boîtes de lingettes miraculeuses qui étaient « la mort de la poussière » (*Ces chiffons sont la mort de la poussière !*). Elle se traînait dans la maison, à la main un léger bâton en plastique au sommet duquel, fixée à son socle carré, se tenait la lingette Swiffer, et essuyait de ses gestes ralentis la poussière des murs, des meubles, du sol… Le soleil brûlant perçait à travers les persiennes baissées, illuminant la chambre de taches dorées. Les cheveux courts sur son crâne ovale, le visage pâle avec ses yeux noisette légèrement en amande et ses lèvres qui, par miracle, étaient restées pleines, elle se tenait ainsi au milieu de la pièce, baignée de taches de soleil comme sous une pluie de pièces d'or. Des millions de particules brillantes de poussière scintillaient dans l'air. De mouvements lents de son bâton, elle tentait de les chasser, mais les particules dorées restaient en suspension. Puis elle s'asseyait dans son fauteuil, et sombrait à nouveau dans le sommeil. La poussière dorée essaimait autour d'elle. Ainsi assise sous un faisceau de taches de soleil, vaincue par la fatigue, elle ressemblait à une antique déesse endormie.

Une fois, ainsi, en émergeant brièvement, elle m'a dit d'une voix assoupie :
« Tu sais ce que maman m'a raconté un jour ?
— Quoi ?

— Quand elle a accouché de moi, trois femmes se tenaient auprès du lit. Deux habillées en blanc, la troisième en noir…

— C'étaient peut-être les Parques, celles qui décident de ton destin, ai-je dit prudemment.

— N'importe quoi ! a-t-elle tranché. Maman était sans doute épuisée par l'accouchement, et elle a eu une vision…

— Deux blanches et une noire… », a-t-elle marmonné avant de sombrer à nouveau dans le sommeil.

Pendant ces quinze jours de mars 2007, les levers de soleil étaient si somptueux, et leurs couleurs si violentes, que nous devions chaque matin baisser les persiennes. Le petit balcon de maman était à l'abandon, la terre avait séché dans les jardinières.

« On devrait acheter du terreau frais et planter des fleurs, ai-je dit.

— On sera les premières de l'immeuble à avoir des fleurs !

— Oui, les premières.

— Oui, des pélargoniums. »

Des moineaux se posaient sur la rambarde du balcon. C'était bon signe, maman était convaincue que cette année il n'y aurait pas d'invasion d'étourneaux.

« On est débarrassés de ces plaies… a-t-elle dit.

— Débarrassés de quoi ?

— Ben d'eux, les tournedos…

— Tu veux sans doute dire les étourneaux !?

— C'est ce que j'ai dit, les tournedos !

— Les étourneaux sont des oiseaux, et les tournedos un nom de plat.

— C'est bien ce que j'ai dit.

— Qu'est-ce que tu as dit ?

— Qu'on était débarrassés de ces plaies… »

Puis elle a ajouté, d'un ton énigmatique :

« Ils sont repartis comme ils étaient venus… »

Deuxième partie

Demande, mais sache que toutes les questions ne sont pas bonnes à poser

PREMIER JOUR

1.

En apercevant à la porte de l'hôtel trois créatures qui se dirigeaient vers la réception, le réceptionniste Pavel Zuna ressentit un léger frisson, qui partait de son gros orteil gauche pour s'arrêter quelque part dans la région des reins. Ou, inversement, il partait de ses reins vers son gros orteil gauche. Pavel Zuna n'était pas rhumatologue mais réceptionniste, et il était réceptionniste, et non poète, et il ne s'abandonna pas à la contemplation de cette singulière sensation, d'autant plus que les créatures à l'approche étaient si pittoresques qu'elles absorbaient toute son attention. Une minuscule petite vieille en fauteuil roulant, les deux jambes enfoncées dans une botte de fourrure. La minuscule petite vieille méritait à peine le nom d'être humain, c'était un reste d'être humain, un gratton humanoïde. Elle était si petite et si fripée que sa botte était plus impressionnante qu'elle. La minuscule petite vieille avait un visage menu, constitué d'un crâne et d'une peau âgée enfilée sur le crâne comme un bas nylon. Elle avait les cheveux gris, épais et courts, et ses yeux bleuâtres brillaient d'un éclat vif. Un gros sac de cuir était posé sur les genoux. La deuxième, celle qui poussait le fauteuil, était singulièrement grande, mince, et d'un maintien particulièrement droit pour son âge respectable. Même si Pavel Zuna n'était pas ce que l'on appelle un homme petit, il jaugea d'un coup d'œil qu'il arrivait à peine aux épaules de la grande dame. La troisième était une petite blonde courte sur pattes essoufflée, aux cheveux détruits par l'abus de décolorations, avec de gros anneaux d'or aux oreilles et une poitrine si énorme qu'elle l'entraînait de tout son poids vers l'avant. La carrière de réceptionniste de Pavel Zuna n'était ni courte ni ratée, elle n'était même pas inintéressante, autrement dit il avait vu passer tout et n'importe quoi, des cheveux violets et des boucles d'oreilles d'une tout autre dimension. Pourtant, Pavel Zuna ne se rappelait pas avoir jamais vu, au comptoir de sa réception ou dans la vie en général, une poitrine féminine plus imposante que celle de la blonde essoufflée.

Pavel Zuna était un réceptionniste expérimenté, doté d'un don particulier : c'était comme s'il avait greffé dans l'organisme un scanner financier qui, du moins jusqu'à ce jour, s'était avéré infaillible : Zuna pouvait deviner du premier coup d'œil à quelle classe appartenait telle ou telle personne, et quel était son statut financier. Si Pavel Zuna n'avait pas tant aimé son travail de réceptionniste, il aurait pu être recruté par le fisc de n'importe quel pays, tant son estimation de la profondeur des poches d'autrui était infaillible. Bref, Zuna aurait pu parier que l'étrange trio était entré dans son hôtel par erreur.

« Bonjour, mesdames, que puis-je faire pour vous ? Vous êtes perdues, peut-être ? dit Zuna du ton paternaliste que le personnel médical emploie envers les personnes âgées dans les hôpitaux et les maisons de retraite.

— Sommes-nous bien au Grand Hôtel N ? demanda la grande dame à Zuna.

— Tout à fait.

— Alors, nous ne sommes pas perdues », rétorqua la dame en tendant trois passeports à Pavel Zuna.

Pavel Zuna ressentit à nouveau ce courant électrique dans la jambe, cette fois-ci si brutal et si douloureux qu'il en eut le souffle coupé. Il n'en arbora pas moins, avec la routine d'un professionnel de haut niveau, un sourire aimable, et entreprit de rechercher les noms dans son ordinateur. Le visage de Pavel Zuna, éclairé par la lumière de l'écran, pâlit, tant de douleur que de surprise. Les deux suites les plus belles et les plus chères de l'hôtel étaient réservées aux noms sur les passeports.

« Excusez-moi, combien de temps restez-vous chez nous ? Je ne vois pas de date de départ... dit Pavel Zuna, du ton d'un homme dont on venait de piétiner l'orgueil professionnel.

— Peut-être deux jours... dit la minuscule petite vieille d'une voix asthmatique.

— Ou peut-être cinq… renchérit sèchement la grande dame.

— Ou peut-être pour toujours… claironna la blonde.

— Je comprends… dit Zuna, même s'il ne comprenait absolument rien. Une carte de crédit, s'il vous plaît !

— Nous payons en liquide ! » déclara la blonde à forte poitrine en claquant des lèvres comme si elle venait de finir une bouchée.

La minuscule petite vieille en fauteuil roulant confirma en silence la véracité des propos de la blonde en tirant la fermeture Éclair du sac en cuir qui reposait en toute décontraction sur ses genoux. Pavel Zuna se pencha un peu et aperçut dans le sac des billets d'euros soigneusement rangés en liasses épaisses.

« Je comprends…, dit Pavel Zuna en sentant la tête lui tourner. Les dames d'un certain âge paient toujours en liquide. »

Le scanner interne de Pavel Zuna était manifestement atteint d'une sérieuse avarie, et il en était très affecté. Il fit un faible signe de la main, et trois jeunes hommes en livrée de l'hôtel apparurent sur-le-champ.

« Messieurs, aidez ces dames à s'installer. *Presidentske apartma ! Cisarske apartma*[1] *!* » ordonna Zuna en leur tendant les clés.

1. En tchèque dans le texte : « Suite présidentielle ! Suite impériale ! ». (*N.d.T.*)

Escortées d'employés de l'hôtel de sexe masculin, les trois créatures féminines coulissèrent vers l'ascenseur. Pavel Zuna réussit à voir une brise inattendue faire tomber les pétales de l'opulente composition florale qui se tenait dans un vase chinois sur le comptoir de la réception, puis tout s'obscurcit devant ses yeux. La douleur dans son gros orteil gauche s'élança de toutes ses forces vers le haut. Le réceptionniste Pavel Zuna ressentit un tel coup de poignard dans les reins qu'il s'effondra purement et simplement.

***

Arnoš Kozeny, confortablement installé dans un des fauteuils du hall, avait suivi toute la scène du coin de l'œil. Arnoš Kozeny, avocat retraité, faisait en quelque sorte partie des meubles du Grand Hôtel N. Il venait chaque matin prendre un cappuccino, feuilleter les journaux du jour et fumer son cigare. Sur les coups de dix-sept heures, Arnoš Kozeny faisait à nouveau son apparition à l'hôtel, mais cette fois-ci au café Grand N., et le soir il traînait dans le casino de l'établissement. Arnoš Kozeny était un septuagénaire bien conservé. Il portait un costume couleur sable, une chemise bleu clair repassée de frais et un nœud papillon dans les tons bleus, et il avait aux pieds des chaussures en toile assorties à la couleur de son costume.

En feuilletant les journaux, Arnoš était tombé sur un article annonçant que des vétérinaires tchèques avaient découvert dans deux fermes à proximité de la commune de Norin un virus non identifié de grippe aviaire. Les vétérinaires avaient confirmé qu'il s'agissait d'un virus H5, mais ils n'étaient pas certains qu'il soit question du type H5N1 qui, si des mesures n'étaient pas prises à temps, pourrait être aussi dangereux pour l'homme que la grippe espagnole de 1914. Au cours de l'année écoulée, précisait l'article, le virus était apparu dans une trentaine de pays. La République tchèque, déclarait Josef Duben, porte-parole des services vétérinaires du pays, n'avait pas encore décidé si elle allait ou non décontaminer les deux fermes où le virus H5 avait été détecté. Pour l'instant, une quarantaine avait été imposée dans un rayon de trois kilomètres.

La nouvelle avait attiré l'attention d'Arnoš à cause de Norin, où vivait sa première femme, Jarmila. Cela faisait déjà plus d'un an qu'il ne l'avait pas appelée. Voilà une bonne occasion de bavarder un peu, se dit Arnoš Kozeny, en soufflant avec délices la fumée de son cigare.

Et nous ? Nous poursuivons notre route. Car si le sens de la vie se dérobe et fuit, l'histoire veut être contée à tout prix !

2.

Assise dans la baignoire, Beba pleurait amèrement. Non, elle n'avait pas éclaté en sanglots à peine entrée dans sa suite, pour la quantité de larmes qu'elle s'apprêtait à verser, il fallait tout de même un certain temps. En entrant dans sa suite, elle avait tout d'abord lentement parcouru du regard le moindre détail, comme un plongeur explorant les fonds marins. Elle avait passé la main sur les draps blanc neige dans la chambre à coucher, ouvert les placards, était entrée dans la salle de bains, avait retiré la bande sanitaire de la cuvette des W.-C., inspecté les menus accessoires de toilette, lissé le peignoir blanc en serviette-éponge moelleuse… Puis elle avait écarté les rideaux, pour voir s'épanouir dans toute sa splendeur la vue sur la station thermale et les collines boisées alentour… C'est alors que Beba s'était soudain souvenue d'un Bosnien qu'elle avait engagé pour repeindre son appartement. C'était il y a bien longtemps… Elle lui avait demandé de tout peindre en blanc. Une fois le travail fini, le Bosnien avait lancé: « Voilà, patronne, c'est un vrai un cygne, ton appart, maintenant! »

À présent, tout s'était condensé dans ce mot stupide, *cygne*. Le mot était resté coincé dans la gorge de Beba comme l'os d'une insulte cuisante – et Beba avait fondu en larmes. Que s'était-il vraiment passé? Dans cet hôtel à la façade blanche qui se déployait au-dessus de la ville comme un cygne, dans l'espace moelleux de la suite impériale qui l'emmitouflait comme un coûteux manteau de fourrure, Beba avait été brutalement frappée par la révélation soudaine de la laideur de sa vie. Comme sous la lumière violente des projecteurs de police, soudain lui était apparue l'image de son appartement zagrébois. La cuisine miniature dans laquelle elle avait tournicoté et traficoté toutes ces années, le réfrigérateur à la poignée cassée et son intérieur en plastique devenu gris avec le temps, les chaises bancales, le canapé et les fauteuils râpés qu'elle recouvrait de chiffons et de petits coussins pour qu'ils aient l'air « plus joyeux », le tapis mangé aux mites, la télévision devant laquelle, hébétée, elle s'asseyait de plus en plus souvent et de plus en plus longtemps… Sans parler de l'entretien et du nettoyage de tout ce bric-à-brac, et de ses frissons à la pensée qu'un seul de tous ces objets puisse tomber en panne – la télévision, le frigidaire, l'aspirateur – car elle n'avait plus les moyens de s'acheter grand-chose. Sa retraite couvrait à peine les charges et la nourriture, et ses maigres économies avaient disparu avec la banque de Ljubljana, une quinzaine d'années auparavant, quand le pays était tombé en morceaux et que tous s'étaient hâtés de se piller les uns les autres. Si elle avait voulu, elle aurait pu tirer de tout ça une amère satisfaction : ses pertes, comparées à celles de beaucoup d'autres, étaient négligeables, car elle n'avait tout simplement rien.

Tout avait soudain enlaidi. Les gens qui l'entouraient avaient enlaidi de haine, puis d'autoapitoiement et de la conscience d'avoir été floués. Tous les visages avaient pris une expression de rat, même les jeunes, ceux qui avaient entre-temps grandi en respirant l'haleine toxique de leurs parents.

Beba pleurait car elle n'arrivait pas à se rappeler la dernière fois qu'elle était partie en vacances. Avant, elle partait, en vacances d'été et d'hiver. Les séjours à la mer en hiver étaient particulièrement abordables. À présent, ce n'était plus envisageable ; à présent, plus rien n'était envisageable. La côte, disait-on, avait été rachetée par de riches étrangers et par les businessmen mafieux locaux.

Quand Beba avait ouvert sa valise pour ranger ses affaires dans le placard et que s'en était échappée en roulant une saucisse Gavrilović enveloppée dans du papier aluminium – que Beba avait emportée « au cas où » –, son visage s'était inondé d'un nouveau flot de larmes. Avec cette saucisse, elle ressemblait à une créature tragi-comique d'un autre temps qui se serait retrouvée par erreur dans celui-ci. Un regard à ses petites babioles cosmétiques, à la brosse à dents et au dentifrice (particulièrement sa brosse à dents usée et déplumée !) qu'elle avait apportés, en comparaison avec ceux qui l'attendaient dans la salle de bains de l'hôtel, avait suscité une douleur aiguë sous son diaphragme. Et Beba, comme si elle s'acquittait d'une sorte de meurtre rituel, avait jeté toutes ses petites affaires – une par une – dans la poubelle de la salle de bains de l'hôtel. Y compris la saucisse dans le papier alu. Bang ! Bang ! Bang !

Même si elle avait emporté ce qu'elle avait de mieux, ses vêtements lui semblaient à présent misérables et vulgaires. Certes, elle était habituée à l'indigence, elle s'en était accommodée avec bonne humeur, comme s'il s'agissait d'une inévitable intempérie ; d'ailleurs, à l'époque, rares étaient ceux qui vivaient mieux. Elle était la fille de petits commerçants de Trnje, qui, au lieu de faire une école de coiffure ou de commerce, s'était piquée de s'inscrire à l'académie des Beaux-Arts. Et elle avait été diplômée, mais un concours de circonstances l'avait contrainte à chercher un emploi. Elle avait travaillé des années à la faculté de médecine de Zagreb, comme dessinatrice de planches anatomiques pour les professeurs, les étudiants et les ouvrages de médecine spécialisés. À l'époque, il n'y avait pas encore d'ordinateurs, et quand ils étaient arrivés, tout avait changé. Pendant un certain temps encore, Beba avait effectué des tâches administratives, puis elle avait pris sa retraite. Elle avait obtenu grâce à la faculté un petit appartement d'une quarantaine de mètres carrés.

Beba était assise dans la baignoire, enveloppée dans une dentelle de bain moussant. Elle n'arrivait pas à se rappeler la dernière fois que quelqu'un avait été aussi chaleureux et tendre envers elle que cette baignoire d'hôtel. C'était une rude prise de conscience, de celles qui poussent les personnes plus sensibles que la moyenne à se tirer une balle dans la tempe, ou au moins à regarder à quoi ils pourraient pendre un nœud coulant suffisamment solide. À présent, sa décision de partir en vacances avec Pupa et Kukla lui semblait une erreur. Elle aurait mieux fait de rester dans sa tanière. D'autant plus qu'elle ne voyait pas très bien à quoi bon être venues précisément ici. Qui passe ses vacances avec une petite vieille de quatre-vingt-huit ans avec un pied dans la tombe ?! Pupa avait obstinément insisté pour qu'elles partent « le plus loin possible ». Elles auraient pu aller dans une station thermale slovène, mais ce n'était pas assez loin pour Pupa. Elles auraient pu aller en Autriche ou en Italie, mais à un moment donné, Pupa s'était arrêtée sur ce lieu, et pas un autre. Le voyage, certes, s'était déroulé sans la moindre anicroche, au contraire, Beba avait eu en permanence le sentiment diffus que la main invisible de quelqu'un accomplissait toutes les actions à leur place, et les menait vers leur destination… Elle ne comprenait pas bien d'où Pupa tenait tout cet argent. Pupa avait été médecin, gynécologue, depuis longtemps déjà à la retraite, et les retraites n'augmentaient pas, au contraire, elles diminuaient un peu plus chaque année. Beba s'était retenue à plusieurs reprises d'appeler Zorana, la fille de Pupa, pour tout lui raconter, mais elle avait renoncé, car elle avait promis à Pupa de garder le silence à ce sujet. Pupa leur avait demandé de ne dire à personne où elles allaient, ça aussi, c'était un peu étrange, mais ça pouvait s'expliquer par une paranoïa de vieille. Et d'autre part, même si elle l'avait voulu, Beba n'avait personne à qui se vanter ou se plaindre, et c'était bien le plus triste dans tout ça…

Beba sursauta en entendant le téléphone retentir à côté de son oreille. Et quand elle comprit que le combiné au mur n'était pas une pomme de douche supplémentaire mais un téléphone (Mon Dieu! Un téléphone dans une salle de bains?!), Beba éclata à nouveau en sanglots.

« Oui? dit-elle, la voix nouée.

— Rendez-vous dans une heure. On va dîner, annonça la voix de Kukla dans le combiné.

— À tout à l'heure », répondit Beba d'un ton peu convaincu avant de replonger dans la baignoire.

Elle avait tout le temps de se suicider. D'abord le dîner, et ensuite elle aviserait. Pour l'instant, le plus intelligent était de cesser de se faire du mal, d'essayer de profiter de ne serait-ce qu'un peu de ce séjour dans ce « cygne », que le diable l'emporte, et d'arrêter le plus tôt possible de pleurnicher, car de toute façon, des raisons de pleurnicher, elle en aurait suffisamment en rentrant à la maison…

Telles étaient les réflexions de Beba. Et nous? Nous poursuivons notre route. Car tandis que la vie s'emmêle les pinceaux, l'histoire vogue vers le bleu des flots.

3.

Mr Shake, un Américain, appartenait à la catégorie des hommes « de son temps », de ces bonnes personnes au bon endroit au bon moment, qui sont légion dans notre monde actuel; il était de ces stars, artistes, chanteurs et chanteuses pop, de ces vendeurs de poudre aux yeux et charlatans, de ces gourous qui nous font chaque jour passer des vessies pour des lanternes, de ces innombrables prophètes, bonimenteurs et « designers » de nos vies, sous la coupe desquels nous tombons de notre plein gré.

Cet homme de soixante-quinze ans avait, longtemps auparavant, grâce à un petit héritage, acheté à un Chinois un drugstore abandonné rempli d'une tonne de préparations vitaminées à la date de péremption expirée. Mr Shake avait collé sur les vieux flacons de nouvelles étiquettes alléchantes, et les vitamines s'étaient vendues comme des petits pains. Au début, Mr Shake avait eu du mal à croire que les gens étaient naïfs à ce point, mais le tintement joyeux des premières espèces sonnantes et trébuchantes l'avait convaincu non seulement d'avoir foi dans les gens, mais également qu'il était un homme investi d'une importante mission en ce bas monde. Et la mission de Mr Shake pouvait se résumer en un simple slogan : *Pump it up !* Mr Shake, pour faire bref, était avec le temps devenu un magnat de l'industrie des diverses poudres et boissons miraculeuses portant l'étiquette « *food supplement* ». Pour ce qui est de ce type de produits, les autorités de surveillance compétentes ont compris depuis longtemps que mieux valait que ce genre de choses se vendent légalement, car sinon elles se vendraient de toute façon illégalement. Mr Shake était passé des vitamines périmées aux mix, autrement dit il était passé de la fiction à la science-fiction, de la grammaire aux mathématiques, de la physique à la métaphysique. Comme tous les commerçants à succès, Mr Shake vendait en réalité du mirage idéologique, en l'occurrence le mirage de la métamorphose. Ses produits suggéraient aux crapauds qu'ils allaient se transformer en princes. Ses clients croyaient que le corps était un temple divin, la poudre magique l'hostie, et que la seule transformation du corps était un visa en règle pour la vie au paradis sur terre. Les slogans publicitaires des produits de Mr Shake comprenaient les mots *nutrition, transformation, form, re-reform, shape, re-shape, model, re-model, tone and tighten* – laissant entendre que le corps était un tas de Lego, et qu'en conséquence il pouvait devenir le jouet préféré de son propriétaire. Mr Shake activait le point d'acupuncture du rêve archétypal qui sommeille en chacun de nous, où le rêveur, grâce à une potion magique, peut rapetisser jusqu'à la taille d'un grain de pavot, se glisser dans la moindre serrure, devenir invisible, se transformer en géant, terrasser le terrible dragon et conquérir le cœur de la sublime princesse. Plus par hasard qu'intentionnellement, Mr Shake avait touché du doigt l'obsession fondamentale de notre époque, d'où sa réussite. Avec la disparition de toutes les idéologies, l'imagination humaine n'avait plus que le corps comme refuge. Le corps humain est le seul territoire que son propriétaire peut contrôler, amincir, réduire, agrandir, modeler, renforcer et conformer à son idéal, que cet idéal s'appelle Brad Pitt ou Nicole Kidman.

Oui, Mr Shake trayait avec succès les mamelles d'une obsession.

Si la composition des préparations de Mr Shake éveillait le respect (monohydrate de créatine, phosphate de créatine, acide α-lipoïque, glutamine, taurine, arginine, aminogène), leurs noms suscitaient une véritable déférence : AD, CEE-250, Power Maxx, Amino Maxx, MyoMax, Trans-X, Volumass 35, Scipro, Isopro, WPC, Ultra Amino, GLM, ALC, CLA, HMB, HMBA Ultra, Carni Tech, Mega Mass, UniSyn, Yohimbe, Gro Pro, Carbo Boost, CytoForce, HyperMass, CytoPro, AminoMax, CytoBurn, DailyVit, Animal Pak…

Le royaume de Mr Shake avait commencé à se déliter avec la parution dans les journaux de quelques allégations douteuses, suivies d'articles plus sérieux, sur le fait que ses poudres aidaient peut-être à gonfler les muscles, mais que leurs composantes hormonales diminuaient la puissance sexuelle. Mr Shake avait vu avec effroi l'empire qu'il avait mis des années à bâtir s'écrouler comme un château de cartes. Voilà pourquoi il avait atterri ici, pour faire d'une pierre deux coups : pour se calmer les nerfs, et flairer au passage le marché postcommuniste ; pour voir s'il y avait du beurre à se faire, et si c'était le cas, pour forcer ces « Est-Européens » gonflés de bière, jaunis de nicotine et bouffis d'alcool à remodeler leurs corps incompatibles pour les rendre compatibles au marché.

À propos de compatibilité, Mr Shake avait un autre souci sur le cœur. Son souci s'appelait Rosie. Mr Shake était veuf, et Rosie était sa fille. Et sa fille, dont il avait espéré qu'elle hériterait de son empire, était une sorte d'affront permanent aux ambitions de Mr Shake. On ne pouvait pas dire qu'elle n'était pas mignonne, mais elle était, du moins pour le style de vie américain, tout simplement trop grosse. Pire encore, cet état de fait semblait la laisser de marbre. Mr Shake connaissait la réputation de cette station thermale et de son spa, dirigé d'une créative main de maître par le Dr Topolanek, et il espérait s'aérer le cerveau avec de nouvelles idées de business, et faire perdre un kilo ou deux à Rosie… Et pour ce qui était des idées de business, il y avait là un autre détail qui titillait son imagination. Mr Shake avait appris par des connaissances, qui avaient récemment passé des vacances ici, que travaillait dans le spa un jeune masseur non seulement très attirant physiquement, mais également soi-disant doté de talents sexuels inouïs… S'il arrivait à convaincre un tel jeune homme d'être la vigoureuse mascotte publicitaire de ses produits, Mr Shake repartirait à nouveau à plein régime.

Telles étaient les ambitions que couvait Mr Shake, installé dans le restaurant de l'hôtel. Et quand il aperçut une grande dame élancée de son âge, entourée de deux comparses, un autre rêve s'imposa soudain à son esprit : passer ses vieux jours à deux. Il était tout à fait possible que tout ce monde d'énergie physique éclatante et explosive, dont Mr Shake avait été entouré pendant des années, ait fini par lui attaquer les nerfs. C'est pourquoi un simple regard sur cette dame aux mouvements pondérés lui avait fait l'effet d'un bon vieux Valium.

Un peu plus tard, Mr Shake s'enhardit, s'approcha de la table des trois femmes et invita la dame sédative à danser. À sa grande surprise, elle ne le repoussa pas. Cerise sur le gâteau, la dame parlait un anglais tout à fait correct.

Voilà, c'est tout sur Mr Shake pour le moment. Quant à nous, nous poursuivons notre route. Tandis que le cuisinier fait chauffer son chaudron, l'histoire a hâte d'arriver à sa conclusion !

4.

À sa manière adorable et désarmante, Pupa les poussait sans cesse à être ses agents par procuration. Certes, elle n'employait pas ce mot, mais elle disait : *Buvez, vous, et je m'enivrerai. Mangez, vous, et j'aurai un bon goût dans la bouche. Faites-vous massez, vous, et mes os rajeuniront. Dansez, vous, et je m'amuserai.* Elle n'avait, la pauvre, plus la force de quoi que ce soit. Elle passait le plus clair de son temps à sommeiller dans son fauteuil, n'ouvrant de temps à autre ses paupières que pour « contrôler la situation ».

« Je contrôle juste pour voir si vous vous amusez bien… »

Et, voyez-vous ça, quelques heures à peine s'étaient écoulées depuis leur arrivée, et Kukla avait déjà trouvé un cavalier. D'où tirait-elle cette énergie?! se demandait Beba, s'efforçant d'étouffer ce récent affront. Un type âgé était venu après le dîner inviter Kukla à danser, et non pas elle, Beba, ce qui avait été un fourbe coup dans le plexus de sa confiance en elle déjà sérieusement entamée. Même si Kukla avait dix ans de plus que Beba, c'était elle que le type avait choisie. Certes, l'individu ne plaisait absolument pas à Beba, ce qui était déjà une consolation.

« Qu'est-ce qu'ils font? demanda Pupa, émergeant de sa somnolence.

— Ils dansent... répondit Beba.

— Aahaaa... », dit Pupa en sombrant à nouveau dans un demi-sommeil.

C'est pourquoi Beba s'anima soudain en voyant un homme âgé s'approcher de leur table, bien plus beau que le cavalier de Kukla...

« Permettez-moi de me présenter. Je suis le docteur Topolanek, dit l'homme en serrant énergiquement la main de Beba. Ça ne vous dérange pas si je me joins à vous?

— Non, je vous en prie », répondit chaleureusement Beba.

Pupa s'éveilla de son demi-sommeil et plissa les yeux en direction du visiteur...

« Permettez-moi de me présenter, docteur Topolanek », répéta l'homme.

Pupa se contenta de sourire. Elle ne lui tendit pas la main. Elle savait qu'elle était si vieille qu'on n'attendait plus rien d'elle, et que tout lui était pardonné d'avance, comme à un enfant. Elle avait donc pris ses aises dans son rôle, elle ne dit même pas « enchantée » et… elle s'assoupit à nouveau.

Le Dr Topolanek était le directeur du spa de l'hôtel. Bien entendu, vivre une vie entière, ce n'est pas traverser un champ, comme l'aurait dit l'écrivain préféré du docteur, Boris Pasternak, avec le héros duquel, le docteur Jivago, Topolanek s'identifiait dans sa prime jeunesse. De fait, vivre une vie entière, ce n'est pas traverser un champ, mais comme l'histoire ne fait toujours que ce qui lui chante, nous allons, pour servir l'histoire, dire quelques mots sur le Dr Topolanek.

Quand était arrivée la révolution de velours tchèque, le Dr Topolanek avait senti que son moment était venu. Certes, la révolution s'était fait attendre, mais elle arrivait tout de même à temps, du moins en ce qui concernait le Dr Topolanek. Pendant des années, les communistes lui avaient couru sur le haricot, et toutes ses connaissances étaient communistes, et ensuite, les anticommunistes lui avaient eux aussi rapidement couru sur le haricot, et toutes ses connaissances étaient anticommunistes. Ils déblatéraient autant les uns que les autres, ils étaient, à dire vrai, tous du même tonneau. La révolution s'était rengorgée comme un paon, du moins c'est l'impression qu'avait eue le Dr Topolanek. Ça avait été une incroyable foire aux vanités révolutionnaires rancies, et les premières choses à émerger à la surface avaient été l'avidité et la stupidité. Topolanek était fermement décidé, dans cette foire d'empoigne transitionnelle généralisée, à rafler lui aussi sa part du gâteau. Ses éminents collègues trimaient à l'heure actuelle à l'hôpital pour un salaire modeste, et lui, qui avait entrepris sa carrière sans ambitions, comme médecin généraliste de station thermale, s'était hissé au poste de directeur du spa le plus connu du pays et au-delà. Oui, il était une sorte de surfeur amateur, il surfait sur la vague. D'aucuns sont aidés par leurs gènes, ceux-là, tu peux les cogner tant que tu veux, tu ne les abattras pas facilement, d'autres par leur caractère. Topolanek ne souffrait pas d'un excédent de caractère, et ce léger handicap lui avait sauvé la peau. Bienheureux comme le roseau, il se courbait dans la direction du vent. Les orages n'abattent que les chênes, pensait poétiquement le Dr Topolanek, tandis que l'humble roseau, lui, continue à pousser sans encombre…

La flore et la survie, Topolanek en savait quelque chose, ses parents étaient des intellectuels et des dissidents, et un peu de tout ça l'avait égratigné lui aussi. Puis était arrivé le moment de la liberté, et, voyez-vous ça, la liberté s'était comportée comme un Père Noël capricieux, elle n'avait rien apporté du tout à ses parents. Plus précisément, ils ne possédaient rien, il n'y avait donc rien à leur rendre, et ils n'avaient rien reçu. Le plus douloureux pour eux, c'est que même la reconnaissance morale les avait boudés. Plus personne ne mentionnait la lutte souterraine qu'ils avaient menée pendant des années. Il ne leur restait plus qu'à se confronter quotidiennement aux résultats de la liberté pour laquelle ils avaient sacrifié leur jeunesse. L'environnement avait changé, et ils étaient restés les mêmes : dans un petit appartement, avec une petite retraite, et les deux ou trois amis qu'il leur restait, eux aussi des perdants. Ils s'étaient battus avec succès contre Big Brother, et à présent le *Big Brother Show*, ils le regardaient à la télévision tous les jours. Pour leur deuxième occupation, les Russes y étaient allés doucement, pas avec des tanks comme autrefois, mais avec des billets bien craquants. Les Russes, d'ailleurs, n'avaient pas la moindre importance dans toute cette affaire, l'argent n'a pas de nationalité, il est juste possédé par des gens, et des gens qui n'ont rien d'autre, en général. Il ne restait plus aux parents de Topolanek que des jérémiades de vieux, et ils s'étaient enfoncés dans ces jérémiades comme dans des sables mouvants. Ils râlaient contre leurs anciens compagnons de lutte, les dissidents, qui, soi-disant, avaient tout reçu, alors qu'eux rien ; ils râlaient contre leurs amis qui avaient tiré leur épingle du jeu, contre les émigrants qui étaient rentrés, contre les étrangers qui avaient inondé la République tchèque, contre les Slovaques qui, soi-disant, s'en étaient mieux sortis, contre tout et n'importe quoi. La liberté pour laquelle ils s'étaient battus s'était avérée mortifère. Elle les avait détruits comme l'oxygène détruit des fresques profondément enfouies et brusquement découvertes.

Dans cette bousculade capitaliste initiale, Topolanek avait compris que le plus simple était de gagner de l'argent sur la vanité des gens, sans que nul n'y laisse un cheveu de sa tête. Ses clients étaient satisfaits, et son spa rapportait bien plus de bénéfices que l'hôtel en lui-même. Ils étaient compétitifs, ils vendaient l'éclat de l'européanité centre-européenne qui, sur fond d'ex-communisme, semblait plus attirante que la ouest-européenne. L'institution médicale, qui datait du communisme, reposait sur des fondations solides : les prix des services médicaux légers étaient plus bas qu'en Europe de l'Ouest, et les services en eux-mêmes étaient là, sur place et à portée de main.

Le Dr Topolanek ne faisait pas partie des cyniques de la transition, il avait lui aussi son rêve révolutionnaire, à ceci près que sa révolution, à la différence de celle de ses parents, se jouait sur un terrain plus rentable, plus beau et plus moelleux – le corps humain. Le Dr Topolanek travaillait sur la théorie et la pratique de la longévité. C'est pourquoi il s'était invité à la table de cette antédiluvienne dame en fauteuil et de sa sympathique compagne. Topolanek jugeait de son devoir de les saluer, de les inviter à profiter des services de son spa, et à venir écouter, si elles le souhaitaient, sa série de conférences sur la théorie et la pratique de la longévité.

Tandis que Beba écoutait le Dr Topolanek avec un grand intérêt, Pupa somnolait.

« Et pourquoi vous n'inventez pas quelque chose pour que les vieux crèvent en douceur, au lieu de les emmerder avec votre prolongation de la vieillesse ? intervint Pupa, sortant de son demi-sommeil.

— Veuillez m'excuser, je ne comprends pas...

— Tu parles d'une merde ! Prolonger la vieillesse, non mais quelle idée !? Prolongez la jeunesse, pas la vieillesse ! »

Le Dr Topolanek n'arrivait pas à croire que ces mots résolus soient sortis d'un corps si menu et si usé. Mais au moment précis où il s'apprêtait à dire quelque chose en défense de sa théorie et de sa pratique, la grande dame âgée et son cavalier les rejoignirent à la table.

Mr Shake était ravi d'avoir fait la connaissance du Dr Topolanek. Il s'était engagé à venir le lendemain visiter le spa, ainsi qu'à assister à la conférence. Pupa et Beba avaient appris que le cavalier de Kukla s'appelait Mr Shake, qu'il était américain, qu'il était arrivé le jour même tout comme elles, et qu'il séjournait dans le même hôtel. Cependant, il commençait déjà à se faire tard, et Kukla suggéra que le moment était venu de se séparer.

« Au revoir ! » dirent Beba et Kukla au Dr Topolanek.

Beba serra la main de Mr Shake.

« *See you, die !* » lança-t-elle.

L'Américain eut un mouvement de recul. Un silence gênant s'installa.

Il convient ici de préciser que Beba avait certaines tendances inhabituelles, l'une d'entre elles étant les lapsus. Elle ne comprit donc pas pourquoi Kukla s'excusait auprès de l'Américain, alors qu'elle l'avait salué d'un banal : *See you, bye!*

Kukla attrapa le fauteuil de Pupa et se dirigea sans un mot vers l'ascenseur.

« Qu'est-ce qu'il y a ? demanda Beba, la rattrapant à grand-peine. Tu es en colère contre moi ? Qu'est-ce que j'ai encore fait ? »

Pupa se réveilla brusquement et demanda :

« Il est parti, le docteur Faribole ? »

Elle pensait au Dr Topolanek.

Et nous ? Nous poursuivons notre route. Souhaitons une nuit paisible à Pupa, Kukla et Beba, quant à nous, nous resterons éveillés, pour ne pas laisser l'histoire nous échapper…

DEUXIÈME JOUR

1.

Les filles étaient restées indifférentes aux alléchantes offres du spa. Pupa ressemblait à une antique tasse de porcelaine brisée et recollée plusieurs fois et qu'il fallait, pour qu'elle reste en un seul morceau, ranger dans un endroit précis et « utiliser » le moins possible. Kukla, à la différence de Pupa, jouissait d'une condition physique enviable, et Beba n'arrivait pas à la comprendre. Kukla, qui partageait la suite de Pupa afin, si jamais le besoin, Dieu nous en garde, s'en faisait sentir, d'être disponible à la seconde, s'était excusée, arguant qu'elle ne pouvait pas à cause de Pupa. Quoi qu'il en soit, elles avaient toutes les deux chaleureusement encouragé Beba. De toute façon, il ne restait plus à Beba qu'à essayer enfin de se réconcilier avec son propre corps, avec lequel elle avait trop longtemps vécu dans une inimitié mutuelle. Mais, étant donné que la vie se vit lentement, tandis que l'histoire se raconte prestement, nous allons ici accélérer un chouïa, avant de plus tard ralentir un tantinet, pour raconter la brève histoire de l'animosité entre Beba et son corps.

Parcourant du regard la liste des massages aux noms évocateurs, Beba raya résolument la « Balançoire des délices », où le masseur, du moins c'est ce qu'annonçait la carte, était suspendu à un câble, se balançait de temps à autre, et courait doucement sur le dos du client allongé sur la table de massage (*Il ne me manquait plus que ça, qu'un Tarzan prenne mon dos pour un tremplin !*). Beba promena son regard sur le massage thaïlandais aux pierres chaudes, sur le soin « Doux rêves »... et finit par se décider pour le « Massage de Soliman le Magnifique ». Elle avait choisi « Soliman » car, dans le contexte de la culture thermale tchèque et de son renouveau touristique postcommuniste, c'était le nom qui sonnait le plus bizarre. La photographie sur la brochure publicitaire faisait envie : on y voyait, tels des boudoirs dans de la chantilly, un corps féminin nu allongé dans un nuage de mousse de savon. Pupa et Kukla avaient validé le choix de Beba. Elles aussi, elles trouvaient que « Soliman » avait l'air excitant.

Une femme en blouse blanche emmena Beba dans une petite pièce tapissée de carreaux à motifs orientaux. Au milieu se trouvait une table de massage en pierre. La femme demanda à Beba de se déshabiller et de s'allonger à plat ventre sur la table.

« Je vais me les geler sur cette pierre...

— Ne vous inquiétez pas, c'est une table spéciale avec chauffage intégré... », répondit aimablement la femme.

Beba gravit les petites marches menant à la table, mais s'allonger à plat ventre était de toute évidence impossible. L'air contrit, elle désigna son imposante poitrine.

« Pas d'inquiétude... ! » dit la femme d'un ton compréhensif, et elle revint rapidement avec un instrument en forme de petite colline, recouvert d'une mousse moelleuse, avec deux grandes ouvertures au milieu. À présent, Beba pouvait s'allonger sur le ventre, et ses seins entraient librement dans les ouvertures au lieu de s'écraser douloureusement sur la table.

Beba enlaça la petite colline. La position était confortable. Une agréable musique d'ambiance orientale s'échappait en sourdine de haut-parleurs invisibles. Sur son monticule, Beba se sentait comme un escargot géant sur un champignon.

La femme en blouse blanche sortit de sous la table un pulvérisateur, semblable à ceux utilisés dans les stations de lavage automobile, et projeta sur le corps de Beba un nuage de mousse de savon parfumée.

« Ne vous inquiétez pas, Pán[1] Soliman va arriver... », dit-elle en sortant.

Pán Soliman ?! Recouverte de mousse chaude, Beba attendit la suite des événements.

1. *Pán* : « monsieur » en tchèque. (*N.d.T.*)

Un jeune homme entra dans la pièce. Il arborait un turban de soie aux couleurs de l'arc-en-ciel et était torse nu, à l'exception d'un boléro microscopique. Il portait un sarouel en soie, ample pantalon oriental fermé aux chevilles. Le jeune homme avait un corps viril, les muscles des bras bien dessinés, le ventre plat et la peau satinée. Il avait un visage oriental, ou du moins Beba le trouvait oriental, avec un nez marqué, de belles dents et des lèvres pleines, de grands yeux bruns et de toutes petites moustaches, ce qui faisait un peu désuet, et était d'autant plus séduisant.

« *Haïe, maïe neïme iz Soliman. Aïe am your masseure!* ânonna le jeune homme dans un anglais approximatif.

— *Hi! My name is Beba!* » répondit Beba.

À cet instant, la tête de Beba, qui émergeait du nuage de mousse, se retrouva à proximité du sarouel du jeune homme, ou plutôt le sarouel du jeune homme se retrouva devant la tête de Beba, et Beba se retrouva nez à nez avec cette partie située dix centimètres sous le nombril de l'éphèbe. Le rouge lui monta aux joues. La zone infranombrilesque du sarouel du jeune homme se dressait comme une tente. « Tu prends tes rêves pour des réalités, ma vieille », se réprimanda intérieurement Beba.

« *Rilax!* » lança le jeune homme en passant les mains sur le corps de Beba. Elle fut parcourue de fourmillements, comme si elle avait reçu une légère décharge électrique. Plongeant ses mains dans la mousse, l'éphèbe commença à lui masser le corps...

Le silence régnait dans la pièce. La musique orientale émise par les haut-parleurs invisibles était à peine audible. Beba se dit que si le jeune homme se taisait, c'était uniquement parce que son anglais était mauvais.

« Mmmmmmm... », gémit Beba de plaisir.

À cet instant, le jeune homme effleura par inadvertance la cuisse de Beba de cette partie infranombrilesque de son sarouel. À présent – du moins en ce qui concernait Beba – le doute n'était plus possible. « Mon Dieu ! Qu'est-ce qui va se passer maintenant ? » se demanda Beba.

« *Rilax...* », dit le jeune homme.

Beba n'arrivait pas à se souvenir quand ça lui était arrivé pour la dernière fois, d'avoir devant elle un jeune et attirant corps masculin à demi-nu en plein branle-bas de combat. Le visage de Beba s'illumina d'un sourire rêveur. Elle se colla au monticule recouvert d'éponge moelleuse et lécha la mousse de savon parfumé. Son corps frémissait d'expectative. Le jeune homme contournait la table en massant Beba, et il se tenait à présent à nouveau devant sa tête, afin d'atteindre plus facilement sa nuque. Elle entrapercevait à travers ses paupières mi-closes les abdominaux glabres de l'éphèbe. La partie tente du sarouel était toujours aussi tendue. « Un Gustav von Aschenbach au féminin ! Beurk ! » se flagella intérieurement Beba.

Il convient peut-être de préciser ici que Beba, qui se considérait comme bête – et son entourage proche ne s'efforçait pas particulièrement de la détromper –, choisissait souvent des comparaisons intellectualisantes, sans être vraiment consciente de ce qu'elle faisait, et quand elle en prenait conscience, elle n'avait pas la moindre idée d'où lui venaient toutes ces connaissances. Quoi qu'il en soit, il nous faut poursuivre. Car si, dans la vie, chacun sa croix porte, la mission de l'histoire est d'enfoncer les portes.

« *Ouère you from ?* demanda le jeune homme.

— *From Croatia...* », souffla Beba de mauvaise grâce.

L'anglais catastrophique de l'éphèbe s'abattait sur l'humeur songeuse de Beba comme une douche froide.

Les mains du masseur se figèrent...

« Une voisine ?! s'exclama le jeune homme.

— Tu es de chez nous ?! sursauta Beba.

— Ben oui, pardi, qu'est-ce que tu croyais ?

— Que tu étais turc ! dit Beba, même si en réalité elle l'avait pris pour un Tchèque costumé.

— Turc, tu parles, je suis bosnien !

— D'où ?

— De Sarajevo ! lança le garçon en mettant l'accent sur le « e », imitant manifestement les reporters de guerre étrangers à Sarajevo.

— Et qu'est-ce que tu fais ici ?

— Je masse, chérie. Comme tu peux le voir...

— Je veux dire, comment tu es arrivé ici ?
— Comme réfugié.
— Quand ?
— Un peu avant l'opération « Oluja » et Dayton…
— Ça fait combien de temps que tu es ici ? Douze ans ?
— Exactement.
— Mais quel âge tu as ?
— Vingt-neuf ans… Et sinon, je te masse, chérie, ou quoi ?
— Je ne sais pas, ça me met un peu mal à l'aise. Je pourrais être ta mère… », répondit Beba en s'efforçant de se redresser de son monticule.
Le jeune homme accourut à la rescousse.
« Y a pas de raison d'être mal à l'aise, chérie ! J'ai vu passer toutes sortes de corps depuis que je travaille ici. On est entre amis…
— Allez, d'accord… », marmonna Beba, décontenancée.

Beba avait réussi tant bien que mal à se redresser et à s'asseoir sur la table, mais le coussin lui était resté coincé entre les seins. En voyant Beba dans son nuage de mousse de savon, avec l'engin et ses deux seins qui jaillissaient des ouvertures comme des pastèques, le jeune homme éclata d'un rire franc. Comprenant le ridicule de sa situation, Beba se mit elle aussi à rire, faisant voler la mousse dans tous les sens…
« Eh, chérie, maintenant, tu ressembles au yéti ! » lança l'éphèbe en étouffant son rire.

Il aida Beba à retirer l'instrument et lui apporta un peignoir. Emmitouflée dans la sortie de bain en éponge blanche, Beba essuyait d'une serviette la mousse de son visage.

« On se fait une blonde ? demanda le jeune homme avec son accent caractéristique, aux consonnes douces.

— Pardon ?!

— Tu veux t'en griller une ?

— Ici ?!

— Bon, tu veux, oui ou merde ?

— Allez, d'accord...

— J'suis le roi ici, chérie, personne peut rien contre moi... Et quel Soliman je ferais si j'étais pas entouré d'un nuage de tabac, franchement ? »

Beba et le jeune homme allumèrent une cigarette.

« Ahlala, ma vieille, ça faisait des plombes que je ne m'étais pas fendu la gueule comme ça ! lança chaleureusement l'éphèbe.

— Ahlala, mon Soliman... souffla joyeusement Beba.

— Je m'appelle pas Soliman !

— Et tu t'appelles comment, alors ?

— Mevludin.

— Tu es musulman ?

— Musulman ? Tu parles, chérie. J'suis comme l'ex-Yougoslavie, comme un ragoût à la bosnienne, je suis un peu de tout. Mon père est bosnien, et ma mère moitié croate, moitié slovène. Et dans ma famille, y avait vraiment de tout, des Monténégrins, des Serbes, des Macédoniens, des Tchèques... Une de mes grands-mères était tchèque.

— Ah, Mevludin…

— Mevlo pour les intimes. Et ici, ils m'appellent Pán Mevlička… Soliman, c'est mon nom de scène. Les Tchèques m'ont filé un sarouel, ils se sont dit : *Les massages turcs, c'est super pour les touristes…* Ils y connaissent rien, c'est pas eux qu'ont eu les Turcs sur le dos pendant cinq cents ans, c'est nous…

— Du coup, t'es une sorte d'acteur qui joue le rôle de Soliman ?

— Eh ouais, chérie, un acteur. Et j'ai fait des études, de physiothérapeute… Ils disent que j'ai de l'or dans les mains.

— Et tu as vraiment de l'or dans les mains, dit Beba très sérieusement.

— Ça me fait une belle jambe, se rembrunit le jeune homme dans un soupir.

— Qu'est-ce que tu veux dire, ça te fait une belle jambe ?

— Ça me fait une belle jambe, vu que c'est tout ce que j'ai… »

Beba ne savait pas quoi dire. À ce qu'elle pouvait en juger, le jeune homme n'était pas mal loti. C'était le moins qu'on puisse dire.

« Elle est au garde-à-vous comme un drapeau le jour de la fête nationale, mais ça me fait une belle jambe, chérie, vu que moi je suis froid comme une stalagmite… C'est comme une prothèse sur un cul-de-jatte. Tu peux lui faire ce que tu veux, lui toquer dessus autant que tu veux, ça sonne creux…

— Attends, mais de quoi tu parles… ?

— Ben de ma bite, chérie, t'as certainement remarqué toute seule…

— Non… mentit Beba.

— Ça m'est arrivé après une explosion. Une grenade serbe a éclaté, putain de salauds d'enfoirés, et depuis cette explosion je suis toujours en érection. Mes potes de Sarajevo se sont bien foutus de ma gueule : *Ben alors Mevlo*, qu'ils disaient, *toi, au moins, t'as bien profité de la guerre. Non seulement t'as sauvé ta peau, mais t'en as même reçue une bien raide, droite comme un fusil.* Moi, profiteur de guerre !? Tu parles, un invalide de guerre, voilà ce que je suis… »

Le jeune homme s'était renfrogné. Du coin de son œil curieux, Beba remarqua que la partie en question du sarouel était toujours aussi dressée.

« Je suis désolée… dit-elle.

— Je me suis caché ici dans ce sarouel, je joue au Turc, et j'attends que ça passe. J'ai même été voir des docteurs, ils m'ont examiné, ça les fait bien marrer, et ils me disent : *Ta bite est en pleine forme, Pán Mevlička.* C'est la vie, ma sœur, pour te bousculer et te malmener, ça, y a du monde, mais pour te soigner et te consoler, y a plus personne. Je rentrerais bien à la maison, en Bosnie, je me suis toujours senti super bien en Bosnie, même pendant la guerre, mais mes potes me feraient tourner en bourrique. Mevlo Superman, Mevlo Bite d'Acier, tu sais comment ça taille, là-bas… Ça me donnerait le coup de grâce. Je peux pas rentrer dans cet état, je suis ni un mec ni une meuf, je suis rien qu'une merde… Ici, je me suis même fait harceler par des femmes, des actrices, de tous les genres, tu sais ce que c'est de bosser dans un hôtel, t'es en *room service* vingt-quatre heures sur vingt-quatre, ils pensent tous qu'ils ont le droit de se servir… On m'a aussi harcelé pour que je tourne un porno, des Allemands, des Russes, des Américains… Y en a un que j'ai laissé pour mort, je lui ai pété tous les os, du coup, j'ai mauvaise réputation, mais au moins, maintenant, ils me foutent la paix. Ça serait peut-être plus facile pour moi si j'étais pédé, qu'est-ce que t'en penses ?

— Le principal, c'est que tu aies bon cœur… dit doucement Beba, et en cet instant précis elle était sincèrement convaincue du contenu de ses paroles.

— Mon cœur, il est grand comme une mosquée, mais ça me fait une belle jambe. »

Beba sourit.

« Et je suis sûre que tu en as aussi dans le ciboulot.

— Eh, ça, par contre, non, s'anima le jeune homme. Je suis un crétin, chérie. Et quand on naît crétin, on meurt crétin.

— Tout va finir par s'arranger, j'en suis sûre, dit Beba avec compassion.

— Que Dieu t'entende. Tout ce que je veux, c'est que mon python en dessous de la ceinture se calme. Je peux plus le voir en peinture ! C'est comme si cette grenade serbe m'avait ensorcelé, putain de salauds d'enfoirés… »

L'éphèbe regarda Beba et son visage s'illumina d'un doux sourire.

« Désolé, je jure comme un charretier.

— Ça ne me dérange pas.

— Désolé de t'avoir embêtée avec mes problèmes. Si seulement quelqu'un pouvait venir me délivrer de mon sort, comme cette grenade serbe m'a ensorcelé. C'est de ça, ma sœur, c'est de ça que je rêve tous les jours. »

On toqua à la porte. Une femme en blouse blanche entra dans la pièce.

« Pán Soliman, il y a déjà deux clientes qui attendent. »

Le jeune homme aida Beba à descendre de la table et la raccompagna à la porte.

« Tu restes jusqu'à quand ? demanda-t-il.

— Je ne sais pas.

— Tu viendras me rendre visite ?

— Oui.

— Viens. N'oublie pas, surtout. Viens me voir après le boulot, et on ira boire une bière. Tu me trouveras facilement, je vis ici, à l'hôtel. Demande juste Pán Mevlička… Tout le monde me connaît.

— Promis ! »

Puis il s'adressa à la femme en blouse blanche dans un tchèque impeccable : « *Napište masaž teto damy na moj učet*[1]… »

1. En tchèque dans le texte : « Vous mettrez le massage de madame sur mon compte. » (*N.d.T.*)

Et nous ? Nous poursuivons notre route. Tandis que la vie pour le malheur de l'homme intrigue, l'histoire bande son arc et touche sa cible !

2.

Le Dr Topolanek se tenait devant un portrait, une photographie en couleurs projetée sur un écran. La vieille femme sur la photo était assise dans un fauteuil, vêtue d'un tailleur, d'une chemise blanche dont le col et les poignets dépassaient des manches de la veste, et d'un pull aux couleurs vives juvénilement jeté sur ses épaules en guise de châle. La petite vieille avait les cheveux gris et frisés, des yeux bleuâtres profondément enfoncés dans leurs orbites, et la bouche complètement rentrée. Le plus frappant, c'étaient ses mains, aux gros doigts crochus, semblables à des griffes.

« Ils auraient au moins pu lui mettre des gants en résille », se dit Beba en considérant la photographie.

Le Dr Topolanek avait distribué à l'assistance une liste de personnes âgées de plus de cent ans. En face des noms étaient précisés la race, le sexe, la nationalité et l'âge exact.

« Demandez-vous, commença le Dr Topolanek, qui est cette femme sur la photo. Si vous jetez un œil à la liste, vous trouverez son nom tout en haut. Jeanne Calment est officiellement considérée comme la femme la plus vieille du monde. Mme Calment est décédée à l'âge de cent vingt-deux ans et cent soixante-quatre jours ! *Je n'ai jamais eu qu'une ride, et je suis assise dessus*[1], avait déclaré à la presse Mme Calment, une femme qui a fait du vélo jusqu'à son centième anniversaire ! »

Le Dr Topolanek poursuivit…

« Sarah Knauss, Lucy Hannah, Marie-Louise Meilleur, Maria Capovilla, Tane Ikai, Elizabeth Bolde, Carrie C. White, Kamato Hongo, Maggie Barnes, Christian Mortensen, Charlotte Hughes, et ainsi de suite, tous ces noms sont ceux de gens ordinaires, héros de la longévité. Ou plus précisément… héroïnes. Observez attentivement la liste. Quatre-vingt-dix femmes pour dix hommes ! »

Topolanek lança au public un regard lourd de sens.

« On nous appelle, nous les hommes, le sexe fort… mais est-il jamais venu à l'esprit de quiconque que nous ne sommes plus forts que les femmes qu'en apparence, tout simplement parce que nous avons quelque part, profondément enfouie en nous, une alarme biologique intégrée, la conscience que nous allons quitter ce monde bien plus tôt que nos compagnes de route ?! L'avenir appartient aux femmes : au figuré comme au propre. Et quand nous ne serons plus nécessaires pour la reproduction, ce qui ne manquera pas d'arriver très prochainement, le sexe masculin

1. En français dans le texte.

tout entier sera définitivement jeté aux oubliettes de l'histoire… »

Mr Shake était le seul homme d'un public déjà clairsemé. À l'exception de Beba, Kukla et Pupa, qui somnolait dans son fauteuil roulant, et de quelques autres petites vieilles, il n'y avait pas grand monde, et Mr Shake était indéniablement en minorité. Et quand le Dr Topolanek lui eut expliqué de manière si éloquente qu'il allait bientôt finir aux oubliettes de l'histoire, il se leva et quitta discrètement la pièce.

« Si ce monsieur si ému par l'avenir de son sexe n'avait pas quitté la salle, il aurait pu entendre une information réconfortante, à savoir que dans la mythologie la situation est tout à fait différente. Les hommes y ont le monopole de la longévité, ce qui est logique, étant donné que les créateurs de la mythologie étaient des hommes. On attribue ainsi à Mathusalem, la créature la plus âgée de l'histoire de l'imagination humaine, une vie de neuf cent soixante-neuf ans. Notre ancêtre Adam vécut neuf cent trente ans, son fils Seth neuf cent douze ans, et le petit-fils d'Adam, Énosh, neuf cent cinq ans… »

« La Bible ne nous donne aucune information sur Ève et son âge, déclara le Dr Topolanek d'un ton entendu. Ève est issue de la côte d'Adam. Cette donnée mythologique attribua à Ève et à tout le sexe féminin le statut de créatures de second ordre, et d'Ève à nos jours, les femmes ont en général été traitées comme… des côtes. »

Un gloussement retentit dans le public. C'était Beba, qui trouvait très distrayante la présentation théâtrale du Dr Topolanek, ainsi que sa remarque sur les femmes-côtes…

« Noé vécut neuf cent cinquante ans, ce qui est la première confirmation du fait que la génétique joue un grand rôle dans la longévité, reprit Topolanek. Noé était le petit-fils de Mathusalem, et probablement le dernier homme à vivre si longtemps dans l'histoire de l'humanité. Après le Déluge, la vie humaine ne se mesure plus en étalons célestes mais humains, plus par rapport aux dieux, mais par rapport aux hommes. Le Déluge acheva définitivement de séparer deux mondes : le monde divin n'appartiendrait dès lors plus qu'aux dieux, et le monde humain serait abandonné aux hommes. Dans le monde humain, la longévité serait l'apanage des gens importants, saints, prophètes et dirigeants. C'est ainsi qu'Abraham vécut cent soixante-cinq ans, et Moïse cent vingt ans, tandis que les gens ordinaires vivaient leur brève existence humaine… »

« Et l'idée de la longévité, poursuivit le Dr Topolanek, déménagea dans les utopies et les légendes sur le paradis sur terre, sur les sources miraculeuses, sur les fontaines de jouvence, sur l'eau vive et l'eau morte, sur les arbres de jouvence, sur certaines races, tribus, îles ou contrées, qui se trouvent en général en des points reculés du globe terrestre. Il existe des légendes sur “l’âge d’or”, sur des peuples ayant vécu jeunes et insouciants pendant de longues années, et qui, quand est venu pour eux le moment de passer dans l’autre monde, ont tout simplement sombré dans le sommeil. Il y a la légende des Égyptiens qui, selon Hérodote, étaient les gens les plus beaux et les plus grands du monde, et vivaient en moyenne cent cinquante ans, dans l’allégresse, le bonheur et en bonne entente avec leurs dieux. Les Grecs anciens croyaient qu’il existait en Inde des gens à tête de chien, les Cynocéphales, qui vivaient jusqu’à deux cents ans, contrairement aux Pygmées, qui, selon les Grecs anciens, vivaient à peine huit ans. Il y a la légende des Macrobies, un peuple d’une grande longévité en Afrique, et celle des Hyperboréens, qui vivaient dans le Grand Nord et avaient une durée de vie d’un millier d’années. L’une des légendes les plus fascinantes a été répandue par le Grec Jambule. Les flots l’auraient fait échouer sur une île au beau milieu de l’océan Indien, où vivaient des gens magnifiques, grands, de deux mètres en moyenne. Ils parlaient la langue des oiseaux et avaient la possibilité de converser avec deux personnes en même temps, car leur langue était dentée comme des mâchoires. Ils ne connaissaient pas la monogamie, se partageaient leurs femmes, prenaient soin des enfants en communauté, et vivaient dans le bonheur et la joie jusqu’à cent cinquante ans. »

« Notre cher docteur n’en est qu’au commencement. Le temps qu’il arrive au yaourt bulgare, au botox et aux antioxydants, on se sera toutes transformées en squelettes », chuchota Beba à Kukla.

Sur ce, Pupa se réveilla.

« On reste ou on se casse ? demanda-t-elle.

— On se casse ! » acquiescèrent-elles à l'unanimité.

Kukla s'excusa auprès du Dr Topolanek, inventant une raison pour laquelle elles ne pouvaient assister à la suite de sa conférence.

« Pas de problème... répondit le Dr Topolanek. Mais vous viendrez demain, n'est-ce pas ?

— Mais certainement ! » s'écrièrent poliment Pupa, Beba et Kukla d'une seule voix.

Dès qu'elles furent sorties de la salle, Pupa lança résolument...

« Certainement pas ! »

***

Il convient ici de préciser que Pupa, Beba et Kukla étaient injustes envers le Dr Topolanek, et qu'il était véritablement dommage qu'elles aient quitté la salle. Car elles auraient pu y apprendre moult choses passionnantes ; découvrir, par exemple, l'idée platonicienne d'un monde plus heureux, qui adviendrait quand l'univers tout entier prendrait la direction opposée. Au lieu de naître d'un acte sexuel, les gens sortiraient de la terre comme des plantes, et ce tout de suite sous leur forme adulte, puis ils deviendraient progressivement de plus en plus jeunes, et finiraient par retourner à la terre. La vie ne serait peut-être pas plus longue que la nôtre, l'actuelle, mais elle serait indéniablement plus heureuse, car dépourvue de la peur de la vieillesse et de la mort. Pupa, Beba et Kukla auraient pu entendre la fascinante histoire de Médée qui, pour rajeunir le père de Jason, avait procédé à la première transfusion sanguine de l'histoire de la médecine. Médée avait tranché la gorge du vieillard à l'épée, laissé le sang s'écouler, puis rempli les veines du vieil homme d'une préparation de son cru, composée d'une multitude d'épices, de plantes, de racines, de graines, de foie de cerf et d'entrailles de loup-garou. Les cheveux gris du vieillard avaient noirci, ses rides s'étaient lissées, ses membres s'étaient raffermis, son cœur s'était mis à battre plus vite, et le poids d'une quarantaine d'années avait quitté le corps du vieil homme…

Oui, les trois vieilles filles auraient pu apprendre moult choses encore, quant à nous, malheureusement, il nous faut poursuivre notre route. Tandis que l'homme regrette et se lamente, l'histoire, elle, est d'une autre trempe – et rien ne lui manque !

3.

Le fils d'une patiente lui avait raconté qu'une fois il avait sorti sa mère dans son fauteuil roulant et l'avait installée devant la maison, pour qu'elle prenne un peu l'air frais. C'était la fin novembre, et il avait soigneusement emmitouflé la petite vieille dans des couvertures, pour qu'elle n'ait pas froid. Puis il était rentré un instant dans la maison, chercher ses cigarettes, avait oublié ce qu'il était venu chercher, s'était assis et s'était allumé une cigarette. Entre-temps, il s'était mis à neiger. Et quand la nuit avait commencé à tomber, quand la petite vieille avait été recouverte de neige comme une botte de foin, le fils s'était, horrifié, rappelé qu'elle était encore dehors. La vieille dame était si sénile qu'elle ne s'était rendu compte de rien. Elle était bien, à regarder les flocons. Elle n'avait même pas pris froid.

Pupa songeait souvent au fait qu'elle aimerait bien que quelqu'un l'emmène comme ça au Groenland et l'oublie là-bas, la perde comme on perd un parapluie ou des gants. Elle en était arrivée à un état où elle ne pouvait plus rien faire. Elle était comme un ficus, une plante d'intérieur que l'on déplaçait, qu'on portait sur le balcon pour qu'elle prenne l'air, qu'on rentrait pour qu'elle ne gèle pas, qu'on arrosait et époussetait régulièrement. Comment un ficus pourrait-il prendre des décisions et se suicider ?

Toutes les cultures primitives savaient comment réagir à la vieillesse. Les règles étaient simples : quand les vieux n'étaient plus en mesure de s'assumer, ils les laissaient mourir, ou les aidaient à passer dans l'autre monde. Comme dans ce film japonais où le fils fourre sa mère dans un panier et la porte au sommet de la montagne pour qu'elle y meure. Même les éléphants sont plus intelligents que les humains. Quand ils sentent leur heure arriver, ils quittent le troupeau, partent pour leur cimetière, s'allongent sur des ossements d'éléphant et attendent de se changer eux aussi en squelette. Alors que les hypocrites d'aujourd'hui, qui se scandalisent du caractère primitif des us et coutumes d'antan, terrorisent leurs vieux sans une once de remords. Ils ne sont capables ni de les tuer, ni de s'en occuper, ni de leur construire des institutions dignes de ce nom, ni de leur proposer un personnel spécialisé convenable. Ils les laissent dans des mouroirs, dans des maisons de retraite ou, s'ils ont des relations, prolongent leur séjour dans les services de gériatrie, dans l'espoir que les vieux casseront leur pipe avant qu'on ne remarque que leur hospitalisation était superflue. Les Dalmates sont plus tendres avec leurs ânes qu'avec leurs vieux. Quand leurs ânes vieillissent, ils les emmènent en barque sur des îlots inhabités, où ils les laissent mourir. Pupa avait une fois foulé du pied l'un de ces cimetières asiniens…

***

Elle qui avait mis au monde tant d'enfants, coupé tant de cordons ombilicaux, qui avait entendu tant de fois le premier souffle et les premiers pleurs des bébés, elle aurait au moins mérité que quelqu'un de sensé l'*éteigne*, comme on éteint les lumières dans la maison pour ne pas dépenser d'électricité pour rien. Voilà, c'est ce qu'elle s'était efforcée, tout ce temps, d'expliquer à Zorana, mais Zorana avait décidé de suivre son instinct de médecin, et non d'humain.

Zorana ne la comprenait pas. Cette même Zorana qui l'avait toute sa vie accusée elle, Pupa, de ne pas la comprendre. Pupa s'était tout d'abord indignée, puis défendue, puis elle s'était longtemps sentie coupable, et ensuite elle avait enfin admis que Zorana avait raison, ne serait-ce que sur un point : non, elle ne la comprenait vraiment pas. Elle n'arrivait pas, par exemple, à comprendre comment Zorana pouvait accepter de vivre avec un homme qui était une ordure notoire. Il avait, quelque dix-huit ans auparavant, soudain découvert en lui l'appel de l'identité croate, bruyamment soutenu le pouvoir de l'époque, crié sur tous les toits qu'il fallait exterminer tous les Serbes, faisant savoir au passage que ni les musulmans, ni les juifs ne lui étaient beaucoup plus sympathiques. Il était soudain devenu anticommuniste et grenouille de bénitier, avait pendu au cou de Zorana et des enfants des croix catholiques, et au mur un portrait de son ancêtre, un boucher oustachi, et, tiens donc, ses errements s'étaient révélés profitables. Il était devenu directeur de l'hôpital, s'était habilement impliqué dans des malversations financières, et ils – Zorana et lui – étaient devenus la nouvelle élite croate, que Pupa, quand elle le pouvait encore, regardait à la télévision lors des réceptions de la Saint-Sylvestre chez le chef de l'État, à des concerts, des vernissages d'expositions... Et l'ordure allait parfois jusqu'à l'accuser elle aussi, Pupa, à dire que tout ça c'était leur faute, « à elle et ses amis cocos », que tout ça c'était « le résultat de la conspiration sioniste ». Et quand il avait une fois fait une remarque ironique sur le père de Zorana, l'appelant « son crétin de beau-père serbe qui avait bien de la chance d'être déjà dans la tombe »... Pupa l'avait chassé de chez elle. Depuis lors, il y avait déjà plus de quinze ans, l'ordure n'avait plus jamais passé le pas de sa porte.

Il lui semblait parfois que Zorana la punissait, qu'elle la maintenait en vie pour qu'elle « ouvre enfin les yeux » et comprenne à quel point les choses avaient changé, et combien sa vie et ses valeurs n'avaient plus le moindre rapport avec la nouvelle réalité. Et elle, Pupa, était préservée de cette « grande épiphanie » par une banale cataracte. De toute façon, elle ne pouvait plus ni lire ni regarder la télévision, de toute façon elle vivait dans un puits. Et ce n'était pas seulement le monde qui l'entourait qui était devenu invisible, elle aussi était devenue invisible.

Assise dans son fauteuil roulant, elle s'imaginait que la neige tombait autour d'elle. Elle contemplait les flocons épais dans les airs, et étrangement elle n'avait pas froid. Les flocons tombaient et tombaient, et elle s'imaginait qu'elle allait hiberner sous son manteau de neige, jusqu'au printemps, jusqu'à ce que le temps se radoucisse, jusqu'à ce que la neige fonde. Et elle pouvait déjà voir émerger de sous la neige fondue le petit tas de ses propres ossements, blancs comme la neige.

4.

Beba et son corps vivaient dans un état d'animosité mutuelle. Beba n'arrivait pas à se souvenir de quand avait eu lieu, au juste, l'incident qui avait lancé les premières hostilités. Quand elle avait pris les premiers cinq kilos ? Peut-être qu'alors déjà, son corps avait pris le contrôle, et que rien ne pouvait plus l'empêcher de continuer à conspirer contre elle. Et elle avait pensé que perdre cinq kilos était une broutille, qu'elle s'y mettrait dès le lundi suivant ! Et quand, un jour, elle avait été confrontée à son reflet dans le miroir, Beba avait constaté, à son grand étonnement, qu'elle se trouvait dans un corps qui n'était pas le sien et, pire encore, dans un corps qu'elle allait devoir continuer à supporter comme une punition. Les seins de Beba, qui n'étaient ni gros ni petits, étaient devenus imposants, puis énormes, puis tels qu'il lui arrivait parfois ce qui lui était arrivé ce matin, en sortant de son massage. Une espèce de petit voyou russe renfrogné aux cheveux hérissés, entouré de deux voyous du même genre, avait lancé : *Aï, mamaaaaa, titki kak u gippopotama*[1] *!* – convaincu que « l'hippopotame » ne le comprendrait pas. Et Beba avait compris, les insultes n'ont pas besoin de traduction.

Ses épaules s'étaient déformées sous le poids de sa poitrine et s'étaient ornées de profondes entailles ;

1. En russe dans le texte : « Hé, madame, t'as des nibards d'hippopotame ! » (*N.d.T.*)

ses bras s'étaient épaissis comme ceux d'un docker, entraînant le cou avec eux. Elle avait toujours eu un cou d'une longueur honnête, et à présent, soudain, il n'existait plus. Le haut de son corps s'était mis à enfler, une épaisse ceinture de graisse s'était formée autour de sa taille, semblable aux bouées à l'ancienne, au-dessus de laquelle serait restée coincée une grosse Beba, tandis que le bas de son corps, à partir de sa taille, s'était mis à rétrécir. Beba avait également reçu un nouveau derrière, de ces tristes fesses aplaties d'après lesquelles il est impossible de distinguer une vieille femme d'un vieil homme. La seule chose qui n'avait pas changé, c'étaient ses mollets, et ses avant-bras du coude au poignet. Le visage de Beba, encore attirant ne serait-ce qu'un an auparavant, ah, lui aussi s'était vengé ! Des poches graisseuses s'étaient formées autour de ses orbites, et ses yeux bleus, autrefois vifs, avaient obtusément sombré dans la graisse de son épiderme. De grosses babines étaient apparues sur sa mâchoire inférieure, tirant la bouche de Beba vers le bas. Ses cheveux s'étaient faits plus rares, et ses pieds avaient prix deux pointures. Du trente-huit, elle était passée au quarante. La seule chose à laquelle elle faisait encore un tant soit peu attention, c'étaient ses ongles des pieds, et si elle n'était pas allée régulièrement chez la pédicure, ses pieds se seraient transformés en… sabots. Et ses dents ?! Parlons-en, de ses dents ! Elle avait passé toute sa vie sur un fauteuil de dentiste, dans la louable intention de conserver des dents saines, mais même là elle avait échoué. Oui, son corps s'était méchamment vengé, plus rien ne lui appartenait.

Certes, elle s'efforçait encore de rattraper la situation. Elle s'était mise à porter un « minimiseur », un corset qui réduisait la poitrine, puis de grosses boucles d'oreilles, de longs châles voyants, de grosses broches, de grosses bagues, le tout dans l'intention de détourner de ses seins le regard critique de l'observateur en l'attirant sur des détails. Ce pour quoi elle se séparait rarement de son collier, un ruban au bout duquel pendait une grosse pierre ronde et plate avec un trou au milieu. Et ça marchait, en général, tous les regards s'arrêtaient sur cette pierre…

Oui, elle se transformait peu à peu en ce qui lui faisait horreur : ces rombières décolorées à cheveux courts, le visage grillé par le bronzage dans des solariums artificiels bon marché, les mains striées de veines gonflées et de taches de vieillesse, ornées de bagues de pacotille voyantes et d'épais bracelets en strass. Et les lobes, ces tristes lobes pendouillant, distendus par le port exagéré de lourdes boucles d'oreilles ?

Mais d'un autre côté, que restait-il aux femmes quand elles commençaient à prendre de l'âge ? Rares étaient les chanceuses à avoir des gènes d'*Übermensch*, comme la rombière d'Hitler, Leni Riefenstahl, qui avait vécu jusqu'à cent un ans et montré au monde entier ce que signifiait le triomphe de la volonté ! Et vas-y que je t'escalade des montagnes, que je skie jusqu'à cent ans, que j'apprends à faire de la plongée sous-marine à quatre-vingt-dix ans, que je voyage en

Afrique, que je photographie les pauvres Noubas qui n'ont rien demandé à personne, que je couche avec eux, elle leur avait sucé le sang, c'est ça qui l'avait maintenue en forme ! Et quelles étaient les autres variantes, plus dignes ? Jessica Fletcher ? Gloria Swanson dans le film *Sunset Boulevard* ? Bette Davis et Joan Crawford dans *Qu'est-il arrivé à Baby Jane* ? Ne restait à la grande majorité que cet ennuyeux « look de mémé en bonne santé ». C'étaient ces rombières désexualisées aux courtes coupes masculines, vêtues de pantalons et coupe-vent de sport dans les tons clairs, qui ne se distinguaient en rien de leurs homologues masculins, et que l'on ne remarquait que lorsqu'elles étaient en groupe. Oui, c'était peut-être là l'issue, peut-être fallait-il devenir par mimétisme un troisième sexe, un sexe sans sexe, et vivre sa vie parallèle et invisible : randonner en montagne, faire de la marche nordique, voyager en groupes touristiques organisés d'amateurs d'opéra, d'amateurs de vins d'Alsace, d'amateurs de fromages méditerranéens. Car quelles autres variantes restait-il dans la typologie des vieilles femmes ? Ces rombières rusées entourées de félins, dont les voisins enfoncent un beau jour la porte de l'appartement, pour les retrouver mortes dans la puanteur de la pisse de chat ? Ces rombières insatiables à l'appétit sexuel intact, qui se rendent chaque printemps dans des zones géographiques où les jeunes hommes sont habitués à se prostituer pour de l'argent ? Ces riches rombières qui se soumettent hystériquement à divers traitements – lifting facial, liposuccion, thérapie hormonale, thérapie à la merde si nécessaire – juste pour repousser de quelques instants un vieillissement inéluctable ? La station thermale n'était-elle pas un lieu qui offrait l'illusion de repousser le vieillissement ? Oui, les stations thermales étaient l'environnement naturel des rombières, les stations thermales étaient éminemment rombiéresques, sauf qu'avant ça s'appelait *station thermale*, et maintenant – même merde, nouvel emballage – ça s'appelait *spa*.

Son peignoir en éponge blanche jeté sur son corps nu, Beba se contemplait dans le miroir. Tout pendouillait, tout avait vieilli, tout était déformé, seul son « buisson » en bas, parsemé de poils blancs, était encore luxuriant. Mais d'où lui venait tout d'un coup cette fierté stupide à cause de la luxuriance de son « buisson » ?! Comme s'il s'agissait d'une salle des coffres ! Comme si les autres parties de son corps – policiers, comptables, portiers – n'existaient que pour servir la salle des coffres. Et alors, pourquoi cette soudaine révolte moraliste ?! Le « buisson » n'avait-il pas des années durant été sa salle des coffres, tout n'avait-il pas, pendant une bonne partie de sa vie, tourné autour du sexe ?! Quand elle était plus jeune, elle aurait vendu son âme au diable pour ça, pour cette simple mécanique de clip… *Les hommes et les femmes sont comme des fermetures à clip*, lui avait dit l'un de ses amants. Elle ne se souvenait plus de son nom, mais elle avait retenu cette phrase. À l'époque, elle avait trouvé l'image irrésistiblement drôle. Clic-clac ! Clic-clac ! À présent, elle lui semblait déplacée. En y réfléchissant bien, y avait-il quoi que ce soit d'autre que ce clic-clac ? Tout le reste n'était-il pas de la poudre aux yeux destinée à adoucir la vérité, afin que la mécanique humaine de clip ne semble pas si terrifiante de simplicité ? Tout, bien entendu, était une question de perspective. Il lui semblait à présent que c'était le cas, mais avant, quand elle était plus jeune, elle pensait le contraire. Pour ce maudit *clip*, elle aurait même été prête à mourir…

Beba triturait, apathique, les poils de son « buisson ». Quand elle voulut se diriger vers la salle de bains, elle crut l'espace d'un instant voir au lieu de son « buisson » sec et grisâtre des plumes noires et brillantes. Beba s'approcha du miroir et, voyez-vous ça, il lui semblait maintenant que de cet endroit l'observait un œil d'oiseau, plus, que cet oiseau brillant et malicieux lui faisait un clin d'œil ! « Ouste, saleté… ! » souffla Beba entre ses dents, puis elle referma son peignoir et se dirigea vers la salle de bains.

***

Et nous ? Nous poursuivons notre route. Tandis que la vie nous traite comme un voyou, l'histoire dans sa chaussure évite les cailloux.

5.

Mr Shake – qui était allongé sur la table de massage en pierre, couvert de mousse de savon comme une voiture au lavage automatique – le remarqua immédiatement : le jeune homme aurait pu être le fils de Clooney. Le teint olivâtre, de grands yeux sombres, mais des lèvres plus pleines et mieux dessinées, un sourire naturel, qui ne finissait pas, comme chez Clooney, en pattes d'oie sur les tempes. Et il était bien plus grand que Clooney ! Pourquoi, d'ailleurs, faisait-il une telle fixette sur Clooney ?! Le jeune homme était tout simplement beau, susceptible de plaire autant aux femmes qu'aux hommes, peu importe leur âge, ce qui était, d'un point de vue commercial, un élément crucial. Et ces amples pantalons orientaux, à la renflure imposante au bon endroit, suggéraient que les rumeurs sur la puissance sexuelle de l'éphèbe pouvaient bien être fondées.

« *Haïe, maïe neïme iz Soliman. Aïe am your masseure !* souffla le jeune homme entre ses dents.

— *Hi ! I'm Mr Shake* », répliqua chaleureusement l'Américain en lui tendant la main, mais il n'obtint pas la poignée escomptée. Le jeune homme l'avait, d'un seul mouvement du bras, cloué à la table.

« *Rilax !* » intima-t-il.

L'anglais atroce de l'éphèbe ne devrait pas poser problème, réfléchissait Mr Shake, il était vif, il apprendrait la langue... Mr Shake gigotait nerveusement sur la table de massage. Cette mousse l'étouffait, et il se sentait, dans toute cette mise en scène saponacée, plus que mal à l'aise.

« *Where you from ?* demanda-t-il au jeune homme.

— *From Sarajevo* », répondit-il sèchement.

Cette information stimula l'imagination commerciale de Mr Shake. L'éphèbe était bosnien, ça aussi, il fallait le mettre à profit ! Car Havel et les Tchèques, par exemple, ne signifiaient plus rien pour l'Américain moyen. Alors que Sarajevo résonnait encore dans les oreilles américaines. Plus précisément, Mr Shake espérait bien que ça résonnait encore.

« Écoutez... » Mr Shake tenta de se redresser, mais le jeune homme le cloua de nouveau à la table.

« *Rilax !* » ordonna-t-il en commençant à masser les cervicales de l'Américain.

Saisissant un moment d'inattention de l'éphèbe, Mr Shake tressauta comme un thon et se redressa en position assise.

« Écoutez, jeune homme, nous nous sommes mal compris, je ne suis pas venu ici pour me faire masser, mais pour vous proposer du travail... »

Le jeune homme écouta cet Américain d'âge moyen avec stupéfaction. Il ne comprenait rien. Il serait pas pédé ? se demanda-t-il. La seule chose qu'il réussit à comprendre de la tirade de l'Américain, c'étaient les chiffres : *touenti taosende*, puis *fifti taosende*, puis *hendrede taosende*, puis *hendrede taosende ende touenti*...

« Mais quel crétin ! Je comprends rien à ce que tu dis, mec ! grommelait le jeune homme. Tu m'entends, Ducon ?... Il n'écoute pas, bien sûr qu'il n'écoute pas, les Américains n'écoutent personne, ils n'en font qu'à leur tête. Lâche-moi la grappe, mec, j'ai déjà été contacté par Viagra. Putain, mec, t'es comme l'Otan, t'abandonnes jamais ! Pourquoi t'es pas venu quand ils nous ont bombardé Sarajevo et quand cette grenade m'est tombée dessus, non, fallait que tu viennes me faire chier maintenant…

— *I have to find an interpreter! Yes, interpreter*, lança résolument Mr Shake en sautant de la table et, manquant de peu de glisser, il se rua hors de la salle de massage.

— Tu parles d'un show! Ah, Mevlo, ils t'auront vraiment tout fait, ces gros pleins de soupe», soupira le jeune homme.

Et nous? Nous poursuivons notre route. Car si la vie regorge de flatteurs intrigants, l'histoire déterminée file comme le vent!

6.

Kukla était descendue un instant se connecter à l'Internet de l'hôtel pour jeter un coup d'œil à la presse croate. Elle aurait pu le faire dans la chambre, mais se dégourdir un peu les jambes ne lui ferait pas de mal. À la maison, elle se distrayait chaque jour en feuilletant les journaux locaux et étrangers. Chez les Croates, elle parcourait en général *Jutarnji List*. Rien de nouveau sous le soleil: malversations, corruption, disputes entre partis politiques et opposants, articles sur des «héros croates» injustement condamnés au tribunal de La Haye, scandales financiers liés à des individus ayant fait un paquet de pognon sur le patriotisme croate et la guerre. Kukla cliqua sur la rubrique culturelle, et s'étonna en découvrant une critique relativement longue du dernier roman de Bojan Kovač, *La Rose du désert.*

Le roman « La Rose du désert », *de Bojan Kovač, décevra tous ceux qui pensent que cette œuvre a un lien avec la « Desert Rose » de Sting et Cheb Mami, ou avec les populaires romans à l'eau de rose*, commençait la critique. Kukla n'avait pas la moindre idée de qui étaient Sting et Cheb Mami, et leurs noms sonnèrent l'espace d'un instant comme une menace, mais la suite de la critique piqua sa curiosité. « La Rose du désert » *est le plus important événement littéraire à s'être produit sur la scène littéraire croate ces quinze dernières années, sinon plus*, affirmait la critique. *Avec ce livre, ce classique croate trop tôt disparu gagne le droit à une nouvelle vie et se hisse au sommet de la littérature croate. Ce roman à la structure singulière, semblable à une rose, est né de la sédimentation des époques, de biographies de petites gens, de la réalité et des rêves, d'éléments essayistiques et fictionnels qui thématisent des événements du récent passé guerrier, de la réalité croate contemporaine, ainsi que de l'époque de la Seconde Guerre mondiale. Ce roman, héritage d'un écrivain qui vivait dans l'ombre, loin des feux des projecteurs de la scène littéraire, est une grande leçon pour les produits instantanés actuels de l'industrie du divertissement littéraire. Ce livre singulier est telle une rose esseulée ayant fleuri dans le désert de la littérature croate.*

***

Večernji List annonçait la publication de sa critique de *l'œuvre capitale de Bojan Kovač* dans son édition du dimanche, et un hebdomadaire vantait *un chef-d'œuvre de la littérature croate digne du roman de García Marquéz « Cent ans de solitude »*.

« Bla, bla, bla », grommela Kukla en quittant l'ordinateur. En traversant le hall, elle aperçut Beba en compagnie d'un homme âgé dans le café de l'hôtel. Beba lui fit signe et l'invita à se joindre à eux. Kukla refusa, car elle avait promis à Pupa de la sortir en fauteuil pour aller faire un petit tour en ville. Un peu d'air frais avant le dîner ne leur ferait pas de mal, à l'une comme à l'autre…

Et nous ? Nous poursuivons notre route. Tandis que l'homme tourmenté toujours de gloire est en quête, l'histoire n'a qu'un souci : que faire avec sa queue, que faire avec sa tête.

7.

Arnoš Kozeny adorait le Grand Hôtel N. Pour Arnoš Kozeny, ce n'était pas un hôtel, mais une métaphore des interactions de l'homme avec les autres êtres humains. L'hôtel restait à sa place, tout le reste changeait : les temps, les modes, les régimes politiques, les gens. Les chambres d'hôtel étaient des oreilles dans lesquelles se glissaient mille et une histoires humaines. Et aucune d'entre elles n'était achevée : ce n'étaient que des rumeurs excitantes de vies humaines. Quand il s'asseyait dans le hall de l'hôtel, Arnoš Kozeny fermait parfois les yeux l'espace d'un instant, et écoutait. Il retournait en enfance, au moment où il avait pour la première fois tourné le bouton de la radio et attrapé au vol le bruit du monde : brouhaha, langues diverses et variées, tonalités, sons... Et quand il rouvrait les yeux, il lui semblait qu'il tenait dans sa main une invisible télécommande de télévision. Le plus souvent, il manquait le son, et Arnoš Kozeny arrêtait son regard sur une scène : deux personnes qui discutaient de quelque chose à la réception, le gros qui lisait les journaux en face de lui en buvant son cognac, un jeune couple au restaurant, dont les silhouettes se reflétaient dans la vitre, le personnel affairé de l'hôtel qui sortait accueillir une personne importante, la personne importante qui entrait dans l'hôtel et se dirigeait tout droit à la réception, sans regarder autour d'elle. Arnoš zoomait sur un geste, un mouvement, un détail, une ombre, une main, un sourire, un rayon de soleil qui révélait soudain l'éclat d'un dentier, un lobe avec une boucle d'oreille, un talon aiguille, la ligne d'une jambe, une bouche, le bord d'une tasse de café avec une trace de rouge à lèvres. Arnoš Kozeny lisait les signes, les signaux et les gestes comme il avait dans sa jeunesse lu les livres, avec une grande attention et un pouvoir de projection immense. Et cette lecture l'emplissait de la même excitation juvénile qu'autrefois.

Depuis qu'il avait pris sa retraite, la vie sans hôtel lui semblait inconcevable. En comparaison avec l'intense satisfaction qu'il ressentait quand il était à l'hôtel, toutes les autres manières de passer la modeste portion de vie qu'il lui restait lui paraissaient bien tièdes. À un moment, Arnoš Kozeny s'était acheté un petit appartement dans la ville thermale. Cet appartement, qui lui servait quand il était plus jeune de refuge secret, était à présent devenu sa résidence principale. Tous les biens qu'il avait acquis pendant sa carrière d'avocat étaient partis à ses femmes et à ses enfants. Arnoš s'était marié et avait divorcé plusieurs fois, et cette garçonnière était tout ce qui lui restait. Arnoš Kozeny ne s'en plaignait pas, il n'avait besoin de rien d'autre.

Il était à présent à table avec trois dames, dont il s'était immédiatement rapproché. Il connaissait leur pays, certes, de l'époque où ce pays était encore en un seul morceau. Il passait souvent ses vacances en famille, et pas seulement en famille, sur la mer Adriatique. Opatija (*la divine Opatija!*) était l'un des topos importants de la modeste carte géographique de sa vie amoureuse par ailleurs bien remplie.

« Quel dommage… dit Arnoš Kozeny. Vous savez, j'ai passé des journées entières à suivre ce qui se passait dans votre malheureux pays… Quel dommage ! Enfin, qu'est-ce qu'on y peut, le pays s'est démantelé, mais c'était peut-être inévitable. Il avait peut-être des problèmes…

— Le pays n'avait aucun problème, il était très bien, c'est juste les gens qui sont des fumiers ! trancha Pupa.

— Ce qui ne fait que prouver que l'histoire, après tout, n'est pas l'école de la vie, contrairement à ce que nous avaient appris nos ancêtres, dit Arnoš Kozeny d'un ton conciliant.

— Ça, pour sûr », dit Beba en virant à l'écarlate. Mon Dieu, pensa-t-elle, pourquoi est-ce qu'il faut toujours que je sorte des stupidités.

« … Ce qui n'est peut-être pas plus mal, car sinon, il n'y aurait pas de vie ! lança un Arnoš Kozeny exalté.

— Que voulez-vous dire ? demanda Kukla.

— C'est très simple. Beaucoup de gens n'ont pas eu une expérience particulièrement heureuse avec leurs parents, et pourtant ils font quand même des enfants, n'est-ce pas ?

— Ce n'est pas une question de libre arbitre, mais de code biologique. Nous n'existons que pour nous multiplier, intervint Pupa, s'extirpant un instant de sa léthargie.

— Et l'amour ? Où est l'amour dans tout ça ? demanda Beba.

— Une question complexe, convint Arnoš.

— Dans l'œuf ! intervint Kukla.

— Quel œuf ? s'animèrent Beba et Arnoš.

— Vous savez, ce conte russe… Ivan tombe amoureux d'une jeune fille, mais pour qu'elle l'aime en retour, il doit trouver où se cache son amour. Il traverse sept montagnes et sept plaines, et arrive à la mer. Là-bas, il y a un chêne, au sommet du chêne un coffre, dans le coffre un lapin, dans le lapin un canard, et dans le canard un œuf. C'est dans cet œuf que se cache l'amour de la jeune fille. La jeune fille doit manger l'œuf. Et quand elle le mange, dans son cœur s'éveille la flamme de son amour pour Ivan…

— Le message de ce conte, c'est que l'amour n'existe pas. Car personne n'a ni la force ni le temps d'entreprendre toute cette expédition, fit remarquer Beba.

— D'où le sexe… intervint Arnoš.

— Le sexe, c'est de l'amour instantané, confirma Beba.

— Le sexe, c'est une loterie accélérée, une quête abrégée de l'œuf, confirma Arnoš.

— Ah, ne m'en parlez pas, je suis un enfant de la révolution sexuelle, dit Beba avant de se mordre la langue.

— On ne peut pas vraiment dire que la révolution sexuelle t'ait surprise au berceau, remarqua Kukla avec une pointe de malice.

— Chaque révolution mange ses enfants, intervint Arnoš.

— Je suis une victime de la révolution sexuelle, se reprit Beba.

— Vous ne m'avez pas vraiment l'air d'une victime, dit poliment Arnoš.

— Que savez-vous des victimes et du sacrifice? Vous êtes un homme. Le sacrifice, c'est du ressort des femmes, dit posément Kukla.

— Peut-être… Mais puisqu'on parle de contes russes, voici un autre exemple russe. Le poème de Pouchkine *Rouslan et Ludmila*. Vous connaissez l'histoire: le brave Rouslan part à la recherche de la belle Ludmila, qui a été enlevée par le sorcier Tchernomor.

Personnellement, cependant, ce qui m'a toujours titillé, c'est une histoire secondaire dans le poème, déclara Arnoš Kozeny.

— Quelle histoire? demanda Beba, qui n'y connaissait de toute façon rien à Pouchkine, ni à son poème.

— En chemin, Rouslan tombe sur une grotte, reprit Arnoš, et dans cette grotte vit un vieux sage. Le vieil homme raconte sa vie à Rouslan. Alors qu'il est un jeune berger, il tombe amoureux d'une très belle jeune fille, Naïna. Mais Naïna repousse son amour. Désespéré, le berger quitte son pays, rassemble des hommes, s'embarque en mer, et part guerroyer à l'étranger pendant dix ans. Puis, torturé par le désir et la passion, il revient et offre à Naïna des présents : son épée ensanglantée, des coraux, de l'or et des perles. Mais Naïna le repousse à nouveau. Humilié, notre *quêteur assoiffé d'amour*, comme l'appelle Pouchkine, décide d'ensorceler Naïna, et se retire dans la solitude pour apprendre la science des sortilèges. Et quand il découvre enfin l'ultime *terrible secret de la nature*, la foudre tombe, une terrible tornade s'élève, la terre tremble sous ses pieds – et sous ses yeux apparaît une vieille femme voûtée, aux yeux chassieux et aux cheveux gris. *L'image même de la triste vieillesse*, dit Pouchkine. C'était Naïna, déclama Arnoš avant de faire une pause dramatique.

— Et ensuite ? Que se passe-t-il ? demandèrent, impatientes, Kukla et Beba.

— Horrifié, le vieil homme fond en larmes et lui demande si c'est bien elle, où a disparu sa beauté, est-il possible que les cieux l'aient si terriblement changée ? Et il demande combien de temps s'est écoulé depuis leur dernière rencontre. Naïna répond :

"Se sont écoulés quarante ans"
Répondit-elle d'un ton fatal.
"J'ai maintenant soixante-dix ans,
C'est ainsi", souffla sa voix sépulcrale.
"Les années ont filé comme le vent
C'en est fini de notre printemps,
Nous fûmes rattrapés par l'âge
Mais mon ami, point n'est dommage
Que s'éteigne notre folle jeunesse.
Tu vois une Naïna voûtée, fripée
Le visage, certes, un peu ridé…
Oui, j'ai perdu ma joliesse
Mes beaux attraits se sont fanés
Mais en revanche (ajouta la commère)
J'ai un secret : je suis, vois-tu, sorcière !"»

Arnoš récitait en russe avec un fort accent tchèque. C'est peut-être précisément grâce à cet accent que Kukla et Beba n'eurent aucun problème à le comprendre.

« Et ensuite ? Que s'est-il passé ? demandèrent-elles.

— Ensuite ? Hum… répondit Arnoš. Ensuite, nous avons une situation intéressante et psychologiquement tout à fait crédible. Naïna déclare qu'elle vient seulement de comprendre que *son cœur est fait pour la tendre passion* et l'invite dans ses bras. Le vieil homme, cependant, est profondément dégoûté par l'aspect physique de sa *divinité chenue*…

La divinité chenue brûlait
Pour moi d'une passion vraie
Dans un sourire – rictus hideux –
Tordant ses lèvres, la créature
D'un ton funeste et caverneux
Me déclara son amour pur.

Le vieil homme refuse de voir la réalité en face. Il fuit Naïna et décide qu'il préfère vivre en ermite. Pire, il accuse bassement Naïna devant Rouslan d'avoir *transformé la flamme d'un amour pur en malédiction.* »

Arnoš cracha la fumée de son cigare, mesurant son effet.

« Ben ouais, une vieille sorcière ! » dit Pupa, émergeant de son demi-sommeil.

Ils éclatèrent tous de rire. Sauf Beba...

« Naïna s'excuse de sa laideur. Mais le vieil homme, lui, ne se trouve ni laid ni vieux ! s'exclama Beba.

— Quelle misogynie ! renchérit Kukla. Elle aussi avait, manifestement, pris l'histoire de Naïna très à cœur.

— Je suis tout à fait d'accord, dit Arnoš.

— Les femmes sont plus indulgentes que les hommes !

— Vous avez raison, convint Arnoš.

— Quel connard ! lança amèrement Beba, ruminant encore dans sa tête le personnage du vieux sage.

— Quel autre choix lui restait-il que de devenir sorcière ! s'exclama Kukla, qui protestait en pensées au nom de Naïna.

— Toute notre vie est une quête d'amour, que vous avez, chère Kukla, prenant exemple sur ce conte russe, défini comme... un œuf. Notre quête est entravée par les nombreux pièges qui nous attendent en chemin. L'un des pièges les plus dangereux est le temps. Une seconde de retard, et nous avons déjà laissé filer notre chance.

— Cette seconde décisive, ça s'appelle la mort, mon cher Arnoš, un orgasme dont nous ne nous réveillons plus. Car la logique de l'amour est de finir par la mort. Et étant donné qu'aucun d'entre nous n'accepte cette option, nous en subissons les conséquences. La vieillesse n'est que l'une d'entre elles », intervint Beba.

Tous restèrent interdits devant l'éloquence de Beba.

« Ne nous reste plus que l'art de vieillir dignement, dit Arnoš.

— Vieillir dignement, c'est de la merde ! » rétorqua Pupa, mettant un point final à la conversation.

Il commençait à se faire tard, et le petit groupe décida de se séparer. Arnoš Kozeny raccompagna ces dames à l'ascenseur, fit à chacune un baisemain, et avant que les portes de l'ascenseur ne se referment, il leur envoya encore un baiser du bout des doigts.

Dans l'ascenseur, Beba déclama...

On obol'stil menïa, nestchastnyï !
Ja otdalas lïoubvi strastnoï...

Izmennik! Izverg! O pozor!
No trepechtchi, devitchi vor![1]

Kukla et Pupa l'écoutaient avec stupéfaction.

« Tu parles russe ? demanda Kukla.

— Non. Pourquoi cette question ? » demanda Beba.

Beba avait récité un vers du poème de Pouchkine *Rouslan et Ludmila*. C'était, en sus de ses lapsus occasionnels, une autre des particularités de Beba, le fait qu'il lui arrivait de temps à autre de s'exprimer dans des langues auxquelles, en temps normal, elle ne connaissait rien. Ça la prenait sans prévenir, comme dans un rêve, ce pourquoi Kukla et Pupa s'abstinrent de la réveiller.

Et nous ? Nous poursuivons notre route. Car si tous dans la vie courent après leur destin, l'histoire n'a qu'une envie, arriver à sa fin.

8.

Près de la petite fontaine de la ville se tenait une jeune fille. La tête tournée vers la fontaine, elle s'appuyait de tout son poids sur une hanche. Le jeune

1. En russe dans le texte : « Le misérable m'a séduite ! / Une fois amoureuse, éconduite… / Infidèle ! Traître ! Ô infamie ! / Vil corrupteur, tu seras puni ! » (*N.d.T.*)

homme pouvait voir son teint éclatant, son oreille vermeille, qui lui semblait fraîche comme un quartier d'orange, une boucle de cheveux cuivrés qui s'était enroulée autour de l'oreille tel un singulier bijou. La jeune fille portait une petite robe à fleurs toute simple, sans manches. La robe découvrait ses épaules pleines rouillées de taches de rousseur, ses hanches rondes, et des jambes aux mollets rebondis.

Autour, dans la frondaison des vieux platanes dont les feuilles avaient pris sous le soleil violent une couleur gris verdâtre fanée, bruissaient les oiseaux. Le jeune homme contourna la fontaine et s'arrêta en face de la jeune fille. Il pouvait à présent voir son visage, qu'elle avait régulier, plein, presque enfantin, les yeux vert clair légèrement écartés. Le décolleté de la robe laissait deviner une poitrine ronde, et les taches de rousseur, telle une armée de fourmis orange, disparaissaient dans le défilé ombreux entre les seins. La jeune fille mangeait une glace dans un cornet craquant. Elle faisait tourner le bout de sa langue au bord du cornet, comme si elle creusait une petite tranchée, puis elle léchait soigneusement les gouttelettes de glace qui coulaient le long du cornet, poussait ensuite de sa langue la masse mousseuse vers le sommet, avant d'aspirer le dôme de ses lèvres pleines et rouges… La jeune fille mangeait sa glace avec méthode et concentration, comme si elle était en train de plancher sur un difficile exercice de mathématiques. De temps en temps, elle sortait son pied droit de sa sandale pour se gratter le mollet gauche. Puis elle remettait son pied droit dans sa sandale, sortait le gauche, et se massait le mollet droit. Ce faisant, son attention ne se détournait pas un instant de la glace. Comme si la glace était une petite bête sauvage qu'elle venait tout juste d'attraper. Elle jouait avec la glace comme un chat avec une souris.

L'air rougeoyait dans le couchant, les oiseaux bruissaient dans les frondaisons alentour pâlies de soleil, l'eau de la fontaine giclait en brefs jets ridicules. Tout semblait s'être figé dans la chaleur qui se déposait lentement sur le sol, il n'y avait pas un souffle de vent, les feuilles des platanes étaient comme pétrifiées. Pourtant, le jeune homme avait l'impression de sentir comme un vague courant d'air. À un moment, la jeune fille leva les yeux et regarda vers le jeune homme. Ses yeux vert clair en amande rencontrèrent les siens. Un petit grumeau de glace fondait sur la lèvre de la jeune fille. Le jeune homme fut soudain empli du désir d'être ce grumeau.

TROISIÈME JOUR

1.

Kukla faisait quasiment un mètre quatre-vingts, elle était mince, le dos singulièrement droit et la démarche légère, ce qui lui donnait l'air plus jeune qu'elle ne l'était. Elle avait les traits réguliers, des pommettes saillantes, des yeux en amande à la couleur indéfinie, que l'on qualifie en général de « noisette », et un sourire timide. Ce sourire aussi était inhabituel pour son âge. Elle avait les épaules larges, carrées, comme si elle avait fait de la natation dans sa jeunesse, même si elle méprisait tous les sports à l'exception de la marche. L'élégance de son allure était encore soulignée par son « uniforme ». C'est ainsi que Kukla appelait sa tenue classique : une étroite jupe sombre, une blouse en soie claire, le plus souvent de couleur blanche, et une élégante veste en laine à boutons, le plus souvent de couleur grise. Elle portait toujours au cou un petit collier de perles authentiques. Elle avait les cheveux sombres, largement parsemés de fils d'argent, mi-longs, qu'elle attachait en chignon d'un simple petit peigne. La seule partie dysharmonieuse de son corps, c'étaient ses pieds. Elle chaussait une pointure d'hommes, du quarante-quatre, et dans sa jeunesse elle avait toujours eu beaucoup de mal à trouver des chaussures, jusqu'à ce qu'elle ne se mette tout simplement à porter des souliers d'homme. Grâce à la légèreté de son pas, elle dissimulait aisément son handicap. Kukla, à la différence de nombre de femmes de son âge, n'avait pas peur de la mort. Elle pressentait qu'elle allait vivre longtemps, d'ailleurs toutes les femmes de sa famille avaient atteint cent ans et plus. Autre détail, il semblait parfois aux personnes qui se trouvaient à ses côtés ressentir en sa présence un courant d'air indéfini, comme une petite brise, quelque chose comme ça…

Mais étant donné que l'histoire prend garde à la direction dans laquelle elle s'engage, nous allons devoir ici, malheureusement, interrompre notre récit sur Kukla, pour raconter quelque chose d'autre… Kukla était attablée dans le café de l'hôtel, en compagnie de Mr Shake et Mevlo.

« Expliquez-lui, disait Mr Shake, que je suis prêt à assumer toutes les obligations financières, à savoir les frais de voyage, le logement à l'hôtel pendant son séjour à Los Angeles, et un cours intensif d'anglais. Le Dr Topolanek m'assure qu'il est prêt à accorder à monsieur un congé sans solde, à moins, bien entendu, que monsieur ne décide de rester en Amérique… »

Kukla traduisit le tout à Mevludin.

« Chérie, demande-lui ce que je ferais là-bas », demanda Mevlo.

Mr Shake commença par expliquer dans les grandes largeurs le sens profond et l'importance de son industrie de potions et de poudres, puis il déclara que le travail de monsieur Mevlička serait de faire la promotion de ses produits. Lui, Mr Shake, avait toute une équipe d'experts en marketing. Ils feraient de monsieur Mevlička une grande star des spots, affiches et sites publicitaires, et autres matériaux promotionnels.

« Dis-lui, chérie, qu'il peut me donner autant de fric qu'il veut, je refuse qu'on me prenne en photo, dit Mevlo, mais Kukla l'interrompit.

— Et les honoraires de monsieur Mevludin ? demanda-t-elle à Mr Shake.

— Mille dollars l'heure de tournage ou de shooting, répondit Mr Shake, puis il ajouta : C'est extrêmement bien payé, j'espère que vous en avez conscience… »

Kukla traduisit le tout à Mevludin.

« Dis-lui que je refuse, dit Mevlo.

— Trois mille ! renchérit Mr Shake.

— Je veux pas, chérie, je m'en fous des dollars. Non, mais regarde-le-moi, il a mordu et il veut pas lâcher…

— Cinq mille !

— Mais t'es sourd, mec, ou t'as juste besoin de te laver les oreilles ! Non, c'est non, un point c'est tout ! »

Mevlo s'était cette fois-ci adressé à Mr Shake, qui chercha du regard l'aide de Kukla. Laquelle, bien entendu, ne traduisit pas les propos de Mevludin.

« Il dit que la proposition lui fait peur… dit-elle.

— Sept mille ! lança Mr Shake en ajoutant, presque furieux : Dites à monsieur Mevlička qu'un travail en appelle un autre. Je suis certain que monsieur, avec un tel physique, pourra facilement faire carrière dans le cinéma…

— Carrière mon cul ! Mec, je ne veux pas qu'on me prenne en photo, et que tous mes potes en Bosnie me voient et se mettent à se payer ma tête… s'entêtait Mevlo.

— Dix mille ! lança Mr Shake avec colère. Sapristi, même Naomi demande pas plus de fric !

— Quelle Naomi ? demanda Mevlo.

— Naomi Campbell, la top model, expliqua Kukla.

— Mec, Naomi ne sort pas du lit en dessous de vingt-cinq mille, répliqua Mevludin d'un ton flegmatique.

— Et d'où est-ce que vous savez ça, si je puis me permettre ?! s'exclama Mr Shake, à présent tout à fait furieux.

— C'est Whoopy qui me l'a raconté…

— Quelle Whoopy ? demanda Kukla.

— Whoopy Goldberg. »

Ça semblait incroyable, même si le nom de Whoopy Goldberg avait attiré l'attention de Mr Shake quand il avait étudié la liste des hôtes célèbres du Grand Hôtel N.

À ce moment-là, une jeune fille en robe d'été à fleurs s'approcha de la table, les pieds nus dans ses sandales. Son visage pâle et rond était semé de taches de rousseur orange, et sa luxuriante chevelure cuivrée rebondissait sur son cou en boucles vives. Un cornet de glace à la main, la jeune fille s'assit et, écartant légèrement les jambes, gratta son mollet droit de son pied gauche…

« Ma fille, Rosie… » déclara Mr Shake de mauvaise grâce. On voyait à son visage que la flotte intérieure de ses espoirs sombrait lentement.

La jeune fille, le regard plus concentré sur la crème glacée qui coulait sur le rebord du cornet que sur l'assemblée, déménagea le cornet de sa main droite dans sa main gauche, et tendit la droite à Kukla, puis à Mevludin. Une goutte de glace s'échappa du cornet et tomba sur la main de Mevludin. Mevlo se figea, regarda fixement la gouttelette comme une pièce d'or qui serait tombée des cieux tout droit dans sa main, puis il la lécha soigneusement et sourit.

« Dis-lui… dit-il calmement, que j'accepte… »

Puis il s'approcha du visage de Mr Shake et répéta…

«*Aïe am ine!*»

Mr Shake sortit prestement son chéquier, signa un chèque avec une avance plus que généreuse et le tendit à Mevludin. Certes, il l'avait fait davantage pour impressionner Kukla que ce jeune Bosnien entêté.

Et nous ? Nous allons de l'avant. Tandis que la vie souvent nous gratte et nous blesse, l'histoire à elle seule s'intéresse.

2.

Après son soin du visage, Beba avait décidé de tester une autre des offres variées du spa. La brochure promotionnelle proposait un bain dans du foin d'herbes sauvages, un bain dans de la bouillie de flocons d'avoine (Ça doit certainement être répugnant, s'était dit Beba), un bain dans des algues marines, ainsi que diverses sortes de massage. Beba avait finalement opté pour « Beaux rêves », un soin spécial qui se composait d'un enveloppement dans un bain de chocolat chaud et d'un massage. Elle avait auparavant, bien entendu, demandé à Pupa si elle pouvait mettre le tout sur le compte de la chambre. Pupa n'avait rien contre, au contraire…

« Fais-toi plaisir… Quand tu ressortiras, tu seras une vraie petite forêt-noire ! » s'amusa-t-elle.

Une jeune femme en blouse blanche d'hôpital emmena Beba dans un endroit qui ressemblait à un décor de cinéma. La pièce était petite. Au centre trônait une baignoire en cuivre à l'ancienne. Les murs étaient recouverts d'une tapisserie soyeuse dans les tons verts, l'un d'entre eux s'ornait d'une reproduction de la *Femme à la perruche* de Renoir, et en dessous, sur un vieux guéridon, se trouvait une fougère. Quel kitsch ! se dit Beba. Qu'est-ce qui avait bien pu pousser l'architecte d'intérieur à combiner la tapisserie verdâtre, la baignoire et son usage et… cette reproduction au mur ?!

Il convient ici de préciser que la peinture classique était plus qu'ostensiblement représentée dans les espaces du spa, ce qui était l'œuvre de Topolanek. Le Dr Topolanek était d'avis qu'une éducation agréable et subtile ralentissait le processus de vieillissement au même titre qu'une gymnastique modérée, et il avait donc littéralement fait « habiller » le spa de reproductions de tableaux célèbres, principalement issus de la peinture classique. Il avait ainsi, par exemple, placé à l'entrée du spa une reproduction de la *Fontaine de jouvence*, de Lucas Cranach l'Ancien – un tableau qui représentait de manière symbolique les résultats des efforts scientifiques de Topolanek.

Beba était à présent confortablement assise dans une baignoire remplie de chocolat chaud. Des haut-parleurs s'échappait cette agaçante musique *new age* censée contribuer à la relaxation. Le regard de Beba était dirigé vers la reproduction au mur. Et, voyez-vous ça, la fougère véritable sur son guéridon semblait imiter la fougère dans le coin gauche du tableau de Renoir. Beba avait l'impression que la tapisserie, elle aussi, était assortie aux tons bleu-vert de la tapisserie de la peinture. Quant à la cage dorée du tableau de Renoir, grâce à l'imagination foisonnante de l'architecte d'intérieur de l'hôtel, elle s'était concrétisée dans la réalité sous la forme d'une… baignoire en cuivre ! La jeune femme en opulente robe noire, ornée d'un long ruban rouge à l'arrière de la jupe, avait un visage simple et enfantin. Elle tenait sur un doigt de sa main droite une perruche, qu'elle nourrissait de sa main gauche. Son corps tout entier était courbé vers la perruche, et Beba avait l'impression que la femme était complètement fascinée par l'oiseau.

En contemplant le tableau, Beba se rappela soudain d'un mot de son enfance qu'elle détestait plus que tout : *kikounette* ! Les petits garçons avaient une *quéquette*, et les petites filles une *kikounette*. Et rien de tout cela n'aurait posé problème si Beba n'avait pas, enfant, passé du temps dans un village du Zagorje, chez une parente qui avait des poules dans son jardin. Cui-cui-cui ! appelait-elle ses poules pour les nourrir. Au passage, elle tuait un *coquelet* pour le déjeuner, et ils avaient et du *bouillon*, et de la *viande*... *Coquelet* et *kikounette*... Comment ne s'en était-elle pas rendu compte plus tôt !? Que toutes ces choses sexuelles étaient, dans l'imagination masculine, liées à l'ornithologie ! Dans l'histoire de l'imaginaire sexuel masculin, les femmes finissaient toujours par se trimbaler et triturer des oiseaux de tailles diverses et variées. De Zeus, qui avait séduit Leda sous la forme d'un cygne, à tous les autres. Et le cygne – cet acolyte sans équivoque de la femme – s'était transformé au dix-septième, au dix-huitième et au dix-neuvième siècle en un compagnon plus petit et plus discret, le perroquet !

À présent, les images défilaient dans la tête de Beba, grisée par le parfum douceâtre du chocolat. Ce célèbre tableau de Tiepolo, avec une jeune beauté dénudée et un perroquet… La jeune femme a un teint remarquable, qui semble fait de miel, de nacre et de sang. Elle porte un collier de perles, très haut sur le cou, presque sous la mâchoire, si bien qu'il ressemble davantage à une laisse de prix qu'à un bijou. Une rose est tressée dans ses cheveux. L'une de ses manches a glissé de son épaule, découvrant son sein. La jeune femme tient dans les bras un perroquet de couleur rouge cuivrée. Gros comme une poule, le perroquet enserre de ses griffes la main de la femme, et son bec acéré se rapproche dangereusement de son téton à l'éclat nacré.

***

Et ce Hollandais, Quirijn Van Brekelenkam, du dix-septième siècle ?! En arrière-plan du tableau est attablé un jeune joueur de luth, complètement absorbé par sa musique, et devant lui, au premier plan, est assise une jeune femme, qui tient sur son doigt un perroquet. La femme est tendue comme une corde, sa main gauche repose, détendue, sur son genou recouvert d'un tablier blanc, et elle tient dans sa main droite… un perroquet. Le perroquet s'est agrippé à son doigt de ses petites serres, et il regarde la femme, tandis que la femme, elle, regarde le joueur de luth. En bas, par terre, à côté du pied de la femme, se trouve une cruche. Difficile de savoir si la femme s'est figée à cause du perroquet sur son doigt, à cause de la musique qu'elle écoute, ou à cause du jeune musicien.

Et Courbet?! Ce tableau de Courbet avec un corps féminin nu et alangui sur des draps froissés? La femme a les jambes légèrement écartées, son opulente chevelure brune s'étale sensuellement sur le lit. Elle est détendue, fatiguée, on jurerait qu'un amant passionné vient juste de quitter sa chambre. En arrière-plan se trouve un perchoir à perroquet, avec une coupelle d'eau au sommet et des barreaux sur les côtés. Tandis que la femme se repose, le perroquet a quitté son observatoire permanent – son perchoir – pour venir se poser sur la main de sa maîtresse. Le perroquet, comme s'il était en pleine extase, a les ailes largement ouvertes. Et à nouveau une énigme: peut-être n'y a-t-il pas eu d'amant, c'est peut-être le perroquet qui est cet amant idéal, ce pénis volant, l'accessoire de l'imaginaire pictural masculin, qui a satisfait la femme, et ouvre à présent les ailes avec contentement.

Dans le tableau de Delacroix, la beauté dénudée est assise sur un sofa, même si on a plutôt l'impression qu'il s'agit de ballots de soie défaits. Le perroquet passerait inaperçu si la jeune beauté ne dirigeait pas son bras, mais également son visage rêveur, aux paupières mi-closes, vers le bas, vers le pied du lit, vers le perroquet accroupi dans l'ombre. La femme nue est manifestement en train de jouer avec le perroquet, et elle semble sur le point de caresser la petite crête de plumes sur sa tête. Et là aussi, ce n'est pas clair: le perroquet est-il un jouet, un vibromasseur vivant, un ersatz d'amant, ou l'amant en personne ? À moins que la femme ne joue avec son propre sexe incarné en… perroquet.

Et la célèbre *Femme au perroquet* de Manet, peinte la même année que le tableau de Courbet ?! La femme est vêtue de la tête aux pieds, d'une ample robe couleur pêche à l'ascétisme presque monacal. Sur un haut perchoir se tient son compagnon, un perroquet gris. Le perroquet a la tête baissée, il a l'air triste. La femme tient à la main un petit bouquet de fleurs, qu'elle a légèrement écarté, ou qu'elle est à peine en train d'approcher de son nez. En bas du perchoir du perroquet, une grosse orange à moitié épluchée – le seul détail sexuel de la peinture. Qui est le perroquet sur ce tableau ? Le sexe gris et renfermé de la femme, ou son compagnon insatisfait, dont le rival est ce perroquet extatique du tableau de Courbet ? À moins que les deux peintres – Manet et Courbet – ne s'envoient l'un l'autre des messages sibyllins sur la taille de leurs pénis respectifs ?

Et Marcel Duchamp, qui dessine une femme en bas blancs, comme Courbet sur l'un de ses tableaux ?! La femme a les jambes écartées, mais Duchamp, à la différence de Courbet, place sans équivoque le perroquet à l'entrée même de son vagin.

Même Frida Kahlo utilise les perroquets comme détail ornemental ! Sur l'un de ses tableaux, elle a un perroquet vert sur l'épaule, comme un pirate ; sur un autre, elle se peint avec quatre perroquets, un sur chaque épaule et deux dans les bras. Et en plus, elle a une cigarette à la main.

Et René Magritte ?! L'un de ses tableaux représente une jeune femme aux cheveux roux cuivré dénoués. Le col de sa robe est orné d'une riche dentelle blanche, que l'on retrouve également aux extrémités de ses longues manches, comme des bracelets. La femme se tient à côté d'un arbre sur lequel sont perchés des oiseaux. L'un des oiseaux, à la luxuriante crête cuivrée et au bec long et fin, attire particulièrement l'attention. La femme a saisi un oiseau des deux mains, et le mange comme une figue mûre. On voit les entrailles rouge sombre de l'oiseau, son cœur, son foie, mais étrangement, pas une seule goutte de sang ! Le col et les manchettes de dentelle restent d'une blancheur éclatante. La femme a une expression de volupté sur le visage, et le tableau porte le titre sans équivoque de *Plaisirs*.

Kikounettes... Les femmes et leur fascination pour les oiseaux. À l'exception de l'androgyne Frida Kahlo, une femme, qui était sur le tableau en réalité un homme avec une moustache et une cigarette à la main, les auteurs de ces orgies érotico-ornithologiques picturales étaient tous des hommes. Et si on leur avait demandé leur avis, les femmes n'auraient certainement pas élu comme oiseau préféré le perroquet mais... Superman ! *It's a bird, it's a plane...*

Avec toutes ces images qui lui défilaient dans la tête, combinées à l'odeur du chocolat, Beba se sentit soudain un peu fébrile. Elle sortit donc de la baignoire et se mit en quête de la douche. Elle surprit au passage son reflet dans un miroir, et tressaillit. Elle ressemblait à une gigantesque chouette en chocolat…

« Madame, et le massage ? lui cria la femme en blouse blanche.

— Ça sera pour une autre fois… », dit Beba en entrant dans la douche.

Au lieu de la mettre de bonne humeur, le bain avait eu l'effet tout à fait inverse. Beba avait l'impression d'être sortie d'un tourbillon qui lui avait pompé toute son énergie.

Impatiente de raconter à Pupa en quoi consistait cette stupide « forêt-noire », Beba faillit à la sortie percuter de plein fouet Mr Shake. En apercevant cette femme antipathique qui répandait autour d'elle un désagréable parfum douceâtre, Mr Shake se renfrogna.

« *Have a nice lay…* », dit aimablement Beba.

Mr Shake ne répondit rien, il se contenta de lever les yeux au ciel et se hâta de poursuivre son chemin.

« Mon Dieu, quel grossier personnage ! » se dit Beba. Car Beba, sachant que Mr Shake et Kukla devaient jouer au golf cet après-midi, lui avait tout simplement souhaité une bonne journée.

***

Et nous ? Nous nous hâtons de l'avant. Tandis que la vie de nous se joue et se venge souvent, l'histoire tel un oiseau s'envole dans le vent !

3.

Oui, l'homme avait conçu un terrible appétit pour la vie. Depuis qu'il était devenu certain qu'aucune autre vie ne l'attendait dans les cieux, que les critères d'obtention d'un visa pour l'enfer ou le paradis étaient pour le moins fluctuants, et que se réincarner en sanglier ou en rat n'était pas précisément le gros lot, l'homme avait décidé de rester là où il était autant que faire se peut, ou, autrement dit, de mâcher le chewing-gum de sa vie le plus longtemps possible, en s'amusant à faire des bulles au passage. À en croire les statistiques, la différence était vraiment impressionnante : au début du vingtième siècle, la durée de vie moyenne tournait autour de quarante-cinq ans ; à la moitié du siècle, elle avait grimpé à soixante-six ans, pour atteindre aujourd'hui, au tout début du vingt et unième siècle, le chiffre honorable de soixante-seize ans. En cent ans seulement, les êtres humains avaient prolongé leur durée de vie de presque cinquante pour cent. Certes, ce boom statistique avait eu lieu dans les régions du monde les plus paisibles et les plus riches. Car en Afrique, les gens meurent aujourd'hui comme des mouches, probablement plus rapidement et plus efficacement que jamais auparavant.

Le Dr Topolanek était assis seul dans la salle de conférences de l'hôtel et réfléchissait. À l'écran clignotait une photo de Iossif Vissarionovitch Staline. Le Dr Topolanek avait eu l'intention de parler ce jour-ci de la conception communiste de la longévité, mais il n'avait pas d'auditoire. La salle de conférences était vide.

Oui, les communistes étaient des maîtres en la matière… Le nouvel homme communiste était censé vivre longtemps, collectivement et industrieusement, par la force de sa propre volonté, et pas du patrimoine génétique. Car le patrimoine, y compris le génétique, n'avait pas droit de cité. Les maladies, la dépression, les suicides, la faiblesse physique… tout ça, c'étaient des inventions de la bourgeoisie, des défaitistes et des déserteurs du front de la vie. La foi dans des lendemains meilleurs et hybrides emplissait tous les pores de la société communiste. Mitchourine et Lyssenko travaillaient à ce que les masses communistes, un jour, mangent mieux, et plus gros. Plus tard, ils furent tournés en ridicule. Et aujourd'hui, tout le monde se gave de gigantesques fraises puantes gonflées à l'hélium, mais bizarrement plus personne ne rigole, et personne ne pose de questions non plus. Sans parler des aubergines blanches hollandaises, qui semblent tout droit sorties du potager de Mitchourine ! C'est sous le communisme que vécut le célèbre Nikolaï Chapovski, originaire du Caucase, qui atteint les cent quarante-six ans. À cette époque, les centenaires poussaient comme des champignons après la pluie, en général dans le Caucase, étayant de leur longévité la thèse selon laquelle leur compatriote, Staline, vivrait sinon longtemps, du moins éternellement. Il ne vécut ni particulièrement longtemps, ni éternellement. Alexandre Bogomolets, auteur du livre *La Prolongation de la vie*, inventa un certain sérum, qui porte son nom. Le sérum et des transfusions régulières étaient sa recette de rajeunissement. Lui aussi fut par la suite tourné en ridicule, tout ça, ce n'était rien que des mirages communistes mégalomaniaques. Aujourd'hui, les cliniques de transfusion sanguine intégrale poussent comme des champignons, et seuls les individus aux poches particulièrement bien garnies peuvent se permettre une régénération totale de leur sang. Quant aux sérums, légèrement améliorés, ils font également partie du menu quotidien de ceux qui peuvent se les offrir. Le Gérovital, la crème de placenta, ne pouvait être inventé que sous le communisme, où l'avortement était le mode de contraception le plus répandu, et il convient ici de saluer l'importante contribution de la Roumaine Ana Aslan. Était-il vraiment à base de placenta ou non, nul ne le sait, mais Charles de Gaulle, Pablo Picasso, Konrad Adenauer, Salvador Dalí, Charlie Chaplin, John F. Kennedy, Omar Sharif et bien d'autres firent leur pèlerinage auprès d'Ana Aslan, sans que le communisme ne les gêne le moins du monde. L'humanité a toujours été obsédée par la mort, l'immortalité et la longévité. Ce domaine a toujours été un champ de bataille, c'est un champ de bataille aujourd'hui encore, ça a toujours été le plus animé. Une énorme armée de gens – la médecine, la pharmaceutique, la cosmétique – approvisionne une autre armée, qui s'est donné pour mission de vivre le plus longtemps possible, en étant la plus belle possible. Les uns et les autres sont étroitement liés, comme le donneur d'organe et son receveur.

La « théorie » du Dr Topolanek n'avait aucun problème en soi. La théorie, comme toujours, avait été battue en brèche par une pratique insolente, désobéissante et imprévisible. Outre le vide insultant de la salle de conférences, la pratique se présentait maintenant à la porte en la personne d'une visiteuse inattendue, une grande dame âgée dans tous ses états, qui demanda au Dr Topolanek, plus par des gestes que par des mots, de la suivre de toute urgence sur le terrain de golf! Le Dr Topolanek éteignit le projecteur, se saisit de la mallette de médecin qu'il avait tout le temps à portée de main, et emboîta le pas de sa visiteuse bouleversée.

Et nous ? Nous aussi, nous leur emboîtons le pas… Tandis que la vie est pleine d'aléas, l'histoire ne tourne qu'autour de son canevas !

4.

Tandis qu'ils cheminaient vers le terrain de golf, Mr Shake expliquait avec animation à Kukla le sens de son existence. Il ressemblait à un tiroir de coiffeuse de femme à l'ancienne dont jaillissent des nuages de poudre. Mr Shake s'empoussiérait et s'étouffait dans ses propres mots, et Kukla avait de la peine pour lui, comme pour tous ces gens qui ne voient de raison d'être que dans leur travail. Cet homme essoufflé, cette machine humaine à produire des mots, des mouvements et des gestes lui était sympathique jusqu'à ce que la discussion ne s'arrête sur Rosie, la fille de Mr Shake.

« Rosie est, malheureusement, incompatible…

— Que voulez-vous dire, incompatible ? demanda Kukla.

— Notre devoir en tant qu'êtres est de nous améliorer, de perfectionner ce que Dieu nous a donné, n'est-ce pas ? répondit-il.

— Je ne vois pas ce qui manque à votre fille, fit remarquer Kukla.

— Il ne lui manque rien, hélas, bien au contraire, elle déborde…

— Elle a juste gardé des rondeurs enfantines.

— Ces rondeurs peuvent être la source de son malheur futur. Malheureusement, nous vivons à une époque où un surpoids, même minime, est déterminant pour notre destinée… »

On ne pouvait pas dire que Mr Shake ne s'occupait pas de sa fille. Il s'occupait, cependant, avant tout d'un produit, et Rosie était, de l'avis de Mr Shake, même s'il ne l'aurait, bien entendu, jamais reconnu, une sorte de rebus.

« Et votre femme ?

— Ma défunte femme… Elle était parfaite… Comme vous… », soupira Mr Shake.

Elle était parfaite jusqu'à ce qu'elle ne tombe en panne. Bien entendu, Mr Shake n'employa pas l'expression « tomber en panne », il dit « elle est tombée malade », mais il pensait « elle est tombée en panne ». Le mécanisme ne fonctionnait plus correctement, et Mr Shake avait fait tout ce qui était en son pouvoir pour le réparer. Malheureusement, il n'y avait rien à faire.

« Étrange… dit Mr Shake.

— Qu'est-ce qui est étrange ?

— À vos côtés, je me sens comme devant un ventilateur, dit-il en ajoutant : Bien entendu, en partant du principe qu'on soit une chaude journée d'été. »

Mr Shake s'anima singulièrement quand ils arrivèrent sur le terrain de golf, manifestement parce que le rôle de professeur flattait son ego. Kukla ne connaissait rien au golf, et Mr Shake s'efforça de lui expliquer les règles du jeu. Ce que Kukla avait toujours trouvé absurde – cette flânerie sur une surface herbeuse, une canne à la main, tout ça pour envoyer une balle dans un trou – avait finalement du sens. Et ce sens, pour Kukla, résidait exclusivement dans le fait de prendre l'air.

Ils formaient un couple incompatible. Cette grande femme athlétique aux grands pieds, un club de golf à la main, arpentait la surface herbeuse ensoleillée tel un chevalier au féminin. Son partenaire de jeu, un petit homme essoufflé, filait énergiquement sur la pelouse comme une tondeuse à gazon. Kukla l'observait : il disait quelque chose, agitait son club de golf, gesticulait, lui montrait les mouvements, la forçait à reproduire les mêmes mouvements, écartait les bras, et frappait énergiquement la balle.

Tandis que Mr Shake se consacrait obsessionnellement à la mission de rendre compatibles tous les corps incompatibles, Kukla avait toujours été d'avis qu'il y avait trop de bruit sur cette terre, et elle s'amusait à s'imaginer qu'elle avait le pouvoir de contrôler le bruit, d'éteindre les bavards comme des postes radio, de mettre des sourdines sur les sons stridents, de monter le pépiement des oiseaux et de baisser les sirènes des ambulances. En attendant que le feu passe au vert au passage piéton, elle rêvait qu'elle interrompait subitement la circulation et traversait la rue en toute tranquillité. C'étaient des rêveries enfantines, *day dreaming*, sa sortie de secours… Parfois, ces rêves éveillés étaient si intenses qu'ils semblaient réels à Kukla. Quand elle était petite, à force d'imagination, des choses s'étaient réellement produites autour d'elle : quelque chose se déplaçait, grinçait, s'effondrait, tombait par terre… Avec le temps, elle avait appris à marcher dans le monde prudemment, comme sur des œufs, discrète et silencieuse comme une ombre, suivie de courants d'air dont elle ignorait la provenance.

Allez, lui intimait par gestes Mr Shake, tapez dans la balle ! Il semblait à Kukla bien plus éloigné que ce qu'il n'était en réalité. Mais allez, enfin, gesticulait l'homme sur la ligne d'horizon verte, et Kukla lança enfin le club en arrière, frappa la balle, qui tournoya dans les airs et s'envola. L'homme bondit de joie, bravo, un coup parfait, il ferma le poing et leva le pouce dans la direction de Kukla pour la féliciter de ses débuts prometteurs. La balle s'arrêta un instant dans les airs, ou du moins c'est l'impression qu'eut Kukla, puis elle fila à toute vitesse et s'enfonça dans la bouche grande ouverte de l'homme, qui s'écroula au sol, fauché sur place.

***

Quand Kukla arriva à ses côtés, Mr Shake gisait dans l'herbe, immobile. La balle avait coulé de sa bouche comme de la bave et se tenait à présent calmement à côté de sa tête, tel un monument funéraire miniature. La mort de Mr Shake se cachait dans une innocente balle de golf.

Kukla se hâta vers l'hôtel pour chercher le Dr Topolanek. Ils revinrent ensemble à l'endroit où gisait le corps de Mr Shake. Kukla eut l'impression qu'il avait entre-temps rapetissé. Pendant la dizaine de minutes qu'il lui avait fallu pour aller chercher le Dr Topolanek, le corps de Mr Shake avait rétréci, et s'il est vrai qu'il existe une âme qui quitte le corps après la mort, alors l'âme de Mr Shake pesait le poids d'une cinquantaine de balles de golf.

« Arrêt cardiaque ! constata le Dr Topolanek.

Puis – remettant d'une main de l'ordre dans sa coiffure, qui semblait avoir été ébouriffée par un sèche-cheveux invisible – il se tourna vers Kukla et ajouta :

« J'espère que ce malheureux incident ne va pas vous faire prendre le golf en grippe ? Le golf est un très beau sport… »

Et nous ? Nous poursuivons notre route sans nous arrêter. Tandis que dans la vie nous sommes tous condamnés, l'histoire file comme Hermès aux pieds ailés.

5.

Si dans l'histoire tout file avec facilité, ce n'est en général pas le cas dans la réalité. Cette fois-ci, cependant, la réalité surpassa l'histoire en termes de vitesse et de facilité. Et voici ce qui se passa… Avant le voyage, Beba avait été retirer sa retraite et ses maigres économies, et changé le tout en euros. À la banque, on lui avait donné un billet de cinq cents euros et un peu de monnaie. Beba avait pris le billet sans réfléchir. Comment, d'ailleurs, aurait-elle pu prévoir toutes les difficultés qu'elle aurait à changer ce maudit billet dans un pays membre de l'Union européenne.

***

À la réception de l'hôtel, on lui dit d'essayer au bureau de change, et au bureau de change de l'hôtel, on l'envoya à la banque. Elle tenta sa chance dans deux ou trois établissements, qui lui firent tous la même réponse : pourquoi ne changeait-elle pas le billet dans une filiale de sa banque ?

« Mais ma banque est à Zagreb !

— Et pourquoi n'avez-vous pas changé à Zagreb ?!

— C'est là-bas qu'ils m'ont donné ce billet…

— Et pourquoi n'utilisez-vous pas votre carte de crédit ?!

— Je n'en ai pas…

— Vous voyagez sans carte de crédit ?!

— Tout le monde n'est quand même pas censé avoir une carte de crédit ?!

— Vous avez bien fait de nous en avertir, car nous vous aurions peut-être même changé ce billet, mais uniquement après examen de votre carte de crédit.

— J'ai un passeport.

— Le passeport n'est plus un document valable. Vous savez ce que c'est avec les passeports, aujourd'hui n'importe qui peut s'en procurer un illégalement pour quelques centaines d'euros !

— Et qu'est-ce que je peux faire, alors ?

— Essayez au bureau de change… »

Beba essaya dans divers bureaux de change. On lui dit que les billets de cinq cents euros avaient mauvaise réputation.

« Pourquoi ?!

— Il y a eu des faux…

— J'imagine que vous avez quand même des appareils pour vérifier l'authenticité des billets.

— Oui, mais ils ne valent plus rien, depuis que les faux nord-coréens sont arrivés. »

Beba voulut demander quel était le lien avec la Corée du Nord, mais elle renonça. Manifestement, il n'y avait rien à faire.

Et tout était parti du fait que Beba avait voulu s'acheter de la teinture capillaire, pour dissimuler les cheveux blancs qui lui avaient ce jour-là sauté aux yeux dans le miroir du spa, après l'enveloppement chocolaté. Elle ne pouvait quand même pas demander des sous à Pupa pour une telle broutille. Et par ailleurs, Beba voulait avoir un peu d'argent à elle, pour ses menues dépenses, pour prendre un café ou un jus de fruits, ou pour s'acheter une couleur…

Quoi qu'il en soit, en rentrant bredouille à l'hôtel, Beba atterrit, plus par hasard qu'intentionnellement, dans le casino. À l'entrée, le brouhaha des voix humaines mêlé au son métallique de la roulette lui fit l'effet d'une gifle. L'espace d'un instant, elle eut l'impression de s'être égarée dans un zoo, mais étant donné qu'elle aimait à se considérer comme une personne prête à faire toutes les expériences, elle s'arrêta à la première roulette, juste à l'entrée, pour voir comment se passait en vrai ce qu'elle n'avait vu jusqu'alors que dans des films.

Les joueurs posaient principalement des billets de cinquante euros sur la table. Certes, certains allaient jusqu'à cent euros. Le croupier rassemblait l'argent sur la table et le poussait dans une fente, où les billets disparaissaient à la vitesse de l'éclair. Puis il distribuait aux joueurs des jetons en plastique ronds de couleurs vives, que les joueurs plaçaient sur différents chiffres. Et ensuite, le croupier faisait tourner la roulette avec sa petite bille, disait quelque chose en français et passait sa main sur la table, comme pour nettoyer des miettes invisibles. Cela signifiait qu'à partir de cet instant plus personne ne pouvait poser de jetons sur les chiffres, ni les changer de place. La roulette ralentissait progressivement, et la petite bille s'arrêtait dans un compartiment métallique, au-dessus duquel se trouvait un certain chiffre.

Le jeu plaisait à Beba, et elle se dit qu'elle pouvait bien elle aussi tenter sa chance, et changer au passage ce malheureux billet de cinq cents euros. De l'autre côté de la table était assis ce voyou russe renfrogné aux cheveux hérissés, qui s'était méchamment moqué d'elle dans le spa. Il avait un verre à la main et faisait pivoter entre ses dents un cigare cubain. Beba, qui se tenait un peu à l'écart, n'avait pas envie d'attirer l'attention sur elle, et elle chuchota discrètement au croupier qu'elle achetait des jetons pour une valeur de cinquante euros, elle lui demanda de bien vouloir lui rendre sa monnaie en liquide. Et elle posa le billet sur la table. Le croupier acquiesça, prit le billet et le fit tomber dans la fente, où il disparut à la vitesse de l'éclair. À la différence des autres joueurs, qui recevaient tout un tas de jetons, Beba, à sa grande déception, n'en reçut qu'un seul. Elle le plaça sur le numéro 32. C'était le premier chiffre qui lui était venu à l'esprit, rien de bien significatif, le numéro de sa porte dans l'immeuble où elle vivait. Et au moment où Beba pensait que le croupier allait lui rendre sa monnaie, il fit tourner la roulette et passa sa main sur la table en disant quelque chose en français. La bille tournoya et tournoya, et finit par s'arrêter sur le numéro 32. Cette fois-ci, Beba ne reçut pas de jetons ronds bariolés, mais une liasse de cartes en plastique, elles aussi de couleurs vives. Les gens qui regardaient le jeu l'interpellèrent, mais Beba les entendait mal. Le brouhaha qui l'avait sonnée la faisait se sentir légèrement brumeuse. Et, de fait, il semblait y avoir un problème avec son ouïe, les sons parvenaient à ses oreilles comme au travers d'un écran de coton. Beba suivait attentivement du regard les mains du croupier, espérant qu'il allait lui rendre le reste de son argent. Elle lui chuchota à nouveau de lui rendre sa monnaie, le croupier acquiesça à nouveau, et Beba déposa à nouveau ses cartes en plastique bariolées sur le numéro 32. Dans cette situation, elle n'arrivait vraiment pas à penser à un autre chiffre, et d'ailleurs, ce 32 était sous son nez. Et à nouveau, elle n'eut pas le temps de réfléchir, ni d'échanger un mot avec le croupier, que ce dernier passait déjà la main sur la table comme pour nettoyer des miettes invisibles et disait quelque chose en français. La bille tournait déjà dans la roulette, et quand la roulette s'arrêta, elle se retrouva à nouveau dans le compartiment numéro 32. Beba était complètement assourdie par le brouhaha et les cris, et une fois de plus elle ne comprit rien à ce qui se passait. Le croupier lui remit une liasse encore plus épaisse de cartes en plastique bariolées. Beba prit ses cartes avant qu'elles ne se retrouvent à nouveau sur la table, et cette fois-ci elle demanda à voix haute au croupier de lui rendre ses quatre cent cinquante euros. Le croupier lui répondit qu'elle pouvait retirer son argent à la caisse… « Vous auriez pu me le dire tout de suite », rétorqua Beba et, serrant ses cartes dans son poing, elle s'efforça de trouver la caisse dans la foule, mais à mi-chemin, un monsieur portant une bouteille de champagne sur un plateau lui barra la route. Le monsieur insista pour lui donner le champagne, mais Beba répliqua qu'elle n'avait rien commandé. Ils sont tous à essayer de te soutirer de l'argent dans cet hôtel, pensa Beba, et elle demanda au monsieur où se trouvait la caisse. Le monsieur était vraiment fort aimable, car il l'accompagna droit à la caisse. La dame à la caisse demanda à Beba ses cartes bariolées, et elle lui montra en échange une tonne de billets, mais Beba déclara qu'elle voulait juste ses quatre cent cinquante euros.

« Désirez-vous que nous déposions le reste sur votre compte ? demanda la dame à la caisse.

— Mais mon compte est à Zagreb… bredouilla Beba.

— Nous pouvons transférer l'argent sur votre compte, dit la dame.

Beba eut peur de se retrouver à nouveau sans monnaie pour le café et les jus de fruits, et elle répondit qu'elle préférait avoir l'argent en liquide.

« Dans ce cas, madame, je me permets de vous conseiller de déposer votre argent dans le coffre-fort de l'hôtel, dit aimablement la dame de la caisse.

— Faites comme vous voulez, soupira Beba, mais je vous en supplie, donnez-moi mes quatre cent cinquante euros... »

Et ensuite ce monsieur, qui tenait toujours sa bouteille de champagne sur un plateau, dit quelque chose à la dame de la caisse, et la dame tendit à Beba un formulaire avec des chiffres, que Beba dut signer, en montrant son passeport. Beba eut un soupir de soulagement quand la dame lui donna enfin sa liasse de quatre cent cinquante euros. Le monsieur lui fourra dans les bras la bouteille de champagne et lui serra la main, ce qui était extrêmement étrange.

Tout ce temps, Beba avait la sensation que quelque chose chez elle ne tournait pas rond. Elle était frappée d'une légère surdité, comme si elle venait de descendre de l'avion. Il y avait aussi un problème avec son sens de l'équilibre, elle tanguait comme si elle était ivre. Pire, il lui semblait qu'elle risquait de tomber à chaque instant. Et pile au moment où elle se sentait défaillir, Arnoš Kozeny se matérialisa devant elle et la prit par le bras.

« Venez donc vous asseoir... Ici, au restaurant... Vous êtes blanche comme un linge ! Est-ce que tout va bien ?

— Tout va *rien*, ne vous en *pètes* pas… », répondit Beba.

Arnoš appela le serveur et commanda deux cognacs français, que le serveur apporta à la vitesse de l'éclair.

« Descendez-moi ce cognac, ça va vous faire du bien… », ordonna Arnoš.

Et Beba descendit le cognac, et de fait elle se sentit vraiment un peu mieux. À défaut d'autre chose, au moins, ses oreilles s'étaient débouchées.

« Eh bien, mes plus sincères félicitations ! lança Arnoš en levant son verre et en le faisant tinter contre celui de Beba.

— Pourquoi ? demanda Beba.

— Comment ça pourquoi ? Allez, avouez, vous avez fait combien ?

— Je ne vois pas de quoi vous parlez…

— Tout le monde raconte que vous avez dépouillé le casino d'un demi-million d'euros, et que vous avez ruiné ce Russe.

— Quel Russe ?

— Ce Russe, on l'appelle Kotik, un mafioso et truand local. »

Beba se sentit à nouveau terriblement faible.

« C'est vrai ce que vous *recomptez* ?

— Ma chère, vous êtes une femme riche, dit Arnoš.

— Moi ?! *Biche* ?!

— Regardez dans votre sac, ils vous ont sans doute donné le montant. »

Beba ouvrit son sac à main, en sortit un papier qu'elle montra à Arnoš. Le papier portait le tampon du casino de l'hôtel, et des signatures, entre autres celle de Beba…

« C'est ça ! s'exclama Arnoš. C'est bien ce que je pensais, plus d'un demi-million… Très exactement 612 500 *tax free*.

— Comment est-ce que c'est *narrivé* ? dit Beba comme si un terrible accident venait de se produire.

— Je l'ignore. Depuis le temps que je traîne autour de ce casino, je n'ai jamais vu personne se faire un tel fric si rapidement, si efficacement et d'une manière aussi stupide. Vous n'avez pas remarqué que tout le monde était effaré ?

— Pourquoi est-ce qu'ils seraient *effrayés* ?

— Ma chère enfant, vous êtes complètement sous le choc, vous ne savez pas ce que vous dites, dit Arnoš avec compassion en rendant son papier à Beba.

— Rangez-moi ça… Et rappelez-vous la maxime latine : *Dantur opes nullis nunc nisi divitibus*, la richesse ne vient qu'aux riches ! Allez, je vais vous raccompagner à votre chambre, je vois que vous tenez à peine sur vos jambes. »

Beba, rompue, s'appuya sur Arnoš. Elle était reconnaissante d'être tombée sur lui. Elle réfléchirait à tout ça le lendemain, *la nuit porte corneille*…

Il convient ici de préciser qu'outre sa tendance à déformer les mots dans ses instants de trouble, Beba récitait parfois des séries de chiffres. Bien entendu, elle n'en avait absolument pas conscience. Beba avait ainsi eu une brève aventure avec un type qui l'avait un jour frappée. Au lieu de rendre le coup, ou de fondre en larmes, ou de dire quelque chose, Beba avait, sous le choc, récité une série de chiffres. Le type était un voyou, un bon à rien, mais il ne manquait pas d'imagination, et il avait noté les chiffres, joué au loto le lendemain et, voyez-vous ça, gagné une coquette somme, ce qu'il s'était bien gardé de révéler à Beba. À partir de ce moment-là, la relation s'était détériorée, car le type la giflait, l'agressait, l'insultait, dans l'espoir que Beba sorte à nouveau une combinaison gagnante. Beba l'avait rapidement chassé de chez elle, mais il ne l'avait pas laissée en paix jusqu'à ce qu'elle n'entame une nouvelle relation, à nouveau de courte durée, avec un policier.

Et nous ? Nous avançons pleins gaz. Tandis que la vie ne sait distinguer la proue de la poupe, l'histoire fend les vagues et maintient son cap !

6.

Qui sait ce qui détermine nos biographies. Les vies peuvent être comme-ci ou comme ça, et la vie de Kukla ressemblait à un mauvais film. À un très mauvais film. Les choix de vie futurs de Kukla avaient peut-être été déterminés par un incident qui avait eu lieu longtemps auparavant, quand Kukla était une toute jeune fille. Et il s'était produit quelque chose de comique, ou de tragique, ou même de banal : les jugements de ce genre dépendent en général de si la personne est actrice ou spectatrice. Quoi qu'il en soit, lors de son premier rapport sexuel avec un jeune homme, tout aussi inexpérimenté qu'elle, Kukla avait vécu ce que les médecins appellent le vaginisme. Si elle s'était par la suite informée sur le sujet, le fait que la chose ne soit ni bizarre, ni si rare que ça, contrairement à ce que l'on croit, ne la consolait pas. Et c'était à l'époque où les psychothérapeutes et les sexologues n'existaient pour ainsi dire pas. Quoi qu'il en soit, Kukla avait profondément enfoui ce malencontreux épisode dans son subconscient, et l'avait tout simplement oublié. L'épisode, cependant, n'avait pas oublié Kukla, et il continuait à habiter sa vie, à lui mettre des bâtons dans les roues. Histoire d'empirer les choses, Kukla avait épousé cet infortuné jeune homme, ils étaient liés par la honte de ce désagréable événement, mais après le mariage, il s'était avéré que le jeune homme souffrait d'une leucémie, et Kukla était rapidement devenue veuve. Une très jeune veuve.

Kukla avait fini ses études, langue et littérature anglaises, était devenue professeure au lycée, et était restée coincée dans le même établissement toute sa carrière, jusqu'à son départ à la retraite. Le deuxième époux de Kukla avait quinze ans de plus qu'elle, c'était un homme politique influent, mais le hasard avait voulu qu'il fasse un AVC juste après leur mariage, et Kukla avait passé les dix années suivantes à s'occuper d'un mari qui s'était transformé en plante verte exigeante. Très exigeante.

Après la mort de son deuxième époux, Kukla s'était mariée une troisième fois, cette fois-ci tout de suite à un handicapé, un écrivain célèbre, qu'une mauvaise chute dans un escalier avait cloué à son fauteuil roulant. L'écrivain avait quelques années de plus qu'elle, et Kukla était devenue veuve pour la troisième fois à l'âge de soixante ans.

Kukla était une personne discrète et calme, elle répandait la quiétude autour d'elle, elle ne parlait jamais d'elle et ne se plaignait jamais de quoi que ce soit, si bien qu'il n'y avait aucune raison que les gens ne l'aiment pas. Elle n'avait pas d'enfants. Il y avait bien les enfants de ses deuxième et troisième maris, de leurs unions précédentes, mais ils étaient adultes, ils vivaient leur vie et n'entretenaient pas particulièrement de relations avec Kukla.

Même si elle ne l'aurait jamais reconnu, ses maris faisaient pour Kukla office de bouclier : être une femme mariée était une garantie tangible qu'elle n'avait aucun problème. Elle aussi faisait office de bouclier pour ses maris, même si Kukla aurait juré que ce n'était pas le cas : être mariés à une telle femme était la preuve plus que tangible qu'ils n'avaient aucun problème. Si elle l'avait voulu, Kukla aurait pu se marier cinquante fois, ses qualités étaient, sur le marché de l'image que nous renvoyons aux autres, très bien cotées. C'était la femme parfaite, la femme-garantie, la femme-prothèse, la femme-masque. De plus, elle acceptait d'elle-même son rôle, elle n'avait pas d'exigences, elle n'attirait l'attention en rien. Elle était féminine sans être provocante, ouverte jusqu'à un certain point, aimable sans être trop affable. Et, le plus important, malgré sa taille au-dessus de la moyenne, Kukla donnait l'impression d'être fragile et éveillait instantanément chez les hommes des instincts protecteurs. Et ensuite, peut-être précisément à cause de sa taille au-dessus de la moyenne, ainsi que du fait qu'elle choisissait comme protecteurs des handicapés, les relations s'inversaient rapidement, et les hommes voyaient en Kukla une protectrice, une infirmière, une mère, une Amazone, une femme de substitution, n'importe quoi, et tout en un.

Pour ce qui est de Kukla elle-même, elle voyait les choses à peu près comme ça : le sort lui avait attribué un destin qui se réduisait en gros à une « mauvaise blague », et elle faisait tout pour que la « blague » ne transpire jamais. Elle avait enterré trois maris et était restée vierge, presque au sens littéral du terme. Elle se torturait et, de manière générale, se considérait comme un « fossoyeur ». Il lui semblait que tout ce qu'elle touchait se changeait en pierre, ou était déjà mort. Elle n'arrivait même pas à faire pousser des fleurs sur son balcon ! Elle était convaincue que son regard faisait s'assécher les cactus sur le rebord de la fenêtre. Pour une raison mystérieuse, Kukla s'émouvait tout particulièrement du sort de ces cactus secs sur le rebord de la fenêtre…

Puis, un jour, était arrivé un jeune homme… Il faisait une thèse sur le mari de Kukla, l'écrivain Bojan Kovač. Il s'intéressait à toutes sortes de détails, la vie de cet homme « énigmatique » titillait son imagination juvénile. Ce qui le tourmentait le plus, c'était de savoir si le « grand écrivain » avait laissé quelque chose en héritage. Il était torturé par l'idée de l'indicible, sur laquelle, selon lui, reposait l'œuvre de Kovač, d'autant plus que c'était précisément sur ce sujet – l'indicible comme élément constitutif du roman – qu'il écrivait sa thèse. « Kovač est la Mona Lisa de la littérature croate, affirmait le jeune homme, le sourire mystérieux de sa prose est la clé de lecture de son œuvre. »

Kovač n'avait absolument rien laissé, Kukla était la mieux placée pour le savoir. Les dernières années de sa vie, il n'écrivait pas, principalement à cause de la maladie. Ils vivaient de son salaire à elle, et de ses droits d'auteur quasi inexistants. Il aurait difficilement pu écrire, car avec le temps, à son handicap s'étaient ajoutés du diabète, puis Alzheimer… « Il n'a quand même pas rien laissé, c'est impossible ? » avait demandé le jeune homme.

« Pourquoi pensez-vous qu'il n'a rien laissé ? Au contraire, il a laissé… beaucoup de choses… avait dit Kukla.

— Je peux vous aider à classer ses archives », s'était aimablement proposé le jeune homme. Il y avait beaucoup de matière, ces dernières années, Kovač n'arrivait pas à écrire seul à cause de son arthrite, si bien qu'il dictait, et elle tapait à l'ordinateur. Elle était sa secrétaire, ils travaillaient jusqu'à dix heures par jour, surtout vers la fin, car Kovač voulait absolument finir… ce roman, avait-elle ajouté.

« Quel roman ?! Puis-je le voir ?

— Bien entendu, mais pas tout de suite (elle avait besoin de temps pour relire le manuscrit)…

— Pouvez-vous au moins me donner le titre ?

— Oh, oui, bien sûr, avait dit Kukla, *La Rose du désert*, c'est le titre provisoire…

— *La Rose du désert*, hum, un titre singulier, féminin, ça ressemble plus à un roman à l'eau de rose de pacotille qu'à du Kovač, avait fait remarquer le jeune homme…

Et c'est ainsi que Kukla avait commencé à écrire. Plus tard, il lui était venu à l'esprit que toutes sortes de choses pourraient encore se trouver dans le legs de Kovač : disons, un bref roman d'amour, ou un roman-essai singulièrement intéressant qu'il aurait écrit dans sa jeunesse, prédisant des événements qui ne se produiraient que bien plus tard. Oui, Kukla savait que le droit de Kovač à une deuxième vie était entre ses mains, qu'il ne dépendait que d'elle, Kukla.

Mais à l'époque, quand le jeune homme s'était présenté, Kukla n'avait qu'une seule chose à l'esprit : conserver son attention le plus longtemps possible. Et elle avait réussi, pour un temps limité, certes, mais même ça, c'était suffisant. Et le jeune homme était intelligent, il avait fini sa thèse sans attendre d'avoir vu le dernier roman de son écrivain préféré, puis il avait décroché une bourse, était parti en Amérique, et sa trace s'était perdue.

Étant donné que la vie de Kukla ressemblait de toute manière à un mauvais film – du moins, c'est ce que pensait Kukla –, espérons qu'elle pourra supporter également cette remarque : Kukla n'avait jamais oublié l'attention du jeune homme. L'attention du jeune homme était comme une goutte de rosée qui se serait déposée sur la rose du désert – et le début de la nouvelle vie de Kukla.

Et nous ? Ah, tandis que les histoires personnelles s'éternisent dans la confusion, la nôtre sans encombre file vers sa conclusion.

7.

Il était faux de dire que Mevludin était complètement nul en anglais. Il savait beaucoup de choses, bien entendu qu'il s'y connaissait. Ce pour quoi il dit à la jeune fille qui pleurait amèrement devant lui :

« *I am sorry, I understand the full extent of your damage*[1]... »

Mevlo connaissait l'anglais de la BBC et de CNN, et il était en mesure de déclamer avec éloquence des phrases telles que : *There has been no let-up in the*

1. En anglais dans le texte. « Je suis désolé, je mesure toute l'étendue de vos pertes... » (*N.d.T.*)

fighting in Bosnia. Heavy shelling continued throughout the night[1]… Mevludin savait toutes sortes de choses, ce qu'étaient des *peace negociations*[2], ce qu'était un *ceasefire*[3], et ce que signifiait *the ceasefire appears to be holding*[4]… Il savait ce que signifiait *sporadic gunfire, progress towards a settlement, explosion, wail of sirens of ambulances, horror of the early morning blast*[5], il savait ce qu'étaient *a pool of blood, explosion, reminders of horror*[6], et bien, bien d'autres choses encore.

Ce pour quoi il dit à la jeune fille :

« *Stay calm but tense*[7]… »

Mevlo s'était souvenu de la phrase *the atmosphere in the city remains calm but tense as the ceasefire appears to be holding*[8], et il était certain que ses mots réconforteraient la jeune fille. Elle le regarda avec horreur, comme si elle était confrontée à des chaussettes puantes, et continua à sangloter…

Mevlo se demandait ce qu'il pourrait bien faire pour consoler un tant soit peu la jeune fille. Puis il se

1. « Il n'y a eu aucune accalmie dans les conflits en Bosnie. Des tirs de grenade soutenus se sont poursuivis pendant la nuit. »

2. « Négociations de paix. »

3. « Cessez-le-feu. »

4. « Le cessez-le-feu semble tenir. »

5. « Échanges de tirs sporadiques, progrès en direction d'un accord, explosion, hurlement des sirènes des ambulances, horreur des bombardements au petit matin. »

6. « Un bain de sang, explosion, réminiscences de l'horreur. »

7. « Reste calme, mais tendue. »

8. « Alors que le cessez-le-feu semble tenir, l'ambiance dans la ville demeure calme mais tendue. »

souvint du chèque que lui avait donné Mr Shake, et il le sortit de la poche de sa veste, toucha l'épaule de la jeune fille et dit :

« Regarde ! *Take it…* »

La jeune fille lui lança le même regard, comme si elle avait sous le nez des chaussettes puantes, appuya ses coudes sur la table, posa la tête sur ses bras croisés comme sur un oreiller et continua à pleurer.

« *Look…* »

Mevludin déchira le chèque en petits morceaux qu'il jeta en l'air comme des confettis. La jeune fille fixa un instant, stupéfaite, les petits bouts de papier qui volaient dans les airs, cessa de pleurer, puis elle se rappela ce qu'elle était en train de faire et elle reposa la tête sur la table, disposant ses avant-bras croisés comme un oreiller, et continua à pleurer.

Mevludin regardait ses belles épaules rondes tressauter sous les sanglots. Il se sentait désemparé.

« Fais pas ça, chérie, arrête, tu vas finir par fondre à force de pleurer… Et qu'est-ce qu'il me restera de toi ? Une flaque d'eau ?! »

Puis Mevlo se dit que la jeune fille avait peut-être faim, elle n'avait certainement rien mangé de toute la journée, et il avait dans son sac son casse-croûte qu'il avait oublié, un œuf dur et une tranche de pain. Mevlo déposa devant la jeune fille l'œuf dur et la tranche de pain. La jeune fille releva un instant le visage de sous son rideau de cheveux cuivrés, puis elle reposa le front sur ses bras croisés en oreiller. Les sanglots, du moins c'est ce qu'il semblait à Mevlo, faiblirent légèrement.

Mevlo prit l'œuf et se mit à l'éplucher. Et soudain, tandis qu'il épluchait l'œuf, un souvenir salvateur s'abattit sur Mevlo comme la foudre dans un ciel d'été. Un client de l'hôtel, qu'il avait massé, avait demandé que soit diffusée pendant le massage sa chanson préférée, et avait expliqué au passage les paroles à Mevlo, qui les avait retenues. En partant, le client lui avait même offert le CD…

« *You're my thrill…* », dit Mevlo.

Les sanglots avaient cessé, mais la jeune fille ne bougeait pas pour autant.

« *You do something to me…* »

La jeune fille resta impassible.

« *Nothing seems to matter…* »

La jeune fille était muette comme une carpe.

« *Here's my heart on a sliver platter…* », dit-il en lui tendant l'œuf.

La jeune fille décolla le front de la table et, sans regarder Mevlo, prit l'œuf de ses doigts roses et enfantins. Elle commença par entamer le sommet d'un air indifférent, puis elle continua à grignoter l'œuf, fixant un point imaginaire devant elle. Mevlo roulait des boulettes de mie de pain entre ses doigts. Il voyait, comme sous une loupe, une miette de jaune d'œuf trembler sur la lèvre de la jeune fille. Une larme oubliée coula de son œil et s'arrêta sur la miette. Mevlo détacha un bout de pain, recueillit la miette de jaune d'œuf avec la larme, et les mit dans sa bouche. La jeune fille le regarda, les yeux écarquillés.

À cet instant précis, Mevlo sentit que cette tension dix centimètres en dessous de son nombril se relâchait. Comme si quelque chose de lourd s'était détaché de lui pour tomber silencieusement au sol. Mevlo savait très bien ce qui se passait. Tout comme cette malheureuse grenade l'avait ensorcelé, cette jeune fille avec un œuf dans la main le délivrait de son sort…

« *Where is my will, why this strange ceasefire…* », murmura Mevlo.

La jeune fille sourit. Les taches de rousseur cuivrées sur son visage s'illuminèrent d'un éclat merveilleux, et ses yeux dans les tons verts légèrement écartés miroitaient comme deux lacs.

QUATRIÈME JOUR

1.

Dès le petit matin, Beba fit un saut au spa pour inviter Mevludin à une petite fête.

« Mabrouk ! On m'a raconté », l'accueillit chaleureusement Mevludin. « Et qu'est-ce que tu vas faire maintenant, ma pauvre ? » ajouta-t-il, préoccupé, comme si les gains de Beba au casino étaient un grand malheur.

« Pas la moindre idée. Et sinon, toi, comment ça va ? demanda Beba, ce que Mevludin, en réalité, avait attendu avec impatience.

— Ma bite est tombée ! s'exclama-t-il joyeusement.

— Qu'est-ce que tu veux dire, tombée !? »

Et Mevlo raconta à Beba ce qui lui était arrivé la veille tandis qu'il consolait Rosie.

Beba voulut dire quelque chose du genre « félicitations », mais ça lui sembla déplacé, et elle se contenta de :

« Maintenant, tu n'as plus aucun problème.

— Tu parles ! C'est maintenant que ça commence… soupira-t-il.

— Viens à la piscine, on pourra papoter », l'invita Beba.

Le Dr Topolanek avait fait preuve d'une grande compréhension envers l'idée de ses trois hôtes, d'autant plus que Beba avait récompensé cette compréhension d'une liasse conséquente. Le Dr Topolanek avait fait poser sur la porte un panneau annonçant que la piscine était fermée pour cause de réparation d'une panne inattendue, et les trois vieilles filles avaient tout l'espace rien que pour elles. Le personnel de l'hôtel apporta des vases de fleurs, un sourire ironique aux lèvres, imaginant à quoi les trois nymphes vieillissantes allaient s'occuper dans la piscine. Quand Beba leur fourra à chacun dans la main un pourboire généreux, ils reprirent tous soudain leur sérieux, et ils portaient à présent les fleurs avec dignité, comme pour un enterrement. Ils apportèrent également une chaise longue spéciale pour les personnes âgées et handicapées. Beba avait trouvé dans le magasin du bourg un maillot de bain une pièce pour enfant, avec un motif stupide, les Télétubbies, mais c'était mieux que rien, s'était-elle dit, si bien que ce problème aussi était réglé. Elles mirent le maillot à Pupa, l'enveloppèrent dans un peignoir en éponge, et l'emmenèrent en fauteuil à la piscine. Pupa avait absolument tenu à garder aux pieds ses longs bas blancs, déjà qu'elle ne pouvait pas entrer dans l'eau avec sa botte en fourrure. Le personnel déposa délicatement Pupa sur la chaise longue en forme de S à l'horizontale, puis ils la poussèrent, ainsi emmitouflée, sur l'eau de la piscine. Beba avait commandé du champagne et une abondante sélection de pâtisseries au traiteur de l'hôtel, qui étaient disposées sur des plateaux au bord de la piscine. Dans la pièce ne restait plus qu'un jeune serveur, qui ouvrit la bouteille de champagne, le versa dans les verres, puis se retira silencieusement.

« Santé ! » s'écria Beba, le sourire aux lèvres. Les trois vieilles filles trinquèrent. L'eau était agréablement chaude, le champagne bien frais. Beba prit sur le plateau au bord de la piscine un petit gâteau au chocolat rond, qu'elle porta à sa bouche.

« Les filles, ce truc est fantastique ! »

Puis elle disposa sur une assiette en porcelaine quelques pâtisseries pour Pupa.

« Mmmmm… », marmonna Pupa avec délices, et elle avala toutes les mignardises en quelques secondes.

Cet enthousiasme soudain de Pupa pour les douceurs stupéfia Beba et Kukla. Si un membre de leur groupe avait toujours fait preuve d'un engouement constant pour la nourriture, c'était Beba…

L'espace d'un instant, Beba s'assombrit. Pour la première fois, elle faisait personnellement l'expérience du pouvoir de l'argent. Elle n'en avait jamais eu de sa vie, elle vivait d'un salaire au suivant, si bien qu'elle n'y réfléchissait même pas. L'argent est comme un manteau de fourrure de luxe, se dit-elle. Les gens ne se comportent pas du tout de la même manière envers une femme en manteau de fourrure qu'envers une femme en veste de sport, et nul n'aurait pu la convaincre du contraire.

« L'argent est comme une baguette magique… dit Beba.

— Qu'est-ce que tu veux dire ? demanda Kukla.

— Dès que tu montres de l'argent, les gens qui te regardaient jusqu'alors comme une espèce de déchet se mettent soudain à te traiter comme si tu étais Kate Moss !

— *Ich deck mein Schmerz mit mein Nerz*[1] ! intervint Pupa.

— Ils ont tout simplement plus de respect pour toi… radotait Beba.

— L'argent, c'est de la merde ! Les gens sont comme des mouches ! Et où vont les mouches ? Sur la merde ! » déclara résolument Pupa, mettant un point final à la conversation.

Beba se sentit tout d'abord légèrement insultée, car ni Pupa ni Kukla ne semblaient se réjouir particulièrement de son gain au jeu. Elle avait eu l'idée d'organiser cette petite fête pour les gâter un peu, et elles restaient indifférentes, ou du moins, c'est ce qu'il lui semblait à elle, Beba. En même temps, se dit Beba, cet argent n'était pas le fruit de son mérite mais d'un hasard complet. Pourquoi devraient-elles la vanter et la féliciter ? Pour un pur coup de chance ?

1. En allemand dans le texte : « Je cache ma peine sous mon vison. » (*N.d.T.*)

À cet instant précis, Mevludin fit irruption dans la piscine. Il venait manifestement tout juste de sortir du travail, car il portait son « uniforme »…

« Ben ça va, on se fait plaisir ! Alors comme ça, vous avez commencé à faire la fête sans moi, hein ?

— Viens, on t'attendait… », s'écria joyeusement Beba.

Mevlo prit un verre au serveur invisible, puis, retirant ses babouches, il entra dans la piscine en sarouel et boléro, son turban sur la tête…

« Ahlala, les filles, vous marinez dans cette piscine comme des petits cornichons en saumure… Allez, santé, mes chéries ! Je trinque aussi à la santé de ma mémé, à qui je viens justement il y a quelques jours d'envoyer du fric pour qu'elle se fasse refaire le râtelier, qu'elle arrête de cliqueter partout comme des castagnettes… », déblatérait Mevludin.

Puis il s'interrompit, interdit…

En apercevant cette petite vieille juchée sur une chaise longue flottante, vêtue de bas blancs et d'un maillot de bain d'où le fixaient des Télétubbies, Mevludin eut l'espace d'un instant le sentiment de se trouver face à une antique divinité.

« Veuillez m'excuser, madame, je raconte des bêtises… », dit Mevludin.

La dame lui tendit avec une grâce presque juvénile sa petite main sèche. Mevludin, touché par cette main semblable à des serres d'oiseau, eut honte de ses bavardages.

« Ah, mon Mevlo, c'est trop le kif que tu sois avec nous, mec ! s'écria joyeusement Beba, qui avait manifestement décidé de parler "bosnien" avec Mevludin.

— Ah, les meufs, vous êtes bien, vous, à boire du champagne et à vous prélasser dans la piscine, s'enhardit Mevludin, mais en s'adressant avant tout à Beba.

— Ben toi aussi, tu bois et tu te prélasses, fit remarquer Beba.

— Peut-être bien que je me prélasse, mais c'est pas le kif…

— Et pourquoi donc ? demanda vivement Pupa.

— Elle sait tout, dit Mevludin en désignant Beba.

— Est-ce que je leur dis ? demanda Beba.

— Dis-leur, je n'ai rien à cacher. C'est les bonnes choses qu'il faut cacher ; le malheur, ça se montre, ça s'exhibe cul nu…

— Mevlo est tombé amoureux… expliqua Beba.

— De qui ? demanda Pupa.

— Mais tu sais, de cette petite Américaine, on t'a raconté…

— Ah ben d'accord, tout le monde est au courant, à ce que je vois ! se fâcha Mevlo.

— Mais non, je te le jure, personne n'est au courant à part nous trois.

— Kukla aussi est au courant.

— Ben ça fait trois, non ? »

Les femmes éclatèrent de rire.

« C'est ça, marrez-vous, je voudrais bien vous voir à ma place ! s'insurgea Mevlo.

— C'est vrai, on ne devrait pas ricaner comme ça, la pauvre enfant a perdu son père ! convint Beba.

— Paix à son âme, le pauvre Mr Shake… dit Mevlo.

— Quand est-ce que c'est arrivé ? demanda Pupa.

— Hier…

— Comment ?

— Il a cassé sa pipe…

— Comment ?

— Il s'est étouffé avec une balle de golf…

— Quelle belle et joyeuse mort ! » s'exclama Pupa.

Kukla buvait son champagne en silence tandis que Mevlo, Beba et Pupa commentaient la « joyeuse » mort de Mr Shake et philosophaient sur le thème « un jour tu es ; le lendemain tu n'es plus ». Leur conversation ne semblait pas l'intéresser outre mesure. Cependant, elle eut un léger sursaut quand la remarque de Pupa lui parvint aux oreilles…

« Parfait, maintenant, plus rien ne fait obstacle à votre bonheur ! » lança Pupa en étirant son long cou et en dirigeant son regard clair vers Mevludin.

Comme elle est animée, tout d'un coup ! pensa Kukla, que la volubilité inattendue de Pupa inquiétait. Car Pupa passait le plus clair de son temps à sommeiller ou en silence, et cette soudaine agitation ne présageait rien de bon…

« C'est moi qui fais obstacle à mon bonheur, comme un tronc en travers de la route, répondit Mevlo.

— Mevlo pense qu'il n'est pas assez bien pour cette fille, qu'il ne parle pas anglais, ce qui est vrai, et qu'il n'est pas assez raffiné », expliqua Beba.

C'est alors que Pupa se redressa légèrement sur sa chaise longue et demanda avec le plus grand sérieux :

« Vous curez-vous le nez en présence de votre copine ?

— Non, sur la tête de ma mémé… répondit Mevlo, décontenancé par la question.

— Êtes-vous radin ?

— Non, sur la tête de ma mère…

— Souvenez-vous, il n'y a rien de pire qu'un homme radin !

— Je ne suis pas radin, sur la tête de Tito…

— Bavassez-vous beaucoup en présence de votre copine ?

— J'aime raconter des conneries, c'est sûr, mais je me contrôle… Et puis, je ne parle pas anglais… avoua-t-il en toute sincérité.

— Vous êtes un vrai Apollon, vous ne vous curez pas le nez, vous n'êtes pas radin et vous ne parlez pas trop. Vous avez tout ce qu'il faut pour plaire ! » asséna Pupa du ton d'une médecin sûre à cent pour cent de son diagnostic.

Beba éclata de rire. Kukla aussi se mit à rire, mais comme quelqu'un qui serait à peine en train d'apprendre à maîtriser cette compétence. Elle laissa échapper un son semblable à un hennissement.

« C'est qui, Apollon ? chuchota Mevlo à Beba.

— Elle veut juste dire que tu es très beau, et du coup elle ne voit pas où est le problème.

— À quoi ça m'avance, quand j'ai rien dans le crâne... soupira Mevludin, s'adressant à Pupa.

— Tu es doué de tes mains ! »

Beba prit la défense de Mevludin.

« Beba a raison. Savez-vous combien d'enfants j'ai mis au monde avec ces mains ? » dit Pupa en étirant l'un de ses bras.

Mevludin fixait avec vénération la petite vieille sur la chaise longue, qui lui rappelait maintenant une poule sacrée, car l'espace d'un instant il lui avait semblé qu'elle n'étirait pas son bras mais une aile.

« Je ne sais pas, madame, apprenez-moi comment remédier à ma situation. Vous êtes plus âgée, plus sage, vous avez fait des études, et j'imagine que vous n'avez quand même pas tout oublié », dit Mevlo, manifestement subjugué par la figure de Pupa.

Beba s'écarta un instant et contempla la scène : debout dans la piscine, de l'eau jusqu'à la taille, un jeune homme en sarouel, un boléro sur son torse nu et un turban sur la tête, contemplait avec respect une petite vieille en maillot de bain pour enfants avec des Télétubbies, qui flottait sur une chaise longue en forme de S à l'horizontale. La petite vieille ressemblait à une poule, et le jeune homme à un héros des *Mille et Une Nuits*.

« Et si on commandait une autre bouteille de champagne ? » suggéra Beba.

Il convient ici de préciser qu'en réalité tout se déroulait beaucoup plus lentement. La réalité de l'histoire, cependant, correspond rarement à la réalité de la vie. Ou, autrement dit : dans la vie, le chat sue sang et eau pour attraper une souris, et l'histoire file comme une flèche, sans faire de chichis.

Mevlo fit signe au serveur invisible d'apporter une autre bouteille. Ils servirent le champagne, en burent une gorgée, puis Beba, qui était fermement décidée à aider Mevlo, proposa solennellement :

« Faisons comme ça… Que chacune d'entre nous choisisse et décrive son homme idéal, et Mevlo comprendra plus facilement ce qui lui manque ou pas ! »

Les femmes se regardèrent. Qui sait quand elles avaient eu ce genre de conversation pour la dernière fois. Sur les bancs de l'école ? Beba avait manifestement bu trop de champagne et était retombée en enfance. Cependant, il se produisit quelque chose de tout à fait contraire aux attentes de l'assemblée. Même si personne n'aurait attendu d'elle une réponse rapide, ni même une réponse tout court, Pupa dit :

« L'homme idéal, c'est Superman…

— Pourquoi Superman ? demanda Kukla.

— Parce que Superman est le moyen de transport idéal, le plus rapide, le plus économique et le plus confortable ! lança Pupa, et ses yeux gris étincelèrent d'un éclat juvénile.

— Vraiment ? Juste parce qu'il est rapide ?! demanda Beba.

— Et parce que c'est un *handyman*…

— Et c'est quoi, ce *handimen* ? demanda Mevlo à Kukla.

— Un bricoleur, un mec qui a de l'or dans les mains et qui répare tout à la maison…

— Superman peut faire fondre une tonne d'acier d'un seul regard, pourquoi est-ce qu'il ne pourrait pas réparer une cuisinière, un mixeur ou une canalisation bouchée ?! Il peut aussi servir de centre d'analyses médicales à domicile, pour t'éviter de t'emmerder à faire la queue dans les hôpitaux… Quand il te regarde avec son regard laser ! bavassa Beba.

— Et pas que ça… intervint Pupa.

— Quoi ?

— Superman répare le monde. Il lutte contre le mal…

— Comme Tito ! » s'écria Mevlo.

Il convient peut-être de préciser ici que Mevludin était de ces Bosniens qui tenaient en haute estime le président depuis longtemps décédé de l'ex-Yougoslavie, Tito, et qui étaient convaincus que si Tito avait été vivant, il n'y aurait pas eu la guerre en Yougoslavie, et donc en Bosnie, et que cette malheureuse grenade n'aurait jamais changé la vie de Mevlo en l'affublant d'une colonne…

Mevlo se rembrunit.

« Je ne remplis pas les critères…

— Pourquoi ? demanda sérieusement Pupa.

— Je peux te réparer en une seconde un robinet qui fuit, changer un joint, une ampoule, ça oui, mais réparer le monde, je ne peux pas… Quand la guerre a éclaté chez nous, qu'est-ce que j'ai fait pour l'arrêter !? Rien !

— Tu as de l'or dans les mains, réfléchis un peu… dit Beba.

— C'est ce qu'on dit…

— Eh, maintenant, imagine qu'au lieu du tribunal de La Haye, Karadžić et Mladić finissent sur ta table de massage !

— Je leur tordrais immédiatement le cou !

— Voilà, tu vois, des mains habiles peuvent beaucoup… », rétorqua Beba, même si elle n'était pas tout à fait sûre que l'exemple de la table de massage soit intelligent.

***

« Et toi, Beba, quel est ton homme idéal ? demanda Kukla, interrompant le bavardage de Beba.

— Hum… Difficile à dire…

— Allez, chérie, réfléchis un peu… dit Mevludin.

— Vous savez qui est Tarzan ? demanda Beba, tout excitée.

— Bien sûr ! s'exclamèrent Kukla, Pupa et Mevludin d'une seule voix.

— Et vous savez quel est son vrai nom ?

— Tarzan… laissa échapper Mevlo.

— Le vrai nom de Tarzan est John Clayton, Lord Greystoke ! révéla Beba d'un ton victorieux.

— Oui, mais encore… ?

— Moitié singe, moitié lord ! C'est ça, mon idéal masculin ! » lança Beba.

Elles se mirent toutes les trois à glousser : Pupa d'un rire sifflant, Kukla d'un rire hennissant, et Beba d'un rire de gorge. Mevludin se rembrunit à nouveau.

« Là non plus, chérie, je ne remplis pas les critères…

— Pourquoi ?

— Être un singe, pas de problème, c'est dans mes cordes, mais être un lord, ça, pas moyen ! » trancha Mevlo.

Il convient ici de préciser à nouveau que dans la réalité, très concrètement dans cette piscine, tout se déroulait beaucoup plus lentement. Mais tandis que dans la vie l'homme erre sans cap ni boussole, l'histoire, elle, de ses bottes de sept lieues court et vole.

« Maintenant, Kukla, à ton tour ! dit Beba.

— Je ne sais pas…

— Allez, quoi, dis-nous, sinon c'est pas juste. »

Ils attendaient tous avec impatience la réponse de Kukla. Elle reprit son sérieux, fronça légèrement les sourcils, but une gorgée de champagne, puis dit lentement :

« Le Diable.

— Hein ? Le Diable !?

— Le Diable est l'homme idéal, répéta calmement Kukla.

— Pourquoi ? demandèrent-ils tous d'une seule voix, gênés.

— Dans l'histoire, le Diable a toujours été l'adversaire le plus dangereux des hommes ordinaires. L'homme idéal ne peut être Superman. Et encore moins Tarzan. Le Diable a une biographie de séducteur longue comme le bras, crédible et pour le moins impressionnante. Le Diable est le seul adversaire de Dieu lui-même qui, c'est bien connu, est également un homme. »

Ils se turent tous, car il leur semblait qu'il y avait du vrai dans la réponse de Kukla.

« Eh, là non plus, je ne remplis pas les critères ! lança Mevlo, brisant le silence.

— Pourquoi ?

— Comment ça pourquoi, chérie ? Je suis bon comme le bon pain, je peux pas être le Diable avec un cœur de midinette !

— Mais le Diable aime les femmes ! objecta Beba.

— Et ?

— Ben toi aussi, tu aimes les femmes !

— Ben oui, chérie, j'aime les femmes, je vous aime toutes !

— Le simple fait que tu aimes les femmes fait que tu remplis les critères de l'homme idéal ! » trancha Beba.

Il ne sera ici pas superflu d'attirer une fois de plus votre attention sur le fait que dans la réalité, tout ça se déroulait bien plus lentement. Car tandis que la vie hurle, gémit et tonne, l'histoire est comme une mouche, qui calmement bourdonne.

« N'est-ce pas étrange… dit Beba, pensive.

— Qu'est-ce qui est étrange, chérie ?

— Le fait qu'en réalité ils sont bien peu à nous aimer, nous les femmes…

— Qu'est-ce que tu veux dire ? demanda Kukla.

— Il n'y a que les travestis qui nous aiment ! lança amèrement Beba, avant d'ajouter joyeusement : Et Mevlo ! »

Tous les trois – Beba, qui avait un peu trop bu, Kukla et Mevlo – n'avaient même pas remarqué que la chaise longue de Pupa s'était éloignée. Et quand ils se rendirent compte qu'elle n'était plus parmi eux, ils se retournèrent et constatèrent que l'embarcation de Pupa était à l'autre bout de la piscine. Sa tête lui tombait sur la poitrine, légèrement de travers, si bien qu'elle avait à présent encore plus l'air d'une poule.

« Elle s'est encore endormie… dit Beba.

— Pourquoi est-ce qu'elle a le bras en l'air ? demanda Kukla d'un ton inquiet.

— Et alors ?

— Elle dort avec le bras en l'air ? »

Et de fait, Pupa dormait dans une position inhabituelle, le bras légèrement en l'air, et le poing serré.

Beba, Kukla et Mevlo posèrent leurs verres au bord de la piscine et se hâtèrent dans la direction de Pupa. Une fois plus proches, ils s'aperçurent que le poing de Pupa était serré en un indiscutable doigt d'honneur.

« Peut-être qu'elle était un peu ivre et qu'elle nous a fait un doigt d'honneur… dit Beba.

— Ou alors, chérie, peut-être qu'elle a rendu l'âme… laissa échapper Mevlo.

— Mon Dieu, Mevlo, appelle le docteur ! » hurla Beba.

Le Dr Topolanek arriva immédiatement. Des infirmiers sortirent Pupa de la piscine. Le docteur prit le pouls de Pupa, pressa sa carotide, lui ouvrit les paupières… Non, le doute n'était pas permis, Pupa était enfin passée dans l'autre monde.

« Quatre-vingt-huit ans, c'est un âge tout à fait honorable… », dit le Dr Topolanek.

Il faillit, certes, ajouter que ce n'était rien en comparaison d'Emma Faust Tillman, qui était morte à cent quarante ans, mais il comprit que son enthousiasme pour la longévité était déplacé en cette occasion. Ce pour quoi il se contenta d'ajouter :

« Paix à son âme… »

2.

Qui sait à quoi avait pensé Pupa en s'éloignant sur sa chaise longue vers le bord opposé de la piscine ? Peut-être avait-elle compris à un moment que les voix chaudes et joyeuses qui l'entouraient s'étaient assourdies, avant de s'éteindre complètement, si bien qu'elle s'était soudain retrouvée plongée dans un silence ouaté ? Les taches de couleur – les visages de Kukla, Beba et du jeune homme au turban – s'étaient lentement évanouies, et elle s'était retrouvée dans un monde sans couleurs, où il lui semblait qu'elle était déjà morte et qu'à présent sa nourrice la Mort la berçait dans le chaud Léthé… Sa mémoire s'était peut-être soudain étirée comme un jouet, cette langue de caméléon bariolée qui se déroule quand on souffle dedans, avant de s'enrouler souplement en un ruban de Möbius, et voyez-vous ça, elle s'était clairement souvenue avoir déjà été ici, à cet endroit précis. C'était au début des années soixante-dix, quand elle avait enfin, après une longue attente, obtenu son passeport… La Tchécoslovaquie était alors un pays qui se dissolvait en deux, tout comme la Yougoslavie avait elle aussi été un pays, qui était aujourd'hui six… Kosta et elle avaient été invités ici à un symposium de gynécologues, et ils étaient descendus dans ce même hôtel, sauf qu'il s'appelait à l'époque l'hôtel Moskva…

Pupa glissait sur le ruban de Möbius comme si elle faisait de la luge et, miracle, elle voyait tout, tout se succédait, tous les événements de sa vie, ceux qui s'étaient produits et ceux qui allaient se produire, même si elle ne serait plus là pour les voir. Elle se sentait légère, soudain, la honte avait disparu, principalement la honte de s'être vu attribuer par le destin une vie aussi longue… Autour d'elle, telles des étoiles, filaient les petits corps des enfants qu'elle avait mis au monde, des dizaines et des dizaines de nouveau-nés… Mon Dieu, s'étonna-t-elle en glissant sur le ruban, il y en a combien, était-il possible qu'elle ait mis au monde tant d'enfants, et ce dans un monde qui, il fallait bien l'admettre, lui plaisait de moins en moins…

Et, qui sait, peut-être avait-elle précisément pour cette raison serré son poing droit, dressé son majeur calcifié, levé légèrement le bras en l'air et envoyé au monde un doigt d'honneur, accusateur et joyeux à la fois.

***

Ou peut-être cela s'était-il passé différemment ? Peut-être était-elle revenue après tant d'années pour chercher une babiole, une boucle d'oreille, qu'elle avait perdue cette fois-là au début des années soixante-dix, dans cette même piscine. C'étaient des boucles d'oreilles en onyx et argent que lui avait offertes Aron, et qu'elle enlevait rarement… Une broutille, une babiole, et pourtant ça l'avait tourmentée longtemps, il lui semblait même parfois que ses lobes la brûlaient à cause de la perte de cette boucle d'oreille… Ce pour quoi elle avait maintenant pris une profonde inspiration et sauté – svelte, jeune et élastique comme un ruban de Möbius. Elle avait inspecté le fond de la piscine, et voyez-vous ça, elle avait trouvé sa boucle d'oreille, prisonnière de la bouche grillagée au fond du bassin. Il lui avait fallu plonger et reprendre son souffle à trois reprises avant de la libérer. Puis elle avait enfin réussi. Elle avait serré la boucle d'oreille dans son poing, fermement, qu'elle ne lui échappe pas, et maintenant qu'elle avait trouvé ce qu'elle était venue chercher, elle n'avait plus la moindre raison de remonter à la surface.

3.

Avec l'âme de Pupa s'était également évaporée cette discrète odeur d'urine, qui était venue avec la vieillesse et se traînait derrière elle comme une remorque. Le corps raidi de Pupa était étendu sous leurs yeux, mais l'odeur – comme si la mort avait fait office de buvard – avait disparu. Elle avait raison, la « vieille sorcière », la mort n'a pas d'odeur. C'est la vie qui pue la merde !

Elle était étendue sur le dos, dans la même pose qu'elle avait sur la chaise longue, les genoux repliés et légèrement écartés, telle l'une de ces énormes dindes de Thanksgiving américaines, prêtes à passer au four. Quant à son bras droit légèrement levé, le poing serré en un indéniable doigt d'honneur, lui aussi était resté dans la même pose que celle dont Pupa, allongée sur la chaise longe de piscine en forme de S à l'horizontale, avait envoyé son ultime salut à ses amis ou au monde, allez savoir. À la différence du droit, qui envoyait ce grossier message, son bras gauche reposait, détendu, comme s'il était encore en train de caresser le bord de la chaise longue inexistante. La vision des jambes et des pieds de la défunte emplit l'assistance d'une vague épouvante. La peau des jambes était striée de capillaires éclatés et de veines gonflées, qui enserraient les mollets minuscules tels des tentacules de poulpe. En dessous des genoux, tout se confondait dans la couleur terrifiante de la viande pourrie. Les ongles des pieds étaient si calcifiés et tordus qu'ils ressemblaient à des griffes. Dieu me pardonne, se signa intérieurement Beba, choquée par cette vision.

Les deux infirmières – une petite rousse svelte et une grande baraquée au teint laiteux – faisaient leur travail. La Svelte s'efforçait de baisser le bras de Pupa, tout particulièrement son doigt. Cependant, ni le doigt ni le bras ne cédaient, comme s'ils étaient pétrifiés.

« Doucement ! Vous allez la casser… protesta Beba.

— Dieu me pardonne, je n'ai encore jamais vu ça de ma vie, et ça fait vingt ans que je travaille ! » dit la Svelte en se signant pour une raison mystérieuse.

La Baraquée appuya les paumes sur les genoux de Pupa, comme si Pupa était un parapluie repliable, et non un être vivant, à présent ex-être vivant, certes. Les genoux opposaient une résistance singulière.

« À croire qu'elle est en fer… marmonna la Baraquée en se frottant les mains, se préparant à essayer encore une fois.

— Arrêtez ! Je ne peux plus voir ça ! » s'écria Beba.

La Baraquée haussa les épaules d'un air indifférent, fit tourner sa langue dans sa bouche sans ouvrir les lèvres, comme un chameau, puis cracha une question importante :

« Et comment est-ce que vous croyez qu'elle va rentrer dans un cercueil dans cet état ?!

— Oui, comment ? ajouta la Svelte d'un ton gratuitement belliqueux.

— Ben, vous avez bien des cercueils, quand même ?

— Vous avez de la chance, nous en avons un. Taille enfant. L'œuvre de notre charpentier, le défunt Lukas. Tous ses cercueils étaient trop courts et trop étroits. Ses morts étaient serrés comme des sardines...

— C'était à l'époque du communisme, quand on faisait des économies de bout de chandelle, précisa la Svelte.

— Lukas économisait sur tout sauf sur la picole... trancha la Baraquée.

— Et pourquoi est-ce que vous ne la tournez pas sur le côté ? demanda Beba.

— Vous voulez dire en position fœtale ? rebondit la Baraquée d'un air averti, mesurant approximativement Pupa de ses mains. Hum, non, ça ne rentrera pas... fit-elle en secouant la tête.

— Tant de complications pour un si petit corps ! Je n'avais vraiment jamais vu ça ! se signa la Svelte.

— Par contre, ça passerait peut-être si vous nous permettiez de la compresser un peu... ajouta la Baraquée.

— Y a-t-il dans le bourg des sortes de pompes funèbres ? demanda Kukla.

— Oui. Les pompes funèbres, c'est le charpentier Martin. Mais il ne va pas vous pondre un cercueil pendant la nuit. Pour ma mère, j'ai dû attendre quinze jours... répondit la Baraquée.

— Et où est-ce que vous l'avez mise en attendant !?

— Ici, au congélateur...

— En tant que personnel du spa, nous avons quelques avantages, précisa la Svelte.

— Et un crématorium ? demanda Beba.

— À Prague. Mais même là-bas, les défunts sont en général incinérés dans un cercueil. Personne ne va vous les brûler dans un drap…

— Il n'y a que les Indiens qui se font brûler dans un drap, fit remarquer la Svelte.

— Les Hindous, pas les Indiens, la corrigea la Baraquée.

— C'est bon, Hindous, Indiens, tu parles d'une différence, se vexa la Svelte.

— Mais enfin, merde, y a jamais personne qui meurt ici ? demanda Beba.

— Nous sommes un spa, un espace de bien-être !

— Je n'y comprends plus rien ! Lukas, Martin, les Hindous et les Indiens ! s'exclama Beba, furieuse.

— Nous non plus, nous ne vous comprenons pas. Qu'est-ce qui vous a pris de traîner avec vous une vieille femme, sans anticiper qu'elle pouvait vous claquer entre les doigts ?! Et à l'étranger, en plus ?! »

La Svelte voulut, probablement, dire « beurk » ou quelque chose du genre, mais elle se retint au dernier moment, et dit à la place :

« Je n'irais traîner ma mère nulle part à cet âge, même pas morte !

— Vous n'êtes pas très aimable, je vous signale… dit Beba.

— Si j'étais aimable, j'aurais déjà crevé depuis longtemps ! rétorqua la Svelte.

— Dans les conditions dans lesquelles nous vivons, certainement… renchérit la Baraquée sans préciser sa pensée.

— C'est à devenir folle ! Vraiment, vous avez le chic pour aider les gens, fulmina Beba.

— Allons-y, on va bien finir par trouver une solution… dit Kukla en tirant Beba par la manche.

— Trouvez une solution, mais vite ! Les capacités de notre congélateur sont restreintes. Nous sommes aujourd'hui jeudi. Nous pouvons la garder jusqu'à lundi matin maximum. Il y a d'autres gens qui meurent, vous savez… dit la Baraquée avant de se reprendre. Je veux dire, ça arrive de temps à autre, comme maintenant… ajouta-t-elle.

— Nous sommes un spa ! intervint la Svelte qui, pour une raison mystérieuse, prononçait le mot *spa* d'un ton particulièrement important, comme s'il s'agissait d'une loi divine.

— *Fuck you* et votre satané spa ! » hurla Beba, à bout de nerfs, qui ne laissait des jurons s'échapper de ses lèvres qu'en anglais, et dont les connaissances en termes de jurons anglais se limitaient à *fuck you*.

Précisons ici que nous avons dû traduire l'intégralité de cette conversation dans une langue compréhensible de tous, car la discussion s'était en réalité déroulée dans un mélange tchéco-croate : la Baraquée et la Svelte parlaient tchèque, et Kukla et Beba croate. Kukla avait bien essayé de réactiver ses connaissances oubliées en russe, mais elle n'avait réussi à produire que du croate russisé. Même une telle variante faisait renâcler la Baraquée et la Svelte. Les Russes, manifestement, leur sortaient par les yeux.

***

Et nous ? Nous poursuivons notre route. La vie comme un fardeau est pesante, mais l'histoire se hâte, car le temps lui manque.

4.

Un coup d'œil au public installé dans la salle de conférences suffit à emplir le Dr Topolanek d'un élan de rage, immédiatement suivi d'un élan d'auto-apitoiement. Lui, qui s'efforçait de donner à tout ce business de la santé une aura scientifique méritée, n'en croyait pas ses yeux. Le public ne se composait pas de clients de l'hôtel, mais de trois petites vieilles du village, qu'il connaissait bien.

Le Dr Topolanek, qui avait toujours sur lui un petit sifflet, le porta à ses lèvres et siffla énergiquement. Les petites vieilles se réveillèrent et applaudirent. Topolanek fit un petit test : il lut à voix haute la liste de courses que sa femme lui avait fourrée dans les mains le matin même. Les petites vieilles s'assoupirent dès le début de la liste, quelque part entre « kilo de pain » et « litre de lait ». Topolanek porta à nouveau le sifflet à sa bouche. Les petites vieilles sursautèrent.

« Madame Blaha, que faites-vous ici ?

— Je peux être franche, docteur ? demanda la vieille femme.

— Je vous en prie… soupira ironiquement le Dr Topolanek.

— Mes enfants m'ont tellement épuisée avec toute cette cuisine et ce ménage, que je suis venue me reposer un peu… Et en plus, ici, vous avez cet *èrcondishen…*

— *Air condition*! s'écria Topolanek. Et vous, madame Vesecka, que faites-vous ici ?

— Je suis venue avec elle, dit Mme Vesecka en désignant Mme Blaha.

— Et vous, madame Čunka ? »

Mme Čunka ronflait.

« Madame Čunka ! »

Mme Čunka sursauta.

« Je vous demande ce que vous faites ici.

— Monsieur le docteur, cette liste que vous venez de nous lire… Quand vous irez acheter des tomates… Celles de Pán Šošovicky sont plus belles et moins chères qu'au supermarché… »

Topolanek s'assit et se prit la tête entre les mains. Bien que son échec soit plus que manifeste, il n'était, fort heureusement, pas de nature défaitiste. S'il ne pouvait s'enorgueillir d'un trop-plein de caractère, il n'avait pas de mauvaises intentions, et il y avait tout de même une chose sans laquelle il ne pouvait pas vivre : les rêves… Topolanek était un enfant de son époque, transitionnelle, et on ne pouvait lui reprocher que ses rêves soient *money wise*, ou du moins s'efforcent de l'être… Oui, il remplirait la salle de conférences de locaux. Et de manière générale, le tourisme balnéaire devrait également inclure les locaux. Une fois par mois, chaque habitant du bourg aurait droit à des soins gratuits dans son spa ! Si on avait récemment découvert au sud de la Chine des vieux de cent vingt ans à qui il avait poussé de nouvelles dents, des vieilles qui recommençaient à avoir leurs règles et dont le visage se couvrait d'acné juvénile, pourquoi ne pourrait-il pas se produire ici aussi, dans cette petite ville balnéaire tchèque, un miracle du troisième âge ?! Il allait de ce pas, dès le lendemain, fonder un club local de lutte contre le vieillissement, qu'il intitulerait « Dents de maturité ». Il s'imaginait déjà les titres des grands journaux internationaux sur la source de jouvence retrouvée au cœur de la vieille Europe… Et un musée, il faudrait absolument ouvrir un petit musée local… Le musée de l'Histoire de la longévité… Il fonderait également une troupe de théâtre amateur. Chaque été, la troupe monterait le drame de Čapek, *L'Affaire Makropoulos.* La pièce serait prétexte à des débats publics, aurait-il fallu sauver la recette de longévité de Makropoulos ou non… Oui, grâce à lui, le Dr Topolanek, la ville balnéaire serait florissante, et sa floraison serait encore plus belle et plus colorée…

En observant les trois créatures dans le public, le Dr Topolanek fut envahi d'une tendresse inattendue.

Et, miracle, les cheveux gris et rares de Mme Blaha se mirent à foncer, les rides du visage de Mme Vesecka se lissèrent comme si elles n'avaient jamais existé, et le dentier de Mme Čunka lui tomba de la bouche, car de nouvelles dents avaient commencé à lui pousser. Dans le public, assises dans des poses nonchalantes, trois vigoureuses jeunes femmes ronflaient bruyamment…

Et nous ? Si la vie n'est que coups, blessures et contusions, l'histoire avant la nuit veut être à la maison.

5.

En début de soirée, Kukla et Beba se retrouvèrent dans le hall de l'hôtel, dans l'intention d'aller faire un tour en ville pour se rafraîchir les idées. En sortant, Beba, qui ne regardait pas où elle allait, percuta un jeune homme qui, tenant sa petite fille par la main, entrait dans l'hôtel. Le jeune homme était britannique, et il s'excusa poliment auprès d'elle comme si c'était sa faute. Tandis que Kukla, responsable de la communication en anglais, se chargeait de s'excuser auprès de lui, Beba notait discrètement les détails du coin de l'œil… Le jeune homme était grand, beau, élégant, les yeux gris, les cheveux poivre et sel, un sourire dévastateur, et la petite fille, la petite fille était… hum, sans doute chinoise… La fillette, un petit chiot dans les bras, considérait Beba de ses yeux grand ouverts comme une bête curieuse.

« … Forcément, quand tu ne regardes pas où tu vas… ronchonna plus tard Kukla.

— Je ne l'ai pas fait tomber ! se défendit Beba.

— Tu déboules vraiment comme un tank…

— Et puis quoi encore ?! Il n'est pas blessé, que je sache ! dit Beba, avant d'ajouter perfidement : Et d'autre part, moi, au moins, je choisis qui je fais tomber ! Toujours des hommes jeunes et séduisants, pas des septuagénaires croulants !

— Je n'en attendais pas moins de toi… », répliqua ironiquement Kukla.

***

Deux singulières créatures déambulaient dans la petite ville plongée dans un crépuscule rougeoyant. L'une, grande et mince, fendait l'air d'un pas léger, comme si elle tenait à la main une lance invisible. L'autre, ronde et pesante, trottinait derrière la première, le souffle court, tel son écuyer.

« Et sinon, qu'est-ce qu'on va faire ? demanda Beba, préoccupée.

— Le plus important, ce sont les papiers. L'acte de décès et ce genre de choses.

— Pourquoi ?

— Comment tu comptes passer la frontière avec un cadavre ? »

Beba sentit soudain qu'elle n'était pas du tout à la hauteur de la situation dans laquelle elle s'était retrouvée.

« Il faut aussi se renseigner sur les règles de transport des défunts… ajouta Kukla.

— Je n'y avais même pas pensé.

— Et qu'est-ce qu'on va faire de l'argent ?
— Qu'est-ce que tu veux dire ?
— C'est la fille de Pupa qui hérite de l'argent. Elle pourrait nous accuser de plein droit de l'avoir volé. Et ensuite, le passage à la douane… C'est tout de même du liquide… Pour ça aussi, il y a des lois.
— Eh, ça non plus, je n'y avais pas pensé…
— Et l'argent que tu as gagné au jeu ? Tu as demandé comment faire pour le rapatrier ? »

Beba se sentit soudain en colère contre Kukla, puis contre Pupa. Dans quoi ne les avait-elle pas entraînées ?! Pourquoi les avait-elle laissées se débattre avec cette tonne de problèmes !? Puis elle s'énerva contre elle-même, qui s'était jetée dans tout ça tête baissée !

« Et pourquoi est-ce qu'on devrait rentrer ?! On pourrait rester ici quelque temps…
— Et qu'est-ce qu'on va faire de Pupa ?
— On ira à Prague l'incinérer dans un crématorium…
— C'est la fille de Pupa qui décide de ce genre de choses…
— Comme si elle en avait quelque chose à faire !
— Quoi qu'il en soit, nous avons un gros problème.
— Mon Dieu, ce que je suis bête ! Comment est-ce que je me suis fourrée là-dedans… ! » ronchonnait Beba, oubliant le fait que Kukla, qui n'avait rien demandé à personne, était elle aussi fourrée là-dedans.

Marchant d'un pas vif, les deux femmes n'avaient même pas remarqué que toute la bourgade avait sombré dans un rouge éteint. Le lourd couchant de brocard empourprait la petite rivière et les opulentes façades des maisons. Les vitres des fenêtres se renvoyaient des reflets cramoisis. Les frondaisons des arbres, noyées dans le crépuscule de fin d'après-midi, dégageaient une brume épaisse et enivrante.

Beba et Kukla marchaient plongées dans leur conversation quand, tout d'un coup, elles s'arrêtèrent, comme pétrifiées. Les deux femmes restèrent plantées là, bouche bée. Un gigantesque œuf était apparu sous leurs yeux. Oui, précisément, il était apparu, comme si la main du destin l'avait fait rouler pour que Beba et Kukla se retrouvent nez à nez avec lui. Plus précisément, elles étaient arrivées devant une grande vitrine, avec dedans un gigantesque œuf en bois ! Elles avaient déjà vu ce genre d'œufs, grandeur nature, on en trouvait parfois sur les marchés zagrébois, où, venus de Russie, d'Ukraine, de Pologne, ils se partageaient les étals avec les coffrets laqués, les cuillères en bois et les poupées russes…

« Mon Dieu, mais c'est le King Kong des œufs ! » s'exclama Pupa, un soupçon de vénération dans la voix.

L'œuf était peint de couleurs vives et brillantes, et de complexes motifs floraux et animaliers. Beba et Kukla contemplaient des prairies fleuries au-dessus desquelles volaient des papillons gros comme des hélicoptères ; des champs de blé blonds semés de coquelicots et de bleuets ; elles plongèrent du regard dans la verdure, les lianes, les fougères et les arbres, sur les branches desquels se balançaient des singes et des oiseaux. Puis elles baissèrent les yeux vers les taillis : dans un fourré se cachait une famille de lapins, dans un autre Adam et Ève, dans un troisième des biches et des cerfs. L'œuf était ceint de buissons de mûres et de framboisiers chargés de fruits, au pied desquels poussaient des champignons, et sur leurs chapeaux se promenaient des escargots et rampaient des coccinelles. Les parties marécageuses étaient particulièrement spectaculaires, avec des grenouilles se prélassant sur de splendides nénuphars, des oiseaux des marais qui dépassaient des laîches, et de gros poissons paressant au fond de l'eau. Pour finir, Beba et Kukla s'arrêtèrent sur un grand palmier, dans la maigre ombre duquel se reposait un chameau. Quelque part dans les airs, au-dessus du chameau, une petite famille était assise dans une coquille d'œuf, comme dans une barque : une femme, deux enfants et un homme à lunettes, un pinceau à la main. En gros, c'était le jardin d'Éden représenté par un peintre amateur. L'homme avec les lunettes et le pinceau à la main était manifestement l'auteur de cette grandiose création. L'œuf se composait de deux moitiés, les gonds en métal et la luxueuse serrure à crochet au milieu révélant qu'il s'ouvrait comme un coffre.

Et ce n'était pas tout. Autour du gigantesque œuf royal étaient disposés des œufs de taille normale : des œufs de Pâques en bois peint, des œufs en cristal Swarovski, des imitations plus ou moins heureuses des célèbres œufs de Fabergé, de nouvelles séries d'œufs de Fabergé… Les œufs disposés autour de l'œuf royal étincelaient de reflets magiques dans les tons bleutés, violacés, dorés, vert doré, blanc cristallin, argentés laiteux, et le tout formait une vision devant laquelle le spectateur ne pouvait que rester sans voix.

Le nom de la boutique était dépourvu d'ambiguïté : Les Nouveaux Russes. L'intérieur évoquait davantage une galerie d'art qu'un commerce. Les murs étaient blancs et quasiment vides, à l'exception de quelques photos artistiques d'œufs, encadrées et sous verre, disposées en deux ou trois endroits. Une jeune fille était assise derrière l'élégant guichet blanc, et dans son dos étaient exposés des pièces dans une vitrine blanche.

« Combien coûte ce grand œuf dans la vitrine ? demanda Beba à la jeune fille en anglais.

— Malheureusement, il n'est pas à vendre ! lui répondit-elle poliment.

— Pourquoi vous l'avez mis en vitrine, alors ?

— Pour la publicité, pour attirer l'attention.

— Et combien coûterait-il s'il était à vendre ?

— Nous ne sommes pas une boutique de souvenirs ordinaire. Nous sommes une galerie spécialisée… tergiversa la jeune fille.

— Spécialisée en quoi ?

— Ben, en œufs…

— Et les autres œufs, ils sont à vendre, eux ?

— Oui…

— Combien coûte ce *Pierre le Grand* ?

— Trois mille cinq cents…

— Trois mille cinq cents quoi ?

— Dollars. Vous savez, nos clients sont principalement des Russes…

— Des Russes fortunés ?

— Ben… sourit la jeune fille.

— Et combien coûte ce… *Czar Alexander Caviar Bowl* ? »

Beba lisait les cartons dans la vitrine.

« Six mille dollars.

— Et un véritable œuf de Fabergé ?

— Mieux vaut ne pas poser la question ! s'exclama-t-elle chaleureusement.

— Mais quand même, si vous vendiez ce grand œuf, combien coûterait-il ? »

La jeune fille fixa les deux femmes, interdite.

« Vous êtes russes ?

— Non, mais nous aimerions beaucoup acheter cet œuf russe !

— En réalité, il n'est pas russe, expliqua la vendeuse. C'est l'œuvre de notre artiste local, Karel…

— Karel Gott… compléta Kukla, plus pour elle-même.

— Comment vous le savez ?!

— Je ne sais pas. J'ai dit ça sans réfléchir. Karel Gott, la voix d'or de Prague… C'était il y a bien longtemps…

— *Zlaty slavik*[1] *!* s'exclama l'aimable jeune fille. Mais celui-ci est notre Karel Gott local. Je crois qu'il a un lien de parenté avec le chanteur…

1. En tchèque dans le texte : littéralement, « le rossignol d'or », surnom tchèque de Karel Gott, surnommé à l'étranger « la voix d'or de Prague », « le Sinatra de l'Est », etc. (*N.d.T.*)

— Alors ? Donnez-nous un prix…

— Je suis désolée. Il n'est pas à vendre », dit la jeune fille en s'excusant.

Et alors que la situation semblait sans issue, à Beba et Kukla comme à la jeune fille, et que les deux femmes se préparaient déjà à partir, un homme renfrogné aux cheveux hérissés fit irruption dans la galerie. Beba le reconnut immédiatement. C'était ce voyou, ce Russe, du casino. Sans prêter attention aux visiteuses, il se dirigea tout droit vers l'arrière-salle.

La jeune fille baissa la voix…

« C'est le propriétaire de la galerie. Attendez-moi, je vais lui demander… », murmura-t-elle sur le ton de la confidence, avant de disparaître avec l'homme dans l'arrière-salle.

Des voix leur parvinrent de la pièce, puis l'homme passa la tête dans l'embrasure de la porte pour jeter un œil aux acheteurs potentiels de l'œuf. Beba et Kukla attendaient humblement à côté du guichet. L'homme ne remit pas tout de suite Beba, mais quand il la reconnut, il sursauta. Beba pouvait lire sur son visage les signes d'un combat intérieur. Il se demandait manifestement s'il devait lui montrer qu'il l'avait reconnue ou faire comme s'il ne l'avait jamais vue de sa vie. L'homme renfrogné disparut derrière la porte aussi rapidement qu'il en était sorti. L'issue de son combat intérieur demeurait mystérieuse. Cependant, on pouvait à présent l'entendre hausser la voix, interrompu par les répliques incompréhensibles de la jeune fille.

« Prodaj babam eto der'mo !... Etu halteru i tak nitko ne kupit !... Etot tvoj durak, Karel, nam novoe sdelaet ! Čtož ty oboldela ?!... Pust' baby zaplatjat' dvadcat' tysjač ! Za stol'ko že, za dvadcat', staraja vedma menja i obodrala[1] *!... »*

Après un certain temps, la jeune fille sortit de l'arrière-salle, les joues légèrement rougies, et dit :

« Vous avez de la chance...

— Combien ? demanda Beba.

— Vingt mille, répondit prudemment la jeune fille.

— Livraison comprise ?

— Pour où ?

— Le Grand Hôtel N.

— Oh, mais c'est tout près ! Aucun problème. Vous payez par carte ou en liquide ? demanda la vendeuse, qui n'osait toujours pas y croire.

— En liquide ! s'écria Beba. On revient dans une minute. Vous ne fermez pas tout de suite ?

— Non, vous avez encore une heure. Je vous attendrai...

— Comment vous appelez-vous ? demanda Kukla.

— Marlena... »

À ce moment précis, l'homme renfrogné aux cheveux hérissés sortit de l'arrière-salle et se dirigea d'un

1. En russe dans le texte : « Mais vends donc cette merde à ces vieilles !... De toute façon, personne va jamais acheter cette kitscherie !... Et ton crétin, Karel, nous en refera un autre ! Tu es devenue folle ?! Fais-leur payer vingt mille, aux vieilles ! Vingt mille, c'est ce dont cette vieille sorcière m'a dépouillé !... » (*N.d.T.*)

pas vif vers la sortie. Malgré sa décision manifeste de ne regarder ni à gauche ni à droite, ses yeux échappèrent à son contrôle et s'arrêtèrent un instant sur Beba, qui réussit dans cette fraction de seconde à lui faire un signe de la main et à dire poliment :

« *Spasiba, Kotik*[1] *!* »

Et nous ? Nous poursuivons notre route. Si dans la vie d'arriver tout est susceptible, l'histoire, elle, doit toucher sa cible !

6.

Il était déjà tard quand deux jeunes hommes renfrognés de la galerie Les Nouveaux Russes apportèrent l'œuf et le déposèrent dans la suite de Pupa.

Beba s'était mollement affalée dans un fauteuil, emplissant de son corps tout son espace, comme de la pâte levée dans un moule. Kukla faisait les cent pas les mains croisées sur la poitrine. Puis elle s'arrêta.

« Ben alors, on l'ouvre, oui ou non ?! »

Beba se leva du fauteuil et se dandina jusqu'à l'œuf. Elles ouvrirent ensemble la serrure. La chambre s'emplit de l'agréable parfum du bois de pin frais.

« Qui aurait cru qu'il était si grand ! s'exclama Beba.

— Il va falloir faire attention à acheter suffisamment de sachets de glaçons au supermarché », dit sèchement Kukla en refermant l'œuf.

1. En russe dans le texte : « Merci, Kotik ! » (*N.d.T.*)

Par la porte ouverte du balcon, des papillons de nuit entraient en voletant dans la suite éclairée.

« Et la botte, ajouta Kukla.

— Quelle botte ?!

— Il faudrait aussi mettre dans le coffre la botte de Pupa, tu ne crois pas ?

— Eh ben, mets-la…

— Je pense que Pupa aurait vraiment apprécié que sa botte soit nettoyée…

— On peut la faire nettoyer au pressing, dit Beba, qui se dandina jusqu'au téléphone et appela la réception.

— Ils nous envoient quelqu'un », ajouta-t-elle en se dirigeant vers la porte. Beba en avait assez pour la journée. Elle n'avait plus la force de parler.

Quand elle tendit à l'employé de l'hôtel un sac plastique avec la grosse botte en fourrure, ce dernier écarquilla les yeux et haussa les sourcils, mais le point d'interrogation qui était l'espace d'un instant apparu sur son front disparut rapidement, comme il sied à un véritable professionnel de l'hôtellerie, qui ne s'étonne de rien. Kukla se retira dans sa partie de la suite et referma soigneusement la porte, comme si Pupa était encore dans sa chambre. Elle sortit sur le balcon. La nuit était chaude et douce comme du velours, et une énorme pleine lune brillait dans le ciel. Des arbres s'élevaient, du moins c'est ce qu'il semblait à Kukla, une brume à peine perceptible. Les feuilles laissaient s'évaporer la chaleur emmagasinée pendant la journée. Kukla inspira l'air tiède et odorant. Le doux parfum du sureau emplit ses narines… C'est alors que la porte du balcon voisin s'ouvrit aussi brutalement que bruyamment, et une voix féminine stridente érafla le silence nocturne.

« Mais qu'est-ce qui t'a pris de fermer cette porte ! On va crever de chaud à l'intérieur !

— Ce n'est pas moi qui l'ai fermée ! Et de toute façon, on a la clim ! répondit calmement une voix masculine.

— C'est ça, c'est pas toi qui fermes tout le temps les portes à la maison, peut-être ! ronchonna la femme.

— Eh ben, ouvre-la ! dit la voix masculine.

— Mais je l'ai ouverte ! Avec toi, ça sent vite le renfermé, en voyage comme à la maison ! »

Kukla était accoudée à la rambarde du balcon. Les voix griffaient grossièrement le doux velours de la nuit. Puis Kukla ferma les yeux, comme la première fois, quand elle ne savait pas encore ce qu'elle faisait, comme de nombreuses fois depuis – et concentra toutes ses pensées dans une direction. La porte du balcon voisin se referma en claquant.

Peu de temps après, la voix féminine résonna à nouveau :

« Pourquoi t'as ouvert la porte !?

— Quelle porte ? demanda la voix masculine.

— Ben, la porte d'entrée !

— Pourquoi est-ce que j'aurais ouvert la porte qui donne sur le couloir ?

— Parce que la porte du balcon a claqué ! Tu n'as pas entendu ?!

— Mon Dieu, t'as vraiment perdu la boule…

— La porte du balcon a claqué alors qu'il n'y a pas un souffle d'air dehors !

— Mais encore ?

— Ça veut dire que tu as fait exprès d'ouvrir la porte du couloir, pour qu'il y ait un courant d'air et que celle du balcon claque !

— Je t'en prie, fiche-moi la paix. Qu'est-ce qui te prend ?!

— Non, toi, qu'est-ce qui te prend ! » asséna la voix métallique.

Kukla ferma une nouvelle fois les yeux, et la porte du balcon voisin claqua à nouveau.

Debout sur le balcon, Kukla regardait fixement la lune. Un sourire passa sur son visage. Les arbres du parc étaient illuminés par la pleine lune et par les lampes disposées au pied des troncs. Les frondaisons semblaient si légères qu'elles auraient pu d'un instant à l'autre se détacher des troncs et s'envoler dans les cieux tels d'opulents zeppelins verts. Dans les feuilles bruissaient de grosses corneilles. Kukla ne les voyait pas, mais elle savait qu'elles étaient là…

***

Et nous ? Malheureusement, il nous faut aller de l'avant. Tandis que la vie tergiverse et se tâte, l'histoire, elle, vers sa fin se hâte.

7.

En rentrant dans sa chambre, Beba fut terrassée par une indescriptible fatigue. Elle se laissa tomber tout habillée sur le lit, eut encore le temps d'apercevoir par la porte ouverte du balcon la pleine lune dans le ciel, puis elle sombra dans un profond sommeil…

Beba rêva qu'elle entrait dans un magnifique palais royal. Comme si elle était une sorte de reine, même si elle était en chemise de nuit et robe de chambre. Elle était pieds nus, et elle n'avait pas eu le temps d'enfiler son « minimiseur », ce qu'elle ressentit immédiatement, car ses seins trop lourds étaient douloureux. Ce pour quoi elle les soutint de ses mains. Elle tenait le sein gauche de la main gauche, et le droit de la droite. Elle fit son entrée dans le palais comme une sorte de sumo, ce qui ne pouvait manquer de susciter le respect de l'assemblée. Sous ses yeux se déroulaient un tapis rouge et une haie d'honneur par laquelle elle devait manifestement passer. Au bout, quelque part au fond, se trouvaient une estrade et un trône royal rouge et or. Mais la haie d'honneur, étrangement, n'était pas composée de gens, de courtisans et de seigneurs, mais… d'œufs !

Forte de son expérience de ce type de scènes « royales » dans les films, Beba décida de se comporter envers les œufs comme envers sa cour, de les gratifier de sa royale attention et de s'arrêter un instant devant chacun d'entre eux. Et, voyez-vous ça, dès que Beba s'arrêtait, l'œuf s'inclinait en signe de profond respect, se présentait – Œuf de coucou, Œuf de Pâques, Œuf Fleur de lys, Œuf du Tsarévitch – et s'ouvrait aimablement pour lui montrer ses entrailles. Beba contemplait, émerveillée, l'intérieur de chaque œuf, et l'œuf énumérait les matériaux précieux qui le composaient : or, platine, rubis, saphirs, émeraudes, perles, diamants... Mon Dieu, les œufs de cette haie d'honneur étaient plus magnifiques les uns que les autres ! Et ils s'inclinaient tous devant elle, Beba, avec le plus grand respect, et lui découvraient gracieusement leur intérieur ! Certains œufs avaient de petites jambes en or, d'autres des socles ouvragés dans les matériaux les plus raffinés, d'autres encore oscillaient sur des coupelles d'or, d'autres étaient fermement fixés à des portants d'or et d'argent, d'autres enfin étaient installés sur de luxueux trônes miniatures, et quand Beba s'arrêtait devant eux, l'œuf glissait de son siège et faisait la révérence. Beba était folle de joie. Il lui semblait que sa vue était plus perçante, car, étrangement, elle remarquait les plus infimes détails, comme si on l'avait dotée de puissantes lentilles...

Puis, peut-être précisément à cause de ces lentilles, la fatigue l'envahit. Elle s'était épuisée à soutenir de ses mains ses seins lourds, et la distance qui la séparait du trône semblait ne pas vouloir diminuer. Elle n'arrivait même plus à trouver beaux les œufs qui se tenaient sous ses yeux. L'un d'entre eux, en lui montrant ses entrailles, dans lesquelles se trouvait un haut-parleur miniature, dit d'une voix métallique : *Maisonnette sans portes ni fenêtres, quand son locataire veut s'échapper, les murs il doit briser !* Beba voulut dépasser ce vilain œuf, mais quand elle fit un pas en avant, une force invisible l'immobilisa sur place. La phrase prononcée par l'œuf était, manifestement, une énigme, et la force invisible ne la laisserait pas partir tant qu'elle ne l'aurait pas résolue. Beba réfléchit longtemps, ses seins étaient si lourds que même ses bras et ses mains commençaient à lui faire mal, puis elle eut enfin une illumination et dit : « Œuf ! » Et, miracle, la force invisible la laissa avancer. Puis un autre œuf, lui aussi plutôt ordinaire, dit : *Une boîte sans charnière, sans clé, sans couvercle ; pourtant à l'intérieur est caché un trésor doré !* Et Beba répondit à nouveau : « Œuf ! » Et miracle, la force invisible la laissa avancer. L'œuf suivant dit : *Humpty Dumpty était assis sur un mur, Humpty Dumpty fit une grosse chute. Tous les cavaliers et tous les hommes du roi ne parvinrent à recoller Humpty Dumpty !* Ça, pour le coup, c'était vraiment stupide ! Humpty Dumpty ?! Quel Humpty ?! Quel Dumpty ?! ronchonnait intérieurement Beba, mais elle répondit néanmoins docilement : « Œuf ! » Et, miracle, la force invisible écarta une fois de plus l'obstacle invisible et la laissa avancer.

***

Oui, les œufs étaient à présent différents, « discursifs », ce qui se confirma quand Beba se retrouva devant un œuf gris qui s'inclina devant elle, se présenta, Œuf Poil, et lui découvrit ses entrailles. À l'intérieur de l'œuf, du jaune en plastique jaillissait un poil en plastique noir ! Beba comprit immédiatement dans son rêve que l'œuf incarnait l'expression *chercher le poil dans l'œuf.* Beba n'avait jamais employé cette expression. Peut-être parce qu'elle n'avait jamais cherché le poil dans l'œuf.

Tout ce cérémonial devenait absurde et fastidieux, et Beba se demanda ce qui se passerait si elle écrasait tous ces stupides œufs. Après tout, elle était la reine, et tout ça était quand même son rêve ! Et, voyez-vous ça, comme s'ils avaient lu dans les pensées de Beba, les œufs prirent soudain la fuite et se cachèrent quelque part. Tous sauf un. Au bout du tapis rouge, un œuf en or l'attendait. Quand Beba arriva devant lui, l'œuf fit une gracieuse révérence, comme tous les œufs précédents, et s'ouvrit. Beba ressentit une violente pointe de douleur, qui lui coupa le souffle l'espace d'un instant. Dans un cercueil en or miniature reposait un superbe jeune homme nu en position fœtale. Elle se pencha, prit l'œuf dans ses mains, observa sans voix le petit corps doré, et sa poitrine se fendit d'un sanglot douloureux. L'œuf glissa des mains de Beba, tomba à terre et – hop, hop, hop ! – sauta dans la botte de Pupa ! Ce n'est qu'à ce moment-là que Beba remarqua la botte en fourrure de Pupa à côté du trône…

Le rêve était atroce, et Beba se réveilla. Elle tremblait, ses joues baignées de larmes frissonnaient, et son cœur battait la chamade. Beba, encore en sanglots, sortit du lit, alla jusqu'au frigidaire de la chambre et en sortit une bouteille de champagne. Elle resta longtemps assise au bord du lit, à calmer son cœur et boire du champagne à petites gorgées rapides, comme de l'eau, tout en regardant fixement la lune ronde. Ah, quel cauchemar! Beba s'efforçait de démêler les fils embrouillés du rêve, mais ils ne faisaient que s'emmêler davantage. Sous ses yeux scintillait, tel un médaillon brillant, le corps doré de son fils en position fœtale. La lune avait pâli pour devenir quasiment transparente quand Beba, sonnée par le champagne et épuisée par ses sanglots ininterrompus, s'endormit enfin.

CINQUIÈME JOUR

1.

Le lendemain, Beba et Kukla eurent l'heureuse surprise d'apercevoir au petit-déjeuner l'élégant jeune homme que Beba avait la veille failli renverser en sortant de l'hôtel. Leur surprise grandit encore quand il se leva de sa table, s'approcha de la leur et leur demanda aimablement s'il pouvait se joindre à elles. Kukla et Beba furent stupéfaites de constater que le jeune homme parlait croate, certes avec un accent anglais, mais relativement couramment. Il s'avéra qu'il était avocat de profession, qu'il vivait à Londres, et que sa fille était en ce moment même à la piscine avec le maître-nageur de l'hôtel. L'homme, manifestement, n'était pas du genre à tourner autour du pot, ce furent Kukla et Beba qui tournèrent autour du pot, car si elles n'avaient pas commencé par l'interroger sur son lieu de résidence, sa profession et sa fille, elles auraient vraisemblablement immédiatement appris ce qui ne tarda pas à suivre. Et la découverte qui les attendait – à cette table à la nappe en lin immaculé et aux serviettes en lin brodées, avec des tasses à café et des assiettes dans la porcelaine la plus fine, des couverts en argent, des tranches de saumon rouge recouvertes de crème et disposées sur des blinis croquants, du beurre dans un beurrier en porcelaine entouré de glace, une coupe de framboises, de myrtilles et de mûres qui semblaient fraîchement cueillies au jardin –, et qui les frappa comme la foudre dans un ciel d'été, était que le jeune homme n'était rien de moins que le petit-fils de Pupa !

« Son petit-fils ?!

— Oui, son petit-fils, confirma le jeune homme.

— Vous êtes en mesure de le prouver ? demanda prudemment Kukla.

— Oh, oui, je peux vous montrer tous les documents nécessaires, de toute façon, nous n'allons pas tarder à y venir… répondit-il poliment.

— Donc, vous soutenez être le petit-fils de Pupa ! dit stupidement Beba, sans doute pour gagner du temps, même si elle ne réussit pas pendant cet intervalle à trouver autre chose à dire que ce qu'elle avait déjà dit.

— Oui, répondit sobrement le jeune homme. »

Kukla, qui supportait manifestement mieux les surprises que Beba, dit :

« Heureusement que vous êtes arrivé… Votre grand-mère est décédée hier…

— C'est bien ce que je pensais », répliqua le jeune homme sans trahir la moindre surprise.

Après la pluie vient le beau temps, mais les souffrances de Pupa, elles, avaient duré toute sa vie. Si la vie se vit lentement, l'histoire se raconte rapidement, et nous allons ici brièvement vous résumer ce que le petit-fils de Pupa raconta à Kukla et Beba.

Pupa Milanović, née Singer, s'était inscrite à la faculté de médecine de Zagreb en 1938. En première année, elle était tombée amoureuse d'Aron Pal, un camarade. Pupa était rapidement tombée enceinte, le jeune couple s'était marié, et elle avait en 1939 donné naissance à une petite fille, Asja. Les parents d'Aron, qui avaient compris que les choses commençaient à mal tourner partout en Europe, étaient partis en 1940, grâce à des relations familiales, pour Londres, tirant profit du bref feu vert donné par les autorités britanniques, et se joignant ainsi aux Juifs de Pologne et d'Allemagne. Pupa et Aron avaient décidé de rester à Zagreb. Les parents d'Aron avaient proposé d'emmener Asja avec eux, ce que le jeune couple avait considéré comme une solution raisonnable.

« Comment ont-ils pu accepter de se séparer d'un si petit bébé ?! l'interrompit Beba qui, tout comme Kukla, entendait cette histoire pour la première fois.

— Ils savaient eux aussi ce qui se passait, et que les portes des pays européens se fermaient aux Juifs. Mais ils devaient finir leurs études à Zagreb, et ils espéraient malgré tout que le pire n'arriverait pas jusqu'à eux… Il m'est difficile de répondre à cette question. Tout ce que je sais, c'est que c'est à leur décision que je dois d'être aujourd'hui assis à cette table avec vous… », dit le jeune homme en les gratifiant d'un sourire dévastateur.

En avril 1941, la Croatie avait adopté une loi raciale, la disposition législative sur la protection du sang aryen et de l'honneur du peuple croate. Le port de l'étoile jaune était devenu obligatoire, et rapidement la persécution des Juifs avait commencé. Les parents et le jeune frère de Pupa avaient été déportés dans le camp de Jasenovac, où ils avaient été assassinés aux alentours de 1943. Pupa et Aron avaient pris le maquis avec les partisans fin octobre 1941, après que la synagogue de Zagreb avait été détruite avec la bénédiction des nouvelles autorités oustachies.

« Il y avait, soit dit en passant, beaucoup de Juifs de Croatie, de Serbie et de Bosnie chez les partisans. Mais vous le savez sans doute mieux que moi… fit remarquer le jeune homme.

— Mon Dieu, quelle histoire ! Pourquoi est-ce qu'elle ne nous a jamais rien raconté de tout ça ? Tu savais, toi ? » demanda Beba à Kukla.

Kukla secoua la tête en signe de dénégation. Elle aussi était profondément émue par l'histoire de Pupa.

Aron était mort au combat quelque part en 1944, et Pupa, qui avait entre-temps contracté la tuberculose, avait survécu jusqu'à la libération. Elle avait guéri de la tuberculose, avait repris ses études interrompues, puis, grâce à ses relations chez les partisans, elle avait enfin réussi à obtenir un visa et à se rendre en Angleterre. Elle était arrivée à Londres au printemps 1947, dans l'intention de ramener Asja avec elle à Zagreb. Les parents d'Aron, eux, n'avaient plus l'intention de rentrer. La petite fille, cependant, avait fait une telle crise d'hystérie qu'ils étaient tous tombés d'accord sur le fait que mieux valait repousser son retour. Pupa espérait qu'elle pourrait la fois suivante rester plus longtemps à Londres, passer du temps avec Asja, et réussir à la convaincre de partir avec elle.

« C'est terrible… souffla Beba, la voix nouée de pleurs.

— C'était comme ça. De nombreuses femmes qui ont rejoint les partisans ont laissé leurs enfants dans des foyers ou des orphelinats, à la garde de parents, ou de familles de paysans, dans des coins de campagne restés relativement paisibles pendant la guerre. J'ai entendu parler de quelques cas similaires… », dit Kukla.

Pupa était rentrée de Londres et avait poursuivi ses études de médecine. Elle travaillait beaucoup, elle s'épuisait à étudier et à faire du bénévolat dans les hôpitaux de Zagreb et les dispensaires de province. Elle avait décroché son diplôme, puis était arrivée l'année 1948, et avec elle la sombre et terrible période du Kominform. En 1950, Pupa avait fini à Goli Otok, plus précisément Sveti Grgur, la prison pour femmes pour délits politiques. Comme tous les autres prisonniers, ou plutôt ceux qui avaient réussi à survivre, Pupa n'avait jamais appris ni pourquoi elle avait fini en prison, ni le nom de son délateur. Après sa sortie de prison, il était clair que les frontières étaient fermées pour Pupa, et pour elle, ça ne signifiait qu'une seule chose, qu'elle ne reverrait pas Asja de sitôt. Pupa s'était remariée en 1955, à un collègue médecin, et en 1957 elle avait donné naissance à une fille, Zorana.

Il suffit d'un éclairage un peu différent et les choses que nous avons toujours connues deviennent tout d'un coup méconnaissables et étrangères, se dit Kukla. Le « collègue médecin », c'était Kosta, le frère de Kukla. C'était à ce moment-là qu'elle avait rencontré Pupa. Elles étaient rapidement devenues proches, mais elle ne lui avait jamais mentionné ni Goli Otok, ni Aron, ni Asja… Certes, tous les ex-prisonniers de Goli Otok avaient un point commun : ils n'en parlaient jamais. Quand ils étaient sortis de prison, il leur avait été strictement interdit d'en toucher mot à qui que ce soit, et Goli Otok en lui-même, le goulag yougoslave, était un thème éminemment tabou, jusqu'à ce que le tabou ne soit levé dans les années soixante-dix. Les internés eux-mêmes avaient, avec le temps, pris l'habitude de se taire, tout simplement. Car là-bas, à Goli Otok, la moindre remarque, même la plus inoffensive, parvenait aux oreilles des gardiens, et le prisonnier en payait les conséquences. Oui, c'était une époque bien sombre. Les gens atterrissaient en prison sans raison, avec le lourd chef d'accusation de trahison de la patrie et de prétendue sympathie envers Staline. Tout le monde dénonçait tout le monde. Les Yougoslaves chassaient le mal – Staline – par le mal. Qui sait si Kosta était au courant. Il l'était certainement, c'est juste qu'il ne lui avait rien dit à elle, Kukla. Cette omerta sur Goli Otok s'appliquait également aux conjoints et aux membres de la famille. On n'en parlait tout simplement pas. Difficile à expliquer aujourd'hui… Et quand l'interdiction avait enfin été levée, ces lointaines histoires de camp n'intéressaient plus grand monde. Kukla s'efforçait de convoquer dans sa mémoire une image de Pupa jeune, mais même avec la meilleure volonté du monde, elle n'y arrivait pas. Elle réfléchissait au fait que le fils de Pupa – enfant d'une autre culture et d'une autre époque – avait réussi à reconstituer le puzzle, alors qu'elles, ni Kukla, qui était proche de Pupa, ni Beba, non seulement n'avaient pas été en mesure, mais n'avaient même pas essayé de le reconstituer. C'est terrifiant, cette invisibilité dans laquelle nous vivons les uns auprès des autres, se disait Kukla…

Le père d'Aron était mort en 1952, l'année où Pupa était sortie de prison, et la mère d'Aron en 1960. Un peu plus tard, cette même année, Asja Pal avait épousé Michael Thompson, et quatre ans plus tard elle avait donné naissance à un fils, David, puis à une fille, Miriam. Elle n'avait jamais été en

Croatie, pas plus qu'elle n'en avait exprimé le désir. Pupa était restée à ses yeux un monstre, une femme qui avait renoncé à sa propre fille pour rejoindre les communistes. Le deuxième mari de Pupa, Kosta, était décédé en 1981. La fille de Pupa, Zorana, avait fait médecine, et trouvé du travail dans un hôpital de Zagreb.

Aux Sœurs de la Charité! Là où j'ai moi aussi passé toute ma carrière! souffla Beba à David en pensées. Beba avait rencontré Beba par l'intermédiaire de Zorana, et Beba et Pupa étaient, c'était arrivé comme ça, devenues amies. Il arrivait à Zorana d'être jalouse... Comment ça se fait, disait-elle, que tu arrives si facilement à communiquer avec ma mère, alors que nous, on se dispute tout le temps... Qui sait, le truc dans tout ça, c'était peut-être que les filles en attendent trop de leurs mères. Les mères ressentent de la culpabilité, puis une révolte contre cette culpabilité et les attentes qui leur sont imposées. Et c'est un cercle vicieux. Ah, la vie était si compliquée... Et ces histoires, comme celle-ci, qui frappaient comme la foudre dans un ciel d'été, et modifiaient radicalement l'image que nous avons des autres... C'était peut-être pour ça que les gens se raccrochaient si désespérément à leurs petites vérités entêtées, car qui sait, si tous les liens se révélaient, comme en cet instant précis, les gens s'effondreraient. La vérité, si terrible soit-elle, c'est que tout ce que nous savons sur les autres tient dans un paquet scandaleusement petit...

Pupa s'était efforcée d'entrer en contact avec Asja, sans succès. Elle s'était à nouveau rendue à Londres, quand elle avait enfin été en mesure de le faire. Asja n'avait accepté de la rencontrer qu'à contrecœur, et Pupa était rentrée complètement désespérée. C'est pourquoi David était par la suite arrivé comme un baume sur une plaie jamais refermée. Il avait appris le croate, et venait rendre visite à Pupa dès qu'il en avait l'occasion. Eux deux, Pupa et lui, étaient devenus des alliés secrets. Pupa l'adorait. Quand il avait ouvert son propre cabinet d'avocats et avait commencé à bien gagner sa vie, David était parti sur les traces des propriétés des deux familles juives, les Singer et les Pal. Et, par miracle, il avait réussi à obtenir la restitution de la maison de famille des Singer, à Opatija. Pupa n'en avait cure, et elle lui avait immédiatement proposé de lui laisser la maison. Il avait refusé. Elle avait alors, avec son aide, vendu la maison. La majeure partie de l'argent de la vente avait été déposée sur un compte au nom de Pupa. Tout récemment, Pupa l'avait appelé et lui avait demandé de modifier légèrement son testament…

« Je suppose qu'elle ne vous a rien dit… En fait, Pupa vous a légué une bonne partie de l'argent de la vente de la maison », annonça David.

***

Beba, emplie d'un vague sentiment de culpabilité, se mit à récapituler tout ce dans quoi elle avait dépensé de l'argent, en massages, en cosmétiques, en vêtements, puis elle avait voulu changer ce billet de cinq cents euros, mais personne en ville ne voulait lui changer son billet, et elle avait fini dans le casino de l'hôtel, car elle pensait que là-bas ils lui feraient la monnaie sur ses cinq cents, et elle n'avait besoin que de cinquante euros...

« Pupa vous a laissé une somme qui vous garantit une vieillesse paisible et sécurisée... », répéta David, qui ne comprenait pas ce que Beba marmonnait d'un air si paniqué.

« Je n'ai pas besoin d'argent. J'ai ma retraite, dit doucement Kukla.

— Moi aussi, j'ai ma retraite ! s'écria en rougissant Beba, qui n'avait toujours pas intégré que tout cet argent dans le coffre-fort de l'hôtel était le sien.

— J'ai tous les papiers sur moi. Pupa a tout signé avant de venir ici... dit David.

— Et donc, vous étiez au courant de tout ?! Et où nous allions, et tout ça ?! Elle nous a bien eues, la vieille sorcière ! s'exclama Beba, surexcitée.

— C'était son surnom... vieille sorcière... expliqua Kukla, s'excusant en son nom et en celui de Beba.

— Les vieilles sorcières pondent de bons œufs ! » répliqua David.

Kukla se dit que le croate du jeune homme n'était pas aussi bon que ce qu'il lui avait semblé initialement. Qui sait d'où lui venait cette malheureuse expression…

« Je ne comprends pas ce que vous voulez dire par là ?!

— C'est un vieux dicton polynésien. Ça veut dire que les vieilles femmes sont porteuses de bonnes choses. »

Arrêtons-nous ici un instant, pour dire que la vie est le champ et le vent qui souffle sur la prairie, tandis que l'histoire tantôt s'étrécit, tantôt à nouveau s'élargit.

***

À cet instant, Mevlo entra dans le restaurant, tenant la petite Chinoise par la main. La fillette sautillait d'un pied sur l'autre, son chiot dans les bras, et le visage de Mevlo s'illumina d'un sourire. Quand ils se furent rapprochés de la table, Beba, essuyant ses larmes, lui lança :

« Et depuis quand tu es maître-nageur, toi ?!

— Chérie, ici, je suis l'homme à tout faire… Quand on me dit "nage !", je nage. Quand on me dit "masse !", je masse. »

Mevlo s'assit à la table, installa la petite fille à côté de lui, remplit un ramequin de framboises, de mûres et de myrtilles, recouvrit les fruits de crème fraîche, et posa la coupelle devant la fillette.

« Voilà, ma bichette, goûte-moi ça ! lança Mevlo avec autant de naturel que si l'enfant avait été sa propre fille.

— Comment s'appelle la petite ? demanda Beba à David.

— Wawa, répondit-il.

— Wawa ?! s'étonna Beba.

— Ah, autre chose... précisa prudemment David. Ce n'est pas ma fille, mais votre petite-fille... »

Il y a en ce monde toutes sortes de gens, des bons comme des mauvais. Beba avait le cœur grand comme une poêle à frire, et un intellect que son entourage ne jugeait pas digne de mentionner. Il y eut soudain un court-circuit entre le cœur de Beba et son intellect. Elle n'était tout simplement pas en mesure d'assimiler cette quantité de nouvelles, qui se déversaient sur elle comme un seau d'eau glacée. Ce pour quoi elle baissa les yeux, se balança sur sa chaise, glapit quelque chose qui ressemblait à « Aouaou ! » et s'écroula au sol, entraînant la nappe avec elle. Une agitation généralisée s'abattit sur le restaurant, les serveurs volaient de tous côtés comme des goélands, ramassaient les couverts, nettoyaient le lait renversé, couraient après les petits pains qui roulaient sur le sol. Quelques secondes plus tard, deux infirmières arrivèrent et installèrent Beba sur un brancard. Le brancard était suivi, d'un pas vif, par Kukla, Kukla par David, David par Mevlo, et Mevlo par la petite fille qui sautillait, son chiot dans les bras. De tout ce cortège pressé, seule la fillette ne montrait aucun signe d'inquiétude...

« Mais regarde-la ! Qu'est-ce que t'as à glousser, chérie ? ronchonna Mevlo.

— *Old ladies are funny* ! répondit la fillette.

— Ma vieille pote est tombée dans les pommes, et tu trouves ça *feuni*… Qu'est-ce qu'il y a de *feuni* à ça, franchement ?

— Aouaou ! Aouaou ! chantonnait la petite en sautillant joyeusement d'un pied sur l'autre.

— Ouaf ! Ouaf ! » s'exprima pour la première fois le chiot.

Mevlo sortit de sa poche une petite cuillère en bois ornée de motifs traditionnels tchèques, qu'il avait achetée à un stand de souvenirs du village.

« Tiens, ça t'occupera… »

Émerveillée, la fillette prit la cuillère en bois.

« *Why ?*

— *Ouaïe, ouaïe, ouaïe* ! Pour que tu me fasses du chou farci quand tu seras grande, voilà *ouaïe*… »

La fillette éclata d'un rire sonore.

Il convient ici de préciser que Mevlo ne voyait rien d'inhabituel à ce que la petite fille parle anglais, et lui bosnien, et qu'ils se comprennent le mieux du monde. La seule chose que Mevlo ne comprenait pas, c'était pourquoi la fillette répétait « Aouaou ! Aouaou ! ». Et la fillette ne faisait que dire son nom – Wawa – mais à l'envers, ce que, du reste, avait fait Beba en s'évanouissant. C'était une des particularités de Beba, qu'au moment où les choses n'avaient plus ni queue ni tête, elle prononçait les mots sans queue ni tête…

Et nous ? Nous poursuivons notre route. Tandis que la vie s'arrête, cligne des yeux et tergiverse, l'histoire vers sa fin se presse.

2.

Mr Shake, Pupa, le petit-fils de Pupa, ce *nepos ex machina*… ! Mon Dieu, tout ce qui s'était passé, et à quelle vitesse !? Kukla n'avait encore rien réussi à digérer convenablement, ni à y réfléchir posément, et voilà qu'elle se retrouvait déjà à trimballer une petite-fille inconnue, qu'il fallait trouver un moyen d'occuper le temps que Beba se remette et reprenne un peu ses esprits… Et la nouvelle selon laquelle le fils de Beba était mort du sida, que son partenaire avait refusé de prendre la petite fille à charge, et que Beba allait devoir assumer la tutelle légale de l'enfant, car il n'y avait personne d'autre pour le faire… Tout ça, c'était trop, trop même pour un très mauvais roman, se disait Kukla. Et pourtant, les choses arrivaient, la vie, d'ailleurs, n'avait jamais brillé par son bon goût… Chacune d'entre elles, Pupa, Beba et Kukla, avait eu sa propre vie, chacune avait accumulé ses bagages, et chacune portait son propre fardeau. À présent, grossièrement mis en tas, ces bagages s'effondraient sous leur poids, les valises s'ouvraient, et les casseroles se déversaient à la vue de tous…

Dès que Kukla ouvrit la porte de la suite, l'attention de l'enfant fut attirée par la botte en fourrure de Pupa. Elle se tenait là depuis que le personnel l'avait rapportée du pressing. La petite fille commença par contempler la botte avec admiration, puis elle s'approcha prudemment et regarda à l'intérieur. Elle leva une jambe, puis l'autre, et entra dedans. Tout d'abord, elle resta debout dans la botte à observer la pièce autour d'elle, puis elle s'y glissa habilement et s'assit au fond, sans lâcher son chiot.

« Tu as faim ? » demanda Kukla.

La petite hocha la tête en signe de dénégation.

« Tu as soif ?

— A-a-a... dit-elle de manière indéterminée.

— Tu n'as pas soif ? »

La petite secoua à nouveau la tête.

Beba était un peu désemparée. S'occuper d'enfants en bas âge n'était manifestement pas son point fort. La petite jeta un coup d'œil hors de la botte, suivant attentivement le moindre mouvement de Kukla, laquelle s'assit, lasse, au bord du lit, et s'absorba dans la contemplation de la fillette.

« Qu'est-ce que je vais bien pouvoir faire de toi ? » demanda-t-elle.

La petite haussa les épaules.

« La botte te plaît ?

— Aha...

— Mon amie se chauffait les jambes dans cette botte... », dit Kukla, qui n'avait rien trouvé d'autre à dire.

La fillette fixait Kukla, impassible.

« Elle s'appelait Pupa…

— Apup èlepasselle », dit l'enfant.

Non, c'est impossible ! se dit Kukla. La petite fille était bien trop intelligente pour son âge, même un adulte n'était pas en mesure de balancer des contrepèteries à une telle vitesse. Une soudaine frayeur l'envahit. Et si les contrepèteries étaient le symptôme d'une grave maladie ?

« Maman fait la cuisine, papa lit le journal, dit Kukla, consciente que c'était stupide, mais c'était la première chose qui lui était venue à l'esprit.

— Mamanpapa fait la cuisine et lit le journal ! s'écria la petite fille.

— Qui est mamanpapa ? s'étonna Kukla ?

— Filip… », répondit la fillette en replongeant dans la botte.

Un silence gênant s'installa… Kukla ne savait toujours pas quoi dire.

« Qu'est-ce que tu fais dans cette botte ? » demanda-t-elle après un certain temps.

La petite fille garda le silence.

« Où es-tu ? Je ne te vois pas…

— Moi, je te vois, dit la fillette.

— On dirait une petite souris. Une petite souris dans un gros fromage, qui ronge le fromage sans pitié.

— Je suis une petite fille.

— Ben, sors de cette botte alors.

— Je ne peux pas.

— Mais qu'est-ce que tu fais là-dedans ?!
— Je vole, répondit la petite.
— Tu veux dire que tu flottes ? la corrigea Kukla.
— Je veux dire que je vole », insista la petite.

Mon Dieu, s'étonna Kukla. Kukla, certes, n'avait aucune expérience avec les enfants, mais il lui semblait que les petites filles de quatre ans ne s'exprimaient pas de cette manière.

« Hé, sors un peu de ta cachette, que je te pose une question.

— Quoi ? demanda la petite fille, mais sans sortir la tête.

— Tu sais combien font deux plus deux ? »

La main de la fillette sortit de la botte quatre doigts dressés.

« Et quel âge tu as ? »

La fillette montra à nouveau quatre doigts.

« Et toi ? » demanda une petite voix à l'intérieur de la botte.

Kukla se leva, trouva du papier et un crayon, écrit en gros le chiffre 80, et tourna la feuille en direction de l'enfant.

« Sors et tu verras ! » lui intima Kukla.

La petite fille jeta un coup d'œil dehors.

« Quatre-vingts ! s'écria-t-elle.

— Je ne les ai pas encore tout à fait, j'aurai quatre-vingts ans en décembre…

— Tu es vingt fois plus vieille que moi, fit remarquer l'enfant.

— Ce qui veut dire que tu es vingt fois plus jeune que moi », répondit Kukla.

Kukla s'inquiéta à nouveau. Elle se demandait si la petite fille n'était pas même trop intelligente pour son âge. Il faudrait qu'elle en parle à Beba. Pauvre Beba, elle était certainement en train de déprimer dans sa chambre… David était injoignable, elle ne pouvait pas lui poser la question, il courait de tous côtés pour accomplir une tonne de formalités liées à Pupa…

« Écoute, petite, ça te dirait qu'on commande quelque chose de bon à la pâtisserie ? »

La fillette sortit la tête de la botte et acquiesça.

« Glace ou gâteaux ?

— Glace », dit la fillette.

Kukla soupira de soulagement. C'était tout de même une enfant, après tout. Une mignonne petite fille…

« Et Toto ?

— Quel Toto ? » s'étonna Kukla.

Wawa désigna le chiot.

« Hum… Dans ce cas, et si on allait se promener ? On achètera des biscuits pour chien pour Toto, et nous deux on ira manger une glace quelque part. Qu'est-ce que tu en dis ? »

La fillette sortit de la botte et tendit joyeusement la main à Kukla… Kukla remarqua que ses fins sourcils sombres se rejoignaient presque, comme si un enfant avait dessiné sur son visage rond un oiseau en plein vol.

3.

Tout était sens dessus dessous. Comme si s'était effondré le placard de son petit bureau à la faculté de médecine, où elle avait passé sa vie à faire des dessins dont plus personne ne voulait, et que ces dessins, rangés en rouleaux poussiéreux, s'étaient déversés du placard et déroulés sur le tapis. Tels des ressorts ensauvagés, des fragments bondissaient sous les yeux de Beba : os, muscles, nerfs, système nerveux, glandes, organes reproductifs, appareil urinaire, système cardiovasculaire, cœur, veines, artères, foie, oreilles, canal auditif, bile, estomac, intestins, gros et grêle, rectum, anus, poumons, trachée, œsophage, œil… C'était le champ de bataille de Beba, son Guernica. Et dans cette tourmente de papier errait un enfant perdu, le fils de Beba…

Oui, Beba avait un fils, Filip. Il avait hérité d'elle son goût du dessin, et dès la fin des Beaux-Arts, il était parti à l'étranger, d'abord en Italie, puis à Londres… C'était là-bas qu'il avait rencontré son *partenaire.* (Partenaire ? Quel mot malheureux !) Filip avait, selon les mots de David, à un moment désiré un enfant, il avait fait des pieds et des mains et investi tout son temps et son énergie dans la procédure d'adoption. La chance avait fini par leur sourire, et ils avaient, Filip et son partenaire, réussi à adopter une petite fille de quelques mois. Puis Filip était devenu obsédé par la pensée de ce qu'il adviendrait de l'enfant s'il lui arrivait quelque chose. Et il ne s'était apaisé qu'après avoir rédigé un testament auprès de David, selon lequel, au cas où il viendrait à décéder, Beba reprendrait la tutelle de l'enfant. Quand Filip était mort du sida, les choses s'étaient passées exactement comme il l'avait pressenti. Le partenaire avait laissé la fillette à David, pris les tableaux de Filip et disparu. C'était tout ce que Beba avait réussi à apprendre de David… Mais elle allait poser des questions, se renseigner… Car après son départ de Zagreb, Filip lui avait rarement donné de ses nouvelles. Il lui envoyait des lettres, le plus souvent des cartes postales, juste histoire qu'elle sache qu'il était encore en vie. Sans laisser d'adresse. Il n'appelait pas son père non plus. Certes, il n'avait aucune raison de le faire. Son père biologique n'avait jamais montré d'intérêt pour lui, et même s'il l'avait fait, un conflit aurait de toute façon éclaté à l'instant où il aurait appris les inclinations de Filip.

Tout était, bien entendu, de sa faute à elle, et il n'était pas juste de reporter la faute sur le père. Car elle avait écarté ce malheureux père, le qualifiant de « biologique », puis d'« hypothétique », juste pour avoir Filip pour elle, rien qu'à elle. Sa passion avait attiré le malheur. Mon Dieu, en y repensant, elle lui achetait des vêtements comme si elle était sa maîtresse, et pas sa mère. Quand il était petit, elle l'habillait comme s'il était sa poupée, et quand il avait grandi, comme l'amant qu'elle n'avait jamais réussi à avoir. Quand il n'était pas à la maison, il lui arrivait d'entrer dans sa chambre et de rester longtemps sur le seuil à respirer son odeur. C'était sa faute à elle. Et quand il était parti, elle avait passé des jours à rêver à son retour. Oui, elle le voulait rien qu'à elle, elle s'efforçait juste de prétendre le contraire. Elle dissimulait ses sentiments, jouait la comédie, sortait avec des hommes, montrant ostensiblement qu'elle avait sa vie, qu'elle était une femme indépendante qui croquait la vie à pleines dents. Elle n'arrivait pas à lui donner le change, l'ambiance était irrespirable, l'air dans leur appartement trop rare. Elle le suivait comme un chien, extorquant sa pitié par sa simple présence, puis son dégoût.

Et puis, un jour où elle était rentrée plus tôt du travail, elle était entrée dans sa chambre et l'avait trouvé au lit avec un jeune homme. Elle était restée sur le seuil comme pétrifiée, il criait quelque chose, mais elle ne comprenait pas le sens de ses mots. Elle était restée ainsi sans voix, sans pensées, sans jugement. Il s'était levé et lui avait claqué la porte au nez. Et dès le lendemain, il avait fait ses bagages et était parti. Au début, elle s'était tourmentée, elle n'arrivait pas à comprendre pourquoi il était si en colère. Car elle était innocente, si c'était bien le mot approprié, elle n'avait péché que l'espace d'une seconde, pour l'amour de Dieu, une seule et unique seconde. La scène l'avait fascinée, la vision d'un corps masculin, auquel elle avait donné naissance, c'était la chair de sa chair, le sang de son sang… Elle avait oublié, était restée à les fixer bêtement, faisant fi des us et des lois humaines, et elle avait été punie avec raison. Elle aurait pu fermer la porte, se sentir honteuse, s'excuser, mais elle ne l'avait pas fait. C'était sa faute, c'était elle qui l'avait chassé de la maison. Ah, mon Dieu, comment n'y avait-elle pas pensé tout de suite ?! Ce gain au jeu n'était autre que l'annonce d'une terrible perte…

On frappa doucement à la porte. Elle ne répondit pas, elle n'avait pas la force de se lever.

Mevludin entra silencieusement dans la chambre. Beba ne bougea pas. Elle avait les lèvres sèches, son maquillage avait coulé, de minuscules ruisselets sillonnaient son visage.

Mevludin alla sans un mot dans la salle de bains, humidifia une serviette à l'eau froide, et se mit à essuyer les joues de Beba…

« Ben alors, ma pauvre… »

Beba fondit à nouveau en larmes.

« Bois un coup. Et arrête de pleurer, chérie, ton réservoir va bientôt être à sec », dit Mevlo en tendant à Beba un verre d'eau.

Beba vida le verre, et sentit qu'elle respirait plus profondément.

« Tiens, fume, ça te fera du bien », dit Mevlo en tendant à Beba une cigarette allumée.

Beba et Mevludin fumaient en silence.

« J'espère que tu ne m'en veux pas… dit Mevlo après un certain temps.

— De quoi ?

— D'avoir fait l'imbécile. Mais en même temps, je pensais qu'on allait bien s'amuser.

— Et on s'est bien amusés.

— Il fallait que je le dise.

— Je sais.

— Alors tu sais certainement aussi que je te trouve géniale. Et que je ne t'oublierai pas…

— Je sais…

— Bon, ben maintenant qu'on s'est tout dit, moi, j'y vais… »

Mevlo se leva et se dirigea vers la porte.

« Attends, dit Beba.

Elle se leva et sortit une enveloppe du coffre-fort de la chambre.

« Au cas où… », dit-elle en lui tendant l'enveloppe.

L'enveloppe contenait une liasse de billets.

« Je ne peux pas accepter.

— C'est un cadeau. Tu en auras besoin pour démarrer, pour t'acheter un billet pour l'Amérique, et pour avoir de l'argent à toi le temps de te retourner.

— Je ne peux pas…

— C'est qui, le plus vieux et le plus bête ici ?

— Toi, sourit Mevlo.

— Eh, alors tu dois m'obéir. Dedans, il y a mon adresse. Si tu passes un jour par Zagreb…

— Je viendrai te voir. »

Le jeune homme et la grosse femme s'étreignirent. Beba fondit une fois de plus en larmes. Mevlo lui tapota l'épaule en bougonnant.

« Vous, les femmes, vous êtes rien que de l'eau… C'est incroyable, ce que vous avez comme réserves de larmes. On devrait vous envoyer dans le désert pour servir de système d'irrigation. »

Mevlo sortit de son paquet une cigarette qu'il posa derrière l'oreille de Beba.

« Au cas où… », dit-il en quittant la chambre.

4.

Le Dr Topolanek, en créant son nouveau soin relaxant, s'était souvenu de sa grand-mère, chez qui ils allaient déjeuner tous les dimanches. La grand-mère, de peur de manquer de temps, commençait à préparer le déjeuner dès le petit matin, et quand la famille Topolanek arrivait, tout avait déjà refroidi sur la table. Chaque dimanche, sa grand-mère était dans tous ses états, et chaque dimanche, son père la consolait…

« Allons, Agneza, calme-toi, tu sais bien toi-même qu'il n'y a rien de meilleur que les boulettes froides et… la bière chaude ! »

Topolanek avait intitulé son nouveau soin « Mamie Agneza ». Ça faisait authentique, tout en étant un peu énigmatique, car les gens se demanderaient quelle Agneza, pourquoi Agneza, la mamie de qui… Outre l'intime, Topolanek avait également une raison bien réelle au choix du prénom de sa grand-mère : Agneza avait vécu quatre-vingt-onze ans, un âge tout à fait respectable…

La Baraquée avait la veille préparé une montagne de boulettes de viande, qui se trouvaient dans un saladier au bord de la piscine, et la Svelte avait apporté des cornichons et de la moutarde. Cette attention culinaire avait ému Topolanek aux larmes. À présent, ils étaient tous les trois plongés, nus, dans le jacuzzi de l'hôtel transformé en énorme chope de bière. Topolanek avait fait remplir le jacuzzi de bière et fait réduire les remous au minimum pour qu'ils ne s'étouffent pas, Dieu nous en garde, dans la mousse. Même comme ça, la mousse volait de tous côtés…

C'était une scène digne de Lucas Cranach l'Ancien, et s'il avait été en vie il aurait pu à présent peindre sa *Fontaine de jouvence*, deuxième partie. Sauf que sur cette table, dans le coin en haut à droite du tableau, les poissons dans l'assiette seraient remplacés par les boulettes de mamie Agneza.

Les femmes s'amusaient comme des folles. La Svelte s'était fait une barbe en mousse de bière, et la Baraquée une perruque. Topolanek avait lui aussi cédé à l'euphorie de la bière. Il chassait la Baraquée et la Svelte dans le petit bassin rond en répétant :

« Mes petites otaries, venez voir papa, mes petites otaries… »

Puis les otaries se rapprochèrent, sifflèrent un peu de bière de la piscine et se mirent à frotter leurs corps à celui de Topolanek. Elles étaient toutes les deux lisses, glissantes et nerveuses, comme les otaries dans le bassin du zoo. En criant « hop ! » Topolanek jetait des morceaux de viande dans la bouche de l'une, puis de l'autre. Les otaries lui mangeaient dans la main. La Svelte trempa une boulette dans la mousse de bière, soutenant que c'était encore meilleur qu'avec de la moutarde. Puis ils se mirent à plonger, se chatouiller, jouer à chat, taper des mains sur la surface du liquide, faire une bataille de mousse, à se tripoter, se caresser et s'embrasser doucement, et de temps à autre ils scandaient une chanson inventée par la Baraquée…

Dans la bière nous nageons tels de joyeux moucherons
La bière, c'est la vie, et la vie, ça se vit !

Topolanek était d'une humeur splendide, il se sentait comme un grand réformateur, comme un scientifique après une découverte révolutionnaire. À défaut d'avoir déjà découvert le secret de la longévité, il avait indéniablement avec « Mamie Agneza » écrit une ode à la gloire de la vitamine B et découvert une façon de plus de vivre de manière plus joyeuse et plus détendue, ce qui, en ces temps mornes et inquiets, pouvait être considéré comme une contribution capitale, n'est-ce pas ?

Et nous ? Tandis que la vie regorge de détours et d'anicroches, l'histoire, elle, est sans peur et sans reproche !

5.

« Je ne peux pas… Je ne peux tout simplement pas », répétait Beba comme dans un délire.

Beba et Arnoš Kozeny étaient assis dans le bar de l'hôtel à moitié vide et sirotaient du cognac français.

« Je vous comprends tout à fait, dit Arnoš Kozeny en crachotant la fumée de son cigare.

— Une petite fille ?! Mais je ne la connais même pas… ! s'exclama Beba.

— Pardi, et comment pourriez-vous la connaître ?! Vous n'avez appris qu'il y a quelques heures que vous étiez grand-mère…

— Et la meurtrière de mon propre fils, ajouta amèrement Beba.

— Allons, n'exagérons pas, nous sommes tous des meurtriers. Tout d'abord de nos parents, et ensuite de nos enfants…

— Je ne sais pas. Tout ce que je sais, c'est que le scénariste de ma vie est vraiment mauvais…

— Ils sont tous mauvais… »

Arnoš avait raison, ils sont tous mauvais. Rares sont ceux qui peuvent se vanter d'un scénariste satisfaisant. Qui sait, les bureaux de madame la Destinée ressemblent peut-être à Hollywood ou Bollywood, ils sont peut-être remplis non pas de millions de bureaucrates consciencieux, mais de millions de tire-au-flanc, qui recopient, reformulent, griffonnent et noircissent du papier. Il y a peut-être même différents services, les uns pour les dialogues, les autres pour l'intrigue, les autres encore pour les personnages, et c'est peut-être précisément pour ça que nos vies sont une telle indescriptible bouillie. Dès notre naissance, on nous fourre dans la main une feuille de route invisible, et nous courons à l'aveuglette dans nos vies comme des scouts en goguette. Chacun avec son itinéraire invisible à la main. Et c'est peut-être de là, de cette course effrénée, que vient notre étrange ignorance des vies des autres, des vies des êtres qui nous sont les plus proches…

« Et pourquoi est-ce que vous n'intervenez pas ? demanda Arnoš.

— Et comment est-ce que je pourrais bien intervenir ?

— Vous pourriez, par exemple, remonter dans votre chambre et vous confronter à cette nouvelle donnée dans votre vie, votre petite-fille ! Et ensuite vous efforcer de tirer le meilleur de cette situation…

— Et comment ?!

— Le moment venu, vous saurez comment… »

Peut-être que là aussi, Arnoš avait raison… Intervenir dans le scénario est peut-être la seule chose qui nous reste ? Offrir notre épaule au bon moment à quelqu'un pour recueillir ses pleurs, lui tendre un mouchoir, lui indiquer son chemin… Car souvent, les gens ignorent les choses les plus basiques. Une fois, Beba faisait la queue à la banque quand un homme avait demandé: « Excusez-moi, où est la droite ? » Tous ceux qui l'avaient entendu avaient éclaté de rire. Seule Beba avait ressenti de la sympathie envers cet homme perdu. Montrer à quelqu'un où est la droite, et où est la gauche, c'était peut-être ça, l'intervention dont parlait Arnoš. De toute façon, même si nous le voulions, nous ne pourrions pas faire beaucoup plus... Prenons Pupa, par exemple... Depuis qu'elle la connaissait, Pupa avait toujours été silencieuse et réservée. Quand elle disait quelque chose, c'était en général une saillie. Elle avait toujours pensé que cette petite femme menue était forte comme un chêne. À présent, elle se souvenait d'une lointaine scène, qu'elle avait oubliée... Une fois, elle était passée chez Pupa à l'improviste, la porte était ouverte, elle était entrée sans faire de bruit et avait surpris Pupa agenouillée au sol, qui sanglotait... C'était une scène horrible, et Beba avait eu envie de repartir en catimini, de fuir sans demander son reste les lieux de l'accident d'un autre. C'était alors qu'elle avait compris pour la première fois que nous étions en mesure de digérer tout et n'importe quoi, d'ailleurs elle-même en avait vu des vertes et des pas mûres à l'hôpital – et des ventres ouverts et des entrailles qui se déversent –, et tout ça c'était supportable, seule une chose était particulièrement difficile à digérer : la vision de la douleur d'un autre dont nous sommes témoins par hasard, la vision d'une âme qui coule irrépressiblement d'un corps comme un jet d'urine... Devant une telle scène, nous restons hypnotisés comme un lapin dans les phares. Beba s'était assise par terre en silence, avait écarté les jambes, pris Pupa contre elle en l'entourant de ses bras et de ses jambes, l'avait étreinte comme un oreiller, et qui sait combien de temps elles étaient restées assises sans rien dire, emboîtées l'une dans l'autre comme deux cuillères… Elles n'avaient plus jamais reparlé de cet événement, Beba n'avait pas posé de questions, et Pupa ne lui avait jamais expliqué ce qui s'était passé. Ce n'était peut-être rien de particulier. Une peine intérieure avait peut-être monté en elle pour se bloquer dans sa gorge comme une arête. Beba l'avait aidée à la cracher. Et c'était tout. Plus nous vieillissons, moins nous pleurons. Il faut de la force pour pleurer. Quand nous sommes vieux, ni les poumons, ni le cœur, ni les glandes lacrymales, ni les muscles n'ont plus de force pour un grand malheur. La vieillesse est une sorte de sédatif naturel, peut-être parce que la vieillesse en elle-même est un malheur…

« Et comment est-ce que je saurai ? J'ai été une mauvaise mère… J'ai mené ma propre vie n'importe comment. Je ne suis pas qualifiée pour être grand-mère, soupira Beba.

— Regardez un peu autour de vous, regardez combien de gens ont misé sur vous !

— Comment ?!

— Votre fils, par exemple, a misé sur vous ! La roulette aussi était de votre côté ! Et votre défunte amie, elle aussi vous a donné une chance. Et moi aussi, en parlant en ce moment même avec vous, je mise sur vous. Certes, une piécette de rien du tout, mais je l'ai misée sur vous, et sur personne d'autre…

— Vous êtes vraiment un homme bon, Arnoš.

— Peut-être, mais j'ai aussi été un mauvais mari, un mauvais père et un mauvais grand-père. La seule chose qui m'intéressait dans la vie, c'étaient les femmes. Je n'ai fait, ma chère, que papillonner. Pour l'instant, j'ai toujours eu de la chance. Peu de gens à mon âge peuvent se permettre ce luxe…

— Je ne sais pas… J'ai soixante-dix ans, je n'ai rien fait de ma vie, et parfois je me dis que je ferais mieux de me tuer… », répondit pensivement Beba.

Arnoš regarda Beba et déclama joyeusement…

Quitte à vous tuer, que ce soit avec raffinement
Comme on choisit un brin de safran
Dans un tonneau toscan noyez-vous dans le vin
Avec un bouquet de romarin. Bien que triste et prématurée,
Votre mort ne saurait être laide, mais élégante et parfumée.

Quitte à vous tuer, que ce soit avec raffinement
Prenez donc un ruban de soie. Pour les fleurs : des camélias.
Votre mort de votre vie sera le brin de safran,
Et le souvenir de vous plus longtemps durera.

Quitte à vous tuer, que ce soit avec raffinement
Si vous pensez en avoir assez, d'un pont allez donc vous jeter
Mais soyez bref et vif comme un papillon !

Et avec vous emportez des bonbons !
Que vous ayez pour ce triste voyage quelques douceurs dans vos bagages.

« C'est de qui ?

— C'est de moi. Je suis l'auteur d'une masse relativement importante de vers de mirliton. Et pour que je ne sois pas tenté de vous en réciter d'autres, trinquons maintenant à une bonne nuit, et au beau matin ensoleillé qui nous attend ! » conclut Arnoš Kozeny avec bonne humeur.

Et nous ? Tandis que la vie erre dans les bois et les taillis, l'histoire à mi-chemin prend déjà des raccourcis.

6.

Le jeune homme et la jeune fille étaient assis sur un banc dans le parc de la ville, sous un grand châtaigner dont la frondaison luxuriante les enlaçait telle une couronne verte. La pelouse autour d'eux était humide et moelleuse. Elle ressemblait à un mystérieux espace rituel, dont nul n'était en mesure de déchiffrer les signaux païens. Les oiseaux locaux muaient, semant leurs plumes de tous côtés. De loin, on aurait dit que le jeune couple sur le banc était protégé par un filet de plumes, un gigantesque « attrape-rêves » indien. Les oiseaux cachés dans l'opulente frondaison s'étaient tus pour écouter les roucoulades humaines…

« *You are my pudding, my fruit pudding...* »

La jeune fille écoutait, sans voix, mais elle avait dirigé son regard quelque part vers ses pieds, qu'elle frottait de temps en temps l'un contre l'autre.

« *You are my peach melba, my cream alpine, my blueberry anglaise, my floating island, my chocolate éclair, my chou chantilly, my kirsch bûchette... you are my kirsch puff...*

— *What!?* rit joyeusement la jeune fille.

— *You are my croquembouche, my brioche, my brioche au sucre, my almond cookie, my baba au rhum, my biscuit... my biscuit de Savoie, my profiterole...* chuchotait Mevlo à l'oreille de la jeune fille, vermeille comme un quartier d'orange.

— Ah, Mellow... murmura la jeune fille, tressaillant sous les frissons enivrants qui parcouraient son corps plantureux.

— Mevlo... la corrigea-t-il.

— Mellow... répéta la jeune fille en regardant Mevlo les yeux écarquillés.

— *My name is Mevlo...* reprit Mevlo en plongeant dans les lacs verts de la jeune fille.

— Mellow... dit-elle d'un ton charmant.

— OK, mon chou, je vois que c'est pas gagné... » soupira Mevlo, conciliant.

***

Mevlo avait pris un menu au salon de thé de l'hôtel et passé toute la nuit à apprendre par cœur le nom des pâtisseries. C'était le conseil le plus intelligent qu'on ait pu lui donner. Et il lui avait été donné par monsieur Arnoš Kozeny.

« Cher jeune homme – avait dit Arnoš Kozeny quand Mevlo, au désespoir, lui avait confié qu'il ne parlait pas anglais et qu'il ne savait pas comment expliquer à la jeune fille qu'il tenait à elle –, le fait que vous ne parliez pas anglais, c'est votre atout. Car si vous parliez anglais, vous pourriez aussi faire des erreurs. Alors que là, peu importe ce que vous racontez, si vous énumérez des formules chimiques ou des pièces automobiles… Dans la première phase de l'émoi amoureux, de toute façon, les couples ne parlent pas. Ils roucoulent…

— Comme des oiseaux ?!

— Comme des oiseaux, mon cher, avait confirmé Arnoš Kozeny en ajoutant mystérieusement : Non seulement ils roucoulent, mais les plumes volent dans tous les sens… »

« *You are my truffle, you are my black forest cake, you are my gâteau basque, my guadeloupe, my nian gao with one hundred fruits, my vassilopitta efkoli, my tremolat, my black devil, my gianduja ganache, my sachertorte, my caramel, my marzipan, my marquise, my mousse au chocolat, my passion fruit cream, my passion fruit, my fruit, my passion…*

— Ah, Mellow…

— *You are mon petit strudel, mon baklava, mon tulumba…*

— *I am feeling mellow…*

— Ah, Rosie, ma rose, ma fleur… »

Le jeune homme et la jeune fille étaient si plongés dans leurs murmures énamourés qu'ils n'avaient même pas remarqué qu'une légère brise s'était levée, soulevant les plumes éparpillées sur la pelouse verte autour d'eux. La frondaison du vieux châtaigner se mit à bruire, et des plumes volaient de tous côtés dans les airs…

SIXIÈME JOUR, ÉPILOGUE

Le réceptionniste Pavel Zuna ne manqua pas, même en ce samedi matin, d'aller faire sa gymnastique dans la piscine chauffée de l'hôtel. D'autant plus qu'il effectuait ses exercices sous la direction de Jana, une jeune élève du lycée professionnel de physiothérapie, qui avait, grâce aux relations de son papa, obtenu un stage d'un mois dans le meilleur endroit possible, le Grand Hôtel N.

Pavel Zuna effectuait docilement ses exercices sous les ordres de la belle Jana. Un-deux-deux-deux-deux-trois… L'état de Zuna s'était visiblement amélioré au cours de ces derniers jours, et ce maudit nerf, jusqu'à il y a peu tendu comme une corde, s'était relâché. Plongé dans un petit bassin d'eau chaude, en professionnel de l'hôtellerie expérimenté qui sait reconnaître un futur professionnel, Pavel Zuna répétait :

« *Vyjste velice talentovana, Jano, velice talentovana*[1]… »

1. En tchèque dans le texte : « Vous êtes très douée, Jana, très douée… » (*N.d.T.*)

Le samedi matin, à son heure habituelle, Arnoš Kozeny était confortablement installé dans un fauteuil du hall de l'hôtel, à boire un cappuccino, crachoter la fumée de son cigare et feuilleter les journaux du jour. Son regard s'arrêta sur la nouvelle selon laquelle les deux fermes des environs de Norin, où avait été détecté le virus H5N1, avaient l'avant-veille été décontaminées avec succès, et que plus de 70 000 poulets avaient été abattus. Le virus H5N1 avait été détecté fin juin en Allemagne et en France, et les autorités de ces pays avaient déjà pris les mesures nécessaires. Le porte-parole des services vétérinaires tchèques Josef Duben déclarait que 72 000 poulets supplémentaires avaient été abattus, même si on n'avait pas trouvé dans les fermes concernées le virus H5N1, un virus qui avait pour l'heure tué deux cents des trois cents personnes contaminées en tout, principalement en Asie. Bien qu'il n'y ait parmi les victimes aucun Européen, et donc aucun Tchèque, les services vétérinaires tchèques avaient pris la décision d'abattre les 72 000 poulets supplémentaires exclusivement à des fins de prévention. Le dédommagement versé par la Communauté européenne pour les poulets abattus se montait à un million cinquante mille euros…

Arnoš Kozeny, une expression d'ennui sur le visage, referma le journal et pensa à sa première femme Jarmila, qui vivait à Norin, où elle avait une petite maison avec un jardin. Cela faisait déjà plus d'un an qu'ils ne s'étaient pas donné de nouvelles, c'était l'occasion de l'appeler. « Tu m'appelleras quand t'auras la frousse de crever. Et tu viendras me voir, espèce de malotru, pour que je t'enterre, parce qu'il n'y aura personne d'autre pour le faire ! » râlait parfois Jarmila. Qui sait, elle avait peut-être raison, d'ailleurs elle n'avait jamais tort. Mais l'heure du trépas n'était pas pour tout de suite, se dit Arnoš Kozeny, d'autant plus qu'il avait remarqué une femme d'âge moyen qui venait d'entrer dans le hall de l'hôtel, traînant à sa suite trois caniches blancs. Tel un vieux soldat, Arnoš Kozeny redressa automatiquement les épaules et rentra le ventre, se composa le masque réservé à ce type de situations stratégiques – le masque raisonnablement intéressé d'un vétéran des champs de bataille de l'offre et la demande sexuelles – et souffla avec délices la fumée de son cigare.

En ce samedi matin, Mevludin fut réveillé par le soleil éclatant qui entrait dans la chambre. Son regard tomba sur l'épaule de Rosie qui, semée de fines taches de rousseur, étincelait comme un œil de tigre. Allongée sur le flanc, Rosie dormait paisiblement en tétant son auriculaire. Mevludin sortit délicatement le petit doigt de sa bouche. La jeune femme gigota en faisant la moue. « Tu es belle comme un œuf de caille », murmura Mevludin en la contemplant avec admiration, avant de se lever pour tirer les rideaux. Puis il revint au lit, prit une grande inspiration et plongea dans la jungle de cheveux cuivrés.

« Ah, Mellow… », murmura la jeune femme d'une voix somnolente.

En ce samedi matin, le Grand Hôtel N baignait dans un soleil fastueux. De la chambre 313, une voix masculine rauque – qui trahissait que son propriétaire avait la veille abondamment arrosé ses cordes vocales d'alcool – fulminait contre une personne répondant au nom de Marlena…

« *Marlena, esli ty menja pokineš, ja tebja ubju, čestno, ty ne smejsja, ja tebja ubju, suka, ty tolko smotri, ty menja ne dergaj i ne rastraivaj, govoriu tebe, slyšyš, moi nervi istoricheski izdergany, ah, ty, suka, ja tebja ljublju*[1]… »

En ce samedi matin, la Svelte, la Baraquée et le Dr Janek Topolanek reposaient en une harmonieuse composition sur le grand lit *king size* de la suite que Topolanek, en tant qu'employé de l'hôtel, avait constamment à sa disposition. Des moucherons bourdonnaient autour de leurs têtes. À un moment, le Dr Topolanek ressentit le besoin irrépressible de vider sa vessie, mais quand il se leva pour aller à la salle de bains, une douleur fulgurante lui transperça les lombaires. Le docteur poussa un cri et retomba sur le lit, comme fauché. La Svelte et la Baraquée se réveillèrent.

« Qu'est-ce qui se passe ?!

1. En russe dans le texte : « Marlena, si tu me quittes, je te tuerai, vraiment, ne ris pas, je te tuerai, salope, fais attention, ne me provoque pas, arrête de me torturer, tu entends ce que je te dis, je suis à bout de nerfs, ah, salope, je t'aime… » (*N.d.T.*)

— Je me suis fait un tour de reins !

— *Hexenschuss*[1] ! constata calmement la Baraquée.

— Lumbago ! confirma la Svelte.

— Et qu'est-ce que je fais maintenant ? gémit le Dr Topolanek, même s'il était parfaitement au fait de ce qui l'attendait.

— Du repos ! dit paisiblement la Baraquée en bâillant.

— Peut-être une petite injection de Voltarène… », ajouta la Svelte en bâillant elle aussi.

Les deux femmes se blottirent contre le Dr Topolanek et sombrèrent à nouveau dans le sommeil.

Le Dr Topolanek n'eut même pas le temps de s'offusquer de ce traître manque d'égards de la part de la Svelte et de la Baraquée, car il ne pensait obsessionnellement qu'à une seule chose – comment pisser. Et quand il n'eut plus d'autre choix, il hurla :

« Uuuurinaaaal ! »

En ce samedi matin, quand la voiture de David quitta la célèbre ville thermale, le ciel était bleu, l'herbe verte, les arbres aux frondaisons luxuriantes jetaient des ombres aiguës, et entre les ombres, comme si elles enjambaient des cordes invisibles, sautaient de grosses corneilles noires. David réfléchissait à tout ce concours de singulières circonstances, à toutes ces vies, celles d'Asja, Pupa, Kukla et Beba,

1. En allemand, *Hexenschuss* est le nom populaire du lumbago. Le mot signifie littéralement « le coup de la sorcière ». (*N.d.T.*)

à l'affaire qui l'avait mené à Filip, le fils de Beba, et un peu à sa propre vie... L'espace d'un instant, ils s'étaient tous attirés comme des aimants. Il pensait à Pupa. Les vies peuvent être comme ci ou comme ça, la plupart d'entre nous menons des vies pitoyables, mais alors il faudrait au moins essayer d'organiser à temps cette fameuse descente du train métaphorique et faire en sorte qu'elle ne soit pas pitoyable. Si nous ne sommes pas responsables de notre venue au monde, nous sommes peut-être tout de même responsables de notre départ. Pupa avait au dernier moment tapé dans la balle qui se trouvait devant elle (un certain mérite en revenait d'ailleurs à David), et la balle avait tout d'abord volé dans la direction attendue – vers ses petits-enfants, les enfants de Zorana et Asja – avant de finir par tournoyer vers là où personne ne l'attendait, et où, plus important encore, elle provoquerait par sa chute un tourbillon plus vif et plus utile, vers Kukla, Beba et Wawa...

Quel homme! Quel charmant jeune homme! pensait Kukla, confortablement installée sur la banquette arrière de la voiture. David avait non seulement réglé toutes les formalités, mais en plus il les raccompagnait chez elles, à Zagreb. Pupa volait en ce moment même dans son œuf sur la ligne Prague-Zagreb, et elle serait accueillie à l'aéroport par des services spécialisés qui l'emmèneraient à la morgue. David avait même pensé à ça. Quant aux obsèques de Pupa, qui auraient lieu dans deux jours, il avait réussi à les organiser d'ici. Il avait trouvé les adresses nécessaires sur Internet, et avait tout réglé en quelques conversations téléphoniques. L'argent que Pupa avait dans son testament légué à Kukla et Beba avait déjà été transféré sur un nouveau compte commun ouvert à leurs noms. L'argent de Beba, celui qu'elle avait gagné au jeu, avait lui aussi été transféré sur le compte commun, à la demande expresse de Beba. Ils avaient signé tous les papiers, aucun détail n'avait été négligé. Un compte spécial avait également été ouvert, avec de l'argent destiné exclusivement à la future scolarité de Wawa. Le reste, c'était à Beba et Kukla de s'en charger, mais David avait promis de se tenir à leur disposition à tout moment.

Kukla contemplait les nuages par les vitres de la voiture, blancs et aériens comme des blancs en neige. Elle récapitulait à nouveau dans sa tête la liste des choses à faire. Elle allait devoir s'acheter un nouvel ordinateur, puis commencer doucement à faire le tour des écoles. La mission promettait d'être ardue, il lui fallait déterminer quels étaient les meilleurs établissements. Et ensuite, Wawa aurait peut-être envie de prendre des cours de danse classique, et des cours de musique, et de patinage, ah, tant de possibilités ! Kukla avait décidé de vendre son appartement et de mettre tout son argent en tas, et ensuite Beba et elle se mettraient d'accord, que faire et comment… Car qui sait combien de temps elles allaient encore durer et être disponibles pour Wawa ? Si elle avait hérité de bons gènes, et il lui semblait que c'était le cas, elle serait encore de ce monde un certain temps, se consacrant à une seule et unique, nouvelle et fantastique mission : Wawa ! Elle sera la tata de Wawa, Kukla la tata de Wawa… Et en y réfléchissant mieux, peut-être n'était-il pas si important qu'elle et Beba planifient tout à l'avance… Peut-être fallait-il inculquer à Wawa autre chose, des connaissances qui la rendraient sage, quelque chose qu'aucune école au monde ne pouvait offrir…

Beba faisait elle aussi une liste dans sa tête. Il lui faudrait tout d'abord remettre en ordre et en état de marche son corps négligé. Elle aurait besoin de son corps pour… Wawa. Voilà, tout était soudain clair comme de l'eau de roche. Elle devrait faire renouveler son permis de conduire – là aussi, elle s'était négligée – et acheter une nouvelle voiture. Qui, sinon, irait conduire Wawa à la crèche, à l'école, à ses cours de danse classique, si elle en avait envie, de musique, si elle en avait envie, de langues étrangères, si elle en avait envie ? Peut-être qu'elle, Beba, pourrait s'inscrire à un cours de chinois, par exemple ? Certes, Wawa ne parlait pas un mot de chinois, mais si l'envie lui prenait un jour de voir son pays d'origine, la Chine ?! Il faudrait bien qu'elle, Beba, l'accompagne, et quelques connaissances en chinois ne lui feraient pas de mal… Dès leur retour, elle vendrait son petit appartement, mettrait tout son argent en tas et discuterait avec Kukla. Qu'elles en parlent tranquillement, qu'elles se mettent d'accord… Dans tous les cas, elles devraient acheter une maison commune. Une belle maison, avec un grand jardin et des arbres fruitiers. Et avec un grand noyer, pour faire de l'ombre. Ça serait l'arbre de Pupa, en sa mémoire ; après tout, c'était quand même elle, cette vieille sorcière, qui avait manigancé tout ça… Elle planterait aussi des framboisiers, pour faire de la confiture de framboises à Wawa… Dans le jardin, il y aurait une niche pour un chien, pour un lapin, une tortue, un hérisson, tout ce que voudrait Wawa… Et un petit atelier dans le jardin, pour qu'elle apprenne à Wawa et à ses futurs amis à dessiner, et qui sait, peut-être qu'elle aussi allait revenir à ses rêves de jeunesse, et enfin peindre de vrais tableaux… Beba touchait du bois en pensées, pourvu qu'elle garde la santé, et qu'elle reste en vie jusqu'à ce que Wawa entre au lycée… Wawa ferait des études, il faudrait l'aider à choisir la meilleure université… Mais d'un autre côté, en y réfléchissant mieux, elle avait fini les Beaux-Arts, et elle ne s'en était pas trouvée plus heureuse pour autant. Peut-être fallait-il apprendre à Wawa d'autres choses, plus importantes. La vie est comme un jardin infini rempli d'œufs de Pâques cachés. D'aucuns remplissent un plein panier, d'autres n'en trouvent pas un seul. C'était peut-être ça qu'il fallait apprendre à Wawa, à chasser, chasser les merveilles… À ne rien laisser filer, à profiter de chaque seconde, car seule la vie en ce bas monde est gratuite… Beba ressentit soudain une profonde gratitude envers son fils. Elle sentait s'ouvrir en elle tous les placards qu'elle avait pendant des années tenus fermés, et qu'elle respirait à présent librement. En cet instant précis, plus rien n'avait d'importance, la seule chose importante, c'était cette petite créature. Ah, ces petites joues, ces cils épais et paisibles, ces petits sourcils en forme d'ailes, et cette haleine, mon Dieu, cette si douce haleine d'enfant…

« Tu ne trouves pas qu'elle ressemble un peu à Filip ? chuchota Beba.

— Oui… C'est sûr… », répondit Kukla, qui n'avait jamais vu Filip de sa vie, pas même en photo.

Kukla contemplait par les vitres de la voiture le paysage qui défilait lentement sous leurs yeux. Le ciel était bleu, l'herbe verte, les arbres aux frondaisons luxuriantes jetaient des ombres aiguës, et entre les ombres, comme si elles enjambaient des cordes invisibles, sautaient de grosses corneilles noires. Et les nuages, les nuages filaient dans le ciel comme de la mousse d'œufs en neige…

Wawa, son chiot dans les bras, s'était blottie dans la botte de Pupa et dormait. De la botte sortait sa menotte, dans laquelle elle tenait fermement la petite cuillère en bois de Mevludin. Puis, comme si elle avait senti que les pensées de Beba et Kukla tournaient autour d'elle, elle gigota, se gratta son petit nez de sa main libre et… sombra à nouveau dans le sommeil. Beba et Kukla, chacune de son côté, caressaient d'un air protecteur le bord de la botte de fourrure en rêvassant.

Et nous ? Nous avons fait notre travail, doux et amer, rapide et bref : des poulets rôtis sont tombés du ciel : les os pour vous, les cuisses pour nous ! Pomme de reinette et pomme d'api, l'histoire est finie ! Nous aussi, nous sommes venus, et du vin nous avons bu : à la bouteille avec Pupa, dans un verre avec Kukla, et avec Beba au chaudron, jusqu'à racler le fond ! Si vous ne nous croyez pas, regardez : notre langue est encore mouillée !

Troisième partie

Plus tu en sais,
plus vite tu vieillis

Dr Aba Bagay
Slavic Folklore Studies
Joensuu Yliopisto, University of Joensuu
P.O. Box III
FI-80101 Joensuu

Cher Monsieur l'éditeur,

Je dois avouer que j'ai été très surprise de recevoir votre lettre. J'ignore pourquoi, parmi tant d'éminents spécialistes en folkloristique, vous avez choisi de vous adresser précisément à moi. Je ne travaille que depuis peu dans cette université et je ne me suis pas encore suffisamment affirmée professionnellement dans les cercles universitaires, tant locaux qu'internationaux, pour que mon nom puisse vous dire quelque chose. Je suis ravie, bien entendu, que vous vous soyez adressé à moi, mais je me dois de vous avertir immédiatement que, si les traditions folkloriques et mythologico-rituelles des peuples slaves sont bien ma spécialité, cela ne signifie pas pour autant que je sois experte sur le thème qui vous intéresse. D'autre part, je suis actuellement pressée par le temps, car je suis en train de mettre la dernière main à mon ouvrage *Croyances populaires bulgares liées à la naissance et à l'accouchement*, et je n'aurai malheureusement pas autant de temps que je l'aurais voulu pour me pencher sur vos questions. Cependant, flattée par votre confiance dans mes compétences, ainsi que par votre désir que nous restions en contact (un contact qui, qui sait, n'est peut-être pas si fortuit!?), j'ai lu le manuscrit que vous m'avez envoyé avec grand plaisir. Je confesse que sa brièveté a considérablement contribué à ce plaisir.

À ce que j'ai compris de votre lettre, votre autrice s'est engagée à vous livrer un texte original en prose basé sur le mythe de Baba Yaga. Soit dit en passant, j'ai été touchée par votre aveu selon lequel vous « ne connaissiez rien » à Baba Yaga. Pourtant, si vous aviez un peu « surfé » sur Internet, vous auriez pu constater que si Baba Yaga n'est certes pas Oprah ou la princesse Diana, elle n'en est pas pour autant un personnage mythologique complètement anonyme. Son nom a été donné à un centre d'activités chamaniques du nord de la Hollande ; à une boutique de lampes de table quelque part en Pologne ; à une revue américano-polonaise (*Baba Yaga's Corner*) ; à un établissement pour personnes âgées et dépendantes, une pension de famille et une école de langues étrangères en Allemagne. Les restaurants, les pâtisseries et les magasins bio aiment le nom de Baba Yaga, ce qui, eu égard aux goûts culinaires de Baba Yaga, n'est pas dénué d'ironie. On trouve même des salles de sport qui portent son nom, sans doute parce que les propriétaires des salles en question pensent que Baba Yaga a quelque chose à voir avec le… yoga !? « Baba Yaga » est le nom d'un *Damenschneiderei* allemand, un tailleur pour femmes, d'un *spirituele webwinkel* hollandais (un site de vente en ligne proposant aux intéressés des boules de cristal et des théières de sorcière) – et d'un chœur de femmes, lui aussi hollandais. Le personnage de Baba Yaga a été une inspiration pour des compagnies de théâtre et des groupes de musique, des projets artistiques, des réalisateurs de films, des dessinateurs de bandes dessinées et des créateurs de dessins animés, des auteurs de romans graphiques et non graphiques, de sites porno et d'horreur, de blogs et de publicités. On trouve ainsi, par exemple, le slogan promotionnel serbe suivant pour la Porsche Carrera GT : « La Baba Roga des routes », Baba Roga étant l'un des noms de Baba Yaga.

Malgré ce (més)usage répandu du nom de Baba Yaga, je suppose que le lecteur moyen non slave ne sait pas grand-chose à son sujet. Même pour la majorité des lecteurs slaves, Baba Yaga n'est qu'une laide et méchante vieille femme qui enlève les petits enfants. Et c'est précisément là que réside notre problème commun. Vous affirmez humblement que vous n'y connaissez rien à Baba Yaga, et vous attendez de moi que je vous explique quelles sont les correspondances entre la prose de votre autrice et le mythe de Baba

Yaga. Dans une telle constellation, vous en conviendrez, la tâche que vous me confiez n'a rien d'aisé.

Dans l'intention de vous répondre le plus simplement et le plus exhaustivement possible, j'ai rédigé pour vous un « Baba Yaga pour les nuls ». Il s'agit d'un bref glossaire de thèmes, motifs et mythes liés à la mythologie slave, et, bien entendu, à la « babayagalogie ». Je me permets ici de vous rappeler un fait notoire, à savoir que la mythologie slave n'est « slave » que relativement. Les mythes, les légendes et la tradition orale sont de nature virale. On trouve des « histoires » semblables partout – dans les forêts slaves, dans les déserts africains, sur les pentes de l'Himalaya, dans les igloos inuits – et elles se fraient un chemin jusqu'à notre époque et à notre culture de masse ; jusqu'aux séries télévisées, aux séries de science-fiction, aux forums sur Internet et aux jeux vidéo ; à *Lara Croft*, *Buffy contre les vampires* et *Harry Potter*.

Je me permets également de préciser que mon « Baba Yaga pour les nuls » est en grande partie un texte **compilatoire**. Les excuses sont sans doute ici superflues, car telle est la nature de notre travail de folkloristes. Dans ma rédaction du glossaire de Baba Yaga, les ouvrages suivants m'ont été d'une aide inestimable : le dictionnaire encyclopédique *Mythologie slave* (*Slavjanskaja mifologija, Enciklopedičeski slovar*), l'encyclopédie en deux tomes *Mythes des peuples du monde* (*Mify narodov mira*), la célèbre étude de Vladimir Propp *Les Racines historiques du conte merveilleux* (*Istoričeskie korni volšebnoj skazki*), divers articles et revues spécialisées (la fantastique revue

Codes des cultures slaves, par exemple), ainsi que la récente étude sur Baba Yaga, à l'heure actuelle la plus complète, de l'auteur Andreas Johns, *Baba Yaga : la figure ambiguë de mère et de sorcière des contes russes* (*Baba Yaga : The Ambiguous Mother and Witch of the Russian Folktale*), et les ouvrages mythographiques toujours inspirants de Marina Warner. Je ne vous ennuierai pas ici avec des références universitaires, mais je peux, si le besoin s'en fait sentir, vous envoyer une bibliographie plus exhaustive.

À présent, voici quelle est, en principe, la situation. Votre autrice écrit de la littérature, et en ce sens littéraire, chaque interprétation est « valide ». En littérature, il n'y a pas de bonnes ou de mauvaises interprétations, il n'y a que de bons ou de mauvais livres. Deuxièmement : les mythes sont des mèmes. Les mythes se décomposent, se recomposent, mutent, se transforment, s'adaptent et se réadaptent. Les mythes voyagent ; en voyageant, ils se racontent et se « traduisent ». Ils n'atteignent jamais leur destination, ils restent perpétuellement dans un état traducto-transitionnel. Le plus souvent, il n'y a pas une seule version établie d'un mythe : il n'existe que de nombreuses variantes. Cela vaut également pour l'histoire de Baba Yaga. Troisièmement : l'absence de références claires à Baba Yaga dans la prose de votre autrice s'explique en partie par la confusion généralisée autour du personnage de Baba Yaga, par l'indéfinition de ses traits de caractère et compétences, et en partie par la superstition populaire. Chez les Slaves, en effet, comme chez de nombreux autres peuples, certains noms sont tabous et ne doivent pas être prononcés. La « discrétion » de votre autrice dans son emploi du nom de Baba Yaga pourrait trouver son origine dans les tabous folkloriques liés aux sorcières.

Au Monténégro, par exemple, selon certaines croyances, celui qui cherche les sorcières sera puni. Les Monténégrins transmettent la légende selon laquelle Jésus, fuyant ses persécuteurs, aurait trouvé refuge chez une vieille sorcière, qu'il aurait bénie de ces mots : « Qui te cherche, cause sa perte. » Ils croient, donc, qu'il est impossible de reconnaître les sorcières, car « Jésus les a bénies quand il était poursuivi en Judée ; il s'était caché chez une sorcière et, comme elle n'avait pas voulu le dénoncer, il l'avait bénie, afin que ses actions restent secrètes aux yeux de tous » (D'après Tihomir P. Đorđević, *La Sorcière et la fée dans nos mythes et croyances populaires*[1].)

En bref, Baba Yaga est un personnage épisodique, mais ses interventions dans le conte sont cruciales, et il est difficile de dire quoi que ce soit à son sujet sans mentionner sa place dans le conte et ses interactions avec les autres personnages. Les rôles de Baba Yaga dans le conte sont fluctuants : parfois elle aide le héros ou l'héroïne à atteindre son but, alors qu'ailleurs elle lui oppose des obstacles. Quoi qu'il en soit, je m'efforcerai tout d'abord de vous présenter quelques « données » principales liées au personnage mythique de Baba Yaga (qui est-elle, d'où vient-elle, où vit-elle,

1. Tihomir P. Đorđević, *Veštica i vila u našem narodnom predanju i verovanju*, Narodna knjiga Beograd, Belgrade, 1953.

de quoi a-t-elle l'air, que fait-elle, ce genre de choses). Ensuite, nous parcourrons ensemble quelques détails, qui vous sembleront peut-être inutiles, trop minutieux et ennuyeux. Je vous assure, cependant, que dans notre puzzle Baba Yaga, chaque détail a son importance. Je m'emploierai ce faisant à attirer votre attention sur les liens sémantiques entre Baba Yaga et le diptyque fictionnel de votre autrice. Mes explications n'auront aucune valeur interprétative ou critique, et elles apparaîtront dans certaines entrées du glossaire sous le titre *Remarque*. Comprenez donc ces *remarques* comme mes interventions personnelles, qui ne vous obligent en rien. Pas plus que le reste, bien entendu, ne vous oblige en rien.

J'aimerais que vous compreniez le texte que je vous envoie en pièce jointe comme la traversée d'une forêt de signes, autrement dit comme la traversée de l'envers d'un conte. Je m'efforcerai de rendre cette traversée la plus aisée possible (car mon travail est d'errer dans la forêt et d'inspecter chaque fourré, et le vôtre de la traverser). Je ne demande de votre part qu'un peu de patience. Pourquoi ? Car seuls les héros patients et persévérants – prêts à parcourir sept montagnes et sept mers, et à user au passage trois paires de chaussures de fer – se voient récompensés à la fin du conte. Le serez-vous ? je l'ignore, c'est à vous de l'apprendre.

Bien cordialement,
Dr Aba Bagay

BABA YAGA POUR LES NULS

BABA

Le mot **baba**[1] vient de l'indo-européen, d'où il a essaimé dans de nombreuses langues. Dans les

1. J'attire d'emblée votre attention sur la difficulté de translittérer le russe et les autres langues slaves en français. Il n'y a pas de consensus sur le meilleur mode de translittération, et le potentiel de confusion est encore plus grand dans les textes – comme celui-ci – qui citent aussi bien des langues écrites en alphabet cyrillique (le russe, le bulgare, etc.) que des langues écrites en alphabet latin (le croate, le tchèque, le polonais, etc.). Étant donné qu'il s'agit d'un courrier privé, « juste pour vos yeux », je n'ai pas essayé d'adopter une approche cohérente. Les noms et mots russes et biélorusses connus ont été translittérés dans leur version la plus communément employée en français, et les autres mots issus du cyrillique, pour éviter les confusions et imprécisions, ont été translittérés selon les conventions utilisées par les langues slaves écrites en alphabet latin (le croate, le tchèque, le slovaque, les conventions polonaises étant différentes), lesquelles sont citées dans leur orthographe originelle. Ces mots sont moins difficiles à lire qu'il n'y paraît, si vous suivez ces règles de base : š = ch (*Mokoš* = Mokoch) ; č, ć = tch (*domaći* = *domatchi*) ; c = ts (*car* = *tsar*) ; ž = j (*život* = *jivot*) ; j = y, ill (*Baba Jaga* = *Baba Yaga*, *vještica* = *viechtitsa*) ; đ = dj (*prođe* = *prodje*), etc.

langues slaves, *baba* signifie en premier lieu **grand-mère** (maternelle ou paternelle), et en deuxième lieu n'importe quelle vieille femme. En russe familier, *baba* signifie également « femme » (par ex. *horošaja baba* = une belle femme). Il en est de même dans d'autres langues slaves. *Baba* peut signifier la femme mariée (par ex. *moja baba* = ma femme). La *baba* est également une personne de sexe féminin aux traits de caractère négatifs, une « langue de vipère », une commère, une querelleuse, une hargneuse. Dans la langue populaire, *baba* désigne aussi le lâche, le couard (*Ne budi baba!* = Fais pas ta femmelette !). La *babica*, la petite baba, est la sage-femme, d'où le mot de *babinje*, qui désigne la période qui suit l'accouchement. Les Slaves utilisent également le mot *baba* pour qualifier des personnages mythologiques féminins, certains jours en particulier, des phénomènes atmosphériques, des concepts astronomiques, des maladies et autres.

Les **démons féminins** sont souvent appelés *babas*. Baba Mercredi (*baba Sereda*) est la patronne des travaux de tissage et interdit aux femmes de tisser le mercredi (cela peut également s'appliquer à n'importe quel autre jour). La Baba Blanche (*beleja baba*) est un démon aquatique, et la Baba Banya vit dans la banya, les bains et saunas russes traditionnels (*bannaja babuška*, *banniha*, *bajnica*, *baennaja matuška*, *obderiha*). La Baba des Blés ukrainienne est l'esprit des champs ; la Baba Sauvage (*dika baba*) est un démon féminin qui séduit les jeunes hommes. On appelle également *babas* les sorcières, les rebouteuses et les voyantes.

Le mot *baba* apparaît également dans les noms de **maladies**, principalement les maladies contagieuses infantiles (*babice*, *bapke*, *babuški*, *babuha*, *babile*, etc.) La Baba Šarka bulgare, Baba Variole, est le nom populaire de la varicelle. Baba Šarka est une clocharde, vagabonde et vorace. Quand elle arrive dans une maison, ses habitants ont interdiction de cuisiner pendant neuf jours. Ainsi, Baba Šarka quittera cette maison hostile pour en chercher une plus accueillante. Baba Drusla et Baba Pisanka apportent également des maladies, la fièvre et la rougeole.

Le mot *baba* est également lié à la **conception populaire du temps**. Baba Marta (particulièrement dans les folklores bulgare, roumain, serbe et macédonien) est le mois de mars anthropomorphisé. En Croatie et en Serbie, Baba Korizma, Baba Carême, marche avec sept bâtons, et elle en abandonne un pour chaque semaine du jeûne. En Serbie, les jours de neige en mars sont appelés *babini dani*, les jours de baba, *babini jarci*, les boucs de baba, ou *babini kozlići*, les chevreaux de baba. La Baba Jaudocha (Jeudocha ou Dokia) roumaine et ukrainienne est responsable des précipitations hivernales. Quand elle secoue son manteau de fourrure, il neige. Dans de nombreuses régions, l'une des traditions de carnaval consiste à « brûler la baba ». En Croatie, on se sépare symboliquement de l'année passée en brûlant une poupée, la baba « édentée », afin que la nouvelle année puisse prendre sa place.

Dans le folklore slave, le nom de *baba* est également donné à des **phénomènes astronomiques et**

météorologiques. *Baba Mjesečina* (Baba pleine lune) est le nom de la pleine lune, et Baba Gale (Baba la Noire), le nom de la lune. *Babin pojas*, la ceinture de baba, est un synonyme d'arc-en-ciel, et *babino proso*, le millet de baba, de la grêle. C'est du « coin de baba » dans le ciel que vient en général le mauvais temps. Pour désigner les taches de la lune, les Polonais disent : « Baba baratte son beurre » ou « Baba cuit son pain ». Quand il pleut alors que le soleil brille, les enfants polonais chantent : « Il pleut, il pleut, le soleil brille dans les cieux, Baba Yaga baratte son beurre. » Les Kachoubes, pour les premiers jours de neige de l'année, disent que « la vieille baba est allée danser ». L'expression « baba est morte de froid » est employée par les paysans des Carpates pour décrire les sommets des montagnes blanchis par les premières neiges. Pendant les périodes de sécheresse, les paysans polonais croient que baba-sorcière est assise sur un chêne (à savoir dans un nid, *N.d.A.B.*) et couve ses œufs, et que la sécheresse durera tant que les poussins ne seront pas nés. Dans le folklore bulgare, la baba est un synonyme imagé pour les concepts du jour et de la nuit[1].

Moult choses portent le nom de *baba*. Dans les rituels de moissons slaves, le dernier faisceau de blé est appelé *baba*, et pour fêter la fin des moissons, les paysans l'habillent de vêtements féminins. Dans les

1. « Ils se rapprochèrent de l'âtre et découvrirent deux petites vieilles qui roulaient deux bobines : l'une enroulait, l'autre déroulait. Celle qui enroulait était le jour, l'autre la nuit. »

langues slaves, diverses sortes de champignons, de papillons, de fruits (variétés de poires, de cerises), de gâteaux (la *babka* polonaise), de poissons, ont pour nom *baba*. *Baba* apparaît également dans des noms de montagnes, de lieux et de villages (Velika Baba, la Grande Baba, Mala Baba, la Petite Baba, Stara Baba, la Vieille Baba, Babina Greda, la Poutre de Baba, etc.). L'expression populaire pour un automne long et chaud est *bablje ljeto*, l'été des babas.

En bulgare, de nombreuses **expressions** sont liées au personnage de la baba. L'expression *Edno si baba znae, edno si bae* est utilisée pour décrire quelqu'un qui répète tout le temps la même chose, qui radote. *Babini devetini, babini prikazki* – les « histoires de bonne femme » – sont autant de synonymes pour des bêtises, des inepties. On trouve des expressions semblables dans la langue des Bosniens, des Croates et des Serbes. L'expression *Prošla baba s kolačima*, littéralement « la petite mémé aux gâteaux est partie » désigne une occasion manquée. *Što se babi snilo, to joj se i htilo*, « ce que mémé a rêvé, mémé l'a désiré », est une expression aux connotations sexuelles évidentes, mais elle signifie que quand quelqu'un mentionne quelque chose, il le désire secrètement, ce qui n'est au fond qu'un analogue populaire à la théorie freudienne du lapsus. *Trla baba lan da joj prođe dan*, littéralement « Mémé teille le lin pour passer le temps », est utilisé quand quelqu'un passe son temps à musarder, ou à des tâches inutiles. *Mješati babe i žabe*, « mélanger les mémés et les grenouilles », signifie mettre en lien deux choses qui n'ont rien à voir, comme dans l'expression française « mélanger les torchons et les serviettes » ; *to može svaka baba*, « c'est à la portée de n'importe quelle mémé » (ou *to može i moja baba*, « même ma mémé en est capable ») signifie que quelque chose est à la portée de n'importe qui, même du plus incapable ; *tko o čemu, baba o uštipcima*, « quel que soit le sujet, mémé parle de beignets » désigne une personne qui rabâche toujours la même chose. L'expression *Mnogo baba, kilavo dijete*, « beaucoup de mémés, enfant pourri gâté » (ou en bulgare : *Mnogo babi, hilavo dete*!), signifie que quand trop de personnes s'en mêlent, le résultat est en général mauvais. Autre exemple du même acabit, *Da baba ima muda bila bi djed*, « si mémé avait des couilles, elle serait pépé ». Précisons à l'occasion que dans certaines langues (le persan, l'arabe, le turc, l'italien), *babo, baba* signifie le père, mais peut également désigner un membre masculin plus âgé de la famille.

En conclusion, le monde slave grouille de babas ! Rappelons au passage que tous ces vilains préjugés, dictons, expressions et croyances sexistes liés aux babas, aux mémés, ont été inventés par... les « pépés ». La position qu'ils se sont réservée est, cela va sans dire, autrement plus héroïque.

BABA YAGA

Baba Yaga (*baba-iga*, *baba-ljaga*, *baba ljagba*, *baba oga*, *egibiha*, *bauška jagišnja*, *jaga-bura*, *egibišna*, *egišna*, *jagaja-baba*, etc.) est un être féminin anthropomorphe, une vieille magicienne, une sorcière. Son nom est sujet à diverses interprétations : selon certains auteurs, Jaga, Ega, Iga, Juga, Jazja, Jeza, Jagišna, Eži-baba et autres noms semblables viendraient du vieux slave **ega/esa**, qui ressemble au lituanien **engti** et au letton **igt**, et dont la signification approximative est : mal, horreur, cauchemar, maladie.

Baba Yaga vit dans une forêt profonde, ou à la lisière de la forêt, dans une petite isba exiguë perchée sur des pattes de poulet, et qui tourne sur elle-même. Elle a une jambe en os (*Baba Yaga kostianaïa noga*), les seins qui pendent (au point qu'elle les étend sur le poêle ou les enroule autour d'un bâton), un long nez pointu qui touche le plafond, et elle vole dans un mortier, s'aidant de son pilon et effaçant ses traces au moyen d'un balai.

Baba Yaga est un patchwork oralo-textuel unique, composé de diverses traditions folkloriques et mythologico-rituelles (chamanisme, totémisme, animisme, matriarcat), si bien que son statut, sa fonction et ses pouvoirs changent d'un conte à l'autre, d'une zone folklorique à l'autre, d'un conteur et d'une conteuse à l'autre. Baba Yaga est un texte qui a été, suivant les époques, différemment lu, transmis, raconté, adapté, réadapté, interprété et réinterprété.

L'origine de Baba Yaga n'est pas très claire. Certains affirment que Baba Yaga était une grande déesse, la Terre Mère ; d'autres que c'était la grande déesse slave de la mort (*Jaga zmeja bura*), d'autres encore que c'était la souveraine des oiseaux (d'où son isba à pattes de poulet et son long nez rappelant un bec) ; d'autres enfin que c'était la rivale de Mokoš, la déesse slave de la fertilité, et qu'avec le temps elle était de grande divinité devenue un androgyne, puis la déesse des oiseaux et des serpents, puis un être anthropomorphe, avant de recevoir au final des caractéristiques féminines. Certains la mettent en lien avec la Zlatna Baba, la Baba d'Or, une divinité archaïque du temps du matriarcat, et voient dans les pattes de poulet de son isba les restes d'un culte de la fertilité.

Baba Yaga revêt la forme de la fileuse et de la tisserande, un rôle qui symbolise toujours le pouvoir sur les destinées humaines (les héros reçoivent de Baba Yaga une pelote qui les guidera vers leur but), mais également de la guerrière, qui dort avec une épée sous l'oreiller et se bat avec des chevaliers. Dans certains contes, Baba Yaga a le pouvoir de pétrifier (comme Méduse), et dans d'autres, le pouvoir de maîtriser les éléments, les vents, les tempêtes, les orages (ce qui lui vaut d'être mise en lien avec le dieu slave Perun). Vladimir Propp, qui a eu une influence énorme sur les chercheurs, considère Baba Yaga comme la souveraine du monde animal de la forêt et du monde des morts, et la prêtresse de l'initiation.

Insaisissable et capricieuse, Baba Yaga apparaît ici comme une assistante, là comme une vengeresse ; ici comme la gardienne entre deux mondes, là comme la médiatrice entre les mondes, mais également comme la médiatrice entre les héros de l'histoire ; ici comme un obstacle, là comme une bienfaitrice, le plus souvent comme une méchante, plus rarement comme une gentille petite vieille. La majorité des commentateurs classent Baba Yaga dans la famille mythologique amplement ramifiée des vieilles femmes laides dotées de certains pouvoirs, une typologie présente dans toutes les mythologies du monde.

Malgré ses nombreux points communs avec d'autres babas, Baba Yaga a conquis son nom et son individualité. Bien que Baba Yaga soit populaire dans le monde slave, « les problèmes de la genèse, de la nature mythologique, de la fonction et de la sémantique de Baba Yaga dans le conte sont extrêmement complexes et suscitent des débats constants[1] ». Certains auteurs affirment que le nom de Baba Yaga n'est pas connu dans la mythologie slave, et que son personnage appartient exclusivement aux contes. Baba Yaga est indiscutablement issue d'un terreau mythologique, mais elle s'est formée comme personnage dans les contes populaires russes du XVIIIe au XXe siècle, époque où ont été recueillies par écrit des centaines et des centaines de versions de ces contes. Baba Yaga est née d'une longue et complexe interaction entre les traditions folkloriques et mythologico-rituelles, les conteurs populaires, les collecteurs de contes et leurs exégètes ; d'un mélange de mythologies indo-européennes et pré-indo-européennes. Pour Marija Gimbutas, la place de Baba Yaga est parmi les déesses : « Les déesses que nous avons héritées de l'Europe antique, comme les grecques Athéna, Héra, Artémis, Hécate ; les romaines Minerve et Diane ; les irlandaises Morrigan et Brigit ; les baltes Laima et

1. K.V. Tchistov, *Zametki po slavjanskoj demonologiji, Baba-Jaga* (Notes sur la démonologie slave, Baba Yaga), Živaja starina, Moscou, 1997, p. 55-57.

Ragana ; la russe Baba Yaga, la basque Mari, et bien d'autres, ne sont pas des "Vénus" porteuses de fertilité et de progrès, elles sont [...] bien plus que cela. Ces donneuses de vie et exécutrices sont des "souveraines" ou des "maîtresses", et elles ont perduré comme telles dans les croyances individuelles très longtemps, même après avoir été renversées de leur trône, militarisées et hybridées avec les épouses et compagnes des dieux indo-européens[1]. »

BABA YAGA / LA SORCIÈRE

Baba Yaga a un caractère capricieux, et les chercheurs restent prudents quand il s'agit de définir son statut. Si certains affirment que Baba Yaga est tout simplement une sorcière (slave), d'autres sont prêts à lui accorder un rôle bien plus complexe et individualisé au sein du système démonologique slave.

Demandons-nous d'abord qui est, de quoi a l'air, et ce que fait une sorcière **ordinaire**. Selon Tihomir P. Đorđević, les sorcières sont en général de vieilles femmes à « l'esprit diabolique[2] ». « Une sorcière est une femme qui a en elle une sorte d'esprit diabolique, qui s'échappe de son corps pendant son sommeil et se transforme en papillon, en poule ou en dinde, et vole dans les maisons pour manger les gens, particulièrement

1. Marija Gimbutas, *Le Langage de la déesse*, traduit de l'américain par Camille Chaplain et Valérie Morlot-Duhoux, Éditions des femmes, Paris, 2006.
2. Tihomir P. Đorđević, *op. cit.*

les petits enfants : quand elle trouve un être humain en train de dormir, elle le frappe d'une sorte de ronce sur le sein gauche, et sa poitrine s'ouvre le temps qu'elle en sorte le cœur et le dévore, puis se referme immédiatement. Certaines victimes meurent sur le coup, d'autres continuent à vivre longtemps ; suivant ce qu'elle a décidé en mangeant le cœur ; et ils meurent de la mort qu'elle leur a attribuée », écrit Vuk S. Karadžić.

Dans les langues slaves, les sorcières portent de nombreux noms (*ved'ma*, *vid'ma*, *vedz'ma*, *vještica*, *vištica*, *viščica*, *viška*, *vešterka*, *veštica*, *veštičina*, *cipernica*, *coprnica*, *štrigna*, *štriga*, *morna*, *brina*, *brkača*, *konjobarka*, *srkača*, *potkovanica*, *rogulja*, *krstača*, *kamenica*, *čarovnica*, *mag'josnica*, et bien d'autres). Ces synonymes ont une fonction défensive et sont le plus souvent utilisés pour protéger les enfants. Souvent, de peur de prononcer son nom, on désigne la sorcière par « **elle là-bas** ».

Les sorcières, comme de nombreux autres êtres mythiques, sont dotées du pouvoir de métamorphose. La sorcière peut se changer en oiseau, en serpent, en mouche, en papillon, en grenouille ou en chat[1]. Le

1. Dans le film d'anthologie de Jacques Tourneur *La Féline* (1942), Irena Dubrovna, une créatrice de mode new-yorkaise, est d'origine serbe. Quand la jalousie ou la colère les envahit, les femmes de sa région d'origine se transforment en chats sauvages sanguinaires (dans le cas présent une panthère) qui tuent leurs partenaires. Dans un épisode, qui se déroule dans le restaurant new-yorkais Belgrade, une inconnue reconnaît Irena Dubrovna et sa nature féline secrète. La femme l'aborde et lui dit en serbe (avec un fort accent anglais, certes) : « Tu es ma sœur. »

plus souvent, elle se change en **oiseau noir** (en corneille, en poule noire, en pie). Selon une croyance répandue, les papillons, particulièrement les grands, sont des sorcières, et il faut les jeter au feu ou leur brûler les ailes. Le lendemain, il faut regarder quelle petite vieille du village est « brûlée », « rôtie comme un diable », ou tout simplement morte. Cette petite vieille est une sorcière. Une sorte de papillons de nuit porte le nom de *vještica*, sorcière. La croyance veut que si une « sorcière » touche une femme de ses ailes, elle deviendra stérile. « Une poule ou autre oiseau en lequel la sorcière se transforme, une fois brûlé, peut révéler la sorcière. »

La croyance voulait que quand la sorcière s'endormait, un papillon ou un oiseau s'échappait de ses lèvres, « et si elle se retourne, le papillon ou l'oiseau ne peuvent rentrer là d'où ils sont venus, et ils sont condamnés à mourir, tout comme la femme. Il arrive que l'oiseau s'envole, ou la poule, et le mari tourne la femme endormie tête bêche, selon une règle informelle, et la poule ne peut rentrer dans la bouche, et la femme meurt. Alors, le mari se désole, il retourne la femme dans la position où elle s'était endormie, et la femme revient à la vie[1] ».

On reconnaît les sorcières à ce qu'il « leur pend de la tête une sorte de jabot, comme une longue crête de dindon quand elle se gonfle ». Les sorcières sont affligées de strabisme, elles vomissent facilement (il existe une expression : *vomir comme une sorcière qui rend son*

1. Tihomir P. Đorđević, *op. cit.*

foie), et elles ne coulent pas au fond de l'eau. La sorcière a le pouvoir de changer de taille, « elle peut se faire toute petite, si bien qu'elle peut se glisser dans la moindre fissure, dans la fente d'une serrure, et s'enfuir » (T.Đ.).

En Herzégovine, la sorcière est une femme dont « la lèvre noircit comme chez un jeune homme qui commence à avoir de la moustache ». La baba, un personnage de la *Couronne de la montagne* de Petar II Petrović Njegoš, dit : « Il est facile de reconnaître une sorcière : les cheveux gris et une croix sous le nez. » La sorcière, donc, a « de grosses moustaches et les cuisses poilues ». Les sorcières ont « une santé de fer, un mauvais caractère et une croix sous le nez » ; les sorcières sont toujours malveillantes, elles ont le regard mauvais et « les jambes poilues ». La sorcière est « moustachue, les sourcils broussailleux, elle marche courbée, ses yeux sont enfoncés dans leurs orbites ». La sorcière a « une petite moustache fine, les yeux injectés de sang et les dents pointues, mais les moustaches restent le signe le plus sûr ». La pilosité semble moins problématique en Bosnie. Les Bosniens estiment qu'une « femme qui n'a pas de poil sous les aisselles ou sur le bas du corps[1] » est une sorcière.

Les êtres mythiques se différencient des humains par leur **taille** : ils sont soit beaucoup plus petits,

1. Cette absence de poils est passée jusque dans le célèbre roman jeunesse de Roald Dahl *Sacrées Sorcières*, où l'un des signes infaillibles qu'une femme est une sorcière est sa calvitie. (« C'est pourquoi elles ont des griffes, la tête chauve, un nez crochu et des yeux étranges… ») Ce pour quoi toutes les sorcières, pour dissimuler leur vraie nature, portent des perruques.

soit beaucoup plus grands. En Istrie, on pense que la *kuga*, une sorcière, est une grande femme. Selon les croyances serbes, les *karakondžule*, sortes de gobelins, sont des êtres grands et gros. Au Monténégro, on croyait que la Srijeda, la Mercredi, était une femme énorme, « grosse comme une meule », aux abondants cheveux gris et aux dents en fer.

Les sorcières, comme de nombreux autres êtres mythiques, ont un défaut physique, qui peut prendre la forme d'un manque, d'un trop-plein ou d'une asymétrie. Dans certaines régions, on croit que les sorcières ont une ébauche de queue, et ailleurs des ailes rudimentaires. On mentionne dans le folklore slave la *preglavica*, une femme blanche sans tête qui se montre exclusivement à midi. Sa parente russe est la *poludnica*. Les Croates croyaient qu'il existait des démons féminins sans visage : des défuntes qui reviennent allaiter leurs enfants. Baba Yaga n'a pas l'exclusivité des gros seins pendants. Les Serbes croyaient à l'existence d'une *divska majka*, une mère géante, qui pétrit le pain de ses seins. À Konavle, près de Dubrovnik, la *kuga* a de longs seins lourds qu'elle rejette par-dessus ses épaules, tout comme la *koljara* au Monténégro. La déesse Kshumai (à laquelle croient les Kafirs de la région montagneuse de l'Hindou Kouch), la mythique Péri (en persan : *pari*) et la *salauva* arabe – toutes ont cette même caractéristique. Alavardi (Alabasti), créature mythique antique connue de nombreux peuples asiatiques, est une grande femme aux longs seins, qu'elle rejette dans son dos.

Les sorcières n'ont parfois qu'un seul œil, il leur manque une narine, à moins qu'elles n'aient qu'une narine en guise de nez. Baba Yaga a une jambe en os (ou en fer). La cécité, ou le fait de n'avoir qu'un seul œil, est une caractéristique fréquente des créatures mythiques. Baba Yaga est aveugle (ou se plaint d'avoir mal aux yeux). Elle reconnaît ses hôtes de fortune à leur odeur car, manifestement, elle ne les voit pas.

Les êtres mythiques sont trahis par **les sons qu'ils produisent** (ils sifflent, rient, tapent des mains, etc.). Si un être humain s'adresse à elles, certaines créatures mythiques reproduisent les mots de l'homme à l'infini, comme un écho. Baba Yaga se reconnaît à ses phrases répétitives et à ses expirations caractéristiques: «Ouf, ouf, ouf!» De nombreux traits distinctifs – les «sons» particuliers, taper dans les mains, siffler, répéter les mots (écholalie) – pourraient être attribués à une forme d'autisme, et l'invalidité en elle-même, la difficulté à marcher, la cécité, la démence sénile (écholalie, répétition), tout simplement au grand âge. La conscience populaire, cependant, accordait également à la longévité une aura mystique. On croyait ainsi que les sorcières, à la différence des gens ordinaires, vivaient «très longtemps» et qu'il leur était particulièrement difficile de «se défaire de leur âme». La croyance populaire voulait que les sorcières fassent le mal même après leur mort. Ce pourquoi, quand une sorcière meurt, «il faut, d'un couteau au manche noir, lui trancher les tendons d'Achille et ceux derrière les genoux, afin d'éviter qu'elle ne sorte de sa tombe et aille dans les maisons faire du mal aux gens[1] ».

Dans certaines zones folkloriques slaves, on tient Baba Yaga pour « la tante de toutes les sorcières », dans d'autres pour « la maîtresse de toutes les sorcières », ailleurs encore pour « la sœur du Diable », tandis qu'en Biélorussie le rôle de Baba Yaga est pour le moins ardu : la mort remet à Baba Yaga les âmes des défunts, et Baba Yaga et les sorcières sous ses ordres

1. Le texte de cette note de bas de page vous apparaîtra peut-être comme un lieu commun superflu. Intéressant, comme on s'empresse toujours d'oublier les lieux communs qui concernent un génocide ! C'est, à tout le moins, une raison suffisante pour rappeler que la misogynie masculine universelle a, pendant des siècles, été à l'origine d'un véritable génocide sur les femmes, concret, culturel et symbolique. L'une des plus violentes éruptions de misogynie masculine fut la chasse aux sorcières perpétrée par l'Inquisition en Europe aux XVIe et XVIIe siècles. La chasse aux sorcières dura quasiment quatre siècles. En effet, l'Inquisition commença à la fin du XIIe et au début du XIIIe siècle, quand le pape Grégoire IX envoya ses inquisiteurs dans les régions infectées par l'hérésie, avant d'accorder officiellement le droit d'effectuer le travail d'inquisiteur aux dominicains (1235). Ce n'est que deux siècles plus tard (1542) que fut également fondée une congrégation cardinale dotée de pouvoirs inquisitionnels légaux. On estime qu'entre 1550 et 1650 une centaine de milliers de sorcières furent brûlées en Europe, même si les vrais chiffres demeurent inconnus. Le premier procès en sorcellerie eut lieu à Toulouse en 1335. La chasse aux sorcières se répandit ensuite en Europe comme une traînée de poudre, et c'est en 1486 que parut le fameux livre de Kramer et Sprenger, *Malleus Maleficarum* (« Le Marteau des sorcières »). Les inquisiteurs avaient à présent un fondement idéologique, le premier manuel qui, étant « basé sur des faits scientifiques », justifiait leurs actions. Il y a des documents sur les victimes des tortures de l'Inquisition, incomplets, certes, mais qui ont le mérite d'exister. Cependant,

doivent prendre soin des âmes jusqu'à ce qu'elles n'atteignent la légèreté souhaitée.

Remarque !

Voici les premières correspondances, sans ordre particulier, entre le manuscrit de votre autrice et Baba Yaga. Pupa est (a été) gynécologue, et il n'est pas anodin que l'autrice ait choisi pour son héroïne une profession médicale. Les sages-femmes, les vieilles femmes, les rebouteuses, les guérisseuses, les « sorcières » jouaient un rôle important et irremplaçable dans la mise au monde des enfants.

Bien que l'aspect physique des héroïnes de votre autrice ne soit en rien lié aux signes révélateurs de sorcières précédemment énoncés – sinon toute vieille femme pourrait être une sorcière –, soulignons néanmoins certains détails. La mère de l'autrice porte une

---

un grand nombre de femmes ont été assassinées en dehors du système de l'Inquisition en tant que tel. Leurs inquisiteurs étaient leurs voisins, les gens de leur village, pas tant guidés par la soumission chrétienne que par leurs croyances et superstitions locales. Dans les villages, les femmes soupçonnées d'être sorcières étaient jetées à l'eau. Si la femme coulait et se noyait, c'était la preuve qu'elle n'était pas sorcière. Si elle flottait, on la ramenait sur le rivage et on la battait à mort. Les femmes que l'on croyait sorcières étaient torturées, y compris post mortem. On perçait leur corps à coups de pieux en bois et d'aiguilles, ou on leur plantait un clou en fer dans la bouche, et on tapissait la fosse de grains de pavots (la défunte était censée, dans sa tombe, compter les grains de pavot jusqu'au dernier). Le même traitement mortuaire, par ailleurs, était réservé aux suicidés.

perruque et émet souvent des bruits : « Ouh-ouh-hou-ouh ! » Or, Baba Yaga est connue pour ses soufflements : « Ouf, ouf ouf ! » Pupa a un nez d'oiseau, elle est singulièrement maigre, à moitié aveugle et sensible aux odeurs. Kukla a de grands pieds. Beba a des seins particulièrement imposants, et la petite Wawa un monosourcil.

Soit dit en passant, en des temps anciens (et pas si anciens), toutes les femmes d'âge moyen ressemblaient probablement à des sorcières. Notre époque se caractérise par une peur panique du vieillissement, par des efforts obsessionnels pour repousser et dissimuler la vieillesse. La peur de vieillir est l'une des angoisses les plus violentes des femmes d'aujourd'hui, ainsi que, de plus en plus souvent, des hommes. Cette même peur donne un élan considérable à l'industrie cosmétique. De son côté, l'industrie « anti-Baba Yaga » entretient cette peur, et vit d'elle et à ses dépens.

L'épilation aide à garder la peau douce : on s'épile les sourcils, le menton, les aisselles, les jambes (il n'y a plus de jambes poilues !), et actuellement la mode est non seulement à l'épilation des poils du pubis, mais également à leur… *styling* ! Les perruques, les implants et la transplantation capillaire font, de fait, disparaître la calvitie féminine. Les implants dentaires éradiquent les chicots, et s'ils avaient été inventés à l'époque où les portraits de reines de beauté inondaient les toiles, elles arboreraient un large sourire : alors que là, elles ont toutes les lèvres serrées et un léger sourire énigmatique à la Mona Lisa. L'industrie cosmétique, le développement de la chirurgie esthétique, ainsi que le fait que ses services soient de plus en plus abordables... tout cela modifie l'aspect physique des habitants de la partie la plus riche du globe. La toute récente première transplantation de visage pourrait bien éveiller une nouvelle soif: la soif d'un *make-over*, d'une transformation totale, d'une métamorphose de «grenouille» mortelle en «princesse» immortelle. La croyance traditionnelle selon laquelle les sorcières boiraient le sang s'est aujourd'hui concrétisée dans la pratique bien réelle et éminemment profitable de transfusion et de remplacement du sang, une thérapie dont on croit qu'elle rajeunit l'organisme et prolonge la vie. Seuls les plus riches peuvent s'offrir un tel traitement, dans des cliniques privées haut de gamme, et ils ne s'en privent pas. L'équipe cycliste Astana, du Kazakhstan, et la star du cyclisme Alexandre Vinokourov ont été disqualifiés du Tour de France 2007, après avoir utilisé la transfusion sanguine comme mode de dopage.

L'un dans l'autre, nous pouvons donc conclure, en guise de consolation pour les sorcières, qu'aujourd'hui une infime minorité de l'humanité (que nous appellerons «les vampires») suce le sang de la majorité de l'humanité (que nous appellerons «les donneurs»), et ce à la paille, tout simplement... comme une brique de jus de fruits!

LA CABANE

« La clôture autour de la cabane est faite d'ossements humains, surmontée de crânes humains avec des yeux en guise de fléau ; une jambe, en guise de mentonnet ; une main, en guise de serrure ; une bouche aux dents acérées. »

La cabane de Baba Yaga effraie le voyageur de fortune. Il est accueilli à l'entrée par des crânes humains ; le plus souvent, il n'y a rien derrière la maison (« Derrière la cabane, il n'y a plus de chemin. Juste le noir d'encre. On n'y voit rien »), et la cabane en elle-même se comporte de manière hostile. Souvent, il n'y a ni fenêtres ni porte, elle se tient sur ses pattes de poulet, et tourne spectralement sur elle-même.

Pour entrer, le voyageur de fortune doit faire preuve d'inventivité. Le plus souvent, les héros comme Ivan Tsarévitch soufflent en direction de la cabane et disent : « Maisonnette ! Maisonnette ! Arrête-toi, maisonnette, comme tu te tenais avant : l'avant vers moi, l'arrière vers les bois. » Ou « Maisonnette, maisonnette, tourne tes yeux vers les bois, et ta porte vers moi ; je ne resterai pas à l'infini, je veux juste passer la nuit. Laisse entrer un voyageur de passage. »

À la différence des garçons, les jeunes filles ont été averties de ce qu'elles doivent faire pour amadouer la dangereuse cabane : « Là-bas, petite, le bouleau te fouettera les yeux, attache ses branches avec un ruban ; la porte grincera et claquera, graisse-lui les gonds ; les chiens te sauteront dessus, jette-leur du pain ; le chat te griffera les yeux, donne-lui du jambon. »

Selon Vladimir Propp, dans les mythes de nombreuses cultures tribales, il y a deux mondes : le monde des vivants et le monde des morts. La frontière est gardée par une bête (les bêtes gardent l'entrée de l'Hadès) ou par une cabane aux caractéristiques zoomorphiques. Dans de nombreuses cultures tribales, une cabane semblable à celle de Baba Yaga est consacrée aux rituels d'initiation des garçons dans le monde des adultes. Ils doivent d'abord être dévorés (par la cabane, dont la porte rappelle des mâchoires) afin de pouvoir renaître et rejoindre le monde des adultes.

Le héros, donc, se tient devant l'isba de Baba Yaga et dit : « Petite isba, petite isba, tourne ton avant vers moi, et ton derrière vers les bois » (*Izbuška, Izbuška, stan ko mne peredom, a k lesu zadom*). Le jeune homme est terrifié, nombreux sont ceux qui ont péri avant lui, ce que viennent confirmer les crânes sur la barrière, mais il demande tout de même à entrer (« Laisse-moi entrer, un peu de pain et de sel manger ! »). Pendant ce temps, dans sa cabane, Baba Yaga jubile et marmonne : « Tu es venu à moi tout seul, comme un mouton dans la gueule » (*Sam prichel, kak baran na stol*).

Une fois dans la maison, les héros sont confrontés à une nouvelle vision d'horreur : « Sur le poêle, sur la neuvième brique, repose Baba Yaga à la jambe d'os, son nez touche le plafond, sa bave dégouline jusqu'au seuil, ses seins pendent à la tringle, et elle aiguise ses dents[1] ». Les descriptions de Baba Yaga varient : étendue d'un bout à l'autre de la cabane, elle a dans certaines versions une jambe sur une étagère, l'autre sur le poêle ; ailleurs, elle a les seins jetés sur le poêle, à moins qu'ils ne pendent « à un bâton » ou qu'elle ne « ferme le poêle de ses seins », tandis que « la morve lui dégouline » du nez et qu'elle « récupère la suie de sa langue ». Dans quelques très rares occurrences, sa description est ouvertement sexuelle : Baba Yaga bondit hors de la cabane « les fesses nerveuses » et « la chatte reluisante ». Baba Yaga fait partie intégrante de sa maison, elle en est devenue indissociable, au point que sa cabane sautille à sa place ou tourne sur elle-même tel un jouet.

Comment les héros maîtrisent-ils leur peur ? Lors de leur première rencontre avec Baba Yaga, ils se comportent avec impudence : « Allez, la vieille, arrête de geindre. Donne-moi à boire et à manger, prépare-moi un bain, et ensuite, je te dirai ce qui m'amène. » Nous reconnaissons dans le ton comme dans le contenu un stéréotype : c'est ainsi que, dans les sociétés patriarcales, les maris s'adressent à leur femme. Ce n'est pas le type de comportement attendu de la part de jeunes hommes qui rencontrent une vieille femme inconnue pour la première fois, mais étrangement la formule magique fonctionne. En entendant le ton et le contenu de cette réplique, Baba Yaga s'amadoue et

1. Tringle (russe : *griadka*) : dans les isbas traditionnelles russes, une sorte de perche à laquelle les habitants pendent le linge ou les berceaux des enfants.

s'exécute immédiatement. La familiarité grossière dont fait preuve le jeune hôte de fortune est la clé enchantée qui ouvre sa porte[1].

Le héros s'est retrouvé nez à nez avec un *vagina dentata* et, voyez-vous ça, il s'en est sorti vivant.

Précisons immédiatement que si l'obscénité des vieilles femmes n'est pas rare dans le monde mythico-rituel, elle est rarement sexuelle. Cette obscénité est de nature rituelle et a un but précis. Ainsi, Baubo, célèbre vieille dévergondée, souleva sa jupe pour montrer ses parties à Déméter. Tournant en dérision le rôle de sage consolatrice que l'on attendait d'elle, Baubo réussit à faire sourire Déméter[2]. La déesse japonaise Ame-No Uzume fait, au moyen d'une danse obscène, sortir de sa caverne la déesse du soleil Amaterasu, afin de disperser les ténèbres qui se sont abattues sur la terre. Dans certaines régions de Serbie et de Bulgarie, la coutume voulait que les vieilles femmes soulèvent leurs jupes et montrent leurs vulves pour éloigner la grêle, et ainsi sauver les récoltes. Dans le sud de la Serbie, il arrivait que les vieilles femmes se déshabillent et courent nues autour de la maison pour chasser la grêle, tout en récitant des incantations :

1. « Voici la solution de l'énigme ! » dit la magnifique princesse. « Le coffret en bois, c'est moi, et la clé en or, c'est mon mari » (*La Princesse enchantée*).

2. Baubo est représentée sous la forme d'une figurine à la vulve hypertrophiée, ou, plus souvent, comme un visage-vulve. Elle est parfois représentée comme une *dea impudica* (une déesse impudique), qui chevauche une truie, les jambes écartées. Or, sur des estampes russes du XVIIIe siècle, Baba Yaga chevauche elle aussi une truie !

«Ala, n'attaque pas l'ala
Mon ala que tu vois
Moult alas déjà avala.»

Ou encore:

«Fuis, monstre, le monstre merveilleux!
Fuis, monstre, le monstre merveilleux!
Vous ne pouvez être ensemble sous les cieux.»

On croit, donc, que la vulve – l'*ala* ou le *monstre* – a le pouvoir magique de disperser les nuages. Selon la croyance populaire, les nuages sont conduits par des dragons (*ala*), d'où le vers «ala, n'attaque pas l'ala» (dragon contre dragon, vulve contre nuages). Rappelons que Baba Yaga maîtrise elle aussi les éléments: elle intervient souvent dans le rôle de maîtresse des vents[1].

Baba Yaga joue le rôle d'initiatrice pour les héros masculins comme féminins. L'initiation féminine est rarement de nature sexuelle, tandis que la masculine est expressément sexuelle: au niveau psychanalytique, la rencontre avec Baba Yaga est une confrontation avec un *vagina dentata*, avec la mère, la grand-mère, une hideuse petite vieille qui est l'inversion grotesque de la future épouse[2]. On trouve chez certaines tribus

1. «La vieille sortit sur le porche, tonna d'une voix grondante, siffla d'un sifflement juvénile, et soudain, des vents violents se levèrent et soufflèrent de tous côtés, l'isba se mit à trembler» (*La Princesse enchantée*).

2. Dans le conte serbe *La Jeune Fille oiseau* (*Tica devojka*), en haut de la montagne, une vieille femme avec un oiseau sur les genoux attire les jeunes hommes et les pétrifie. Ce n'est qu'en approchant la

autochtones d'Amérique du Nord le mythe de la Mère terrible, dans le vagin de laquelle se trouve un poisson qui dévore les hommes. La mission du héros est de vaincre la Mère terrible, plus précisément de casser les dents du poisson qui vit dans son vagin.

Remarque !

La cabane, le *vagina dentata*, est un fantasme masculin de castration. On trouve dans la prose de votre autrice une inversion intéressante, dans le personnage de Kukla. Kukla est la victime de son propre *vagina dentata*. L'incident qui s'est produit au début de sa vie sexuelle détermine toute sa vie ultérieure. Le problème de Kukla est double : sa sexualité, mais aussi sa créativité, sont pétrifiées. Elle est comme une Méduse dont on n'aurait pas tendu le miroir vers les autres, mais qui se serait elle-même regardée dans le miroir. Elle n'a pas d'enfants, et elle ne commence à écrire qu'à la mort de son mari. De plus, si elle écrit, c'est en se cachant sous le nom de son défunt époux.

---

petite vieille par-derrière et en la maîtrisant brutalement que le jeune homme peut échapper à la pétrification (soit l'impuissance symbolique) et atteindre son but, « l'oiseau de la vieille » (!). Et quand il embrasse et caresse l'oiseau (!), ce dernier se change en jeune fille, la future épouse du jeune homme : « Elle accepte, lui tend l'oiseau, ouvre la bouche et souffle une sorte de brise bleutée dans la direction des pétrifiés, qui reviennent tous à la vie. Le fils du roi prend l'oiseau et, de ravissement, se met à l'embrasser, et sous ses baisers ce dernier se transforme en une magnifique jeune fille. »

Ce n'est que lorsqu'elle quitte son foyer, sa « cabane », que Pupa peut mourir. Quitter le foyer est un acte émancipateur, qui mène Pupa à son but – la mort.

En rentrant à la maison, l'autrice rentre dans l'« isba » maternelle et répète pour la énième fois un rituel d'initiation. Elle doit respecter les règles de l'isba de Baba Yaga sous peine de se faire dévorer. L'humoristique slogan émancipateur – *Good girls go to heaven, bad girls go everywhere* – contient l'histoire féminine (telle que la voyaient les hommes), où le destin féminin était déterminé par deux pôles opposés : la maison (la propreté, l'ordre, la sécurité, la famille) et l'espace hors de la maison (la saleté, le désordre, le danger, le chaos, la solitude). L'espace extérieur était traditionnellement réservé aux hommes, et l'intérieur, la maison, aux femmes.

En guise de conclusion, une anecdote intéressante, que l'on peut lire comme la matérialisation de la métaphore dans la réalité contemporaine. Le *vagina dentata* est passé du champ des fantasmes sexuels à la réalité, avec l'invention du préservatif féminin Rapex. Son inventrice, une Sud-Africaine, souhaite avec cet accessoire aider les femmes africaines à se prémunir du viol. Ce préservatif féminin, exactement comme le vagin de la Mère terrible dans les mythes autochtones nord-américains, est muni de dents de poisson qui, lors de la pénétration, peuvent blesser le pénis. L'inventrice aurait été inspirée par sa rencontre avec une victime de viol qui lui aurait dit : « Si seulement j'avais eu des dents en bas. »

LE MORTIER

Le mortier (égrugeoir), objet du quotidien rural, est doté d'un puissant rôle symbolique dans les mythologies européennes et asiatiques. Le mortier est une représentation symbolique de l'utérus, tandis que le pilon est le pénis. En Biélorussie, par exemple, il existe une explication humoristique, à l'intention des enfants, sur la manière dont les bébés viennent au monde : « Du ciel je suis tombé, dans un mortier me suis retrouvé, du mortier je suis sorti, et regarde comme j'ai grandi ! » (*Z neba upau, Da u stupu papau, A s stupy vylez, I vot jakoj vyros*).

Chez les Slaves, le mortier était utilisé dans des coutumes farcesques lors des noces. On remplissait le mortier d'eau et la jeune mariée devait battre le pilon jusqu'à chasser toute l'eau (!). Selon une tradition, lors du banquet de noces, le mortier est « habillé » en femme, le pilon en homme, et les « jeunes mariés » symboliques trônent sur la table du banquet.

Les Russes et les Ukrainiens utilisaient le mortier dans leurs rituels de guérison. On croyait pouvoir chasser la maladie *à coups* de mortier, chasser le mal du bétail *à force de coups*, ou encore *battre* la fièvre dans le mortier.

Le Veda indien célèbre également le mortier et le soma (le soma est le nectar des dieux, semblable à l'ambroisie, bien qu'il soit tout à fait possible qu'il s'agisse de sperme), mais ici la symbolique sexuelle est élevée à un niveau cosmique : le mortier est l'utérus cosmique où la vie se renouvelle, et le pilon le phallus cosmique[1].

Une incantation russe du XVIIe siècle mentionne un mortier en fer : « Il y a un mortier en fer, sur ce mortier en fer une chaise en fer, sur cette chaise en fer une baba en fer » (*Stoit stupa železnaja, na toj stupe železnoj stoit stul železnyj, na tom stule železnom sidit baba železnaja*).

Le mortier est le moyen de transport de Baba Yaga, et dans le monde des mythes, elle seule a le permis exclusif de voler en mortier. Les sorcières « ordinaires » enfourchent un balai, s'envolant de chez elles par la cheminée. La baba de l'épopée *La Couronne de la montagne*, de Petar II Petrović Njegoš, déclare : « Nous souquons des rames d'argent, notre barque est une coquille d'œuf. » Ce vers fait allusion à la croyance populaire selon laquelle les sorcières se déplacent en coquille d'œuf. Ce pourquoi les coquilles sont d'abord réduites en morceaux avant d'être jetées, pour qu'elles ne puissent pas servir aux sorcières. Sur l'île de Krk également, on croit que « les *viška* (les sorcières) et les *mora*[2] ne peuvent traverser la mer que dans une coquille d'œuf ».

1. Voici également une référence contemporaine et consternante. En Inde (des exemples similaires sont à noter en Afrique du Sud), les hommes infectés par le virus du sida croient qu'un rapport sexuel avec une vierge pourra les guérir. Il existe des maisons closes spécialisées, qui achètent à leurs parents des fillettes âgées de cinq à dix ans et les utilisent « à des fins médicinales ». Les petites filles contractent quasiment immédiatement le virus du sida.

2. *Mora* : être imaginaire qui rend visite aux humains pendant leur sommeil pour leur sucer le sang. (*N.d.T.*)

Le mortier, le moyen de transport de Baba Yaga[1], est symboliquement plus proche de la coquille d'œuf que du balai. Baba Yaga se déplace dans son propre utérus symbolique (hypertrophié au point qu'elle tient tout entière dedans) et rame dans les airs de son pilon (un pénis !). Affranchie des lois humaines qui déterminent ce qui peut et ne peut pas être fait, des cruelles lois des sexes, Baba Yaga utilise les deux organes, le masculin et le féminin, et vole, ce qui est une puissante représentation mythique de la sexualité humaine. Cette sexualité, du reste, est grotesque et carnavalisée. Étant donné son âge avancé (une centaine d'années, selon les dires), Baba Yaga est non seulement une parodie, mais également un travesti de la sexualité humaine.

Bien entendu, d'autres interprétations sont possibles : en tant qu'être féminin, Baba Yaga a d'office « les ailes coupées », et se retrouve contrainte de « voler » dans un mortier, un objet du quotidien, ce qui revient à voler dans une marmite ou dans une panière. Selon d'autres interprétations, Baba Yaga est en réalité un androgyne, un hermaphrodite, et donc un être humain parfait, la variante folklorique de Tirésias, à qui les dieux permirent de changer plusieurs fois de sexe (et qui finit par conclure que mieux valait être une femme !). Dans les mascarades de carnaval slaves, comme en Croatie,

1. « Bientôt la forêt résonne d'un terrible vacarme : les arbres frissonnent, les feuilles sèches bruissent ; Baba Yaga sort de la forêt, son mortier chevauchant, de son pilon jouant, agitant son balai pour ses traces effacer. »

par exemple, on porte dans le village un mannequin appelé « mémé porte pépé », composé d'éléments entremêlés des corps masculin et féminin.

Une célèbre estampe russe (*loubok*) du début du XVIIIe siècle représente une scène pour le moins insolite : Baba Yaga se prépare à combattre un crocodile. Le crocodile serait Pierre Ier le Grand (les orthodoxes vieux-croyants l'appelaient « le Crocodile »), et Baba Yaga sa femme. Baba Yaga chevauche une truie, et tient d'une main les rênes, de l'autre un mortier. Elle porte à la ceinture une hache et une quenouille. Un objet « masculin », donc, et l'autre typiquement « féminin », bien que tous deux de forme phallique. Ainsi Baba Yaga possède-t-elle, dans l'imaginaire d'un graveur sur bois anonyme, les deux symboles de pouvoir.

Remarque !

Le radiateur électrique de Pupa, en forme de grosse botte de fourrure, est en réalité un équivalent moderne du mortier de Baba Yaga. Le lien devient encore plus évident quand la petite Wawa adopte la botte de Pupa et l'utilise comme l'utérus maternel, où elle peut s'endormir et rêver librement.

Kukla, la *vagina dentata*, se languit d'un pénis pour pouvoir mettre en marche sa « machine volante » et voler en toute indépendance. Mais pour qu'elle obtienne la pièce convoitée, son propriétaire doit mourir. C'est peut-être pour cela que tous les hommes de

Kukla meurent, ou sont handicapés : Kukla, en effet, n'a pas besoin d'un homme entier, elle n'a besoin que d'une partie, le « pilon ». On sent autour de Kukla – qui, en des temps antiques, serait la maîtresse des vents – un vague courant d'air, une légère brise.

LE CANNIBALISME

Baba Yaga a la mauvaise réputation de « manger les gens comme des poulets » (*ela ljudej kak cypljat*). Son isba ceinte d'une multitude d'ossements humains signale clairement au voyageur de fortune qu'il est arrivé à l'adresse d'une cannibale.

D'un point de vue folklorique, le cannibalisme de Baba Yaga est lié à un rituel au nom terrifiant : « faire rôtir l'enfant » (*perepekanie rebenka*). Ce rituel était effectué sur des enfants souffrant de rachitisme (en Ukraine et en Russie, le rachitisme était communément appelé « vieillesse des chiens », *sobač'ja starost*)[1]. Le rituel, dont le sens était de « brûler » la maladie, était accompagné d'une incantation : « Tout comme le pain rôtit, toi aussi, vieillesse des chiens, rôtis ! » (*Kaka hleb pečetsja, tak i sobač'ja starost' pekiš'!*). Au

1. En Ukraine, par exemple, la rebouteuse apportait le matin de l'eau de trois puits différents, pétrissait la pâte, faisait cuire un pain, puis, en sortant le pain du four, faisait semblant de pousser l'enfant malade dans le four. Pendant le rituel, la mère de l'enfant devait faire trois fois le tour de l'isba, s'arrêter à chaque fois devant la fenêtre et demander :

« Que fais-tu, grand-mère ?

– Je pétris le pain ! » répondait la rebouteuse.

cours de la cérémonie, qui était menée par la rebouteuse du village, on faisait semblant de jeter l'enfant malade dans le four à pain. Autrement dit, on assimilait symboliquement le pain à l'enfant, et le four au ventre de la mère. Faire rentrer l'enfant dans le four, c'est-à-dire dans le ventre de la mère, avait la signification d'une renaissance. L'enfant faible et rachitique n'avait pas bien « cuit » dans le ventre de sa mère, et il fallait « finir de le cuire » dans le four. Simultanément, le four symbolise le monde des morts, un bref séjour outre-tombe et une mort provisoire.

Dans la majorité des contes, Baba Yaga est représentée comme une vieille femme qui vit seule. Parfois, elle apparaît comme la mère d'une fille unique, et parfois comme la mère de quarante et une filles. D'un point de vue psychanalytique, le motif le plus intéressant est indéniablement la dévoration de sa propre fille. Baba Yaga mange par erreur sa propre fille (comme le Grec Thyeste, frère d'Atrée, qui mange ses propres fils), ou tue par erreur toutes ses filles[1].

Pour les Slaves du Sud, la sorcière est capable de nuire exclusivement à sa famille et à ses amis. « À personne haïe faire le mal ne pouvons, mais qui nous est cher ou proche, pas à pas ses biens nous déterrons », déclare la baba de la *Couronne de la montagne*. On trouve également chez les Slaves du Sud le dicton

1. « La sorcière Chuviliha accourut, entra dans la cabane, but et mangea tout son saoul, et ressortit. Elle se mit à se vautrer par terre et à rouler en disant : "Je me vautrerai, je roulerai, car je suis repue de la viande de Terechechka !" Mais ce dernier lui lança du haut du chêne : "Roule, sorcière, vautre-toi, tu es repue de la viande de ta propre fille." »

« Où irait la sorcière sinon chez les siens ». Dans une chanson populaire serbe, un berger décrit son rêve en ces termes :

> « Les sorcières m'ont mangé :
> Ma mère le cœur m'a arraché,
> Ma tante la bougie lui tenait. »

Sur certaines îles croates, on croit que « les sorcières aiment arracher le cœur d'abord de leur famille, ensuite de leurs amis, et si l'une est insatisfaite de son mari, alors, c'est son cœur qu'elle arrachera en premier ». En Herzégovine et au Monténégro, on croit que les sorcières ne mangent que les enfants qui leur sont « chers et proches, quitte à ce que ce ne soient pas les leurs » (!). Selon la croyance populaire, une femme ne peut devenir sorcière qu'après avoir mangé son propre enfant. À Konavle, on affirme que la sorcière « n'a pas la moindre force tant qu'elle n'a pas tué son enfant ». Les Monténégrins eux aussi pensent que « la femme qui veut devenir sorcière doit tout d'abord manger son propre enfant avant de pouvoir en manger d'autres ».

Pour ce qui est de l'alimentation des sorcières, les Slaves pensent que la sorcière aime par-dessus tout boire « le sang des enfants et de ceux dont le sang est sucré ». Elle « boit le sang à la petite cuillère, et rapidement l'enfant dépérit et meurt ». Selon la croyance, il arrive aussi que les sorcières tuent des adultes : « Elles vident le cœur de son sang, et le jeune homme ou la jeune fille qu'elles ont vidé disparaît, dépérit et meurt dans la fleur de l'âge. »

Le sang est extrêmement rare au menu de Baba Yaga. On trouve dans un conte sibérien le motif inhabituel d'une Baba Yaga qui suce le sang de la princesse Marfita. Le héros tranche la tête de Baba Yaga, mais la tête prend la fuite en se servant des jambes de Marfita.

S'il arrive que des doigts humains flottent dans la soupe cuisinée par Baba Yaga, son menu est plutôt ordinaire. Ce qui est extraordinaire, par contre, c'est son appétit hors du commun[1].

Les dimensions du cannibalisme de Baba Yaga sont modestes comparées au cannibalisme des sorcières classiques, ou des Ménades, les Bacchantes, qui, dans leur transe, déchirent à pleines dents des animaux vivants, avant de réduire en pièces Penthée lui-même, menées par Agavé, la mère de Penthée (chez Euripide).

Remarque !

J'attire ici votre attention sur des détails discrets, potentiellement liés à Baba Yaga. Dans la première partie, c'est à peine si la mère de l'autrice permet à sa fille d'entrer sur son territoire. La mère est assimilée à la maison, ou, plus précisément, elle est la maison, et elle vit la présence de sa fille, ainsi que les choses

1. « Vassilissa alluma la lanterne aux crânes sur la barrière, puis se mit à sortir les plats du four et à les déposer devant Baba Yaga, et il y avait à manger pour dix. Elle remonta de la cave du kvas, du miel, de la bière et du vin. La vieille femme mangea tout, but tout jusqu'à la dernière goutte, ne laissant à Vassilissa qu'un peu de soupe, un croûton de pain et un petit morceau de porc » (*Vassilissa la Très Belle*).

qu'elle apporte dans la maison, comme une violation de son territoire. Bien que trivial à première vue, l'épisode du meuble de chevet a une valeur symbolique : il ne devient acceptable pour la mère qu'une fois repeint, après être passé par une transformation, après avoir été symboliquement « mâché » et « digéré ». Bien que ces relations ne soient évoquées que par allusions, Beba et Pupa ont avec leurs enfants des rapports traumatiques, que l'on pourrait facilement expliquer par du cannibalisme symbolique. À un moment, Beba reconnaît être la « meurtrière » de son fils.

LA MÈRE, LA SŒUR, LA FEMME

La situation familiale de Baba Yaga est contradictoire. Baba Yaga est une femme sans mari. Dans la version tchèque, Ježibaba a un mari, Ježibabela, dont le nom lui-même en dit long sur les rapports de force au sein du couple. Le plus troublant, c'est le statut maternel de Baba Yaga : parfois, on mentionne une fille, Marinouchka, et parfois même quarante et une filles. Ailleurs encore, Baba Yaga est présentée comme la mère des dragons. Dans un conte, Baba Yaga, étant tombée dans un piège et ayant mangé de la farine et du sel, boit de l'eau de mer pour étancher sa soif, jusqu'à éclater, donnant naissance à une foule de crapauds, souris, serpents, vers et araignées. Certains contes mentionnent les sœurs de Baba Yaga (qui sont identiques et ne se différencient que par leurs âges respectifs). Elles aussi s'appellent Baba Yaga. Certains personnages, comme la Jeune Fille aux yeux bleus (*Sineglazka*), s'identifient comme les neveux ou nièces de Baba Yaga. Cependant, l'image de Baba Yaga comme une vieille femme vivant seule domine les autres versions.

Baba Yaga représente la face sombre de la maternité. Elle apparaît sous les traits d'une méchante marâtre, d'une sage-femme mal intentionnée ou d'une mère mensongère (dans un conte, elle imite la voix de la mère du héros pour l'attirer et le dévorer). Çà et là, très rarement, on trouve des motifs pervers : ici, elle tète les seins de l'héroïne, là, elle demande à la jeune héroïne de lui chanter des berceuses et de la bercer pour l'endormir. Baba Yaga est entourée de symboles (potentiels) de la sexualité féminine : son four est l'utérus, sa maison à pattes de poulet le ventre de la femme. Le mortier de Baba Yaga est son utérus symbolique, mais il pourrait tout aussi bien être celui de sa mère, Baba Yagišnja. De fait, parfois, Baba Yaga caresse son mortier et l'appelle mortier-mamounette (*stupuška-matuška*) !

Baba Yaga a envers les femmes des réactions misogynes et elle est encline à une compétition déplacée avec les jeunes héroïnes. Elle traite en général les héroïnes comme ses servantes, leur ordonnant d'effectuer des tâches ménagères difficiles[1]. Plus souvent, cependant, elle apparaît comme l'aide et la sauveuse d'une jeune fille en détresse. Même quand elle tue

1. Baba Yaga chasse de chez elle Vassilissa, qui a pu effectuer les travaux imposés par Baba Yaga avec l'aide de l'esprit de sa mère, incarné dans une poupée : « Tu sais quoi, fille bénie, sors d'ici ! J'ai pas besoin de bénies-oui-oui ! » (*Vassilissa la Très Belle*).

sa propre fille (ou ses propres filles) par erreur, Baba Yaga ne semble pas tant envahie par la douleur de sa perte que par la fureur et le désir de vengeance. Elle est méchante envers les petits garçons, qu'elle dévore avec plaisir, et aimable, presque soumise avec les jeunes hommes : elle les nourrit, les abreuve, discute avec eux, leur donne des objets magiques qui les tireront d'affaire et les aideront dans leurs relations avec les jeunes filles aimées. Si les héros sont aimables et bien élevés, Baba Yaga et ses sœurs se changent en gentilles grands-mères au cœur sur la main[1].

Bien qu'entourée de symboles féminins hypertrophiés (les gros seins, le mortier, la cabane, le four), Baba Yaga a aussi des caractéristiques masculines. Elle parle d'une voix de basse, a un long nez, une jambe d'os ou de fer, de longues dents en fer et elle ne sait pas cuisiner (!). Souvent, elle offre à ses hôtes indésirables des plats immangeables : du pain en fer, des gâteaux salés, de la soupe où flottent des doigts ou des crachats. Baba Yaga parle aussi souvent « comme un homme ». Dans le conte *Pars là-bas – je ne sais pas où, rapporte ça – je ne sais pas quoi*, Baba Yaga dit : « C'est un homme ordinaire, nous en viendrions facilement à bout – c'est comme priser du tabac. » Autrement dit, Baba Yaga sait priser le tabac.

1. « Et toi, grand-mère, pose la tête sur mes épaules puissantes, et enseigne-moi ta sagesse.

– Nombreux sont les jouvenceaux qui sont passés par ici, mais rares sont ceux qui m'ont parlé gentiment. Mon enfant, prends mon cheval. Mon cheval est plus rapide, il t'emmènera à ma sœur cadette, qui te donnera plus de conseils » (*Les Pommes de jeunesse et l'eau vive*).

Baba Yaga n'a de relations d'adversité qu'avec un seul homme, Kochtcheï l'Immortel. Malgré son respect pour lui, Baba Yaga ne rechigne pas à révéler au jeune héros le secret du pouvoir de Kochtcheï. Kochtcheï l'Immortel fait montre envers Baba Yaga du même rapport de respect, mais également d'adversité[1].

Combinant ainsi des symboles (potentiellement) masculins et féminins, Baba Yaga est, d'un point de vue psychanalytique, une « mère phallique ». Certains interprètes (Geza Roheim) voient dans l'isba de Baba Yaga une représentation du coït hétérosexuel. La vision de Baba Yaga – allongée dans sa cabane les jambes écartées, les seins pendus à la tringle et le nez au plafond – est en réalité (d'un point de vue enfantin) la confrontation de l'enfant avec le coït de ses parents. D'autres détails peuvent être interprétés de manière similaire, et le cannibalisme de Baba Yaga pourrait être une projection de la faim agressive enfantine. L'enfant affamé veut manger sa mère.

1. « Ah, je sais ! dit Baba Yaga. Elle est à présent chez Kochtcheï l'Immortel. Tu la retrouveras difficilement, il n'est pas aisé de venir à bout de Kochtcheï : sa mort se trouve au bout d'une aiguille, l'aiguille est dans un œuf, l'œuf est dans une cane, la cane est dans un lièvre, le lièvre est dans un coffre, le coffre sur un haut chêne, et Kochtcheï garde ce chêne comme la prunelle de ses yeux » (*La Princesse grenouille*).

« Au-delà de trente pays, et même dans le trentième royaume, au-delà de la rivière de feu, vit Baba Yaga. Elle a une jument merveilleuse sur laquelle elle fait chaque jour le tour du monde, et beaucoup d'autres bonnes juments. J'ai été berger chez elle pendant trois jours, je n'ai perdu aucune jument, et en échange de mes bons et loyaux services, Baba Yaga m'a offert un poulain » (*Maria Morevna*).

Inversement, la mère est, bien sûr, une cannibale qui veut manger son propre enfant.

Propp trouve une explication à la nature masculine de Baba Yaga dans le travestissement (le déguisement des hommes en vieilles femmes) des rituels tribaux de la transition du matriarcat au patriarcat. La mère tribale est jouée par un homme habillé en femme, par un homme, donc, doté à la fois d'un phallus et de seins féminins. On trouve dans le livre d'Andreas Johns sur Baba Yaga une information intéressante. Une conteuse populaire décrit comment le héros frappe Baba Yaga d'un coup de baguette magique, et elle se transforme en femme (*ona v ženščinu oborotilas'*). Si Baba Yaga a le pouvoir de se changer en diverses choses, d'être l'intermédiaire entre deux mondes, l'inhumain (le monde fantastique, de la forêt, souterrain ou de l'inconscient) et l'humain, alors sa nature androgyne – ou son rôle d'intermédiaire entre les sexes – va de soi[1].

1. En termes de transsexualité, le conte bulgare *La Jeune Fille à sa grand-mère* (*Babinoto devojče*) est particulièrement intéressant. La Jeune Fille à sa grand-mère s'habille à plusieurs reprises en homme pour sauver la fille du roi. Le roi lui offre la main de sa fille, mais le faux jeune homme refuse par trois fois de devenir le gendre du roi. La jeune fille, en effet, préfère le dragon chez lequel elle a passé quelque temps comme prisonnière, mais elle s'est attiré les mauvaises grâces du dragon en le brûlant par inadvertance avec de la cire de bougie (en le castrant ?), et la blessure refuse de guérir. La jeune fille essaie à plusieurs reprises de revenir auprès du dragon, mais ce dernier la repousse brutalement, l'envoyant dans l'un des royaumes inférieurs. Les royaumes, soit dit en passant, sont empilés comme les étages d'un immeuble (trois royaumes au-dessus, six royaumes en dessous). À la fin, la jeune fille est contrainte de changer de sexe, car un sort la transforme définitivement en jeune homme, qui épouse ensuite la fille du roi.

Remarque !

Dans la prose de votre autrice, les héroïnes sont, de manière générale, des femmes. Les personnages féminins, cependant, changent ou échangent les rôles ou, plus exactement, un rôle se fond dans l'autre, un rôle recoupe l'autre. Dans la première partie du diptyque, la fille reprend le rôle de la mère : elle est non seulement la soignante, mais à un moment elle devient même sa mère par procuration, son *badal*. Kukla n'a pas d'enfants. Dans un réseau de sens psychanalytique, Kukla pourrait être un homme, comme, du reste, toutes les autres héroïnes. Beba a un fils homosexuel, mais il la surpasse en maturité, il reprend le rôle de mère qu'elle, soi-disant, n'a pas été en mesure d'assumer, et lui laisse sa fille adoptive. L'un dans l'autre, le diptyque de votre autrice pourrait être un champ intéressant d'analyse et d'interprétation des significations genrées.

LES BAINS

« Dès que l'archer est revenu des écuries, les domestiques s'emparent de lui et le jettent dans le chaudron : il se débat, saute du chaudron – et en ressort paré d'une beauté qu'on ne saurait conter ni décrire » (L'Oiseau de feu et la tsarine Vassilissa).

Dans tous les mythes cosmologiques, y compris les slaves, l'eau a la signification du chaos originel, du commencement originel et de la naissance du monde.

Selon les croyances slaves, l'eau coule dans les veines de la terre tout comme le sang coule dans le corps humain. De nombreuses croyances, rites, rituels et démons slaves sont liés à l'eau, *voda* (*vodjanoj, vodjaniha, vodnik, vodjanik, vodovik, rusalke*), ainsi que des saints (la déesse préchrétienne Mokoš et ses héritières chrétiennes sainte Parascheva, sainte Petka). L'eau est un élément ambivalent, elle est porteuse de maux (*Gde voda tam i beda!,* Où il y a de l'eau, il y a de la misère!), mais également de purification et de renouveau.

La *banya* (les bains de vapeur, le sauna) est un lieu particulier de la pensée mythique des Slaves (principalement des Russes). La *banya* est en principe un lieu sale, mais également de purification : c'est à la *banya* que l'on « évapore » ou « chasse par la vapeur » les maladies, les mauvais sorts, les pensées des gens mal intentionnés, et ainsi de suite. Dans la *banya* vit l'esprit Bannik (*bajnik, baennik, banjuško, laz'nik*). Il est invisible, ou revêt la forme d'un vieillard nu, sale et hirsute, au corps recouvert de boue et de feuilles. Des esprits féminins vivent également à la *banya* : la *obderiha* est une horrible vieille femme échevelée qui apparaît nue, ou sous la forme d'un chat, et vit sous les bancs de bois. La Šišiga est un démon féminin qui prend la forme d'une connaissance ou d'une parente pour attirer sa victime dans la banya et l'étouffer dans la vapeur.

Une partie des rites nuptiaux, prénataux et mortuaires se déroulaient à la *banya*. Les rites prénuptiaux (liés uniquement à la future mariée) ressemblent beaucoup aux rites mortuaires, car en quittant son foyer natal, la jeune mariée meurt rituellement pour sa famille.

Lorsqu'elle sent la présence de son hôte de fortune, Baba Yaga menace avec fureur de le dévorer. Le héros, comme nous l'avons dit, amadoue Baba Yaga par son impudence, et lui demande de commencer par chauffer la banya et lui préparer quelque chose à manger. Ensuite seulement lui racontera-t-il où il va et ce qu'il cherche.

Pour I.P. Davidov, la *banya* chez Baba Yaga est un équivalent au rituel mortuaire lié au lieu de la *banya*[1]. La *banya* est un lieu de transformation, de « mise à mort » rituelle. Le héros se prépare à entrer dans le monde des morts, et le rituel du bain de vapeur et du repas est une préparation indispensable pour ce voyage. Baba Yaga, à moitié aveugle, reconnaît le héros à son odeur, il sent « l'humain vivant » (*ruskim duhom pahnet*, *russkoj koskoj*), et en tant qu'être humain vivant, il ne peut survivre dans le monde des morts. Baba Yaga elle-même vit à la frontière entre deux mondes, celui des morts et celui des vivants. Elle est la douanière, et sa cabane le poste de douane. Par conséquent, Baba Yaga est « bilingue », elle parle la langue des morts et celle des vivants, ce qui fait d'elle la seule à pouvoir délivrer au héros le visa symbolique qui lui permettra d'entrer dans le monde des morts. Le rituel du bain de vapeur a pour but de « faire

1. I.P. Davidov, « *Banja u Baby Jagi* (*La Banya chez Baba Yaga*) », *Vestnik Moskovskogo Universiteta*, série 7, Philosophie, n° 6, 2001.

mourir » le héros (pour qu'on ne puisse le reconnaître à son odeur dans le monde des morts), de le réadapter (pour qu'il puisse voir et parler dans le royaume des morts). Pour V.J. Propp, le repas rituel a pour but de desceller la bouche du mort dans l'autre monde. Avant de descendre dans le royaume des morts, le héros du conte doit encore apprendre quelques astuces : comment ne pas dormir, comment ne pas rire, comment voir et parler comme un mort. Baba Yaga donnera au héros pour son voyage dans le monde des morts un cheval et une bobine de fil qui l'emmèneront là où il veut aller. Baba Yaga elle-même quitte rarement son poste (de garde).

Le retour du héros dans le monde des vivants s'accompagne d'un nouveau rituel, dans lequel l'eau joue à nouveau un rôle crucial : l'eau vive et l'eau morte. L'eau morte cicatrise les blessures, aide à recoller les membres arrachés, et l'eau vive ramène l'âme dans le corps.

Remarque !

La station thermale dans laquelle votre autrice a situé la deuxième partie de son diptyque est selon moi un choix particulièrement judicieux. Les villes d'eau sont un important topos littéraire : des œuvres fondamentales de la littérature russe sont nées dans des villes thermales (mentionnons, pour ne citer qu'elle, la célèbre Baden Baden), situées dans un environnement thermal ou même, comme la nouvelle d'anthologie

Les Bains de Mikhaïl Zochtchenko, thématisent les us et coutumes communistes absurdo-comiques liés aux bains de vapeur. Milan Kundera choisit les villes d'eau comme cadre idéal de ses romans (*La Valse aux adieux*) et nouvelles (*Le Docteur Havel vingt ans plus tard*). Le topos de la ville thermale est également judicieux d'un point de vue folkloristique, car par ce seul choix du lieu de l'action l'autrice convoque toute une série de mythes ancestraux liés aux sources miraculeuses, de légendes sur l'eau qui guérit et les pommes qui font rajeunir, sur l'eau vive et l'eau morte, ainsi que sur l'eau qui donne de la force et la reprend (*voda sil'naja i bezsil'naja*). Ce à quoi vient s'ajouter la *banya* de Baba Yaga, où les héros prennent un bain de vapeur rituel avant leur départ pour un long voyage, et où les héroïnes se baignent car Baba Yaga ne les traite que comme un potentiel casse-croûte (« Va, fais chauffer la *banya* et baigne ta nièce, et surtout, lave-la bien : je veux la manger pour le petit-déjeuner ! »).

LES PIEDS, LES JAMBES

Les êtres démoniaques ont des pieds qui trahissent leur nature : il peut s'agir de sabots, de pattes d'oiseau, de canard, de dinde ou de poule, d'un surplus d'orteils (six au lieu de cinq), ou encore d'un pied unique.

En Chine antique, tout comme dans le monde bouddhiste, musulman et chrétien, on croyait que les traces d'érosion naturelle sur les pierres étaient les empreintes de pieds des dieux, des héros, des prophètes et des saints. La mère fondatrice de la dynastie Zhou, par exemple, tomba enceinte après avoir marché dans l'empreinte d'un dieu. Les croyances liées aux empreintes de pied dans la pierre – laissées par des dieux, des saints, des prophètes, mais également des créatures comme les fées, les sorcières, les géants ou les diables – sont répandues dans le monde entier. Elles sont mêmes parvenues jusqu'à notre époque et au trottoir devant le Grauman's Chinese Theater, à Hollywood, où les stars de cinéma – nos dieux et déesses modernes – laissent les empreintes de leurs pieds et de leurs mains.

Certains psychanalystes penchent pour l'interprétation selon laquelle les (jeunes) hommes percevraient le pied féminin comme un «pénis manquant», d'où, soi-disant, le fétichisme masculin lié aux pieds et aux chaussures de femmes. Il convient, manifestement, d'évoquer également la coutume japonaise traditionnelle de bandage des pieds féminins (afin qu'ils restent plus petits et «plus beaux»), et la croyance selon laquelle les sorcières et autres démons féminins auraient de grands pieds (ou des pattes d'oiseau).

Baba Yaga elle-même, même si elle ne l'est pas, se considère comme unijambiste: «Ah, Baba Yaga, toi l'unijambiste!» (*Ah, ty, Babuška Jaga, odna ty noga!*). Dans le conte *Ivan l'idiot*, Baba Yaga surgit devant trois frères et saute autour d'eux à cloche-pied. L'attribut le plus fréquent de Baba Yaga est une jambe en os (*Baba Jaga – Kostjajana noga*). Cette jambe est la plupart du temps au singulier, et apparaît sous diverses variantes: en bois, en or et (le plus souvent) en os. Bien que le plus simple soit de supposer que la cause de ces variations réside dans des erreurs lors de la transmission du conte, certains interprètes se sont attachés à ce détail, y cherchant une cause plus profonde.

Dans un conte, Baba Yaga, avant de mourir, se transforme en serpent, ce qui conduit certains commentateurs (K.D. Laušin) à voir dans le personnage de Baba Yaga des caractéristiques évolutionnelles. Autrement dit, Baba Yaga était à l'origine un serpent (l'incarnation de la mort), avant d'évoluer en déesse unijambiste de la mort, et enfin de passer du mythe au conte pour devenir un personnage – Baba Yaga jambe d'os. Son mortier a lui aussi une nature évolutionnelle : Baba Yaga commence par sauter dans le mortier – « le mortier court sur le chemin, avec dedans Baba Yaga » (*bežit stupa po doroge, a v nej sidit Baba-Jaga*) –, puis elle y vole. L'un des arguments en faveur de cette théorie « évolutionniste » réside dans le nom de Baba Yaga : *yaga* viendrait du sanscrit *ahi*, qui signifie serpent.

En Serbie, par exemple, Baba Yaga apparaît sous les traits d'une petite vieille avec une patte de poule (*Baba Jaga – kokošja noga !*).

Vladimir Propp trouve une explication à ces caractéristiques dans certaines formes archaïques du conte russe, où l'habitant de la cabane n'est pas Baba Yaga mais un bouc, un ours ou une corneille. L'étape de transition entre l'animal et l'homme est, de fait, un homme à patte d'animal. Dans le cas de Baba Yaga, qui est selon Propp la gardienne du monde des morts, cette patte d'animal a été remplacée par une jambe d'os. Empousa, qui garde l'entrée de l'Hadès, a une jambe en fer, l'autre en crottin d'âne.

Remarque !

Le déambulateur métallique dont se sert Pupa, ou le déambulateur à roulettes pour personnes âgées que pousse la mère de l'autrice, sont autant d'équivalents modernes et technologiques à la jambe d'os (d'or, de bois ou de poule) de Baba Yaga. Pupa, qui tient ses deux jambes au chaud dans sa botte-radiateur électrique, se considère comme un être unijambiste. La description de Pupa morte, et de ses jambes qui ont l'horrible couleur de la viande pourrie, rapproche le personnage de Pupa d'Empousa, la gardienne de l'entrée de l'Hadès. Kukla aussi, avec ses grands pieds, se rattache discrètement à toute une lignée de sens mythiques liés aux jambes et aux pieds.

LES GRIFFES, LES SERRES

La cabane de Baba Yaga est juchée sur une ou deux pattes de poulet aux serres imposantes. Les mains à trois doigts que l'on retrouve sur les vases européens du début du néolithique sont en réalité des pattes d'oiseau. L'importance mythique accordée aux serres d'oiseau remonte au paléolithique, d'où sont datées des empreintes de pattes d'oiseau sur les murs de grottes du nord de l'Espagne. Plus tard, ces mêmes empreintes à trois doigts apparaissent sur des vases, des urnes et des figurines de forme féminine. Selon Marija Gimbutas, les empreintes de pattes d'oiseau témoignent de l'existence d'une grande déesse féminine, qui était mi-femme, mi-oiseau. N'oublions pas, une fois de plus, que dans certaines régions slaves, Baba Yaga elle aussi, et pas seulement sa maison, est décrite comme une petite vieille non à la jambe d'os, mais à la patte de poule (*Baba Jaga – kokošja noga!*).

Remarque !

Les ongles féminins semblent être le seul lien solide avec les grandes déesses des temps du matriarcat à avoir subsisté jusqu'à nos jours. Les fantasmes érotiques masculins et l'industrie cosmétique ont aidé les femmes à développer et enrichir ce lien. Les ongles féminins prennent différents aspects : il existe des modes d'entretien des ongles, de faux ongles de diverses formes et longueurs que l'on colle sur les naturels, des vernis à ongles de toutes les couleurs, et enfin, dernière mode en date, les ongles décorés de dessins miniatures. Les hommes continuent à affirmer que des ongles féminins longs et soignés ont une charge érotique. Seules les femmes aux longs ongles vernis peuvent être qualifiées de « fatales ». Les ongles longs (en général rouges) et les chaussures au talon particulièrement haut et fin (ce qui n'est rien d'autre que le substitut démesuré d'un ongle acéré sur le pied) comptent parmi les attributs obstinément indétrônables de la séductrice.

Mevludin perçoit la main tendue de Pupa comme une serre (et son bras levé comme une aile de poule). Autre détail intéressant, Pupa, même à la piscine, insiste pour cacher ses jambes en les revêtant de bas !

LE NEZ

Le nez long et pointu est une autre des caractéristiques physiques les plus marquantes de Baba Yaga. Le nez de Baba Yaga est un ancien bec d'oiseau qui a échoué à se transformer en nez harmonieux. Autrement dit, Baba Yaga était manifestement un oiseau (une grande déesse), avant de se transformer en humanoïde de sexe féminin et en caricature de l'ancienne divinité.

Le nez est, de manière générale, un symbole d'intelligence, de perspicacité. De nombreuses tribus, dans leurs rituels d'appel des esprits, des ancêtres morts et autres forces invisibles, utilisent une poudre à base, entre autres, de museaux d'animaux séchés. Les peuples sibériens, les Iakoutes, Toungouses et autres, conservent les museaux des renards et des rennes, convaincus que s'y cache l'esprit de l'animal, tandis que les Tchouktches utilisent les museaux du gibier comme esprits de la maison, les gardiens du foyer. Les Lapons utilisent le museau de l'ours blanc pour que l'odorat extrêmement développé de l'ours ne les repère pas.

Des commentateurs d'orientation psychanalytique estimeront que le nez de Baba Yaga est un symbole phallique, ce qui correspond à l'une des thèses selon laquelle Baba Yaga est une mère phallique.

Remarque !

En acceptant de subir une opération de chirurgie esthétique du nez – l'opération la plus massivement répandue de l'industrie cosmétique –, les femmes renoncent consciemment à leur pouvoir symbolique et se soumettent à la conception masculine de la beauté. L'expression populaire « Mon nez, ma fierté » souligne l'opinion selon laquelle le nez est une partie intégrante de l'identité humaine qui, quelle qu'elle soit, ne saurait être modifiée. Autrement dit, en se privant de leur nez, les femmes se privent de leur fierté, de leur pouvoir. Si nous adoptons ce point de vue, alors l'histoire féminine tout entière peut être lue comme l'histoire d'une autocastration féminine, d'un renoncement conscient au pouvoir. Ce processus d'autocastration s'est accéléré avec le développement de la chirurgie esthétique, de son « populisme », à savoir l'incitation massive des femmes à se soumettre aux stéréotypes (masculins) de beauté. Dans l'histoire féminine, qui va de la *laide* Baba Yaga à la *belle* Madone (ou, pour paraphraser Marina Warner, *from the Beast to the Blonde*, de la Bête à la Blonde), la Madone a remporté une victoire écrasante. Grâce à cette victoire, de nombreuses femmes ressemblent aujourd'hui à des saintes vierges en plastique bon marché d'églises de village, ou, autrement dit, à Paris Hilton !

LES JEUNES HOMMES

Dans les contes russes, les jeunes hommes portent en général le prénom Ivan : Ivan Tsarévitch (Ivan Carevič, Ivan Korolevič), Ivan Chevalier (Ivan Bogatyr'), Ivan Fils de Paysan (Ivan krestjanskij syn), Ivan Fils de Soldat (Ivan soldatskij syn), Ivan le Voleur (Ivan Vor), Ivan Haricot (Ivan Goroh), Ivaška Blanche Chemise (Ivaška belaja rubaška), et ainsi de suite. Si la mère ou le père a conçu un enfant avec un animal, alors Ivan porte un nom « animalier » : Ivan Fils de Taureau (*Ivan Bikovič*), Ivan Fils de Vache (*Ivan Korovij syn*), Ivan Fils de Jument (*Ivan Kobylij syn*), Ivachko Ourseau (*Ivaško Medvedko*), et ainsi de suite. Ivan est en général le benjamin de trois frères et se trouve dans une position plus délicate que les deux autres. Ses parents le punissent, le chassent de la maison, à moins qu'il n'attire sur lui une sanction par sa propre faute. Ce malheur initial est le moteur de l'histoire. Ivan doit régler un problème, vaincre un ennemi ou surmonter des obstacles, pour se voir finalement récompensé par un trône ou par un mariage avec une sublime princesse.

Le plus populaire de tous les Ivan est Ivan l'Idiot (*Ivan-Durak, Ivanuška-duraček*), un héros passif, un simplet qui passe son temps couché sur le poêle (*Ivan Zapečnyj, Zapečnik*), à chasser les mouches et à cracher au plafond. Ivan l'Idiot est insignifiant et sale, car il emploie ses journées à fouiller dans la cendre (*Ivan Popjalov*, Ivan le Cendreux) et a le nez morveux. Ses deux frères aînés s'affairent à des tâches utiles, et ils laissent Ivan l'Idiot de côté, lui jouent de mauvais tours, le roulent dans la farine, souvent le battent, essaient de le noyer dans la rivière, et ainsi de suite. Quand sa mère l'envoie porter à ses frères aînés du pain grillé pour le déjeuner, Ivan l'Idiot se sert du pain pour nourrir sa propre ombre, convaincu que c'est un homme en chair et en os. Quand on le fait garder les moutons, Ivan l'Idiot arrache les yeux des moutons pour qu'ils ne s'enfuient pas. Quand on l'envoie faire les courses en ville, il abandonne la table sur le chemin du retour, pensant qu'elle va rentrer seule à la maison, étant donné qu'elle a quatre jambes comme un cheval. Quand il aperçoit en chemin des souches brûlées, pensant qu'elles vont prendre froid, il pose les marmites contre elles pour les réchauffer. Quand il emmène un cheval à la rivière, et que le cheval refuse de boire, Ivan l'Idiot renverse dans l'eau un sac entier de sel. Et quand le cheval persiste à refuser de boire, il le tue.

Émélia l'Idiot est du même acabit, mais il a un puissant protecteur, un brochet qu'il a remis en liberté. Il suffit qu'il dise « Sur les ordres du brochet… » (*Po ščučjemu veleniju…*) et ses souhaits sont instantanément exaucés. Et ensuite, à un moment donné, lassé d'être laid et stupide, il ordonne au brochet de faire de lui un magnifique jeune homme doté d'une grande intelligence. Puis il épouse la fille du tsar. Ivan Ourseau (mi-homme, mi-ours), son beau-père lui ayant confié la mission de garder la porte du grenier à blé, sort la porte de ses gonds, l'emmène dans la maison et la garde, et pendant ce temps, les brigands volent toute la récolte. Pour s'en débarrasser, son beau-père l'envoie au lac avec l'ordre de confectionner une corde en sable, dans l'espoir que les démons l'entraîneront au fond du lac. Cependant, roulant les démons par sa ruse, Ivan Ourseau rentre à la maison avec une charrette remplie d'or.

Les actes les plus absurdes et les plus stupides d'Ivan l'Idiot se révèlent par la suite sensés et intelligents. Par exemple, il demande au maître qu'il a servi d'emporter un sac de sable au lieu d'un sac d'argent, mais plus tard il tombe sur une magnifique jeune fille prisonnière d'un incendie et la sauve en lui déversant le sac de sable dessus. La jeune fille, bien entendu, est la fille du roi qui deviendra sa femme.

Pour surmonter les obstacles, Ivan bénéficie de l'aide de nombreux auxiliaires qu'il rencontre en chemin : des animaux (chevaux, brochets, oiseaux, chiens et chats, ours, serpents, grenouilles et autres), des gens, Baba Yaga, des objets (une bague, une *gousli*[1], et autres). Les Ivan sont des élus, qui grâce à leur propre stupidité et à leurs mauvais choix, à des objets enchantés, à leur famille singulière (des sœurs mariées à de puissants rois oiseaux), surmontent toutes les difficultés et finissent par devenir des héros : ils vainquent leurs adversaires (des dragons, des puissances occultes), épousent des filles de tsar, font fortune, et pour finir deviennent eux-mêmes tsars.

Dans *Mythologie slave* (*Slavjanskaja mifologija*), Vjačeslav Vsevolovodič Ivanov et Vladimir Nikolaevič Toporov différencient tout de même deux types de

1. *Gousli* : instrument à cordes pincées de Russie et d'Ukraine, apparenté à la cithare. (*N.d.T.*)

héros : Ivan l'Idiot et Ivan Tsarévitch. Tandis qu'Ivan l'Idiot appartient à la catégorie des « fols-en-Christ », *jurodivih*, qui sont profondément enracinés dans la tradition spirituelle russe, Ivan Tsarévitch est un authentique héros mythique, car il surmonte même l'ultime épreuve, la plus insurmontable – la rencontre avec la mort. En suivant les règles, Ivan Tsarévitch trouve la sortie du monde des morts, dont il revient converti, ce qui correspond aux antiques motifs mythiques de mort et de résurrection.

Remarque !

Le personnage de Mevludin, dans la deuxième partie du diptyque, est indubitablement un équivalent du personnage d'Ivan l'Idiot dans les contes russes. Mevlo se qualifie lui-même de « crétin » (« Je suis un crétin, chérie. Et quand on naît crétin, on meurt crétin »). Pupa, Kukla et Beba – telles trois Baba Yaga de contes – aident indirectement Mevludin à réaliser son rêve, et c'est précisément en cela que la correspondance entre le texte de votre autrice et le mythe de Baba Yaga est la plus forte. Le personnage de Mr Shake peut être assimilé à celui du tsar autoritaire des contes russes, dont Ivan l'Idiot est l'adversaire et qui, avant de lui donner la main de sa fille, s'efforcera d'anéantir son adversaire. Dans le texte de votre autrice, la dimension sexuelle est plus manifeste, car Mr Shake est le roi des boissons protéinées, dont les ingrédients hormonaux provoquent l'impuissance. Mr Shake finira par mourir, tout comme les tsars autoritaires dans les contes russes. Sa mort sera provoquée par l'une des Baba Yaga, Kukla. Les personnages du Dr Topolanek et de David, le petit-fils de Pupa, sont secondaires et n'ont pas de lien appuyé avec le conte russe, même s'ils relèvent à leur manière du merveilleux : David comme *deus ex machina* (ou, comme le dit Kukla, *nepos ex machina*), et le Dr Topolanek comme une sorte de magicien moderne et de fripon, de décepteur. Le personnage d'Arnoš Kozeny a, lui, le potentiel d'être un équivalent à Kochtcheï l'Immortel, le seul véritable adversaire de Baba Yaga (en ce sens, la relation entre Beba et Arnoš Kozeny pourrait être intéressante), mais ce motif demeure inutilisé dans la prose de votre autrice.

Précisons ici que la jeune fille stupide, qui passe ses journées vautrée sur le poêle à se curer le nez, devient elle aussi à la fin une princesse ou une reine – tout à fait inimaginable dans les contes ! L'imagination des conteurs populaires conçut des analogies avec l'héroïsme masculin dans des personnages d'Amazones slaves (les jeunes filles aux yeux bleues russes (*Sinoglazke*) ou les jeunes géantes (*Div-devojke*) dans les chants populaires serbes), mais la jeune fille sale, paresseuse et stupide est en général punie de mort. La richesse, le trône et l'amour ne sont des récompenses envisageables que pour un jeune homme sale, paresseux et stupide.

LES POUPÉES

On trouve dans le conte *Vassilissa la Très Belle* un motif intéressant. Mourante, une marchande appelle sa fille à son chevet et lui donne une poupée qui l'aidera dans la vie. Il faut toujours commencer par donner à manger et à boire à la poupée, et ensuite seulement lui demander conseil[1]. Vassilissa portera la poupée dans sa poche jusqu'à la fin de sa vie. La poupée est le réceptacle de l'esprit d'un ancêtre (dans le cas présent de la mère), ce qui compte parmi les croyances tribales les plus archaïques de nombreux peuples dans le monde.

La poupée remplace symboliquement le membre de la famille décédé, elle est la tombe de l'âme du défunt. Dans certaines tribus africaines, la coutume veut que le veuf qui se remarie taille une statuette de sa défunte femme, et la pose à une place d'honneur dans sa hutte. On rend des honneurs à la statuette, pour que la défunte dans l'autre monde ne soit pas jalouse de la nouvelle épouse. En Nouvelle-Guinée, quand quelqu'un meurt, on confectionne une petite poupée qui garde l'âme du défunt. Le défunt incarné

1. « Vassilissa rentra dans son arrière-cuisine, déposa devant la poupée le dîner qu'elle lui avait préparé et dit :

– Mange, petite poupée, et écoute mes nouveaux tourments : on m'envoie chercher du feu chez Baba Yaga, et elle va me manger !

La poupée mangea, et ses yeux s'illuminèrent comme deux bougies.

– Ne crains rien, Vassilissa ! dit-elle. Va là où ils t'envoient, et emmène-moi avec toi. Tant que je suis à tes côtés, Baba Yaga ne peut pas te faire de mal ! »

dans la poupée n'offrira son aide que si les membres de la maisonnée prennent soin de lui, le nourrissent, le mettent au lit, etc.[1].

Dans les tribus du nord de la Sibérie, les têtes de poupées sont fabriquées à partir de becs d'oiseau. La poupée est également gage de fertilité, et les jeunes mariés, pendant la nuit de noces, prennent la poupée au lit avec eux. Il peut aussi arriver qu'un mauvais esprit, le *kikimora*, s'installe dans la poupée, auquel cas il faut la brûler. À Koursk, par exemple, le visage des poupées reste vide, sans yeux, nez, ni bouche, de peur qu'un mauvais esprit ne s'y installe et ne fasse du mal aux enfants. Les poupées dotées d'un pouvoir protecteur se transmettent de mère en fille.

Les Khantys, les Mansis, les Nentsis et autres peuples du nord-est de la Sibérie confectionnaient une poupée particulière, l'*itarm*, qu'ils habillaient et déposaient dans le lit du défunt. Pendant les repas, ils apportaient à la poupée des miettes de nourriture et lui témoignaient un grand respect, car la poupée était le double du défunt. Ce rituel est passé dans les contes russes. Dans le conte *Teriochetchka*, un vieux couple sans enfants emmaillote une petite bûche dans des langes et la met dans un berceau. La bûchette

1. L'invention électronique japonaise, l'animal familier numérique, *digital pet*, le *tamagochi*, requiert des soins, exactement comme les poupées en bois dans les croyances folkloriques. Le propriétaire du jouet doit quotidiennement vérifier son niveau de bonheur, *happiness level* (le *tamagochi* doit être nourri, lavé, et son propriétaire doit jouer un minimum avec lui), sans quoi l'animal familier numérique « meurt ».

devient une petite fille, Teriochetchka (un motif qui est arrivé jusqu'à Carlo Collodi et son fameux *Pinocchio*). Les célèbres poupées russes en bois, les matriochkas, sont nées de cette même typologie de pensée mythico-rituelle.

Dans les forêts du nord-est de la Sibérie, les chasseurs construisent des maisonnettes en bois appelées *labaz* ou *čamja*. Les *labaz* sont installées sur de hauts pilotis de bois (qui ne sont pas sans rappeler les pattes de poulet de l'isba de Baba Yaga !) pour empêcher les souris d'y entrer. C'est là que les chasseurs stockent leurs réserves de nourriture et autres produits de base. L'arrière des *labaz* est tourné vers la forêt, l'avant vers le voyageur de fortune. Dans les lieux rituels, on trouve de petites isbas cultuelles d'aspect similaire, mais sans porte ni fenêtres. Ces isbas sont habitées par des poupées *itarm* en habits de fourrure. Les poupées *itarm* occupaient intégralement l'espace de ces isbas (d'où la description de Baba Yaga, dont le corps remplit tout l'espace de son isba !). D'ailleurs, *yaga*, *yagouchka* est le nom d'une « houppelande » de fourrure portée par les femmes dans le nord-est de la Sibérie. Cette interprétation est soutenue de manière fort convaincante par Arkadij Zelenin, qui développe la thèse selon laquelle la Baba d'Or, Sorni-nai, était une divinité chamanique des peuples nord-sibériens, qui résistaient à la christianisation. La légende de la Baba d'Or se serait par la suite répandue – grâce aux soldats, aux voyageurs de fortune et aux missionnaires – pour reprendre vie dans les contes sous la forme de Baba Yaga.

Remarque !

Bien que Beba, Pupa et Kukla soient des surnoms féminins, il est difficile de croire que leur choix soit le fruit du hasard. Beba est un surnom féminin courant dans les milieux urbains de Croatie, de Serbie et de Bosnie, tandis qu'on rencontre le surnom Pupa dans le nord de la Croatie, où il vient de l'allemand, et en Dalmatie, où il vient de l'italien. Beba (la « poupée », mais également « le bébé », « le nouveau-né » !), Pupa (lat. *pupa* ; all. *die Puppe* ; it. *pupa*, fr. *la poupée* ; ang. *puppet* ; nl. *pop*)[1], ainsi que Kukla (en russe, bulgare, macédonien, turc, etc.), et pour finir Wawa (en chinois !), sont autant de synonymes de *poupée* dans diverses langues. Ajoutons un exemple de fascinante ironie linguistique, mise à profit par votre autrice. Vasorrú Bába est l'équivalent hongrois de Baba Yaga, à ceci près que le mot *bába* signifie « poupée » en hongrois !

Il existe plusieurs explications possibles à l'utilisation de surnoms par votre autrice. La première a trait à la création artistique, à savoir à l'idée toute simple selon laquelle les héroïnes sont en réalité des poupées qui prennent vie entre les mains de l'auteur ou de l'autrice. Les surnoms ont peut-être également une fonction ritualo-protectrice, si votre autrice a décidé de respecter le tabou consistant à ne pas prononcer le

1. Chez les Mansis de Sibérie, les *pupig, pupi*, sont des esprits protecteurs, ou les esprits des ancêtres, qui résident dans de petites poupées totémiques en bois.

nom des sorcières. L'une des raisons pourrait être liée à Baba Yaga, qui a des sœurs, répondant elles aussi au nom de Baba Yaga (comme l'Irlandaise Brighid, qui a deux sœurs, lesquelles s'appellent toutes les deux Brighid). La raison pourrait également résider dans une culture dominée par les hommes, où les prénoms féminins n'ont de toute façon aucune importance (car le prénom est un symbole d'individualisation et d'identité), autrement dit où une femme équivaut à toutes les femmes.

Le lien discriminant selon le genre entre la femme et la poupée persiste obstinément dans la langue de notre culture contemporaine. On flatte souvent les petites filles d'un « Ma poupée ! » ou « Une vraie petite poupée ! ». Les jeunes filles sont « belles comme des poupées », elles sont des « Barbies », des *babes*, ou encore des « poupées stupides ». L'entourage ne voit rien d'étrange à ce que des adultes continuent à porter leurs surnoms infantiles.

Pour ce qui est de la triade en elle-même – Pupa, Beba et Kukla –, elle tire ses origines dans les antiques mythologies indo-européennes, où les déesses apparaissaient par trois : comme trois déesses différentes (telles les Moires grecques, les Parques romaines ou les Nornes nordiques), puis comme une seule déesse avec trois fonctions, ou encore comme une triade représentant le cycle de la vie : la Jeune Fille – la Mère – la Vieille Femme (*Maiden* – *Mother* – Crone ; Perséphone [Coré] – Déméter – Hécate ; la déesse Blanche – Rouge – Noire ; Matin – Midi – Nuit). Précisons ici que la Vieille Femme, le troisième membre de la triade, est intéressante, car son personnage comprend souvent une contradiction de son propre statut symbolique (sagesse, expérience, solitude, mort).

La mythologie slave a elle aussi des déesses qui président aux destinées humaines. En Bulgarie, par exemple, on les appelle *oresnici* (*naračnici*), en République tchèque *sudički*, en Serbie et en Croatie *rođenice, suđenice* ou *suđaje*. Les *rođenice*[1] sont invisibles, elles se montrent à la naissance d'un enfant, et ne sont visibles que par la mère du nouveau-né, ou par un mendiant se trouvant là par hasard. Ce que les *rođenice* attribuent aux hommes s'appelle la chance ou la destinée, et on ne peut l'infléchir. Dans un bref épisode, la mère de l'autrice se souvient d'une histoire que lui a racontée sa mère qui, lors de son accouchement, aurait vu trois femmes, deux en blanc et une en noir.

Je me permets d'attirer votre attention sur un autre détail. La mère de l'autrice, dans son petit appartement « tiré à quatre épingles », avec sa perruque et ses lèvres fardées, évoque une poupée dans un *labaz*. À un moment, l'autrice compare sa mère à un « aiguilleur ». Les *labaz* faisaient également office de marquage forestier. La mère garde également obstinément dans un lieu bien visible une poupée-souvenir en costume traditionnel bulgare, tout en étant complètement inconsciente de sa symbolique profonde. « Pour qu'elle me rappelle la Bulgarie », dit-elle tout simplement.

1. Du verbe *roditi se*, naître, *roditi*, donner naissance, *rođenje*, naissance, tandis que la racine *sud* signifie le jugement, *suditi*, juger, *sudbina*, la destinée. (*N.d.T.*)

LE PEIGNE ET LA SERVIETTE

Le peigne et la serviette sont deux objets magiques qui apparaissent souvent dans les contes. Ce sont des objets salvateurs : le peigne peut se transformer en forêt inextricable, et la serviette en rivière ou en mer, et ainsi protéger le héros ou l'héroïne de son persécuteur. La persécutrice n'est autre, le plus souvent, que… Baba Yaga[1].

Le **peigne** est un objet important dans toutes les mythologies. Dans les mythologies slaves, il peut être un objet meurtrier, un symbole féminin, un instrument de guérison ou un accessoire magique permettant de se tirer d'affaire. Précisément à cause des propriétés magiques qu'on lui accorde, le peigne est soumis à des règles et des interdictions. Le peigne, par exemple, ne devait pas être exposé aux regards des membres de la maisonnée, laissé sur une table ou autres lieux en vue, sans quoi « l'ange ne viendrait pas » (*angel ne sjadet*). Le peigne avait un effet thérapeutique et protecteur : si quelqu'un perdait ses

1. « Voilà un peigne et une serviette, dit le matou, prends-les et fuis. Baba Yaga va se lancer à ta poursuite, et toi, colle de temps à autre ton oreille au sol, et dès que tu entends qu'elle se rapproche, jette tout d'abord la serviette derrière toi – elle se transformera en grande, grande rivière ; si Baba Yaga arrive à traverser la rivière et continue à te poursuivre, alors colle à nouveau ton oreille au sol, et dès que tu entends qu'elle se rapproche, jette le peigne derrière toi – il se transformera en une forêt épaisse et inextricable, qu'elle ne pourra pas traverser » (*Baba Yaga*).

cheveux, on le peignait avec un peigne à filage. On déposait le peigne (ou la quenouille) dans le berceau pour que l'enfant ait un sommeil paisible. Les Slaves du Sud avaient coutume d'emboîter un peigne dans un peigne, en guise – bien avant les antibiotiques ! – de protection contre les maladies.

Dans les rites liés à l'accouchement, le peigne était un symbole du destin féminin. On coupait le cordon ombilical des petits garçons à la hache, celui des petites filles au peigne. Lors du baptême, la sage-femme tendait le petit garçon à son parrain par-dessus le seuil, et la petite-fille par-dessus un peigne.

Le peigne servait à lire l'avenir. Les jeunes filles mettaient leur peigne sous leur oreiller en allant se coucher, en prononçant les mots : « Mon destiné, blond comme les blés, viens me peigner les cheveux » (*Suženyj, rjaženyj, prihodi golovu česat'!*). La croyance voulait que le jeune homme dont rêverait la jeune fille soit son futur élu. Ce pourquoi, lors des noces, on donnait aux toutes jeunes filles un peigne.

Le peigne utilisé pour peigner un défunt était considéré comme « impur », et on le jetait à la rivière pour que la mort quitte le plus vite possible la maison (*čtoby poskorej uplyla smert'*), à moins qu'on ne le déposât dans le cercueil avec les restes de cheveux du défunt.

La serviette de bain, la toile, le foulard, le mouchoir, la serviette de table, la chemise, la broderie, sont autant d'objets de la plus haute importance. Vassilissa la Très Sage, par exemple, possède trois objets cruciaux qui lui confèrent sa force : un mouchoir, un peigne et une brosse.

Dans les contes, on trouve parfois Baba Yaga une quenouille à la main, et elle assigne souvent aux héroïnes des travaux de tissage[1]. Mieux, si Baba Yaga est de bonne humeur, elle offrira aux héroïnes des cadeaux d'une valeur inestimable : une aiguille d'or, une quenouille et un tambour à broder[2]. La quenouille, la pelote et les fils relient Baba Yaga à l'antique Ananké, qui règne sur le monde et préside à chaque destinée individuelle. Les fils relient également Baba Yaga aux Moires, qui filent les destinées humaines : du fil noir pour les destins sombres, du fil blanc ou doré pour les destins heureux. La pelote de Baba Yaga, qui aide les héros à atteindre leur but, rappelle la pelote qu'Ariane offre à Thésée pour qu'il trouve la sortie du labyrinthe et tue le Minotaure. Par

1. « La petite fille se mit en route, marcha, marcha, et arriva à la cabane.

Dans la cabane était assise Baba Yaga jambe d'os, installée au métier à tisser.

– Bonjour, grand-mère !

– Bonjour, petite !

– Ma maman m'envoie t'emprunter une aiguille et du fil pour me coudre une chemise.

– Très bien, mais d'abord, assieds-toi et tisse » (*Baba Yaga*).

2. Dans le conte *Le Pêcheur Palunko et son épouse*, de l'écrivaine croate Ivana Brlić-Mažuranić, la déesse Jeune Fille de l'Aube offre à l'épouse fidèle « un foulard brodé et une épingle », la sauvant ainsi du malheur. « Le foulard se change en voile blanche, l'épingle en gouvernail. La voile se gonfla sous le vent, telle une pomme bien ronde, et la femme attrapa fermement la barre. La navette fend l'écume, elle file sur la mer grise, comme une étoile dans le ciel bleu ! L'étrange miracle vole devant la terrible menace – plus forte est la tempête, mieux il se porte : plus violente est la tornade, plus vif est l'esquif devant elle ; plus grosse est la mer, plus vif est l'esquif sur les flots. »

ces fils, Baba Yaga est reliée à toutes ces femmes puissantes qui président aux travaux de tissage féminins.

Les travaux féminins de filage, de tissage, de broderie et de couture ont une signification magico-rituelle dans de nombreuses cultures. Un morceau de toile au tissage particulier a des facultés protectrices. Lors des épidémies de peste ou de choléra, les vieilles femmes et les veuves tissaient une toile, dont elles faisaient une serviette. Cette serviette était exposée à l'église, pendue aux icônes, ou tendue autour de la maison. Ces rituels avaient pour but de protéger le lieu de la maladie.

En Serbie et en Roumanie, les vieilles femmes – en général au nombre de neuf – se rassemblaient à minuit et tissaient une toile dans un silence complet. Elles taillaient dans cette toile une chemise, qu'enfilaient les jeunes hommes avant de partir à la guerre. Le passage par la chemise était censé les protéger de la mort. On trouve dans les contes russes une chemise miraculeuse, qui rend les héros invincibles.

Le tissage et la broderie sont les compétences les plus importantes au répertoire des savoirs des héroïnes. Une toile, une broderie, un foulard ou un mouchoir brodé font office d'empreinte digitale de la jeune fille, de carte de visite permettant de l'identifier. Vassilissa la Très Belle tisse une toile si fine qu'elle peut passer dans le chas d'une aiguille. Dans cette fine toile, elle coud des chemises pour le tsar, lequel est si impressionné par son habileté qu'il enquête sur la mystérieuse couturière, avant de tomber amoureux d'elle et de l'épouser.

Les travaux de tissage sont également une métaphore de la durée de vie humaine : chacun reçoit la quantité de laine et de fil qui lui revient. Dans le conte russe *La Sorcière et la sœur du soleil*, Ivan Tsarévitch rencontre en chemin deux vieilles couturières, qui lui disent : « Ivan Tsarévitch, il ne nous reste plus longtemps à vivre. Quand nous aurons cassé tout ce coffret d'aiguilles et fini tout ce coffre de fil, alors, la mort viendra. »

Remarque !

Pour ce qui est du peigne et de la coiffure, on trouve dans la première partie du diptyque un détail intéressant, quand la fille prend soin de la perruque de sa mère et lave « rituellement » la perruque pendant que sa mère est à l'hôpital. Ce détail, je suppose, n'a pas grand-chose à voir avec la pensée rituelle, mais je me permets de mentionner au passage que le soin des cheveux revêt une grande importance rituelle dans les tribus primitives. La déesse inuit Nerwik est une petite vieille qui vit dans la mer et garde les âmes des morts. Elle refuse de protéger les pêcheurs des morses tant que le chamane ne lui a pas rituellement peigné les cheveux !

Quant à la serviette, la première partie du diptyque de votre autrice comporte à cet égard un détail émouvant : la scène où le père de la mère, une serviette roulée sous le bras, entre dans la maison. Qui sait, peut-être le subconscient de la mère a-t-il ajouté à cette image

– qui a suscité en elle des années durant un sentiment de culpabilité – un petit détail salvateur, une serviette qui, comme dans les contes, protège son vieux père du malheur.

Autre détail : la mère de l'autrice garde dans son placard les broderies jaunies de ses parentes. Malgré sa mémoire vacillante, elle sait exactement quelle main a fait quel point. Sur le plan symbolique, le personnage de la mère s'intègre dans une histoire « féminine » inarticulée, pré-féministe et pré-alphabétisée. La mère, en effet, « lit » les broderies comme du braille.

LE BALAI ET LES ORDURES

Le **balai** est l'accessoire de la sorcière : les sorcières volent sur un balai, s'en servent pour dérober le lait, et détruisent les récoltes en traînant un balai sur les champs. Baba Yaga efface ses traces au moyen d'un balai.

Dans le monde slave, de nombreuses croyances et superstitions sont liées au balai. La maison, par exemple, ne doit pas être balayée quand meurt l'un des membres de la maisonnée, pour ne pas chasser la prospérité de la maison ou ne pas offenser l'âme du défunt. Quand ils emménagent dans une nouvelle demeure, les Russes emportent avec eux leur vieux balai, car c'est sous le balai que vivent les *domovye*, les esprits du foyer. Le balai, dont on croyait qu'il suscitait discorde, maladie et malheur, était jeté devant la maison (ou sur le toit de la maison) de ceux sur qui on voulait attirer le malheur. Les envieux cachaient un balai dans l'équipage des jeunes mariés pour leur nuire. Passer par-dessus un balai portait malheur.

Le ménage est une sorte d'examen que doit passer la jeune fille qui s'est retrouvée sous la coupe de Baba Yaga[1]. Baba Yaga a des serviteurs magiques, sous la forme de trois paires de bras qui effectuent toutes les tâches à sa place, si bien qu'elle n'a pas vraiment besoin d'aide, mais elle aime tester la maturité, le travail soigné et la force de caractère de la jeune fille. Dans son livre *Femmes qui courent avec les loups*, Clarissa Pinkola Estes interprète ce détail, en s'appuyant sur la psychanalyse, comme un nettoyage de l'âme, une purification, comme une remise de l'âme en ordre, un processus éducatif de distinction entre ce qui est important et ce qui ne l'est pas. Baba Yaga utilise le mot *ordures* également dans son sens figuré, et elle félicite la jeune fille de n'avoir pas montré trop de curiosité[2].

Au Mexique, on organisait des cérémonies du balai en l'honneur de la déesse de la terre Teteo Inan (Coatlicue), afin qu'elle se nettoie de toutes les maladies et malheurs. Dans l'iconographie chrétienne, le balai est l'attribut de sainte Marthe et sainte

1. « Demain, pendant mon absence, fais bien attention à nettoyer la cour, balayer la cabane, préparer le repas ; va dans le grenier, prends un quart d'archine de blé, et nettoie-le de la nielle. Si tu ne fais pas ce que je t'ai dit, je te mangerai », dit Baba Yaga à la jeune fille dans le conte éponyme.

2. « Je n'aime pas qu'on sorte les ordures de ma cabane, je mange déjà trop de curieux comme ça ! » dit Baba Yaga.

Pétronille, saintes patronnes de toutes les ménagères et employées de maison. Autre histoire intéressante, celle de la populaire Befana italienne, qui était la meilleure et la plus soigneuse ménagère du village, mais qui, pour avoir donné la priorité à ses tâches domestiques, non seulement ne reconnut pas en ses hôtes les Rois mages, mais manqua l'occasion de partir avec eux à la recherche de Jésus. Befana arrive sur un balai, elle entre dans les maisons par la cheminée et laisse des cadeaux aux enfants, si bien qu'elle est aujourd'hui une sorte de Père Noël féminin (qui arrive pour l'Épiphanie), mais son personnage comprend également des éléments de l'antique tradition consistant à brûler l'Année passée (Giubiana en Italie du Nord) pour que la Nouvelle Année puisse prendre sa place.

Dans le monde slave, de nombreuses croyances sont liées aux **ordures** et au **ménage**. On faisait tout particulièrement attention aux ordures lors des rituels mortuaires. En Moravie, la chambre dans laquelle avait jusqu'à il y a peu reposé le défunt était immédiatement balayée, et les déchets jetés au feu. En Serbie et en Russie, il était interdit de balayer la maison tant que le défunt s'y trouvait encore, pour ne pas risquer de balayer au passage les vivants.

Les ordures servaient également à lire l'avenir. En République tchèque ou en Moravie, les jeunes filles portaient les déchets à une croisée des chemins ou à la décharge, et lisaient dans les déchets qui serait leur promis. Ce faisant, elles disaient : « Nous balayons les ordures, que vienne qui le veut, jeunes hommes ou veufs, de l'est, de l'ouest, de devant ou de derrière, par le jardin – et au grenier. » En Sibérie, avant Noël, les jeunes filles balayaient les ordures dans les coins de la maison, pour qu'elles y « passent la nuit », puis, au matin, elles les portaient à une croisée de chemins et demandaient son prénom au premier passant qu'elles rencontraient. Elles croyaient que leur futur mari porterait le même prénom.

La maison ne devait pas être balayée pendant certaines fêtes (fêtes de Noël, *sviatki*[1], nuit de Kupala[2], etc.), car c'était le moment où apparaissaient les âmes des ancêtres. En Biélorussie, après le jour férié, le maître de maison agitait une balayette dans la maison en disant : « Ouste, ouste, petites âmes ! Les plus vieilles et les plus grandes peuvent passer par la porte, les plus petites par la fenêtre » (*Kiš, kiš, dušečki ! Ktora starša i bol'ša, ta dver'mi, a ktora men'ša oknami*). Les déchets des jours de fête étaient brûlés avec de la paille dans la cour ou le jardin, une coutume appelée « chauffer les morts » (*gret' pokojnikov*, ou *diduha paliti*). On jetait les cendres à la rivière, pensant que cela protégerait les champs des mauvaises herbes (*čtoby sornjakov ne bylo na pole*) ou des loups (*čtoby volk v hlev ne prišel*). Parfois, on « balayait » tout simplement les fêtes de Noël (*čtoby vymesti koljady*). Les Bulgares interdisaient aux enfants de s'approcher de

1. *Sviatki* : période de fêtes allant de la veille du Noël orthodoxe (7 janvier) à la Théophanie (19 janvier). (*N.d.T.*)

2. La Kupala est une fête traditionnelle des peuples slaves, célébrée aux environs du solstice d'été. (*N.d.T.*)

la décharge, et les ménagères n'avaient pas le droit de jeter les ordures le visage tourné vers l'est (on pensait que cela rendait le bétail stérile). Les Biélorusses et les Slovaques utilisaient les ordures comme antidote aux mauvais sorts. Ils récupéraient en cachette les déchets des trois maisons voisines, et les brûlaient pour enfumer le malade.

Remarque !

La manie obsessionnelle du ménage qui caractérise le personnage de la mère de l'autrice n'a probablement rien à voir avec le patrimoine folklorique slave. Cependant, il ne me semble pas inutile d'attirer votre attention sur cet aspect. L'image de la mère de l'autrice, endormie dans un fauteuil, le balai attrape-poussière à la main, n'est pas sans rappeler l'Italienne Befana, maîtresse de maison exemplaire qui, à cause de ses tâches ménagères, laisse passer quelque chose de plus important d'un point de vue « historique » : la quête de Jésus. Le ménage est, semble-t-il, la stratégie d'oubli de la mère. Elle nettoie la maison des « âmes des ancêtres », et le texte tout entier est une sorte de description de « l'histoire de sa maladie », une anamnèse de l'oubli et une variation sur le thème principal, la « déconnexion » de sa propre vie.

L'interprétation la plus inspirante de ces concepts opposés sale-propre nous est livrée par Mary Douglas dans son étude d'anthologie *De la souillure : essai sur les notions de pollution et de tabou*. Le système de coordonnées propre-sale structure presque chaque communauté sociale primitive, où un ensemble de tabous élaborés organise la pensée sur le monde, les comportements, les us et coutumes. Cependant, la propreté, qui n'est pas un symbole, mais une partie de notre palette sensorielle, peut mener à la pétrification. La propreté est le garant de notre sécurité, elle est l'ennemi du changement, de l'ambiguïté et du compromis.

Il est intéressant que notre époque délestée de ses tabous, notre époque de la « sortie du foyer » dans l'espace du chaos, se caractérise par une obsession de la propreté. La majorité des spots publicitaires télévisés, par exemple, font la promotion de produits nettoyants (pour la maison, le corps, les vêtements) et nous rappellent constamment la formule de base propre (positif) – sale (négatif). Grâce aux médias (Internet et la télévision), de fait, nous pouvons participer par procuration à des choses « sales » (la pornographie, le sexe, le contact avec autrui, la guerre, les accidents, les catastrophes naturelles, les meurtres, les malheurs collectifs, la pauvreté, et ainsi de suite) tout en restant « propres » !

L'ŒUF

Selon le *Dictionnaire encyclopédique de la mythologie slave*, l'œuf est le commencement de tous les commencements, le symbole de la fertilité, de la vitalité, du renouveau de la vie et de la résurrection. Dans les mythes cosmologiques des Slaves du Sud, l'œuf est l'image originelle du cosmos. Dans les devinettes enfantines des Slaves du Sud, « l'œuf de Dieu » est le soleil, et le « tamis plein d'œufs » le ciel étoilé. Les Slaves croyaient que le monde tout entier était un énorme œuf : le ciel est la coquille, l'eau le blanc, les nuages la membrane, et la terre le jaune. On trouve également la devinette « Le vivant donne naissance au mort, et le mort au vivant », dans laquelle est contenue l'antique paradoxe scholastique : « Qu'est-ce qui est apparu en premier, l'œuf ou la poule ? » – et la réponse de Silesius : « L'œuf est dans la poule, la poule dans l'œuf[1]. »

Étant donné sa symbolique de renouveau de la vie, de résurrection, l'œuf jouait un rôle important dans les rituels mortuaires. On plaçait un œuf dans les mains du défunt, ou dans son cercueil, ou on le jetait dans la fosse pour l'enterrer avec lui, afin que le défunt puisse un jour revenir à la vie. On a découvert dans des tombes (en Russie et en Suède) des œufs en argile ; et dans des tombes en Béotie des statues de Dionysos un œuf à la main. Cette même sémantique de renouveau de la vie préside aux rituels pascaux slaves (et autres) : peindre des œufs, décorer un arbre avec des œufs, manger des œufs pour Pâques, etc. Les Slaves déposaient un œuf dans le premier sillon, ou jetaient des coquilles d'œuf dans les champs, pour que la récolte soit abondante. Eu égard à sa valeur symbolique multiple, l'œuf est utilisé dans

1. Il convient ici de se souvenir du vers « Nous souquons des rames d'argent, notre barque est une coquille d'œuf », à savoir du mortier de Baba Yaga, son utérus, qui est à la fois l'utérus de la fille et de la mère (*stupuška-matuška, mortier-mamounette*) !

de nombreuses situations. Quand, par exemple, un incendie se déclare dans une maison, les membres de la maisonnée tournent autour d'elle un œuf à la main. On pense que l'œuf empêchera l'incendie de se propager. Selon certaines croyances folkloriques, si un homme porte quarante jours sous son aisselle un œuf de coq, il en sortira un esprit protecteur qui apportera à l'homme la richesse.

L'œuf est un symbole universel. L'image mythicopoétique du monde qui naît d'un œuf (cosmique) est commune à de nombreux peuples : les Celtes, les Grecs, les Égyptiens, les Phéniciens, les Tibétains, les Indiens, les Japonais, les Finnois et autres. L'œuf donne naissance au monde, et dans certaines traditions également au premier homme (Prajapati, Pangu) ; l'œuf donne naissance à des héros (si la mère mange l'œuf) ; Castor et Pollux, les fils de Leda et Zeus, sont sortis d'un œuf.

La notion du monde comme né d'un œuf, et de la division de l'œuf en deux moitiés, a de nombreuses versions. Les Égyptiens pensaient que de l'océan primordial, Noun, était sortie une colline sur laquelle était apparu un œuf. De cet œuf était sorti le dieu Khnoum, qui avait ensuite créé divers êtres. Selon la tradition orale cananéenne, au commencement était l'éther, dont naquit Oulomos (l'Éternité). Oulomos donne naissance à l'œuf cosmique et à Shansor, le créateur. Le créateur casse l'œuf en deux moitiés, et fait de l'une le ciel, de l'autre la terre. Selon les croyances cosmogoniques indiennes, du non-être naquit l'être, et de l'être un œuf qui se divisa en deux parties, l'une en argent, l'autre en or. La coquille en argent devint la terre, celle en or le ciel. De la membrane externe naquirent les montagnes, de la membrane interne les nuages; des veines les rivières, et de l'eau dans la chambre à air de l'œuf l'océan. Dans les mythes péruviens, le créateur prie le Soleil de créer les humains pour en peupler le monde. Le Soleil jette sur la terre trois œufs: de l'œuf d'or sortirent les nobles, de l'œuf d'argent leurs femmes, et de l'œuf de cuivre le peuple. Pour certaines tribus africaines, l'œuf est la perfection absolue, car le jaune représente l'ovule féminin, le blanc le sperme, et chaque être humain doit tendre vers la perfection, et donc à devenir un œuf.

L'acte de couver en lui-même a une signification symbolique. Certaines sectes bouddhistes vénèrent la poule. La poule en train de couver symbolise la concentration spirituelle et la fécondation de l'esprit.

Remarque !

La symbolique de l'œuf dans la prose de votre autrice est plus que manifeste. Outre le titre *Baba Yaga a pondu un œuf* et le spectaculaire œuf-cercueil, j'attire votre attention sur un discret épisode dans lequel l'autrice crache dans sa paume, trempée de larmes et de salive, un grumeau. Elle reconnaît dans ce grumeau (ou cet œuf) la miniature déformée de sa mère, tout comme Beba voit dans l'œuf qu'elle rêve une miniature de son propre fils en position fœtale. L'œuf est simultanément l'utérus et la tombe (*tomb* et *womb*). Dans le conte russe, l'amour de la tsarine est caché dans un œuf, ce même œuf que Mevludin offre à Rosie, comme « son cœur sur un plateau d'argent ».

LE DIEU DES POULES

Dans les croyances populaires russes, le « dieu des poules » est un objet rituel, ou une amulette, qui protège les poules. Une pierre percée au centre, une marmite en argile, un plat sans fond, le col d'une cruche cassée, de vieilles pantoufles usées, etc., tout cela pouvait faire office de « dieu des poules ». En général, ces objets étaient suspendus dans le poulailler, ou dans la cour devant le poulailler. Le « dieu des poules » garantissait que les poules pondent en paix, et chassait les esprits : les esprits du foyer et le *kikimora*. Une vieille marmite cassée posée au sommet d'un bâton ou d'un arbre pouvait attirer l'attention du passant, et ainsi détourner le mauvais œil de la maisonnée. Le trou dans la marmite, le plat sans fond, la cruche cassée sont également des symboles de la sexualité féminine mature et de la fécondité. La petite pierre percée en son centre avait, de plus, une autre fonction : elle protégeait son propriétaire des maux de dents.

Remarque !

J'attire votre attention sur un détail : Beba, représentante de la sexualité féminine mature, porte autour du cou une singulière amulette, une pierre plate percée en son centre.

LES OISEAUX

Dans tous les systèmes et traditions mythico-poétiques, les oiseaux apparaissent comme démiurges, divinités et démons, comme moyen de transport des dieux, des demi-dieux et des héros, comme messagers célestes, magiciens, immortels, voyants et symboles totémiques. Bien que la symbolique liée aux oiseaux soit riche et polysémique, les oiseaux sont avant tout des messagers, intermédiaires entre le ciel et la terre.

Les oiseaux jouent un rôle crucial dans tous les mythes cosmogoniques, y compris les slaves. Le créateur envoie un oiseau (un grèbe, une colombe, etc.) rapporter du fond de l'océan primordial de l'argile, du sable ou de l'écume. À partir du sable ou de l'écume, le créateur modèle la terre, au centre de laquelle il plante l'arbre du monde. Cet arbre plonge ses racines dans la terre, sa frondaison touche le ciel, et son tronc relie le ciel et la terre. La frondaison, ou le monde d'en haut, est le domaine des oiseaux (deux oiseaux, chacun d'un côté de la frondaison, symboles du soleil et de la lune, du jour et de la nuit). La position des oiseaux est hiérarchique (l'aigle occupant en général la position la plus élevée et la plus puissante).

Selon les croyances folkloriques bulgares, l'aigle a accès au « bout du monde », l'endroit où le ciel et la terre se rejoignent. C'est au « bout du monde » que vivent les fées, les dragons et autres créatures mythiques. La corneille a également accès à ce monde. Chaque année, les fées appellent la corneille pour la récolte de l'immortelle, en échange de quoi elle a le droit de se baigner dans le lac des fées, où elle change de plumage avant de revenir sur terre. Ce pour quoi on croit la corneille douée de pouvoirs de guérison. Quand ils perdent leurs dents de lait, les enfants bulgares jettent la dent sur le toit de la maison en disant : « Pour toi, corneille, cette dent en os, apporte-m'en une en fer ! » Une coutume identique existe en République tchèque et en Slovaquie, à cette différence près que les enfants ne s'adressent pas à la corneille, mais à Baba Yaga (« Ježibaba, vieille baba, voilà ma dent en os, apporte-m'en une en fer ! »).

Selon les croyances mythologico-folkloriques bulgares, Dieu est descendu sur terre avant le Déluge. Apercevant une pauvre veuve qui avait beaucoup d'enfants et une seule poule et ses poussins, il décida de la sauver. Il dit à la femme de prendre ses enfants, sa poule et ses poussins et de fuir sa maison, mais sans se retourner. La femme, curieuse, se retourna néanmoins, et fut changée en pierre avec ses enfants. Dieu réussit à sauver la poule et ses poussins, les transformant en une constellation communément appelée « Poussinière », *Kvačka* en bulgare (les Pléiades).

On trouve dans les croyances cosmogoniques bulgares, et autres, l'idée que la terre est un disque plat perché au sommet d'un coq. Si le coq bouge ou bat des ailes, il déclenche un séisme.

La typologie aviaire dans les mythes ne comprend pas que des oiseaux existant réellement mais également des créatures à plumes mythiques, comme Anzû (Mésopotamie), Garuda (Inde), Simorgh, Varagani (Perse), Taniwha (Maori), Ruch (Arabes), Straha-Raha, Stratim la mère de tous les oiseaux, Alkonost, Sirin, le corbeau Voron Voronovitch, l'Oiseau de Feu (Russie). Il existe également des êtres hybrides, dotés d'ailes d'oiseau et de la capacité de voler (sphinx, chimères, griffons, sirènes, gorgones, etc.). De nombreux dieux et divinités se changent en oiseau (Zeus en cygne), ont des caractéristiques aviaires, à moins que les oiseaux ne comptent parmi leurs attributs (Apollon avec le cygne et le corbeau, Aphrodite avec les cygnes et les moineaux, Athéna et la chouette, Junon et ses oies sacrées, Krishna et sa plume de paon, Brahma et son oie, Sarasvati et son paon ou son cygne, etc.).

L'oiseau est le symbole de l'esprit et de l'âme. Les oiseaux apparaissent le plus souvent comme une incarnation de l'âme du défunt, mais selon les croyances de certaines tribus sibériennes, l'oiseau peut également être le symbole de la deuxième âme de l'homme, l'« âme des songes », qui n'apparaît que dans les rêves. L'« Oiseau des rêves » prend la forme d'une femelle tétras, et sa figure protectrice est gravée dans le bois des berceaux sibériens.

La tribu australienne des Kournai pratique un totémisme sexuel : une espèce d'oiseaux incarne l'organe sexuel masculin, une autre le féminin. Chez de nombreux peuples, l'oiseau est une métaphore fréquente de l'organe sexuel. Voici deux exemples tirés de la poésie populaire croate :

« Oh, ma belle, ma douce, ma chérie
Chère m'est aussi ta chemise ;
Sous ta chemise la caille des blés
Qui ne demande ni du pain blanc
Ni du vin de sous les sarments
Mais qui demande – de la viande tendre. »

Dans cet exemple, la caille des blés représente le vagin, tandis que dans l'exemple qui suit, le coq représente le pénis : « Le Turc presse la donzelle/Dans les champs et les plaines/Contre la clôture il la bloque/Et lui met son coq. »

Les oiseaux sont, selon les conceptions mythico-folkloriques de nombreux peuples, des augures. Ils annoncent la mort (le coucou, la chouette, le corbeau), les ennuis, le malheur, mais également la naissance d'un enfant, des noces prochaines, ainsi que des événements d'envergure plus générale (des maladies, la guerre). Outre qu'ils permettent de prédire la météo, la vie des oiseaux sert de calendrier naturel (annonce du printemps et de l'hiver).

Selon les croyances populaires, les oiseaux ont un pouvoir de guérison. La poule sert de remède contre la fièvre, l'épilepsie, l'incapacité à voir dans le noir (héméralopie) et l'insomnie : « Que les poules emportent ton insomnie et te rendent le sommeil » (*Pust kury zaberut nesonnicu i dadut son*). On croit que les oiseaux peuvent chasser la maladie de leurs cris, arracher la maladie du corps de leur bec et recoudre une plaie. Les oiseaux peuvent délivrer d'un mauvais sort, ce dont témoignent de nombreux rituels et sortilèges folkloriques[1].

Le lien entre les femmes et les oiseaux nous ramène au paléolithique. On trouve dans les peintures rupestres du paléolithique (Lascaux, Pech Merle, El Pindal) des combinaisons singulières d'attributs féminins et aviaires : un bec en guise de bouche, une aile à la place d'un bras, un profil d'oiseau. Dans le célèbre dessin « narratif » de l'homme à l'agonie et du bison blessé, avec l'oiseau au visage de femme qui contemple la scène, certains commentateurs voient dans l'oiseau le symbole de l'âme qui quitte le corps de l'homme. C'est de cette époque que datent les figurines de femme-oiseau, une femme à la tête d'oiseau. Les figures de l'être mi-femme, mi-oiseau (la Sirin russe, les sirènes grecques) et de l'oiseau-âme comptent parmi les représentations humaines les plus archaïques, plus antiques que les mythologèmes cosmogoniques de l'oiseau binaire et de l'oiseau-démiurge. Au néolithique, d'après la célèbre archéologue Marija Gimbutas, on

1. « Un oiseau blanc volait au-dessus d'un champ blanc ; il portait dans son bec du lait blanc, qu'il laissa tomber en vol. Le lait blanc tomba sur une pierre blanche. Cette trace nous révéla qui avait jeté un mauvais sort à notre (citer le nom de la personne qu'il faut délivrer du mauvais sort – *N.d.A.B.*) » ; « Partez, mauvais sorts, sur les sables jaunes. Là-bas sont de grands oiseaux, aux becs jaunes et aux ailes grises. De leurs becs ils arracheront, de leurs ailes ils chasseront, notre (citer le nom de la personne qu'il faut délivrer du mauvais sort – *N.d.A.B.*) ils aideront » ; « Sur le bouleau blanc, l'oiseau Nagaj de son bec recoud les seins » ; « Oh, vous trois oiseaux doux, au lieu de piqueter le chêne, becquetez donc les sorts ».

trouve parmi les diverses représentations de la Grande Déesse (des figurines de femmes nues, enceintes ou en posture d'accouchement, qui symbolisent la fertilité) également une figurine de femme-oiseau, avec des seins et des fesses proéminentes.

Les oiseaux – les poules (noires), la corneille, la pie, les oies, les canards (les pattes d'oie, de canard) – sont liés à Baba Yaga, aux sorcières, aux démons féminins et aux déesses antiques. Les créatures féminines mythiques logent dans des isbas juchées sur des pattes d'oiseau ; elles ont souvent des attributs aviaires, qu'il s'agisse des griffes, des pattes, des ailes ou de la tête ; ainsi que la faculté de se transformer en oiseaux ou de **voler** comme des oiseaux. Dans la conception mythico-poétique du monde, on croit fermement que les sorcières sont liées aux oiseaux. Selon une légende, Ivan le Terrible aurait rassemblé à Moscou toutes les sorcières de Russie pour les brûler, mais elles se seraient transformées en pies et envolées. Selon une autre légende populaire, convaincu que les pies étaient des sorcières, le métropolite Alexis aurait interdit aux pies (!) de voler au-dessus de Moscou. Les paysans pendent souvent des pies mortes au toit de leur étable pour effrayer les sorcières.

Selon les croyances folkloriques bulgares, une femme ordinaire peut devenir une sorcière si elle porte sous son aisselle un œuf (pondu par une poule noire) le temps que n'en sorte un poussin noir. Si elle abat ce poussin et enduit ses articulations de son sang, la femme ordinaire recevra des pouvoirs de sorcière, notamment la faculté de se transformer en poule noire.

Dans le sud de la Bulgarie, les paysans tiennent les mauvais poussins, les *mamnici*, pour responsables du vol de leurs récoltes. Les *mamnici* n'ont pas de plumes, mais ils ont deux têtes, et étant donné qu'ils sont sortis d'un œuf de sorcière, ce sont ses enfants. Les âmes des enfants non baptisés se transforment, elles aussi, en poussins, en petits êtres démoniaques malveillants appelés les *navi*. Chez les Croates et les Serbes, les âmes des enfants non baptisés ont un corps d'oiseau et une tête d'enfant. On les appelle *nekrštenac* (non-baptisé) ou *nevidinčić* (invisiblet), tandis qu'en Ukraine et en Pologne ces esprits portent respectivement le nom de *potrečuk* et *latawiec*.

Dans les croyances populaires bulgares, la poule est considérée comme un animal « impur », associé aux démons. La poule est un oiseau (et en tant que tel, elle appartient au ciel) incapable de voler. Elle picore le sol de son bec, ce pourquoi les gens l'associent aux forces chtoniennes. La poule combine donc plusieurs contradictions : en tant qu'animal domestique, elle appartient aux hommes, mais tout autant au ciel (en tant qu'oiseau) et au monde souterrain (étant donné qu'elle ne sait pas voler). Les représentations de Baba Yaga, assise sur des œufs dans un nid dans les branches d'un arbre, de son isba à pattes de poulet, de sa capacité de donner naissance à quarante et une filles (des filles en si grand nombre ne peuvent qu'être sorties d'œufs !)[1], forment

1. Je suppose que c'est de ces images archétypo-folkloriques que provient le titre de l'œuvre de votre autrice, *Baba Yaga a pondu un œuf*. Une lecture parallèle du titre est cependant possible, où l'œuf,

l'image puissante d'une démone au plumage noir liée aux trois sphères du monde.

De tout temps, les oiseaux ont été un objet de fascination pour l'imagination humaine, car ils sont liés aux fantasmes d'envol les plus profonds. Les simples mortels sont cloués au sol, tandis que les ailes sont l'attribut des dieux, des démons, des anges, des forces impures et des divinités. Les oiseaux sont également le moyen de transport des dieux (Garuda est la monture du dieu Vishnou, et Brahma volait sur une oie).

---

en gros, pourrait-être le symbole de la créativité (féminine). Dans ce cas, l'autrice s'identifie à Baba Yaga. Si l'on s'engage dans cette interprétation, alors l'image de la créativité féminine est pour le moins sombre. Les femmes artistes sont des Baba Yaga, isolées, stigmatisées, exclues de leur environnement social (elles vivent dans la forêt ou à sa lisière), se reposant exclusivement sur leur propre pouvoir. Leur rôle, tout comme le rôle de Baba Yaga dans les contes, est marginal et limité. D'un autre côté, ce même titre peut être lu comme une apologie joyeuse de la créativité féminine.

Une analyse linguistique pourrait nous mener à un autre détournement, grotesco-farcesque, du concept de créativité et de fertilité féminine. On trouve en effet en bosnien-croate-monténégrin-serbe la célèbre comptine enfantine suivante : *Okoš-mokoš/Pète la poule/Pépé demande/Combien d'œufs tu veux.*

Mokoš est la déesse païenne slave de la fertilité (Mokoš, Makoš, Mati Syra Zemlja). Avec le temps, Mokoš est devenue la protectrice des femmes enceintes et des parturientes, et a reçu avec la christianisation le nom de sainte Parascheva ou sainte Petka. Détail fascinant, dans la langue familière américaine, l'expression *to lay an egg* (pondre un œuf) signifie être rasoir, ressortir des blagues éculées (*to fail to make people enjoy or be interested in something*, ne pas réussir à amuser ou intéresser les gens). Je suppose que votre autrice n'a pas été jusqu'à établir ces connotations linguistiques ténues, mais elles – étant donné que l'on parle de l'ambivalente Baba Yaga – s'établissent pour ainsi dire d'elles-mêmes.

Dans l'un des plus beaux contes d'amour russes, *La Plume de Finist-Clair-Faucon*, une jeune fille demande à son père de lui rapporter la plume de Finist-Clair-Faucon. Après trois tentatives, le père se procure enfin la plume et l'offre à sa fille dans une cassette. Quand la cassette s'ouvre, la plume s'envole et, frappant le sol, devient un beau prince. La jeune fille et le prince échangent chaque nuit des mots d'amour, jusqu'à ce que les deux sœurs de la jeune fille n'apprennent l'existence de ce singulier amoureux dans la cassette, et ne le blessent grièvement. Le faucon s'enfuit, et la jeune fille, pour le retrouver, devra traverser trente pays jusqu'au trentième royaume, user trois paires de chaussures en fer et trois bâtons de fonte. En chemin, elle reçoit de trois bienveillantes Baba Yaga des cadeaux fort utiles : une quenouille en argent et un fuseau en or, une assiette en argent et un œuf en or, et enfin un tambour à broder en or et une aiguille qui brode toute seule. À la fin, la jeune fille retrouve son aimé, sa plume, et se marie avec lui.

Le conte russe le plus emplumé et le plus aérodynamique est incontestablement *Jelena la Très Sage*[1].

1. Je précise que j'ai pour l'occasion résumé et raccourci le conte. Les passages en italique viennent de l'original. (*N.d.A.B.*)

En des temps très anciens, un jeune soldat gardait un démon et, prenant pitié de lui, le remit en liberté. Le démon prit le soldat sur son dos et s'envola vers son palais, où la seule et unique tâche du soldat était de garder ses trois magnifiques filles. La tâche n'était pas difficile, et le jeune homme aurait pu ainsi accomplir son service jusqu'à la fin des temps, s'il n'avait remarqué que les jeunes filles disparaissaient quelque part toutes les nuits. Une nuit, il se cacha dans leur chambre, et vit les jeunes filles taper du pied au sol, se transformer en colombes et s'envoler par la fenêtre. Le soldat les imita, se

Tout le monde y vole : le démon, le vulgaire soldat (transformé en rouge-gorge), les trois sœurs (transformées en colombes), et Jelena la Très Sage.

L'éternelle fascination humaine pour le vol s'est perpétuée jusqu'à notre époque aéronautique, jusqu'à la culture de masse sous ses diverses formes (science-fiction, bande dessinée, cinéma), et a engendré deux méga-icônes mythiques de notre temps : Superman et Batman. Il est intéressant de constater qu'on ne trouve, dans les icônes mythiques de notre époque, aucune femme volante.

---

transforma en rouge-gorge et s'envola à leur suite, jusqu'à ce que les colombes n'atterrissent dans un bois vert.

Là atterrissaient d'innombrables colombes, elles recouvraient tout le bois. Au beau milieu du bois se trouvait un trône en or. Après quelque temps, le ciel et la terre s'illuminèrent, un attelage d'or tiré par six dragons volait dans les airs, dans le coche Jelena la Très Sage, d'une beauté telle qu'on ne peut l'imaginer, encore moins la décrire.

Le jeune homme tomba amoureux de Jelena la Très Sage, la maîtresse des colombes, et décida de la suivre en cachette dans son palais. Il se cacha dans un arbre, d'où il avait vue sur ses appartements, et se mit à gazouiller, d'un chant si beau et triste que la reine ne put fermer l'œil de la nuit. Au matin, la reine attrapa le rouge-gorge, l'installa dans une cage en or et l'emporta dans sa chambre. À peine la reine se fut-elle endormie que le rouge-gorge se changea en mouche, sortit de la cage, frappa le sol et reprit sa forme humaine. Il s'approcha du lit et, incapable de résister, déposa un baiser sur les douces lèvres de la reine, puis se hâta de se retransformer en mouche, de rentrer dans la cage et de redevenir un rouge-gorge. Jelena la Très Sage se réveilla, regarda autour d'elle, personne. Elle se réveilla ainsi plusieurs fois dans la nuit, et au matin elle prit son livre enchanté, qui lui montra toute la vérité.

« Oh, toi, impudent ! s'écria Jelena la Très Sage. Sors de ta cage ! Tu paieras ton insolence de ta tête. »

Que voulez-vous, le rouge-gorge sortit de la cage, frappa le sol et reprit forme humaine. Le brave jeune homme tomba à genoux et se mit à supplier la reine de lui pardonner.

Elles sont restées à la marge. Voler ne leur est même pas permis dans les plus basses zones de l'imaginaire trivial. Là aussi, ce sont les hommes qui pilotent.

Il n'y a guère que dans les antiques zones mythiques que l'accès des femmes au vol ne soit pas limité. Elles y volent à égalité avec les hommes. De fait, en ces temps immémoriaux, le trafic aérien était singulièrement dense : on y trouvait des héros sur des oiseaux géants ou des tapis volants, des vents anthropomorphisés, des coups de foudre et de tonnerre, des dragons et des sorcières, des sabres, des balais, des

---

« Tu ne mérites pas mon pardon, misérable », rétorqua Jelena la Très Sage, et elle appela le bourreau pour qu'il tranche la tête du soldat.

Alors, le soldat fondit en larmes et entonna un chant triste à fendre l'âme, si bien que la reine prit pitié de lui et dit :

« Je t'accorde dix heures de sursis, si, pendant ce temps, tu arrives à te cacher si bien que je ne puisse te trouver, je t'épouserai, sinon je te ferai couper la tête ! »

Le soldat sortit du palais, s'enfonça dans la forêt profonde, s'assit sous un arbre et se mit à se lamenter. À cet instant, le démon se matérialisa sous ses yeux, frappa le sol et se transforma en aigle royal. Le soldat monta sur le dos de l'aigle, qui l'emporta en haut des cieux, mais Jelena la Très Sage les observait dans son livre enchanté.

« Inutile de te cacher, aigle, je te vois, tu sais que tu ne peux te cacher de moi. Redescends sur terre ! »

Et, que voulez-vous, l'aigle redescendit sur terre. Puis il lui vint une idée : il s'approcha du soldat et lui donna un coup sur la joue, le transformant en aiguille, tandis que lui se transformait en souris. Il prit l'aiguille entre ses dents, se faufila dans le palais, trouva le livre enchanté et cacha l'aiguille dans le livre. Jelena la Très Sage regardait son livre pour trouver le soldat, elle regardait, regardait, mais ne le trouvait pas. Dix heures s'écoulèrent, et la reine, furieuse, jeta le livre au feu, l'aiguille tomba du livre, rebondit au sol et reprit la forme du brave jeune homme. Et c'est ainsi qu'ils se marièrent.

mortiers, des forces impures, des dieux, des divinités et des démons, de courageux héros à la recherche de leurs aimées – paonnes, colombes, cygnes et canes précieuses –, et les courageuses héroïnes usaient trois paires de souliers de fer pour retrouver leurs élus – faucons, aigles et autours. Dans cet espace, Baba Yaga volait elle aussi librement. Elle volait dans son mortier, dans son mortier-matrice, certes, mais elle volait.

Remarque !

Le diptyque en prose de votre autrice a un cadre ornithologique manifeste : l'action de la première partie du diptyque, par exemple, se déroule dans un cadre temporel de trois ans, délimité par une invasion d'étourneaux dans un quartier de Zagreb et par leur départ. Dans la deuxième partie, dès le premier jour, le journal que lit Arnoš Kozeny nous informe de la découverte du virus H5N1 de la grippe aviaire, tandis que le dernier jour, à nouveau dans le journal que lit Arnoš Kozeny, nous apprenons que des milliers de poulets soupçonnés d'être contaminés par le virus H5N1 ont été abattus dans les élevages tchèques. On trouve dans la deuxième partie une abondance de détails « aviaires ». Je ne me lancerai pas ici dans leur analyse détaillée, et je vous laisserai, Monsieur l'éditeur, le soin de couver un peu les œufs symboliques de ces deux textes.

LA VIEILLESSE

Dans une légende populaire bulgare, l'archange Michel rencontre une femme et lui demande d'où elle vient et qui elle est. « Je suis une sorcière, et j'entre dans les maisons sous la forme d'un serpent », répond la femme. L'archange l'attache et se met à la frapper d'une barre de fer. « Je te rouerai de coups tant que tu ne m'auras pas révélé tous tes noms », lui dit-il. Et la femme se met à énumérer ses noms, jusqu'au dix-neuvième. La légende est difficilement traduisible, car les nombreuses transmissions orales ont produit un effet de « téléphone arabe », de précieux alliages d'hébreu, de grec ancien, de bulgare et que sais-je encore, si bien que de nombreux mots (à l'exception, par exemple, de *meurtrière*, *langue de vipère*, *prostituée*, *guêparde*, ce qui est vraisemblablement, dans le cas présent, une grande guêpe) peuvent difficilement être déchiffrés avec certitude. Il s'avère ainsi que finalement – dans le texte qui est parvenu jusqu'à notre époque – la sorcière n'a, malgré tout, pas révélé tous ses noms, ni tous ses visages[1].

1. « *Arhangel't ja v'rza i započna s železen pr't gvozdei da ja bie. I reče: 'Njama da te pusna, dokato mi ne kažeš svoite imena'. I tja mu se zakle: 'K'lna se v Gospoda Savaot, kojto znae moite imena, ništo ne moga da mu storja, s'što koito gi nosi s's sebe si. A imenata mi sa: p'rvo – veštica, vtoro – vtorobrezanica, treto – obrezanica, četvrto – neruša, peto – veda, šesto – ubijca, sedmo – osina, osmo – vila, deveto – vilana, deseto – mesečnica, edinadeseto – bludnica, dvanadeseto – klevetnica, trinadeseto – množnost, četirinadeseto – saula, petnadeseto – inasina, šesnadeseto – mora, sedemnadeseto – vrag, osemnadeseto – sati, devetnadeseto – kumnago'.* » (In Lilia Stareva, *Coutumes et rituels bulgares* (*B'lgarski običai i rituali*), 2005).

On pourrait en dire de même de Baba Yaga. Son histoire a, elle aussi, circulé pendant des centaines d'années de bouche-à-oreille. Les conteurs (et plus tard les exégètes) ont eu beau la battre de leurs bâtons interprétatifs, ils n'ont pas réussi à faire remonter à la surface tous ses « noms ». Elle-même un brin misogyne, Baba Yaga était (et demeure) l'objet d'une terrifiante misogynie : elle a été battue, noyée, jetée au feu, ferrée, rivée de clous, transpercée de coups d'épée, cuite au four, a eu la tête tranchée, la langue forgée sur une enclume, et été monstrueusement insultée dans les contes, les chants épiques, les tchastouchki[1], les bylines[2] et les quolibets enfantins[3].

Répétons-le encore une fois : Baba Yaga est une sorcière, mais elle n'appartient pas au clan des sorcières ; elle peut être bonne et mauvaise ; elle est mère, mais également la meurtrière de ses propres filles ; elle est femme, mais n'a pas, et n'a jamais eu, de mari ; elle peut être une aide précieuse mais également ourdir

1. Tchastouchka : type de poésie traditionnelle russe écrit sous forme de quatrain. Souvent humoristiques, satiriques ou ironiques, les tchastouchki sont fréquemment mises en musique, accompagnées à la balalaïka ou l'accordéon. (*N.d.T.*)

2. Byline : forme traditionnelle de la poésie narrative héroïque de la Russie ancienne, initialement transmise oralement. Les bylines comptent les hauts faits de preux chevaliers et autres personnages légendaires. Elles étaient à l'origine en vers libres et rythmés. (*N.d.T.*)

3. « Et ainsi Ilja lui parla : / Eh, toi, Mitkevič Dobrinja. / Ni gloire ni honneur il n'y a / à ce que deux héros se battent avec une baba / frappe-la comme une femelle, cette baba / Sur les seins et le cul / Et il se souvint des anciens us / Et se mit à la frapper sur les seins et le cul / Et il tua la pute, Baba Yaga. »

des machinations ; elle est excommuniée de la communauté des hommes mais communique avec les humains ; elle est une guerrière mais également une ménagère ; elle est une « morte » mais également un être vivant ; elle fait cuire les petits enfants dans son four mais finit par être elle-même rôtie ; elle vole mais est en même temps clouée au sol, elle est « épisodique » mais également une étape cruciale sur le chemin du héros ou de l'héroïne vers le bonheur.

Son caractère dépendait de la transmission orale, des nombreux conteurs et conteuses qui l'ont construit et élaboré au fil des siècles. Elle est une œuvre collective et un miroir collectif. Sa biographie commence en des temps meilleurs, à l'époque où elle était la Baba d'Or, la Grande Déesse, la Terre Mère, Mokoš. Avec le passage au patriarcat, elle a perdu son pouvoir pour devenir un épouvantail excommunié qui, par une mystérieuse ruse, continue à régner. Baba Yaga vivote aujourd'hui esquichée dans sa cabane, comme un fœtus dans le ventre maternel, ou un cadavre dans son cercueil.

Traduit dans une langue un peu plus moderne, Baba Yaga est une « dissidente », une excommuniée, une ermite, une « vieille fille », un vieux laideron, une perdante. Elle ne s'est jamais mariée, pas plus, semble-t-il, qu'elle n'a eu d'amis. Les noms de ses amants, si tant est qu'elle en ait eu, demeurent inconnus. Elle n'aime pas les enfants, elle n'est pas une mère attentionnée, pas plus, malgré son âge avancé, qu'elle n'est devenue une grand-mère entourée de ses petits-enfants adorés. Elle n'est même pas une bonne cuisinière. Sa fonction est à la fois cruciale et marginale : les héros « polis » et « malpolis » s'arrêtent devant sa cabane, mangent et boivent tout leur saoul, prennent un bain de vapeur dans sa *banya*, exploitent ses conseils, reçoivent des cadeaux enchantés qui les aideront à atteindre leur but, et disparaissent. Aucun d'entre eux n'est jamais revenu toquer à sa porte avec un bouquet de fleurs et une boîte de chocolats.

La principale raison de l'apostasie de Baba Yaga réside dans son âge avancé. Elle est une « dissidente », mais seulement dans le système de valeurs que nous avons créé, autrement dit nous l'avons contrainte à l'apostasie. Baba Yaga ne vit pas sa vie : elle vivote. C'est une vieille fille vierge, qui sert d'écran de projection pour les fantasmes masculins (de castration) et féminins (d'autopunition). Nous l'avons privée de la possibilité de créer à tous les niveaux, ne lui laissant dans sa besace que quelques tours de magie bons à effrayer les petits enfants. Nous l'avons poussée à la marge, dans la forêt, loin dans notre propre subconscient, nous avons imaginé une poupée symbolique que nous avons destinée à un *lapot*[1] symbo-

1. Le *lapot* est une coutume ancestrale qui aurait été pratiquée en Serbie et en Macédoine, et qui consistait à tuer les personnes âgées n'étant plus en mesure de gagner leur pain, à coups de hache ou de pierre. Cette coutume s'appelait au Monténégro *pustenovanje*, qui vient du mot *pust*, le feutre (étoffe non tissée et épaisse obtenue en pressant et en agglutinant du poil ou de la laine). On recouvrait de ce feutre la tête de la personne âgée, avant d'appuyer dessus une grosse pierre. Selon certains dires, les Monténégrins auraient aussi infligé ce traitement aux femmes infidèles.

lique. Baba Yaga est une femme-substitut, elle est là pour vieillir à notre place, pour être vieille à notre place, pour être punie à notre place. Son drame est le drame de la vieillesse ; son histoire est une histoire d'excommunication, d'apostasie forcée, d'invisibilisation, de brutale marginalisation. Parallèlement, notre propre peur agit comme un acide, qui dilue l'authentique drame humain en une farce grotesque. La farce, certes, n'a pas nécessairement une connotation négative ; au contraire, elle est en principe une affirmation de la vitalité humaine, et une victoire temporaire sur la mort[1] !

Remarque !

Il est intéressant que votre autrice ait mis en avant le thème de la vieillesse comme le plus pertinent, ce qu'elle avait, d'ailleurs, clairement annoncé dès le prologue. C'est précisément parce qu'elle a donné à un thème la prééminence sur les autres qu'elle a réussi à opérer une intéressante resémantisation de tous les

1. La revitalisation contemporaine de la Baba Yaga russe a lieu dans le cyberespace, qui fourmille d'anecdotes d'auteurs russes anonymes. Ces anecdotes sont comiques, souvent brutales et pornographiques, adaptées à notre époque actuelle, mais le traitement réservé à Baba Yaga n'est en rien pire que celui réservé aux autres héros populaires des contes russes : Ivan l'Idiot, Vassilissa la Très Belle, Jelena la Très Sage, Kochtcheï l'Immortel. On assiste sur les forums Internet à une joyeuse décanonisation des héros des contes russes, qui est simultanément leur recanonisation.

éléments liés au personnage de Baba Yaga. Sans me lancer ici dans une grande analyse, car ce n'est pas mon travail, je mentionnerai néanmoins un exemple. Le titre de la première partie du diptyque (*Pars là-bas – je ne sais pas où. Rapporte ça – je ne sais pas quoi*) est également le titre d'un célèbre conte russe, et l'une des plus populaires devinettes de Baba Yaga. Le titre de la deuxième partie du diptyque (*Demande, mais sache que toutes les questions ne sont pas bonnes à poser*) est l'une des répliques de Baba Yaga. Pour une raison qui lui est propre, l'autrice a laissé de côté la suite de cette réplique, qui est la suivante : *Plus tu en sais, plus vite tu vieillis!* La devinette, de manière générale, est censée être la preuve de la sagesse et du pouvoir de manipulation de Baba Yaga. Dans le texte de votre autrice, la devinette de Baba Yaga suggère le contraire : une poignante démence sénile. La lecture de la prose de votre autrice par le filtre de Baba Yaga, et inversement, la relecture de Baba Yaga par le filtre thématique de la vieillesse proposé par votre autrice est une expérience de lecture rafraîchissante. Ne l'oublions pas, les temps, les époques, les cultures et les civilisations toutes entières sont le résultat d'une lutte des significations. Il fut un temps, il y a bien longtemps, Baba Yaga était la Grande Déesse. Passant par la longue et douloureuse histoire de sa propre dégradation, Baba Yaga est arrivée à notre époque, malheureusement, comme une caricature d'elle-même.

L'INTERNATIONALE DES BABAS

Baba Yaga est une « dissidente », une excommuniée, une ermite, une « vieille fille », un laideron, une perdante, mais elle n'est ni seule ni esseulée. Elle a d'innombrables sœurs dans les traditions mythiques et ritualo-folkloriques slaves, et dans bien d'autres encore.

La Slovaque **Ježibaba** (**Jenžibaba**, ou la Tchèque **Jagababa** ou **Jahodababa**) a le nez comme une marmite et une grande bouche aux lèvres épaisses. Elle règne grâce à divers tours de magie : elle change les princesses en grenouilles, et peut se changer elle-même en grenouille ou en serpent. Ježibaba est polycéphale : elle peut avoir sept, neuf ou douze têtes. Le polycéphalisme, le cannibalisme, la capacité de métamorphose et une grande méchanceté sont les principales caractéristiques de cette redoutable Ježibaba tchécoslovaque. Ježibaba possède des objets magiques : des chaussures qui lui permettent de marcher sur l'eau, un crâne qui fait pleuvoir, une pomme d'or, un sac en or, et une baguette capable de changer tout et n'importe quoi en pierre. Le plus souvent, Ježibaba entre en contact avec des chasseurs qui chassent du gibier forestier près de chez elle.

On trouve dans le folklore des Serbes, des Croates, des Bosniens, des Slovènes, des Macédoniens et des Monténégrins un vieux croque-mitaine féminin : **Baba Roga**, **Baba Jega**, **Gvozdenzuba**. Les peuples susmentionnés redoutent bien plus les sorcières et les fées locales que Baba Yaga. *Babaroga* est un croque-mitaine que peu de gens prennent au sérieux, et en ce sens, elle est difficilement comparable à la Baba Yaga russe. On trouve cependant dans le folklore serbe la **Mère de la Forêt** (**Šumska majka**), qui combine les caractéristiques de la sorcière, de la *rusalka* (sorte de naïade, ondine ou sirène du foklore slave), de la nymphe des montagnes et de Baba Yaga. La Mère de la Forêt est décrite comme une jeune femme à la poitrine abondante, à la longue chevelure noire et ondoyante et aux ongles longs (bien qu'elle puisse également être une vieille femme laide et édentée). Elle se montre aux humains nue ou vêtue de blanc. La Mère de la Forêt a la faculté de se transformer en botte de foin, en dinde, en vache, en truie, en chien ou en cheval. Elle apparaît le plus souvent à minuit. Elle est capricieuse, elle attaque les nouveau-nés et les petits enfants, mais elle peut tout aussi bien les protéger. Elle sait, grâce à des potions d'herbes de la forêt, guérir les femmes stériles. La Mère de la Forêt aurait, selon les dires, une belle voix, et serait singulièrement lubrique : souvent, elle séduit des hommes et les entraîne dans les profondeurs de la forêt pour avoir des rapports sexuels avec eux.

Les Bulgares ont en guise de Baba Yaga la **Mère des Montagnes** (**Gorska majka**), qui provoque des insomnies chez les petits enfants, ainsi que la sorcière (*mag'osnica*), la *samodiva* (sorte de *rusalka* bulgare), et la *lamia*, un monstre féminin, dérivé slave de la Lamia de la Grèce antique.

La Roumaine **Muma pădurii** (la **Mère de la Forêt**) vit dans la forêt, dans une cabane juchée sur des pattes d'oiseau. La cabane est ceinte d'une clôture surmontée de crânes humains. Elle vole les petits enfants et les change en arbres. **Baba Cloanta** (Baba Gueule) est une grande et laide vieille femme avec des trous dans le râtelier. Elle garde un tonneau empli d'âmes humaines. **Baba Coaja** est une tueuse d'enfants au long nez en verre, à la jambe de fer et aux ongles en miel. **Baba Harca** vit dans une grotte et vole les étoiles du ciel. L'équivalent roumain de sainte Petka ou sainte Paraschevaest **Sfinta Vineri**, qui préside aux travaux de tissage féminins. D'apparence humaine, elle est trahie par sa patte de poule.

Dans les légendes folkloriques hongroises vit **Vasorrú Bába**, une vieille femme au nez en fer, qui lui pend quasiment jusqu'aux genoux. Vasorrú Bába teste les jeunes héros et héroïnes, et s'ils ne se montrent pas aimables envers elle, elle peut les changer en animal ou en pierre.

La **Ragana** (du lituanien *regeti*, savoir, voir, prévoir ; *ragas*, corne, croissant de lune) est un être maléfique mythologique lituanien. La Ragana a un mortier, dans lequel elle dort, ou vole à l'aide d'un balai et d'un pilon. L'hiver, les Ragana se baignent dans des trous dans la glace, s'assoient sur les branches des bouleaux et peignent leurs longs cheveux. Leur nature malfaisante s'exprime davantage l'été : elles détruisent les récoltes, font tourner le lait, tuent les nouveau-nés, et jouent de méchants tours lors des noces, où il arrive qu'elles changent le jeune marié en loup. La Ragana est liée à la mort et à la résurrection, ou plutôt à la régénération.

La Baba Yaga polonaise (**Jendzibaba**, **Jedsi baba**) est une « femme qui chevauche une patte de poule » (*pani na kurzej stopce*), et présente toutes les caractéristiques générales des Baba Yaga slaves.

Les Sorabes croient aux **wurlawy** (ou *worawy*), des femmes des bois qui sortent de la forêt à vingt-deux heures précises. Elles s'attellent aux charrues et labourent à grand bruit. La **Wjera** ou **Wjerobaba** est la version sorabe de Baba Yaga.

Les contes, légendes et croyances ukrainiennes abritent une baba au nez en fer (**Zaliznonosa baba**), ainsi que trente babas à la langue en fer, et une baba en fer (**Zalizna baba**), dont la maison est juchée sur une patte de canard.

La variante norvégienne de Baba Yaga pourrait se composer de trois femmes que l'on retrouve dans les contes norvégiens. La première est une petite vieille, la « vieille mère » (**gamlemor**), dont le long nez s'est pris dans une souche, et qui reste ainsi coincée une bonne centaine d'années. Le héros Espen Askeladd (la variante norvégienne des Russes Ivan l'Idiot et Ivan le Cendreux) aide la petite vieille à se libérer, et reçoit en échange un flûtiau magique. La deuxième est **trollkjerring** ou **haugkjerring**, une vieille sorcière, et la troisième **kjerringa mot strommen** (littéralement, « la femme qui va à contre-courant »), têtue et hargneuse.

Le folklore finno-carélien a sa **Syöjätär**. De ses yeux s'envolent des moineaux, de ses orteils des corneilles, sous ses ongles grouillent des vipères venimeuses, de ses oreilles sortent des corbeaux, et de ses cheveux des pies. Syöjätär est l'incarnation du mal, et n'aide jamais personne, mais, détail réconfortant, elle n'est pas cannibale. **Akka**, autre créature malveillante finno-carélienne, se rapproche beaucoup plus de Baba Yaga. Akka vit dans la forêt, ou au bord de la mer, elle menace les passants de fortune de les manger, elle a les seins « comme des petits tonneaux » et peut faire trois fois le tour de sa cabane avec ses jambes. Akka aussi, tout comme Baba Yaga, demande au héros ou à l'héroïne de s'acquitter de diverses tâches (faire chauffer le bain, nourrir les bêtes, garder les chevaux) et récompense le travail bien fait d'utiles conseils.

Baba Yaga a de nombreuses parentes en Europe occidentale. Mentionnons notamment qu'en France – le pays du légendaire foie gras d'oie – certaines femmes légendaires ont une patte d'oie. **Arie** ou Tante Arie (**Tante Arie**, **Tante Airie**, **Tantarie**) a des dents de fer et une patte d'oie. Elle punit les paresseuses et récompense les bonnes tisseuses. Pendant les fêtes de Noël, elle apparaît sur un âne et distribue des cadeaux. Tantarie vit dans une grotte, où elle garde son coffre au trésor, et elle ne se défait de sa couronne d'or ornée de diamants que pendant le bain. En Allemagne, Perchta, Holda ou Holle sont des vieilles femmes aux grands pieds (d'oie ou de cygne), et qui ont comme accessoire un balai, une aiguille et des ciseaux. De leurs ciseaux, elles ouvrent le ventre des petites filles paresseuses et des mauvaises domestiques, et les remplissent de déchets. La célèbre Frau Holle – une grande femme aux cheveux blancs et aux longues dents, qui effraie les petits enfants et met à l'épreuve l'amabilité et la patience des jeunes filles – a des points communs avec Baba Yaga.

Les Turcs, les Tatars, les Bachkirs, les Ouzbèques, les Touvines, les Turkmènes, les Kirghizes, les Azéris, les Koumyks, les Nogaïs et nombre d'autres peuples proches croient en **Albasti**. Albasti est un esprit malin, une femme laide, échevelée et aux seins pendants, dotée de la faculté de métamorphose. Elle a des pattes d'oiseau (selon les croyances azéries) ou des sabots (selon les croyances kazakhes). Les Tatars du Kazakhstan croient qu'Albasti a un seul œil au milieu du front et un nez en pierre. Elle n'a ni peau ni chair sur le dos, si bien qu'on peut voir ses organes internes, et elle a des griffes acérées en guise de doigts. Selon les croyances kirghizes, il y a deux Albasti : une très méchante, la *kara* (noire), et une moins dangereuse, la *sari* (jaune). Albasti a toujours sur elle un livre magique, un peigne et de l'argent. Dans les truculents mythes touvines, Albasti est une paillarde qui fréquente les chasseurs, leur porte chance à la chasse, les allaite de son propre lait et les nourrit de la viande qu'elle tranche sur ses propres côtes. On peut s'attirer ses foudres si on lui vole un cheveu de la tête, ou ses objets : son livre, son peigne ou son argent. Les Turcs croyaient qu'Albasti devenait bonne et obéissante si on plantait une aiguille dans ses vêtements. Albasti apporte des maladies, provoque des cauchemars, boit le sang de ses victimes, et est particulièrement dangereuse pour les femmes en couches et les nouveaunés. Elle aime les chevaux, qu'elle monte la nuit. Ses origines ne sont pas très claires : certains la croient d'origine turque, d'autres d'ascendance perse. *Al* est, suppose-t-on, le nom d'une divinité antique, proche d'*ilu* (chez les peuples sémitiques), tandis que le mot indo-européen *basti* signifie « esprit », « divinité ». Albasti a des parents dans de nombreux peuples, nommés **al pab, ali, ol, ala žen, hal, alk, ali, almazi, almas, kara-kura, şüräle, su anasi, vutaš**. Baba Yaga est sa sœur slave.

L'un dans l'autre, nous conclurons aisément d'après cet aperçu que Baba Yaga vole dans le monde entier : que l'« espèce des babas » est internationale et que l'on croise des parents de Baba Yaga en Asie, en Amérique du Sud, en Afrique ; que l'internationale des babas tisse sa toile partout, et ce, depuis la nuit des temps[1].

1. Il ne me semble pas hors sujet de rappeler ici un autre lieu commun : les noms des méchantes antiques les plus connues : les **Empouses** sont des démons femelles avec une jambe d'âne, l'autre d'airain, des vampires lubriques, qui peuvent se changer en belles jeunes filles et séduire des jeunes hommes pour boire leur sang. **Lamia** mange les petits enfants, elle est châtiée par une éternelle insomnie, mais consolée par le don de pouvoir ôter ses yeux à sa guise. **Hécate** est une déesse tricéphale, avec une tête de lion, une de chien et une de jument, sorcière, mère des Empouses et séductrice de jeunes hommes. **Ériphile** est cupide et mesquine, **Éos** (**Aurora**) et sa sœur **Séléné** (**Luna**) sont lubriques, **Éris** est envieuse et jalouse, et **Ino** une comploteuse malveillante. **Méduse**, l'une des **Gorgones**, est un monstre féminin avec des serpents en guise de cheveux, et dont le regard pétrifie. Les **Grées** sont nées vieilles, elles ont en tout et pour tout un œil et une dent, qu'elles se partagent. Les **Kères** engendrent la mort, la destruction, la fièvre, la cécité, la vieillesse et l'impuissance. Elles ont les yeux exorbités, la langue pendante, des ailes noires, des serres d'oiseau et un manteau imbibé de sang (car elles sucent le sang des mourants sur les champs de bataille). Les

Cette transmission mythique aussi impressionnante que grandiose dure depuis des siècles. Le point commun de cette internationale des babas – tous ces laiderons, ces croque-mitaines, ces monstres et ces esprits malfaisants, ces « damnées de la terre », ces « forçats de la faim » – est d'être de sexe féminin. Les mythes antiques (et autres) se sont répandus de par le monde, ont été contaminés par le christianisme et les mythes chrétiens, par les traditions locales préchrétiennes, folkloriques et mythologico-rituelles, et c'est de tout cet imaginaire ancestral, inextricable, fertile, profondément misogyne, mais également cathartique, qu'est née Baba Yaga.

Érinyes (ou **Euménides**) sont des vieilles femmes avec des serpents dans les cheveux, qui vengent les crimes de parricide et de parjure. Les **Harpies** sont des oiseaux à tête de femme, qui volent les petits enfants, souillent la nourriture, et apportent la maladie et la mort. Les **Stymphalides**, les oiseaux du lac de Stymphale (ou des femmes à tête d'oiseau), mangent la chair humaine et polluent les champs de leurs excréments. **Mormo** est une séductrice meurtrière. Le **Sphinx** a une tête de femme, un corps de lion, des ailes d'oiseau, et les ignorants sont son plat favori. Les **Lémures** romains sont des spectres maigres et repoussants, qui incarnent les âmes des défunts ne pouvant trouver le repos. Les **Stryges**, semblables aux Harpies, sont des oiseaux voraces, à la voix stridente, avec de grosses têtes aux yeux enfoncés et au bec tordu ; elles volent les petits enfants, et peuvent également prendre une forme humaine, de sorcière. Les **Mania** punissent par la folie tous ceux qui ont enfreint les lois divines (Oreste, apercevant les Mania, se castre symboliquement en s'arrachant un doigt avec les dents !). **Échidna** est un monstre qui engendre d'autres monstres, elle est la mère de Cerbère, de l'Hydre de Lerne, de la Chimère et

MON CONTE EST FINI!

Il semble bien, Monsieur l'éditeur, que le moment soit venu de nous séparer. J'espère que ce brusque changement de ton ne vous prend pas au dépourvu : nous avons traversé ensemble des milliers de signes, nous avons picoré ensemble le grain des mots ; la lecture, dit-on, devrait être une interaction, tout comme l'acte d'amour, et j'ose espérer que nous ne sommes pas restés de complets étrangers. Les rituels humains exigent que nous restions encore un peu ensemble, pour fumer la proscrite cigarette post-coïtale…

Avouez-le, au début, vous avez pensé que j'en faisais un peu trop. Pire, à un moment vous avez craint que je ne m'arrête jamais. À certains passages, vous avez soupiré d'ennui, à d'autres bâillé, à d'autres encore froncé les sourcils. Ce satané folklore a commencé à vous sortir par les oreilles. Vous avez fait une overdose, je le conçois. Au début, vous vous sentiez comme si on vous avait enfermé dans un coffre. C'était agréable – le ventre maternel, la cabane improvisée, un peu de noir inoffensif –, tout cela attise l'imagination enfantine. Puis vous vous êtes senti à l'étroit, et de plus en

d'Orthos. Les redoutables **Moires** – Clotho (la Fileuse), Lachésis (la Répartitrice) et Atropos (l'Inflexible) –, assises sur des trônes, vêtues de blanc, déroulent le fil d'Ananké et règnent sur toutes les sphères du monde. Leurs sœurs romaines les **Parques** sont des vieilles femmes sévères, sombres et envieuses, trois sœurs qui filent le fil de la vie : la première tisse le fil, la deuxième le dévide, et la troisième le coupe. Ajoutons ici qu'elles ont des sœurs nordiques, les **Nornes** (Urd étant chargée du passé, Verdandi du présent, et Skuld de l'avenir).

plus, jusqu'à ce que l'air ne se mette à vous manquer. Dans un bon texte, le lecteur doit se sentir comme une souris dans un fromage. Et ce n'est pas exactement la sensation que vous avez eue, n'est-ce pas ?

Je présume que cette crise de claustrophobie textuelle a été suscitée, entre autres, par les rituels répétitifs du monde folklorique. Ne touche pas ci, touche ça ; ne franchis pas le seuil, franchis-le ; jette ta dent par-dessus le toit, non, non, grands dieux, par-dessus la barrière ; crache par-dessus ton épaule droite, ah non, non, par-dessus la gauche ! Et ensuite, il suffit de se retrouver dans le village voisin, et le code signalétique change. Dans le Petite Baba de mes deux, les villageois crachent par-dessus l'épaule gauche pour se prémunir du mauvais œil, et le Grande Baba de mes deux, par-dessus la droite. Quelle chance, vous êtes-vous dit, de vivre dans un monde déritualisé et démythologisé, où l'on peut se détendre, retirer ses chaussures, poser les pieds sur la table et s'étirer les orteils sans craindre de redoutables conséquences… Ou peut-être que le problème était autre ? La peur de l'existence de mondes parallèles, par exemple ?

Dans le conte serbe *La Langue muette*, un berger part dans la forêt avec ses moutons. Un feu se déclare, et un serpent se retrouve coincé dans l'incendie. Le berger prend pitié de lui, le sauve, le serpent s'enroule autour de son cou et lui ordonne de le mener à son père, le roi des serpents. Il l'avertit que le roi des serpents va lui offrir tous les trésors du monde, mais qu'il devra refuser, et ne demander qu'une seule chose, la langue muette. Le berger obéit. Le roi des serpents commence par refuser, mais le berger est têtu, et le roi des serpents finit par céder et dit :

« Lève-toi ! Viens ici, si c'est vraiment ce que tu veux. Ouvre grand la bouche ! »

Le berger s'exécute, et le roi des serpents lui crache dans la bouche et dit :

« Et maintenant, à ton tour, crache-moi dans la bouche ! »

Le berger lui crache dans la bouche…

Ils se crachent ainsi par trois fois dans la bouche l'un de l'autre, puis le roi des serpents lui dit :

« Tu possèdes à présent la langue muette. Va, et surtout, n'en parle à personne, car si tu révèles ce secret, tu mourras sur-le-champ. »

Et le berger, doué de cette nouvelle faculté de compréhension de la langue muette – la langue des animaux et des plantes –, devient un homme sage.

La langue sert à se comprendre. Nous faisons des efforts, gesticulons, agitons les mains, expliquons, traduisons nos pensées, interprétons, suons sang et eau, fronçons les sourcils, faisons semblant d'avoir compris, nous sommes convaincus d'avoir compris, convaincus de savoir ce que nous disons, convaincus d'être compris, nous traduisons la langue de l'autre dans la nôtre. Tout le sens de nos efforts réside dans le fait que le sens nous échappe. Car pour véritablement nous comprendre, nous devrions – l'orateur et son auditeur, l'écrivain et son lecteur, vous et moi – nous cracher mutuellement dans la bouche, emmêler consciencieusement nos langues et mélanger nos salives. Vous, Monsieur l'éditeur, et moi, parlons des langues différentes : vous celle des hommes seulement, moi celle des hommes et des serpents.

Vous froncez les sourcils ? Merci bien, vous dites-vous, j'en ai déjà plus qu'assez comme ça. N'oubliez pas que ce que vous avez appris, en vous éreintant à lire mon texte jusqu'au bout, n'est qu'une infime partie de la babayagalogie. Qu'est-ce que vous croyiez ? Que l'intégralité de l'histoire des Baba Yagas (tout à fait, au pluriel !) tenait sur quelques dizaines de pages ?! Et que vous aviez réglé le problème grâce à Aba Bagay, une obscure slavisante est-européenne qui serait trop heureuse de vous donner quelques explications ?

Je n'ai fait qu'entrouvrir légèrement la porte, vous permettant de gratter un tout petit peu la surface d'un énorme iceberg. Et cet iceberg, ce sont les millions et les millions de femmes sur le dos desquels ce monde se tient depuis la nuit des temps, et continue à se tenir. Je parle à présent votre langue, j'espère avoir été assez éloquente. Je suis certaine qu'en lisant « Baba Yaga pour les nuls », vous avez laissé passer un détail : dans de nombreux contes, Baba Yaga dort avec une épée sous son oreiller. Nous avons trouvé dans le texte de votre autrice toutes sortes de choses, mais nulle part la moindre mention… d'une **épée** !

Comprenons-nous bien, je ne suis pas comme votre autrice. Je n'ai pas laissé passer cette épée sous l'oreiller, je crois en sa signification. Plus, je suis convaincue que quelque part, les comptes sont tenus, que quelque part, tout est soigneusement consigné, qu'il existe quelque part un monstrueux registre des réclamations, et que les comptes seront réglés un jour ou l'autre.

Tôt ou tard, mais ils seront réglés. Car imaginons que les femmes (qui ne constituent qu'une négligeable moitié de la population, n'est-ce pas ?), les Baba Yagas, sortent leur épée de sous leur oreiller et se mettent à régler leurs comptes ?! Pour chaque gifle, chaque viol, chaque insulte, chaque blessure, chaque crachat qui a atterri sur leur visage. Imaginons seulement que toutes ces mariées et veuves indiennes brûlées vives renaissent de leurs cendres et se mettent à parcourir le monde, l'épée dégainée à la main ?! Imaginons toutes ces femmes invisibles, qui nous regardent de derrière le grillage de fils de leur burqa-bunker de tissu, celles qui cachent même leur bouche d'un rideau quand elles parlent, mangent et embrassent (car la bouche, mon Dieu, est si impure, toutes sortes de choses y entrent, et toutes sortes de choses en sortent). Imaginons la colossale armée des « folles », des clochardes, des mendiantes ; des femmes au visage brûlé à l'acide, parce que des justiciers mâles autoproclamés se sont offensés de la vision d'un visage féminin découvert ; des femmes dont la vie est intégralement soumise à l'autorité de leurs maris, pères et frères ; des femmes lapidées qui ont survécu, et de celles qui ont péri des mains de la foule masculine ensauvagée. Imaginons à présent que toutes ces femmes lèvent leur voile et prennent l'épée… Que des épées se retrouvent dans les mains des millions de prostituées de par le monde, ces esclaves blanches, noires et jaunes que l'on vend et revend sur les marchés de la chair humaine, ces esclaves violées, battues, asservies, et dont nul, voyez-vous ça, ne peut arrêter les maîtres… Que se lèvent ces centaines de milliers de petites filles infectées du sida, victimes de malades, de pédophiles, mais aussi de leurs pères et de leurs maris devant la loi, qu'elles aussi se lèvent… Que se lèvent les femmes africaines au cou emprisonné dans des anneaux de métal ; que se lèvent les femmes au clitoris excisé et au vagin cousu ; que se lèvent aussi les femmes aux seins et aux lèvres de silicone, aux visages botoxés et aux sourires clonés ; que se lèvent ces millions de femmes affamées qui accouchent d'enfants affamés… Que se lèvent ces millions de femmes qui prient des dieux masculins et leurs émissaires sur terre, ces vieillards impudents aux couvre-chefs pourpres, blancs, dorés et noirs, ces tiares, bérets, kufis, camauros, toques, fez et turbans, ces substituts symboliques du pénis, ces « antennes » grâce auxquelles ils communiquent en toute impunité avec leurs dieux… Que tous ces millions de femmes – au lieu de fréquenter les églises, les mosquées, les temples, les sanctuaires, qui de toute façon ne leur ont jamais appartenu – se mettent en quête de leur propre temple, le temple de la Baba d'Or, quitte à devoir avoir un temple… Qu'elles arrêtent de s'incliner devant ces hommes aux yeux injectés de sang qui ont dissimulé la mort de millions de gens, et qui continuent à les dissimuler. Ceux sont eux qui laissent derrière eux des crânes humains, et ensuite l'imbécile imagination humaine accroche ces crânes à la clôture d'une petite vieille qui vit à l'orée de la forêt…

Moi, Aba Bagay, je fais partie des « prolétaires », de l'internationale des babas, oui, je suis **elle là-bas** ! Quoi, ne me dites pas que ça vous étonne ? Vous auriez pu vous y attendre, vous n'êtes pas sans savoir que les femmes sont passées maîtres dans l'art de la dissimulation, enseigné par des siècles de vie dans la clandestinité, elles ont acquis toutes les compétences nécessaires à la survie ; d'ailleurs, ne leur a-t-on pas dit dès le début qu'elles étaient nées de la côte d'Adam et n'étaient sur cette terre que pour porter les enfants d'Adam…

Adieu, Monsieur l'éditeur ! Bientôt je troquerai la langue des hommes pour celle des oiseaux. Je n'ai plus que quelques heures humaines à vivre, avant que mes lèvres ne s'étirent en bec, que mes doigts ne se transforment en serres, que ma peau ne se couvre de plumes noires et brillantes… En signe de bonne volonté, je vous laisse une de mes plumes. Prenez-en bien soin. Non en souvenir de moi, mais pour qu'elle vous rappelle cette épée sous l'oreiller de Baba Yaga endormie…

REMERCIEMENTS

Je remercie Tvrtko Cvjetković pour son soutien pendant l'écriture de ce livre, et pour les discussions stimulantes que nous avons menées lors de nos promenades dans la forêt d'Amsterdam pendant l'été 2007. Je remercie Mirjana Wittmann, Maja Bojadžijevska, Dejan Ilić et Tvrtko Cvjetković, les premiers lecteurs de ce livre, alors sous forme de manuscrit, pour leur enthousiasme et leurs commentaires éclairants.

Cet ouvrage a été mis en pages
par IGS-CP à L'Isle-d'Espagnac (16)
Impression : CPI Firmin-Didot
Dépôt légal : avril 2021 – N° 2495 (162690)
Imprimé en France